一笙有喜

鱼不语 著

长江出版社
CHANGJIANGPRESS

图书在版编目（CIP）数据

一笙有喜 / 鱼不语著. -- 武汉：长江出版社，2025.3.--ISBN 978-7-5804-0039-0

Ⅰ．I247.5

中国国家版本馆CIP数据核字第2025JP5175号

一 笙 有 喜 ／ 鱼不语 著
YISHENGYOUXI

出　　版	长江出版社
	（武汉市解放大道1863号　邮政编码：430010）
市场发行	长江出版社发行部
网　　址	http://www.cjpress.cn
责　　编	李剑月
印　　刷	嘉业印刷（天津）有限公司
	（地址：天津市静海经济开发区北区银海道48号）
版　　次	2025年3月第1版
印　　次	2025年3月第1次印刷
开　　本	880mm×1230mm 1/32
印　　张	9
字　　数	294千字
书　　号	ISBN 978-7-5804-0039-0
定　　价	45.00元

版权所有，侵权必究。如有质量问题，请与本社联系退换。
电话：027-82926557（总编室）027-82926806（市场营销部）

conents

第一章	001
第二章	010
第三章	018
第四章	033
第五章	047
第六章	055
第七章	066
第八章	080
第九章	094
第十章	106

目录

本作品纯属虚构，与一切真实人物、事件、团体、组织均无关联。

conents

目录

第十一章 …… 117
第十二章 …… 129
第十三章 …… 138
第十四章 …… 144
第十五章 …… 150
第十六章 …… 156
第十七章 …… 165
第十八章 …… 171
第十九章 …… 187
第二十章 …… 196

第二十一章	202
第二十二章	206
第二十三章	212
第二十四章	216
第二十五章	230
第二十六章	237
第二十七章	246
第二十八章	254
第二十九章	259
第三十章	265
第三十一章	268
第三十二章	271
番外·那些年	274

世上英雄千千万，可她唯独爱乔伯坚，

他不是英雄，他也很坏，

可又有什么办法，爱就是爱了，

他就是他。

她不需要他变成英雄，

因为英雄都去拯救世界了，

只有他，自始至终陪在她身边。

第一章

宋喜坐在广德楼最大的包间里，一桌子除了她一个女人之外，其余都是男人，大家推杯换盏，室内烟雾缭绕，恍惚间她仿佛回到了数月之前，那时她也是坐在这个包间，只不过彼时她是主人，众星捧月，而此时她连客都算不上，充其量也就是个陪客，必须要满脸赔笑。

人生，仿佛跟她开了个巨大的玩笑。"宋喜，发什么呆？敬陈总一杯。"

身旁的副院长出声，将宋喜的思绪拉回到现实中，她顺着副院长的视线往右看，她右手边坐着宜达医疗公司的少东陈豪。最近医院要进一批进口的医疗器械，宜达不是唯一的选择，可因为陈豪喜欢她，三番五次来医院示爱追求，搞得全医院上下无人不知无人不晓，所以院里才打起了她的主意，想着带她来饭局，陈豪在美人面前，总不好把价格抬得太高。

宋喜迟疑片刻，随即拿起面前的酒杯，冲着陈豪微笑，"陈总，我敬你。"

陈豪看向宋喜，她刚从医院下班就来了这儿，脸上基本不带妆，可却不知道比外面那些化了妆的妖艳女生美上多少倍，他就是喜欢她这股清纯劲儿。

嘴角一勾，他出声回道："咱俩是什么关系？还要叫陈总这么见外吗？我叫你小喜，你就喊我一声哥。"

宋喜微微一笑，并不回应，只是把酒杯又往前送了送，说："我们医院急等着这批医疗器材，你多帮忙，我敬您。"

说罢，她仰头就把杯中装了快一半的白酒全给喝了。陈豪见状，脸上笑容更灿烂,"小喜都喝了,哥不能不陪你,我也干了。"

伴随着一桌人起哄的声音,他也喝了半杯白酒。这是宋喜喝的第四个半杯,她有些酒量,但也不是千杯不醉,不知道这个饭局何时结束,她不敢让自己露出丝毫醉态。

宋喜偷偷看向身边的副院长,副院长则给了她一个帮帮忙的信号,宋喜刹那间觉得又恶心又心寒,来之前副院长特地告诉她,就是个应酬的饭局,绝对会护着她,可现在呢?一帮马屁精,只顾着哄陈豪高兴,陈豪自然是乐得不行,有人起身给他倒了小半杯酒,给宋喜则倒了满满一杯,嘴里还笑着说:"宋医生,咱们陈总向来是难过美人关,你说句软话哄哄他,别说是降价,就是白送也不是不可能啊。"

话音落下,满室哄笑。

陈豪笑得眼睛都快没了,眼睛缝里露出的目光贪婪地盯着宋喜的脸,出声道:"小喜,我心情好了,你们减一个点,怎么样?"

宋喜还不待回答,坐在她另一侧的副院长坐不住了,恨不能把杯子帮她端起来,生怕她掉链子,满脸赔笑地说:"谢谢陈总。"

陈豪拿起杯子,所有人的目光都落在宋喜脸上,这一刻宋喜脑子里想了很多,而声音最大的一个在问:可以甩脸子走人吗?可以不要医院的这份工作吗?只需一秒钟,答案是肯定的,不可以。

一咬牙一跺脚,喝吧,脸算什么!这几个月以来,她的脸丢得还不够多吗?可是……

没抬头,余光却不由自主地瞥向桌子正对面主位处的男人,他穿着纯黑色的衬衫,靠坐在椅子上抽烟,透过一层白色的烟雾,隐约露出俊美到让人忍不住多看两眼的容颜,他一直沉默寡言,可宋喜却不能当他不存在。

乔治笙。

宋喜来赴局之前根本没想到乔治笙也在,今晚她跟副院长是来求陈豪办事儿的可乔治笙往那儿一坐,一看就是陈豪有事儿要求于他。他已经眼睁睁看她跟陈豪喝了这么多的酒,却没出声说过一个字,摆明了是不想管,换言之,他在坐等她出丑。

陈豪手中的酒杯转眼间举了几秒钟,众人都看出宋喜不大对劲儿,副院长也偷着对她挤眉弄眼,有时候人做出决定,真的就是一念之间。宋喜在这一刻,脑子里就一个念头，现在没人可以帮她了，除了她自己。

在谁面前低头不是低？

所以在陈豪差点儿要撂脸子之前，宋喜伸手拿起酒杯，侧身转向陈豪，努力微笑，"一杯酒，一个百分点。"

陈豪乐了，"好。"

说话间，他主动伸出手臂，作势要绕过宋喜的胳膊，跟她喝交杯酒。宋喜别说胳膊了，浑身都是僵硬的，耳边短暂出现嗡鸣声，她仿佛听见尊严落地，被摔得稀碎的声响。

这杯酒若是喝了，当着乔治笙的面，可能她这辈子都抬不起头来了。

"慢着。"当陈豪倾身凑到宋喜面前的时候，包间里传来一道冰冷的男声，这声音不大，但却轻而易举地瞬间让现场变得鸦雀无声。

宋喜心底咯噔一下，陈豪则顿了顿，随即闻声望去。

乔治笙将抽到一半的香烟在手边的水晶烟灰缸里摁灭，薄唇吐出一口烟来。漂亮的眼眸里藏着冷漠与嘲讽，不慌不忙地说道："是我孤陋寡闻了吗？现在的医生还兼职公关？"

他话音落下，宋喜只觉得浑身上下的血液一股脑地冲到面门，那是血气翻涌的感觉。

她一个字都说不出来，甚至不敢往他那边看。

没人敢接乔治笙的话茬，他就自顾自地又说了一句："还是公关都走投无路，下海当了医生？"

五十多岁的副院长老脸通红，垂目不语。

室内安静几秒之后，陈豪满脸赔笑地回道："笙哥，她确实是医生，这个我敢拍着胸脯保证，但她是我女人。"

说罢，不待宋喜回神，他的手已经搂在她肩膀上，宋喜浑身一颤，本能地一把推开他，眼神中透露着一时间没有遮掩好的厌恶。

这下就热闹了。

包厢的人面色各异，明知道宋喜是来求陈豪帮忙的，可这当众撂脸子算是闹得哪出？

"嗤……"

一笙有喜

　　一声饱含嘲讽的笑声打乔治笙鼻间发出，他俊美的面孔上满是意味深长的促狭，出声说："我看宋医生这反应，像是有话要说。"
　　陈豪脸色变了又变，宋喜当众不给他面子，其他人大气都不敢喘。唯独乔治笙看热闹不嫌事儿大，最关键的是，他不敢当着乔治笙的面发飙，怒气在心底转来转去，最后他嘴角一咧，笑着道："让笙哥看笑话了，她就是脸皮薄，让我惯得脾气又有点儿大。"
　　说话间，他重新把手臂搭在宋喜肩膀上，用力握着她一侧肩头，看似温和地笑问："笙哥问你话呢，你有什么想说的吗？"
　　宋喜左肩膀处传来刺痛，看来陈豪是真的急了，不然也不会下这么重的手，她脸色通红，却不是因为喝多了酒，而是因为饭桌对面的乔治笙正在看着她。
　　大脑乱成麻，可她明白乔治笙不过是想看她出丑，但她偏不能让他看。
　　当着所有人的面，她慢慢侧头面向陈豪，对他勾唇微笑，"不是要喝酒吗？现在是想故意岔开话题？"
　　陈豪看着宋喜那张顾盼生姿的灵动面孔，只觉得心猿意马，他追她不是一天两天了，以前她对他都是爱答不理，甚至可以说是不屑一顾。如果不是家逢巨变，此刻他能有机会把手搭在她肩膀上？
　　说他乘人之危也好，钻空子也罢，反正他看上了她，只要能得到她，他不在乎亏点钱。
　　原本他笑容中带着警告，如今宋喜冲他一笑，他顿时神魂颠倒，手上的劲儿一松，笑着回道："喝，只要你敬的，毒药我都喝。"
　　宋喜察觉到他松了劲儿，可她肩膀那里还是隐隐作痛，打个巴掌给个甜枣，真当她是三岁小孩儿？
　　宋喜重新拿起酒杯，陈豪则是得寸进尺地拉着椅子凑近她，一只手揽着她的肩膀，另一只手拿着酒杯。
　　对面乔治笙漆黑如夜的瞳孔中，刹那间滑过一抹冷意，只不过这神情来得快去也快，转眼就被玩味所取代，他再次开口打断两人。
　　"你那批器材多少钱？"
　　陈豪本来就心痒难耐，话又被打断，他心里焦躁。可因为出声的人是乔治笙，他不得不停下来，不敢表现出丝毫不耐，认真回答："他们医院需求量大，全套下来数目也不小。"

大家都不知道乔治笙突然开口问这个是要干什么，包括宋喜在内，全都在偷偷打量他脸上的神情。

只见乔治笙又点了一根烟，靠坐在椅背处，慢条斯理，慵懒地说："我最近一直想做点儿慈善，正愁不知道做什么好，那就投给医院吧。"

众人一脸茫然，似是没能马上回神，乔治笙抽了一口烟，薄唇下吐出袅袅的白色烟雾，声音不大，却明确地解了众人心中的疑惑，"我拿出一千万，资助医院购买医疗器材。"此话一出，众人目露惊诧，宋喜眼底也是闪过了一抹始料未及。

副院长在惊愕之后第一个忍不住，侧头看向乔治笙，不确定地笑问："乔先生，您说的是真的吗？"

乔治笙眼皮都没挑一下，淡淡道："我看起来像是喝多了？"

副院长不管他这话里带不带刺，他只觉得天上掉了个大馅饼，忙站起身，拿起酒杯，满脸毫不掩饰的激动和开心，"乔先生，真的不知道该怎么感谢您才好，我敬您一杯，感谢您为医疗事业做出的贡献。"

乔治笙依旧维持着之前的姿势，举止慵懒，眼神清冷，不紧不慢地抽烟，目不斜视。

副院长站着，手中的酒杯也举了老半天，桌上没有人敢接话，他喝也不是，不喝也不是，老脸涨得通红。

乔治笙是真的不在乎，他也不觉得有任何尴尬，自顾自抽了几口烟，他薄唇张开，忽然出声说："怎么到我这儿就是这待遇了？我是钱拿得比别人少，还是长得比别人差，不配宋医生敬酒？"

话说到这份上，众人恍然大悟，感情乔治笙是看上宋喜了。副院长尴尬地站在原地，随后慢慢把头转向宋喜，陈豪也是脸色一变，几秒后不着痕迹地把手臂从宋喜肩膀上拿下来。

副院长算是看明白了，让宋喜讨好陈豪，不过是减几个百分点而已，但乔治笙可是一张口就是少一千万，孰轻孰重，他心底立见分晓。

"宋医生，别愣神了，乔先生说的是真的，快点儿敬乔先生一杯。"宋喜眼神略显空洞，她觉得这一刻，桌上所有人看她的神情，那眼神就不是看一位医生的眼神。

副院长也知道她的脾气，怕她绷不住会坏事，所以压低声音说道："多出来的钱我们还能办一个救助基金，帮助更多有需要的人。"

打蛇打七寸。宋喜的七寸就是为医者，希望有更多的人能不受病痛之苦。喉头微动，她站起身，拿着要敬陈豪的那杯酒，看向对面的乔治笙，粉唇张开，轻声道："谢谢乔先生。"

乔治笙眼皮一掀，抬眼看着面色发红的女人，似笑非笑地道："宋医生大学不是学医，是学社交的吧？能屈能伸，是不是现在有人喊个一千万以上的价，你马上就能把酒杯转到别人面前？"

一桌子的人大气都不敢喘，谁知道乔治笙葫芦里面到底卖的什么药，他处处针对宋喜，但又肯出钱资助她所在的医院，难道他花一千万，就是为了爽快一下？

陈豪后知后觉，纳闷乔治笙到底是什么时候看上宋喜的。

宋喜拿着酒杯，脸色忽红忽白，还隐隐针刺一样疼，乔治笙明明没动她一根手指头，却仿佛扇了她无数个大巴掌。

心里难过到极点，她只希望这一切都是一场噩梦，只要她努力睁开眼，一切都能回归正轨，她还是那个爸爸疼爱的孩子，也永远不会遇见对面那个她惹不起的男人，乔治笙。

乔治笙一刻不发话，宋喜跟副院长举着酒杯站在原地，副院长余光瞥见宋喜微垂着视线，仿佛灵魂都出窍了一般，惹人愧疚，如果不是他执意让她过来，也不会有这一系列的事情。

到底是个男人，也被人尊称了几十年的老师，他暗自一咬牙一跺脚，对着乔治笙笑着说："乔先生，您别开玩笑了，小宋是我们医院最好的医……"

他话还没说完，乔治笙就冷眼瞧向他，沉声打断："我跟你很熟吗，需要跟你开玩笑？"

副院长对上乔治笙那双冰冷的眼，差点吓得把酒杯扔掉。在此之前，他从未见过乔治笙本人，但乔治笙这三个字在夜城，无人不知无人不晓，坊间都盛传一句话：宁可得罪阎王爷，也别去惹乔治笙。

如今乔治笙不高兴，屋内的气氛冷到极点，人人自危。

今天的局是陈豪做东，别人可以不说话，他不能。

陈豪朝着乔治笙咧嘴一笑，出声道："笙哥别跟他们这群人一般见识，他们天天在医院里面待着，呆头呆脑的。"

话罢，他侧头低沉着声音对宋喜说："去敬乔先生一杯，愣着干吗？"

宋喜一动不动。

乔治笙刚才说了那样的话，她要怎么忍辱喝下这杯酒？而且她凭什么听陈豪的？

陈豪见状，顿时火大，他猛地伸手推了宋喜一把，大声道："我说话你没听见？"

宋喜猝不及防，被他推了个踉跄，杯中酒尽数晃出去。

陈豪紧蹙着眉头，一副警告的表情，嘴里面骂着："还拿自己当千金大小姐呢？我给你脸才让你坐在这儿，不给你脸，你连个公关都不如！"

此话一出，众人面色各异，唯独乔治笙表情淡淡，余光不着痕迹地瞥向宋喜所在的方向。

宋喜背对陈豪，停顿三秒有余，忽然猛地回身，用力将手中酒杯砸向座位处的陈豪，谁也没想到她竟然敢这么做，惊诧之际，已是于事无补。

陈豪"啊"地闷喊一声，抬手捂着左边眉骨，宋喜站在距离他不到两米远的位置，眼中没有恐惧，唯有鄙夷和愤怒。

大概五秒过后，陈豪拿开手，用睁着的右眼一看，掌心处见了红，他当即怒从心生，咬牙切齿地骂了句粗口，随即起身就奔着宋喜去了。

宋喜不闪也不躲，整个大脑都是一片空白的，在众人起身欲拦之际，突然空中一抹亮光划过，有什么东西横空而落，正好击在陈豪脸上，陈豪只觉得针刺一样地疼，而且火烧火燎，他连声音都发不出来，本能地倒吸冷气，待回神之后，低头去看，脚边是半根抽剩下的烟，烟头金红，还燃着。

屋里面抽烟的人并不少，可是敢把烟扔在他脸上的人……

陈豪不假思索地看向桌对面，那里乔治笙依旧高高在上的模样，修长的手指有意无意地抚摸着水晶烟灰缸的边缘。

所有人都屏气凝神，没人敢吱声。陈豪怒不可遏，一口恶气已经冲上脑门，可对上乔治笙淡漠的视线，他还是强忍着脾气，似笑非笑地说："笙哥，是不是喝多了？这扔得可真够远的。"乔治笙云淡风轻，面色不改地问："你有意见？"

陈豪神色一沉。他在夜城大小也是个人物，当众被乔治笙把烟头扔在脸上，他主动给台阶，对方还不下，这要是传出去，他面子还要不要了？"什么意思？"

陈豪脸上笑意敛去，气氛陡然变得压抑。

乔治笙眼皮都没动一下，径自道："教训人别当着我的面儿教训。"闻言，陈豪终于明白，却更加不服气，所以阴阳怪气地说："笙哥够怜香惜玉的，我教训我的人，你也跟着心疼？"

乔治笙幽深的目光移向宋喜，定格在她那张苍白的面孔上，薄唇张开，"你是他的人？"

宋喜喝了很多酒，可此刻脑子却分外清晰，一边是乔治笙，另一边是陈豪，她哪边都不待见，如果非让她选择一方……

"不是。"粉唇上下一张一合，她声音不大却分外清晰。

乔治笙几乎是意料之中地勾起唇角，陈豪却是面色阴沉，目光狠厉地瞪着宋喜。

乔治笙起身，迈步走向宋喜，抬手抓着她的手腕，欲带她一同离开。

陈豪面色变了几变，到底是咽不下这口恶气，沉声说："你不缺女人吧？喜欢我帮你找，宋喜是我看上的，你就这么带走，不给我面子？"

乔治笙闻言，停下脚步，转身看向陈豪，问："你想要面子？"

陈豪不置可否，微扬着头跟比自己高半个头的乔治笙对视。现在他也是被逼上梁山，一来宋喜他看上好久，不能就这么白白让出去；二来乔治笙当众下他面子，这么多人都看见了，他要是一句话都不说，往后在夜城真是没立足之地了。

包间内的火药味十足，战争一触即发。

忽然，乔治笙随手拿起一个东西砸向陈豪。

陈豪被砸蒙了，发出一声闷哼，人还没做出反应，已是被抵在墙壁上。

乔治笙俊美的面孔上波澜不惊，看着脸色煞白、瞳孔缩小的陈豪，他轻声问道："你要面子？"

疼痛让人清醒，陈豪无比后悔为何要在乔治笙面前叫板，后背紧贴在冰凉的墙壁上，他不敢大动作地摇头，只能神色惶恐地回道："笙……笙哥，我错了，我喝多了乱说话，您别往心里去。"

偌大的包间，落针可闻，乔治笙一字一句地说道："她，我看上了，打狗也得看主人，知道吗？"

"知道，知道。"陈豪连连应声。大家都以为乔治笙这是冲冠一怒为红颜，可唯有宋喜在听到这句话的时候，脸色比陈豪还惨白。

乔治笙把她比作狗，他养的一条狗。

说完这句话，乔治笙过了几秒之后才收回手，拽着麻木的宋喜开门往外走，完全不顾身后一众人皆是脸色煞白，仿佛刚从鬼门关逃出来一般。

第二章

　　饭店大堂的沙发上坐着面容清俊却气场不凡的男人，他叫元宝，乔治笙的贴身保镖之一。

　　看到乔治笙拉着脸和宋喜一起出来，元宝叫了声："笙哥。"

　　随后出门帮他开车，宋喜被乔治笙塞进宾利的后座，元宝在前面开车，很自觉地按下中控，将车子隔绝成前后的独立空间。

　　车上，宋喜一言不发，乔治笙在车里点烟，香烟的尼古丁味道很快就充斥了整个后座，宋喜讨厌烟味儿，但此时却面无表情。

　　一路无言，待到车子平稳停下，元宝独自离开，剩下车中的两人。

　　乔治笙一路烟不离手，此时密闭的空间中烟味儿浓郁，他不急着下车，薄唇张开，充满嘲讽和戏谑地说道："我今天才知道那种钱掉厕所里，丢了可惜捡了恶心的滋味儿。"

　　车里没开灯，两人脸上的表情皆是晦暗不明，沉默数秒，宋喜无波无澜的声音传来："没人让你捡。"

　　乔治笙明显地嗤了一声："陈豪说得没错，看来你还是没从千金大小姐的身份中走出来。"

　　提及这个，宋喜终是不能淡定，她放在腿上的双手悄悄紧握成拳，紧闭的唇下，牙关紧咬。

　　乔治笙目不斜视，自顾自地说道："你真当我乐意捡？宋喜，我提醒你，你很清楚我们之间的关系,但这不代表你可以当面儿恶心人。"

宋喜咬得牙齿咯吱作响,却依旧一言不发。

她能说什么?说她不想见陈豪,说她不知道他也在场,还是说她根本没得选择?

乔治笙说得明白,她也很清楚他们之间的关系,所以,她不会对他说一个字,半个字都不会说。

许是她的沉默不语让他觉得厌烦,他终于推开车门下去,车门没关,她余光瞥见外面的四层建筑——翠城山别墅,每平方米均价二十五万,贵到夜城的富人都喊住不起。以前也没住过这么好的房子,反倒现在落魄了,她可以堂而皇之地住进来,这里,是她跟乔治笙的婚房。

像是没有灵魂的木偶一般,孤独地坐在车里。宋喜心痛到麻木,可还是固执地回忆着三个月前,那是大年二十九,她买好了所有的年货和新衣,还给宋元青买了一套茶具,正打算回家跟他过年的,可是到了家里却发现宋元青不在,她很诧异,毕竟二十分钟之前,两人才通过电话。他的手机还放在茶几上,宋喜等了他一天一夜,大年三十的中午被告知,有人实名举报宋元青违法,目前他已被带走。

没有人能明白,在大年三十这样的日子,宋喜接到如此晴天霹雳般的噩耗是怎么一个人挺过来的。

哪怕到了今天,她仍旧没法接受,可她还是扛过来了。

宋元青在接受调查,她根本见不到他的人,她打给了所有她认识的叔伯长辈,那些平日里亲切喊她干女儿的叔叔阿姨们,而他们是怎么做的?手机关机,就算不小心接了,也都装作一副吃惊或者爱莫能助的模样。

宋喜知道人走茶凉的道理,可宋元青不是还没走呢,为什么这些人要这样?

她以为墙倒众人推,趋利避害已是人性丑恶的极致表现,但她没想到更黑暗的还在后面,宋元青前脚才被带走,她后脚马上就遭到了不止一次"意外",如果不是她足够机智和幸运,怕是活不到现在。

她实在是走投无路,只好住在当警察的朋友家里面,好不容易等来宋元青派亲信传来的口信,结果竟然是告诉她,让她跟乔治笙结婚。

宋元青以前从不跟她讲官场上的恩怨是非,但是这次他破了例,他告诉宋喜,他手上握有乔家的把柄,所以作为交换,乔治笙要在外护她一段安稳,让她放心地跟乔治笙结婚。

起初宋喜是完全不能接受的，怎么放心？婚姻大事，岂能拿来做交易？

她不怕那些想要报复宋元青而对她下手的人，她会自己小心。但宋元青却说，那些人抓她是为了威胁他，他在商场，难免得罪一些人，现在他虎落平阳，太多人想报复他，而宋喜就是他最大的软肋。

宋喜瞬间明白了，只有她在外面过得好，他在里面才安心，所以她无论如何都要找一棵大树。现在能在夜城护她周全的人，只有乔治笙。

乔治笙说，你很清楚我们之间的关系。

没错，宋喜很清楚，他们之间的关系是基于所受的威胁，不得不以婚姻来维系她安稳生活的一段交易，赤裸裸的交易，毕竟在此之前，两人的生活从无交集。

被逼无奈娶了一个落魄的千金，谁心情会好？更何况还是乔治笙这样的人。

所以宋喜明白，没事不要去招惹他，老老实实地等着宋元青出来，这是她唯一可以做的事。但她没想到，今晚会在广德楼撞见乔治笙，她也没想到，他对她的厌恶可以浓烈到这种程度，当场说她是狗。

他们是真的领了结婚证的，毕竟是夫妻关系，可在他心里，她就是一条丧家犬，而他是被迫收养她的主人。

他不在乎陈豪说什么，但是前提是，不能当着他的面。

陈豪动手要打他，他说，打狗也要看主人。

从什么时候开始，她活得像一条狗了？

眼泪顺着眼眶急速流下，宋喜轻轻地吸了下鼻子，委屈地发出哽咽的声音，寂静的夜里她不敢大声地哭，因为这里是乔治笙的地方，不是她的家。

擦干眼泪，宋喜跨步下车，悄悄地走进别墅里面。乔治笙没有给她留灯，她也懒得动手开灯，就用手机照着脚底的一寸光亮，悄无声息地走上三楼。

在经过二楼的时候，她浑身汗毛都竖了起来，因为乔治笙住在这层。她这辈子都没想过，会有人在屋檐下的一天。曾经她以为自己的性子是绝对不会向谁低头的。但只是过了三个月，现实就磨平了她身上所有的倒刺，让她成为一个可以任人搓圆捏扁，却可以在夹缝中喘息的一个人。

每当难过到极处，她都会想宋元青，只要她在外好好的，他在里面就有盼头，她不想他担心，他当了她那么多年的靠山，如今，她也想成为他的支柱。

回到三楼房间，宋喜依旧不开灯，她不想看见这个住了三个月却依旧觉得陌生的环境。她洗了个澡，赶紧躺在床上，强迫自己快点睡着，一觉之后睁眼，她就可以离开这儿了。

第二天清早，宋喜去到医院，心外科的护士看见她，不像往常一般跟她打招呼，而是慌里慌张地小跑而来，蹙眉说道："宋医生，你可来了，快点儿去前面看看，任医生和韩医生吵起来了！"

宋喜听到任医生三个字的时候，不由得眉头轻蹙，随着护士快步往前走。

宋喜刚刚走到医生休息室门口，就听到里面女人声音尖锐地说道："韩春萌你算老几？就你还紧扒着宋喜的大腿。我告诉你，宋喜她爸出事了，她现在自己都难保，你还指望跟她混能混出个名堂来？哈，你的名字就是你这一生最好的诠释，做你的春秋大梦去吧！"

宋喜面色一沉，身旁的小护士更是满脸尴尬，眼睛都不知道往哪里摆。

"砰"的一声，宋喜推门而入。房间中不止任爽和韩春萌两个人，还有其他医生在。宋喜一眼就看到，好多人都是站在任爽身边，韩春萌孤单一个人，孤立无援。

看见宋喜，所有人皆是面色各异，韩春萌赶紧快步朝她走来，急声说："小喜，你来了，我刚想给你打电话，任爽非要让冬冬办理出院手续。"

宋喜听到这话，面色不由得变得更冷，冬冬是她的患者。

眼睛扫向还没换医生袍，穿着一身高奢品牌的淡粉色荷叶裙的任爽，宋喜沉声问道："心外什么时候换你说了算了？"

宋喜跟任爽并列医院两大美女医生，不仅长得漂亮，而且技术好。她们大学还是同门师姐妹，但是关系却奇差无比。

宋喜话音落下，任爽当即冷哼一声道："哈，我说了不算，那你说的就算？医院什么时候姓宋了？我就问问你，是谁给你的权利，让一个住院费都交不全的人，在咱们这儿白住了半个多月。以前医院上下都得给你爸面子，你想怎么做就怎么做，但人贵在有自知之明，现在咱没这个金刚钻，就别揽这个瓷器活儿成吗？你要是真想托大，那就等你爸回来再说……"说到这里，任爽故意停顿一下，表情特别欠揍地补了一句："但就不知道要等到猴年马月，别拖到人家孩子心脏受不了，你爸还没放出来吧？"

韩春萌瞪眼回道:"任爽你说话不要太损,患者才六岁,先天性心脏病这么严重,不做手术会死的,你也是医生,你的医德呢?就为了跟宋喜作对,你连人命都能不顾?"

任爽下巴一抬,趾高气扬地回道:"你给我闭嘴,我俩吵架哪儿轮得着你插嘴?你算什么?毕业进医院混到现在才刚是个住院医师,你就知道三床患者心脏病重,那病你是懂还是你能治?治不好出了人命,黑锅是你背宋喜背,还是医院背?"

韩春萌叫她说得面色涨红,身边宋喜面不改色,冷声回道:"她不懂我懂,你不敢治我治,出了任何事,我担着。"

任爽最是看不惯宋喜这一点,她厌恶极了这种与生俱来的自信。怒极反笑,她嗤笑问:"口气可真大,你现在的能力配得上你的勇气吗?"

韩春萌气得直抖,宋喜却意外地平静,平静到像是暴风雨前的宁静。

果然几秒之后,宋喜开了口,声音不大却分外气人地说道:"你要是质疑我的技术,我可以先拿你练练手。"

许是宋喜眼中的神情太过认真,以至于任爽瞪着眼睛,愣是没敢马上反驳,有那么一瞬间的恍惚,她觉着宋喜敢这么说,就真的敢这么做。

此时看够了热闹的众人,这才开始纷纷劝阻,让两人都少说两句。三个女人一台戏,更何况满屋子的女医生。

正叽叽喳喳的时候,一个男声从门口传来,"小宋啊,这么早就来了?"

闻声,众人齐齐朝门口看去,很快有人打招呼,"院长早。"

院长微微颔首,然后只对宋喜面露笑容,"都说你是模范,我今天是信了,离上班还有些时间,现在有没有空?"

众人全都意味深长地盯着宋喜瞧,不晓得院长为何会突然对她这么热络。

宋喜点头,随着院长一起去到楼上办公室。院长跟她打了会儿官腔,绕了半天才说:"小宋,我已经严厉地批评了副院长,他怎么能这样呢?即使是无私心地为了医院好,那也不能带着你出去应酬啊,听说你受了委屈,我必须要向你道歉,我之前完全不知道这件事,不然我一定会阻止。"

宋喜从小在虚与委蛇中熏陶,是真是假,她听前面十个字就够了,心底冷笑却不戳破,她只淡淡道:"过去的事儿就算了,我也是自愿去的。"

院长先是赞她懂事,随后话锋一转,出声道:"听说海威集团的乔治笙答应资助咱们医院一千万,副院长跟我说的时候,我还不信,我说他年纪大了,没准听错了,你当时也在场,这件事是真的吗?"

宋喜面无表情地点了下头,"是真的。"

院长马上露出笑模样,用商量的口吻对宋喜说:"我们医院这边还没有跟海威集团打过交道,这样吧,这次的项目就交给你全权负责。"

这种暗示特别明显,他知道宋喜马上就要交论文评职称。

让人做一件难事之前,总要给一些好处,这样对方就算是想拒绝,都得衡量一二。

说实话,宋喜还真不在乎评职称,她看向面前笑容和蔼的院长,询问道:"院长,我有一个小要求。"

此时院长最怕的就是她没要求,有要求就好商量,他马上道:"你说。"宋喜回道:"我想免费给一个家庭特别贫困,法洛四联症的孩子做手术,希望医院支持。"

院长不假思索地回道:"这事儿我听你们心外的主任提过,为医者有善心,也有这样的能力,这是好事儿,必须值得鼓励,更何况海威资助我们医院一千万,为的也是慈善事业,这事儿就这么定了,慈善的第一笔钱,就用在这个孩子身上。"

说话是门艺术活,尤其是聪明人跟聪明人之间。宋喜从院长办公室出来,不由得站在原地出神,心想,她就是一个医生,什么时候开始像个商人一样?

不过转念一想,她马上就释然了。都说人活着本就不易,如果觉得容易,那一定是某些人承担了她本该承受的苦,宋元青护了她太多年,庆幸她还没完全成长为一棵温室里的花朵,不然这三个月的各方摧残,花朵早就凋零了。

答应了院长去办慈善款的事,话说得容易,可落实到做上,简直难如登天。

第一天宋喜去海威集团找乔治笙,无一例外,大堂前台说她没有预约,不能让她上楼。

随后他接连几天都没回家,逼得她没办法,只好请了假,从早到晚地守在海威集团楼下守株待兔。可一连三天都扑了空,眼看着一个礼拜就这么过去了,她连乔治笙的衣角都没摸到。

这样下去不是个办法,院长昨天还打电话问她怎么样了,她撒谎说正在谈。

三个月前宋元青答应过宋喜,可以申请救助资金,周期大概三个月,所以

一笙有喜

宋喜才承诺让冬冬三个月后再来这边，谁料想，三个月后已是物是人非。她已经经历了一次绝望的打击，但她不能再去打击一个六岁的孩子，提前宣判他的死刑。医院里太多像任爽一样，等着看她，看她全家笑话的人，所以宋喜就是赌上所有，也要为冬冬做这个手术，不争馒头争口气，她就要让所有人都睁大眼睛看清楚，即便宋元青不在，她宋喜依旧可以说到做到。

都说狗急跳墙，宋喜走投无路，倒也灵光乍现。

她记得宋元青出事的第一个月，也是她频发生"意外"的时候，每次身边有什么动静，总会有人不知从哪儿冲出来，替她保驾护航，这些人是乔治笙安插在她周围的保镖，时间一久，兴许那些暗地里的人也知道有人保护她，所以近两个月都特别太平。不知道现在她身边还有没有保镖了。

天已经变黑，宋喜随着锁门的保安一同出来，还是没见到乔治笙，她默默地走下门口台阶，还剩下最后几级的时候，她一咬牙一跺脚，干脆一头栽下去。

真疼，磕到她的胸了，宋喜侧身倒在台阶下面，双目紧闭，心底根本就没有十足的把握会有乔治笙的人来看她。

时间就这么一分一秒地过去，她躺到快要睡着，默念再等十秒钟，如果还是没人来，她就自己爬起来。

十，九，八……

十个数，倒数一遍又正数一遍，确定周围空无一人，宋喜睁开眼，毫不意外地看到面前鬼影都没有。她爬起来，喘了声粗气，在心里骂自己一句傻子。

她揉着胸，灰溜溜地打算离开。一转头，身后就站着一个人，她顿时吓了一跳，倒吸一口凉气，瞪大眼睛往后躲。定睛一看，本就吸进去的气差点把她给噎住，面前的男人……竟然是乔治笙！

也不知道他从哪儿出来？站了多久？他俊美的面孔上没有什么的表情，唯独瞳孔中带着讥讽和不屑，出声道："狼来了的游戏还好玩吗？"

宋喜好不容易才平稳呼吸，终于见到乔治笙，她没有想象中那么高兴，反而是紧张、局促，甚至是莫名地有些害怕。

两人四目相对，她不过才晃了个神的工夫，乔治笙已经面露不耐，冷声道："我派人在你身边，不是看你耍猴戏的。狼来了玩太多，小心哪天把自己给玩死了。"

话罢，他转身就走，宋喜见状，赶忙叫道："我有事找你。"

乔治笙脚步未停，大长腿走几步就离她三米开外，宋喜知道这次可以把他骗出来，纯属侥幸，并且以后都不会再有这样的机会，机不可失，她快步跟上去，不敢拉他，只能尽量跟着他的步伐，边走边道："你能给我十分钟时间吗？我有些话想跟你说。"

乔治笙目不斜视，就要走到前方街边停靠的车辆，那里保镖已经打开车门在等他。

宋喜一边看着他的脸色，一边道："五分钟，或者三分钟，你给我这点时间，我保证我们往后的相处都会很愉快。"

乔治笙脚步突然停下，宋喜差点撞了上去，她慢慢站好，两人再次目光相对。

他用意味深长的口吻问："愉快？"

宋喜认真地点头，乔治笙嘲讽地说："你见过跟强买跟强卖的人相处愉快的吗？"

宋喜听出他话中的言外之意，压下心底的不舒服，她表情真诚又柔和地说道："或者我换个词，希望你听完我说的话，以后看我不会这么心里堵。"

乔治笙面色淡漠，别开视线往前走，她心下一沉，却听见他说："上车。"

第三章

乔治笙弯腰坐进车后座，宋喜也跟上了去，保镖关了车门之后，识趣地走远一些。

车上只有他们两个人，乔治笙默不作声，只抬手看了眼左腕处的手表，宋喜马上看懂，开口说道："我知道因为我爸选择了一种不太友善的方式，所以你对我们有偏见。"

乔治笙侧头看了她一眼，眼神中透露着对她话中内容的质疑。

宋喜被他看得头皮发麻，却还要强装镇定地径自往下说："我说这话并不是想辩解什么，事实上我能理解你，包括你对我的态度，我都全盘接受。"

她一边说一边偷着打量乔治笙的脸色，但他脸上看不出喜怒，她只能摸着石头过河，试探性地说道："我今天来找你，就是想告诉你，虽然我爸强行把我托付给你，但我不想当你的包袱，我们之间并不需要剑拔弩张，如果你有需要，我可以成为你的合作伙伴，如果你愿意，我们甚至可以成为朋友。"

乔治笙眼底有一闪而逝的意外，不得不说，她的这番话，确实出乎他的意料。

沉默数秒，薄薄的唇张开，他声音淡漠中夹杂着一丝慵懒，还带着不易察觉的嘲讽，出声问："你拿什么跟我谈合作？"

在他开口之前，宋喜一直在紧张，不怕他问，就怕他不问。闻言，她挺直背脊回道："我爸的人脉，只要你叫得出名号的商场人物，我都能想办法帮你联系上，而且我一定可以帮你说上话。"

乔治笙唇角勾起赤裸裸的嘲讽弧度，善意地提醒："宋小姐，你爸已经是过去式了。"

宋喜放在靠车门边的右手悄无声息地紧握成拳，脸上却是不动声色，甚至是微微笑着，她出声回道："我知道，人走茶凉。但我更明白，他们以前看重我，也并不因为我本身，而是因为我爸的地位，所以我爸一出事，他们躲得比谁都快。这是个看势不看人的时代，只要我背后的势力足够强，他们依旧会对我笑脸相迎，依旧会认我当半个亲女儿，所以只要让他们觉得我跟你的关系足够近，再由我帮你牵线，你会省下很多麻烦。"

说完，她又补了一句："当然，这是互惠互利的，我同样需要你的庇护。"

该说的都已经说了，宋喜有种被掏空的感觉，可当着乔治笙的面，她又不得不装出一副胸有成竹的模样。

"三分钟到了。"乔治笙开口，却是说了这么一句话。

宋喜不晓得他是什么意思，是听进去还是没听进，但他的言外之意她听懂了，三分钟到了，让她下车。

宋喜不敢也不想再死皮赖脸待下去，微垂着视线，打开车门，放下一条腿。

等她整个人都出了车子，正准备关门的时候，坐在车中，侧脸俊美的乔治笙说："明天来公司一趟，去财务部拿钱。"

宋喜美眸一瞪，意外又不解地盯着他看。

乔治笙侧头对上她的视线，淡定地说："答应给你们医院的一千万，我说到做到，记住你今天说的话，有需要我会找你。"

宋喜慢半拍地点了下头，保镖从身后过来，主动关上车门，她站在原地，看着他的车子渐行渐远，最终消失不见。

此时天已经完全黑掉，街道旁的路灯将她的影子拉得很长，她好半晌才回过神来，暗忖乔治笙怎么猜到她是为钱而来？不过看他刚才的反应，这是答应跟她合作了？

隔天一早，海威的职员刚上班打卡，宋喜就到财务部报到，一提乔治笙让她来的，部长亲自来操作。

她手里拿着支票一路走出去，面对无数陌生人意味深长的目光，只觉得这张纸无比沉重，这是她用尊严换回来的。

可就是这张轻飘飘的纸，它能让院长喜笑颜开地答应免费为冬冬做场手术，最现实的不过有钱能使鬼推磨。

孩子天真地提问："姐姐，我做完手术就能好起来了吗？"

宋喜微笑着，肯定地回道："对，你一定会好起来。"

这一刻，仿佛那些曾经受过的屈辱也不算什么。

她为小患者做了手术，手术历时五个半小时，结果非常成功，冬冬在ICU监控了四十八小时后转入普通病房，从此以后他不用再害怕闭上眼睛后会看不见第二天播出的最新一集动画片。

因为院长突然的示好和冬冬的手术，现在医院不知吹了哪股风，都说是副院长前阵子带宋喜去赴了陈豪的局，她肯定跟陈豪有见不得人的交易，陈豪给了院里什么好处，不然天上还有掉馅儿饼的好事儿？

这天宋喜刚结束手术往休息室走，半路就见韩春萌在数落几个小护士，小护士们全都垮着脸，尤其是看见她走过来，眼底更是明显的紧张慌乱。

宋喜走过去，出声问："怎么了？"

韩春萌瞪了她们一眼，随即拉着宋喜往前走。

宋喜道："你又跟她们吵什么？"

韩春萌拉着脸说："几个长舌妇，天天在背后嚼舌根，她们说你跟陈豪，正好让我听见了。"

宋喜表情淡定，不以为意地道："她们爱说什么说什么呗，你搭理她们干吗？还惹得自己一肚子气。"

韩春萌瞪眼问道："满医院的人都在背后说你跟陈豪，你不生气啊？"

宋喜心想，陈豪嘛，估计上次经乔治笙那么一吓，以后都不敢再出现在医院了，倒也清净。

正想着，兜里的手机响起，宋喜拿出来一看，是个陌生的没存名字的号码，不过后面几位数字都是一模一样的，一看就知道号码的主人也不普通。

滑开接通键，她出声道："喂，你好。"

"我在楼下。"

宋喜先是一愣，随即听出是乔治笙的声音，她本能停下脚步，拿着手机往一旁走了几步。

她压低声音问："有什么事吗？"

乔治笙道："今天是月底。"

宋喜恍然大悟。

每个月的最后一天，她都要陪乔治笙回他爸妈家里，这是他们家的规矩，最近几天院里面特别忙，她都把日子给忘了。

"啊，好，稍等一下，我换衣服马上下楼。"

乔治笙那头直接挂了。韩春萌见她打完电话，走过来问："谁啊？"

宋喜回道："一个朋友。"说罢，她又道："我晚上不跟你吃饭了，先走一步。"

韩春萌问："是叔叔的朋友？"

宋喜不与她视线相对，随意嗯了一声。

不是她故意要撒谎，实际是跟乔治笙有约在先。两人是隐婚，绝对不能向外人透露，即便是被人发现两人在一起，也只能承认是朋友关系，这算是他肯帮她的一个条件吧。

宋喜换了衣服匆匆下楼，她知道乔治笙不喜欢等人。下楼后一望，街对面停着一辆黑色的宾利添越，她小跑过去，因为方便，所以直接拉开车门坐进后座。

车门才刚关上，宋喜正迟疑着要不要跟他打声招呼，坐在身前的乔治笙已然冷漠地开口："你拿我当司机吗？"

宋喜表情一滞，慢半拍回道："不好意思。"

说罢，她推开车门作势下去。

乔治笙却忽然发动车子，吓得宋喜赶紧身体往后靠，关上车门。

车子已经往前开出几十米，宋喜仍旧心惊肉跳，瞪着他的后脑勺，她暗道他开车之前就不能多一句提醒吗？一口恶气涌上来，宋喜脸都憋红了。可车内静谧无比，她到底是什么都没敢说，自己沉寂了数秒，怒气也倒逐渐降了下来。

上次好不容易才跟他谈妥，两人尽量不剑拔弩张，淡定，就当他是个没素质的司机好了。

上他的车每一次都无一例外全程无言，两人都跟哑巴似的，开车的开车，想事的想事，一路沉默，直到车子驶入夜城现在唯一可以私人居住的四合院区域。

乔治笙把车停在大门口，宋喜解开安全带下车，他绕到车尾，打开后备厢，里面很多补品，宋喜上前拎了几个在手里，多少有些不好意思地说道："最近医院太忙，忘了时间，也忘了买礼物。"

乔治笙看都不看她一眼，依旧冷淡地说："本来就是走个过场，就别再浪

一笙有喜

费道具钱了。"

说完，他长腿迈开，走在前头。

宋喜碰了一鼻子灰，心说她就不应该解释，反正他爸妈也不待见她，更不在乎她提了什么东西过来。

跟着乔治笙进了院子，每往里走一步，宋喜都是压力山大，回忆着前两次来的经历，真是尴尬到做梦都能被吓醒，如果有选择的话，她真的不想过来。

往前走了二三十米，宋喜跟乔治笙来到主屋门口，门没关严，乔治笙直接伸手拉开，宋喜站在他身旁，一边换鞋，一边不情愿地挤出笑脸，等着他喊一声妈之后，她好跟着赔笑。许是听到这边有动静，客厅里走出一个中年美妇人，她面孔跟乔治笙有四五分相像，尤其是一双狐狸眼，笑起来的时候顾盼生姿，快五十的人也能美到让人移不开视线。

宋喜僵硬地向上勾着唇角，慢半拍反应过来，笑？任丽娜怎么会对着她笑呢？

果不其然，任丽娜是笑着走出来的，可是一看到门口处的宋喜，当即就把脸一沉，那变脸的速度，快到宋喜不知道该不该收回自己脸上的笑容。

乔治笙叫了声："妈。"

宋喜也硬着头皮，颔首叫道："阿姨。"

她的确跟乔治笙领了证，但是任丽娜也当着她的面说过，不会承认她的。所以就算再怎么样，宋喜也不会喊她妈的。

两人刚把东西放在门口，正准备往里进，忽然另一个女声传来："任阿姨，我刚做好糖醋鱼，您先尝尝味道。"

不仅宋喜，乔治笙眼中也有一闪而逝的诧色。

只见一个系着围裙的女人从厨房闪身出来，双手还端着一盘糖醋鲤鱼。

一出门，看到走廊不仅是任丽娜一个人，还有乔治笙和宋喜，女人也是表情一顿，尤其是跟宋喜四目相对时。

任丽娜见状，眼球转了几个来回，马上开口笑说："治笙带朋友回来，也没提前打声招呼。"

说完，她又对乔治笙说："我让嘉伊过来吃饭，嘉伊买了好些你爱吃的东西，还要亲自下厨做饭，我都不好意思了。"

姜嘉伊朝着乔治笙勾起唇角，笑着道："你回来的刚好，糖醋鱼，你最喜欢吃的，过来尝尝味道。"

乔治笙俊美的面孔上表情淡然，说："我喜欢吃保姆做的。"

任丽娜赶紧道："嘉伊亲自下厨，你是有口福了，还挑三拣四的。"

姜嘉伊面上笑容不减，如常说道："治笙从小就挑嘴，不过我这道糖醋鱼，可是你家保姆都夸赞了的。"

任丽娜弯着眼睛，满是慈祥和蔼地说道："嘉伊心灵手巧，谁家娶了你当儿媳妇，真是有福了。"

一家子其乐融融的场面，宋喜就像个八竿子打不着的旁观者一样，即便此时此刻她跟乔治笙是并排站着的，可是她的体会特别明显，那是被排挤的感觉。

她站在原地不动如钟，许是任丽娜也没办法将她视作空气，所以假装跟她不熟的样子，象征性地说了句："治笙，给嘉伊介绍一下你朋友。"

像是生怕乔治笙多说什么，所以有意无意地把朋友二字说得比较重。

乔治笙还不等开口，站在宋喜面前，一副乔家儿媳妇派头的姜嘉伊就开了口，她脸上带着微笑，开口道："宋喜，好久不见了，伯父最近还好吗？"

宋喜觉得，这可真是冤家路窄，她竟然会在乔家碰见姜嘉伊。

说起她跟姜嘉伊，两人父母都是有头有脸的，这个圈子就这么大，每年内部举办什么聚会活动，但凡长辈有头有脸的，子女都会出来晃荡一圈，有一些主动参加的，也有像她这种不想去，硬是被宋元青给说去。

宋元青不想让她成天泡在医院里面，本想让她多结交几个朋友，可结果朋友没交多少，冤家倒是结了一个。

当时在一场拍卖会上，有一套顾景舟的大梅花壶，宋喜想拍了回家送宋元青，谁料姜嘉伊跟她杠上了，两人各自举牌不下五次，最后不知为何，姜嘉伊忽然就不拍了，这事不了了之，隔了很久之后才有人告诉宋喜，说是有人跟姜嘉伊说，宋元青的地位比她爸高，宋喜她也得罪不起，所以姜嘉伊一直觉得宋喜是故意压她一头，这个仇，也就这么结下了。

可怜宋喜还天真地以为，拍卖嘛，谁出的钱多谁就得呗，又不是她按住了姜嘉伊的手。

前年姜嘉伊的父亲地位上来了，可算是跟宋元青不分伯仲，所以近两年的拍卖会，只要是宋喜举牌的，姜嘉伊必抢，有时候搞得宋喜也很尴尬，事实上两人都没怎么说过话。

此时此刻，狭路相逢，姜嘉伊一开口就是笑里藏刀的话，宋喜强压下被挑衅的不爽，淡笑着回道："挺好的。"

姜嘉伊岂能放过这么好的落井下石机会，直接毫不掩饰地问道："我看新闻才知道伯父前几个月出事了，那你怎么办啊？"

任丽娜看了眼宋喜，目光意味深长。乔治笙不言语，像是也在静候宋喜要怎么回应。

只见宋喜面不改色，用理所当然的口吻回道："我爸只是配合调查，现在最后结果还没下来，你怎么一副比我还着急的样子？"

她这话明着只是在呛姜嘉伊，实则也是说给乔治笙和任丽娜听的。

果然姜嘉伊被宋喜噎了一下，又不敢明目张胆地说一些难听话，只好笑着回道："没事最好，我也是担心你的。"

宋喜但笑不语。

"进去吧，都站这儿干吗？"乔治笙终于开了金口，他话音落下，任丽娜第一个回神，她只招呼姜嘉伊，热情地带她往里走。

乔治笙不着痕迹地瞥了眼宋喜，但见她面色无异，仿佛早已经习惯，心静如水。

这边的房子特别大，穿过客厅就是饭厅，姜嘉伊把糖醋鱼放在桌上，桌上还有其他的菜，任丽娜笑着对乔治笙说："你看看，都是嘉伊做的，也都是你喜欢吃的。"

乔治笙不搭茬，只问："爸呢？"

任丽娜回道："你爸在里屋休息，你去跟他打声招呼吧，他今天不怎么舒服，不出来吃饭了。"

乔治笙一走，饭厅里瞬间只剩下三个女人，有对比才有感受，此刻宋喜才觉得，原来乔治笙也没有那么讨厌，最起码他在的时候，她还没这么尴尬，此时她站也不是坐也不是。

任丽娜看都不看她一眼，乔家人都知道乔治笙为什么娶她，所以任丽娜对她是一点好印象都没有。

宋喜正想要不借故去洗手间躲躲，话还没出口，一旁的姜嘉伊已经对着她道："宋喜，跟我来厨房一起做饭吧？"

宋喜看着她，表情淡淡，刚要拒绝，任丽娜又开了口，"洗了手再进去。"

宋喜临到嘴边的拒绝只能改成"好"。

洗了手，迈步走进四五十平方米的厨房，放眼望去，宋喜只认识个电饭锅和微波炉，其他的东西认识她，她不认识它们。

偏偏系着围裙的姜嘉伊开口就吩咐她："宋喜，改刀你会吧？你帮我打个下手。"

宋喜刚开始都没明白改刀是什么意思，直到看见原本在切东西的保姆停下来看向她。

顶着所有心思各异的目光，宋喜走到砧板前，低头一看，砧板上是一些肥硕的生鸡翅，旁边的盘子里也有一些。

姜嘉伊说："你把鸡翅切花刀，我来做可乐鸡翅，治笙从小就喜欢吃可乐鸡翅。"

她这句话的重点在于乔治笙，还有特意说了从小，但宋喜在意的重点是，花刀又是什么？

见宋喜迟迟不动，姜嘉伊凑过来，表情夸张地说："怎么了？你不会不知道怎么改刀吧？"

宋喜一言不发，站在身后观看的任丽娜眼中的嫌弃更浓了。

姜嘉伊当着任丽娜的面秀了一把刀工，临了还不忘对宋喜说："看来真是伯父把你给惯坏了，现在伯父不在，你一个人真让人心疼。"她边说边叹气。

宋喜却咽不下这口气，学着她的口吻，天真地问道："你家连保姆都没有吗，还是你爸想把你当厨子培养？"

此话一出，姜嘉伊被呛得如鲠在喉。

任丽娜出声替她解围，"每家的教育孩子方式都不一样，有人就知道宠，有人在乎孩子全面发展。"

宋喜本就是背对任丽娜，干脆装听不见好了。

姜嘉伊眼底有一闪而逝的得意，随即转头对任丽娜笑道："任阿姨，你们都出去吧，我怕你们在这儿，宋喜一紧张更是什么都不会了。"

任丽娜面对姜嘉伊的时候，换了副和蔼的表情，满脸笑意地回道："好，我们出去了，有什么需要随时喊我们。"

姜嘉伊目送任丽娜和保姆前后脚走出厨房，待到偌大的地方只剩下她跟宋喜两人的时候，她忽然变了副面孔，一边给鸡翅改刀，一边似笑非笑地说道："你是治笙什么样的朋友？我怎么觉着你是不请自来的呢？"

宋喜心里说：我是他老婆！

但这样的话，毕竟不能说出口，她随手拿起一个不知道装了什么的调料盒把玩，云淡风轻地回道："你跟他妈关系那么好，去问她啊。"

姜嘉伊碰了个软钉子，心底更为火大，本想直接撕破脸，可转念一想，她笑着说："我们两个也真是有阵子没见了，去年拍的那对耳环你怎么没戴？是不是怕太招摇了，对伯父影响不好？"

宋喜面不改色地说："拍了也不为戴，收藏。"

姜嘉伊眼球一转，随即故意压低声音，故作神秘地道："我听说你家里所有的贵重物品都要被查收的，你的那对耳环，怕是要永久收藏了吧？"

宋喜垂着长长的睫毛看调料盒，姜嘉伊的笑脸就近在咫尺，她沉默数秒，嘲讽地说道："真是虎落平阳被狗欺啊，你爸刚有点起色，你就这么招摇，忘了当初你们全家在我们面前点头哈腰的时候了？"

姜嘉伊没想到宋喜会突然冒出这么一句，原本是她想站在高处踩人，如今被别人踩了软肋，她顿时翻脸，瞪着宋喜说："你骂谁是狗！你现在就是一只丧家犬！还做梦你爸能从里面出来？我告诉你，不可能了！"

每个人都有软肋，宋喜的软肋就是宋元青，她知道宋元青平安无事的概率基本为零，但她受不得别人把她的自欺欺人给戳穿。早就忍了姜嘉伊半天，这会儿宋喜本能地抄起手边东西，直指姜嘉伊，姜嘉伊吓得瞪大眼睛，瞳孔骤然缩小，宋喜后知后觉，慢半拍才发现她手里面握着一把水果刀。

拿就拿了，宋喜指着面色煞白的姜嘉伊，一字一句地说道："闭上你的嘴巴。"

姜嘉伊是真的不敢动，从小到大，何时被人拿刀指着过？她一动不敢动，吓得眼泪都快下来了，正想出声说什么，忽然视线一扫，看到一抹身影出现在厨房门口，她马上朝着背对门口的宋喜道："我跟治笙就是从小玩到大的好朋友而已，你别这么激动，有话好好说。"

宋喜一听这话，当即反应过来，回头往门口看。

门口处的乔治笙一身黑色，衬着一张俊美的面孔仿佛不食人间烟火，明明已经与她四目相对，但表情却丝毫不见波澜，他面不改色地往里走，宋喜慢慢收回刀子。

姜嘉伊赶紧绕过宋喜跑到乔治笙身边，伸手拉着他的胳膊，一脸害怕地问道："宋喜是你什么人啊？"

乔治笙站在宋喜面前两米远的位置，不答姜嘉伊的话，只是冷着脸对她问："什么事非得吵起来？"

宋喜还不待回答，姜嘉伊就抢先说："她不高兴我在，但我也是任阿姨叫来的，如果我知道今天她要来，那我一定不会来的。"

乔治笙眼睛仍旧看着宋喜，冷冰冰地说道："这是我家，谁能来谁不能来，不是外人说了算的。"

闻言，姜嘉伊眼底瞬间划过一抹喜色，也偷偷地给了宋喜一道挑衅和嘲讽的目光。

宋喜全程表情淡淡，不以为意，只随手把水果刀往桌上一放，说："治笙，你给姜小姐点面子，好歹她也是阿姨的客人，我是无所谓，多个人吃饭也热闹些。"

她完全将乔治笙口中的"客人"当作是姜嘉伊，姜嘉伊简直不可置信，眼睛瞪得老大，气得一时间哑口无言。乔治笙面色依旧，但心底却难免轻笑了一下，他以为这话会让宋喜下不来台，没想到……

几个人都堆在厨房，任丽娜不放心过来看看，她一到，势必不能再吵了，三人都装作什么也没发生过的样子。

宋喜做戏做全套，干脆来了句："治笙，我们出去吧，反正我也不会做饭，在这边还碍手碍脚的，让姜小姐大展身手吧。"

说着，她主动走到乔治笙身旁，没想到乔治笙也够配合，直接跟她一道出去了，气得姜嘉伊牙根直痒痒，真拿她当厨子保姆了？

乔治笙坐在客厅的长沙发中间喝茶，面前电视中正在播放新闻，宋喜坐在他左手边的单人沙发上，茶几上又是水果又是零食，都是女孩子喜欢吃的东西，但她一口都没动，因为她知道，这些都不是给她准备的。

任丽娜跟保姆都在厨房，客厅就他们两个，乔治笙目视前方，看都不看宋喜一眼，却忽然出声说："你性格怎么样我管不着，别在这儿惹事。"

原来他在外面都听见了，宋喜闻言，沉声说："有人就是嘴欠。"

乔治笙道："她嘴欠你可以抽她，我从来没说过不让你还手。"

他的语气并不温柔，甚至可以说是冷漠，但宋喜却忽然间被戳到了心底柔软的地方，像是长久的孤立无援，忽然就有人站在了她身边。

几乎是强忍着涌上眼眶的灼热，她微垂着视线，压低声音回道："谢谢。"

谢谢他肯定她，第一次。

乔治笙慢慢转头，一双漂亮的狐狸眼瞥向她，看了几秒之后，薄唇展开，带着轻嘲的口吻说："你是不是想太多？我让你还手，没让你动刀，弄一地血你来擦吗，还是你想弄条人命拖我陪你一起下水？"

看着宋喜一时间来不及调整的表情，僵硬在感动和尴尬之间，乔治笙又悠悠地哼了一句："你这种人，就是自己死，也得拉个垫背的。"

三秒之前，宋喜还在感慨乔治笙的转变，他竟然肯站在她这边。现如今，她终于明白了一个道理，江山易改本性难移，这话不是白说的。

姜嘉伊和保姆做了一大桌的菜，酸甜口的居多，宋喜来过几次乔家，知道乔治笙偏爱酸甜口味。

饭桌上姜嘉伊总是提起小时候，生怕宋喜不知道她跟乔治笙是青梅竹马，怎知宋喜完全不往心里去，就乔治笙这种人，谁爱看上谁看，反正她是连多看一眼都堵心。

宋喜捧着白饭，只夹面前的一盘干煸四季豆，姜嘉伊微笑着说："宋喜，吃菜啊，就像在自己家一样，别不好意思。"

宋喜面色坦然地回道："其他菜不合我口味。"

姜嘉伊没料到她说得这么直白，稍微一顿之后，继而说道："治笙从小就喜欢吃酸甜口的东西，看来你们吃不到一起去。"

宋喜说："能聊得到一起就行，不用吃什么也跟着附和吧。"

姜嘉伊一直是笑脸，宋喜没有笑，倒显得她好像句句在针对姜嘉伊。

任丽娜把话接过去，微笑着对姜嘉伊说："你蕙质兰心，做的菜治笙也喜欢吃，他平时挑嘴得很。"

姜嘉伊拿了公筷给乔治笙夹了块儿糖醋排骨，乔治笙没说什么，但宋喜发现了，直到一顿饭吃完，那块儿排骨还原封不动地摆在盘里。

这么一看，姜嘉伊也是个热脸贴冷屁股的货，宋喜就不明白了，乔治笙这种人，脾气怪得要命，嘴巴也跟淬了毒似的，就一张臭皮囊就把人给糊弄了？

原本任丽娜想给姜嘉伊和乔治笙创造机会，但一看饭后几人都坐在沙发上，宋喜坐乔治笙左边，姜嘉伊坐他右边，别人不知道怎么回事儿，她心知肚明，未免夜长梦多，她也就没多留，才八点不到，就说着时间不早了。

"治笙，你送嘉伊回去。"

姜嘉伊没有异议，起身拿包，微笑着跟任丽娜告别。

宋喜一直走到门口才说了句："阿姨再见。"

任丽娜只略略点头算是回应，姜嘉伊也看得出来，任丽娜对她并不满意。

两女一男一起走出四合院，门口停着乔治笙的车，本来宋喜不想跟着掺和，偏偏姜嘉伊非要多此一举，对她说："宋喜，你自己回去小心点。"

什么？宋喜这人就这样，她可以自己不争，但最烦别人抢，所以她二话不说绕到副驾，拉开车门回道："谁说我自己回去？"

说罢，还不待眼睛微瞪的姜嘉伊回应，她已经抬腿上了车。

乔治笙更是不理会，径自拉开驾驶席车门。

姜嘉伊看着两人占据了前排座位，心底暗自恼恨，可还是上了后座。

上车之后，姜嘉伊率先开口："治笙，先送宋喜吧。"说着，她又看向宋喜，"你现在住哪里？以前的房子，应该住不了了吧？"

宋喜怎么就这么烦姜嘉伊这种人，像是不说话就会被当哑巴一样。

车上就他们三个人，宋喜知道乔治笙对姜嘉伊也没什么照拂的心，所以当即沉声回道："你调到户籍科上班了？"

姜嘉伊是缓了两秒才明白宋喜的意思，想发飙又碍着乔治笙在，所以佯装委屈地说："我不过随口一问，没别的意思。"

宋喜侧头看向窗外，干脆不理她的自导自演。

一时间，车内静谧无比，乔治笙发动车子往前开，等拐到宽敞的地方才问："你去哪儿？"

姜嘉伊后知后觉，发现乔治笙在问她，本能地回了句："我不着急，你先送她吧。"

乔治笙眼底闪过一抹不耐，终是沉声说道："我不是司机。"

这回姜嘉伊就尴尬了，正愁不知道怎么接下句的时候，车内手机声响起，现在大家都用同一个品牌的手机，千篇一律的动静，就连乔治笙都是本能地摸了下口袋。

结果响的是宋喜的手机。

韩春萌打来的电话，宋喜接通，里面火急火燎地说："小喜，你赶紧来医院一趟，东旭受伤住院了！"

宋喜当即表情一变，紧张地问："他怎么了？在哪家医院？"

韩春萌说："就在咱们医院，住院部1306号房，赶紧来了再说。"

"好，我马上过去。"

挂断电话，宋喜一边解安全带一边说："麻烦靠边停一下。"

乔治笙也听出她有急事，缓缓将车子停靠在路边，她说了声谢谢后，利落地下车关门，头都没回就去另一边打车。

一路风风火火地赶到住院部，推开房门往里进，高级病房都是带着小走廊的，因此宋喜还没等看见人，就听到一个男声焦躁地说道："我不住院，这么大点事儿住什么院？局里一堆事儿还没忙完呢。"

说话间宋喜拐过小走廊，侧头往左一看，病房中一共五个人，一名医生和一名护士，韩春萌还有一个中年女人，四个人围绕在病床边，众星捧月，床上躺靠着一位爷，一张原本帅气的脸，也不知怎么搞的，挂了彩，左腿更是连石膏都打了。

听到动静，五人全都朝宋喜看来，男医生跟她打招呼，"宋医生，你怎么来了？"

宋喜迈步上前，先对韩春萌身边的女人打了声招呼，叫了声阿姨，然后对男医生说："患者是我朋友，他怎么回事？"

男医生说："被车撞到，左腿有骨裂现象，表面还有一些轻微的擦伤，不严重。"

宋喜一看顾东旭还有力气叫嚣，底气十足，就知道没伤到根本，她下巴微抬，看着他问："你怎么搞的？"

顾东旭斜眼剜了一下，随即沉声回道："一帮小兔崽子，要不是伤了腿站不起来，我要他们好看！"

他的妈妈气得直跺脚，咬牙切齿地说："还叫狠呢！要不是恰好被巡逻车发现，小命都没了你。"

说着，眼泪涌了上来，当场哭了。宋喜跟韩春萌赶紧哄，顾东旭也蹙着眉头，不耐烦地说："这不没死嘛，哭什么？而且人都抓起来了，放宽心。"

"我就你这么一个儿子，我看你是想让我天天睡不着觉，当什么不好，偏偏当警察，家里是缺你吃还是缺你喝了？"

顾东旭家里经商的，不缺钱，他又是独子，父母宠得不得了，他自己也是少爷脾气，可偏偏一腔热血当了警察，誓死要为人民做贡献，等闲别有个磕着碰着，不然家里一准乱套，这回又出了车祸，也难怪她妈又要一哭二闹三上吊。

值夜的医生站在一旁尴尬，没待一会儿，就对宋喜说：“宋医生，既然是你朋友，那你劝一劝，患者目前的状况，我是建议住院观察一阵的。”

宋喜点头，"好，麻烦你陈医生。"

"不客气，那我先出去了，有事叫我。"

医生带着护士离开，韩春萌也扶着顾东旭他妈坐到沙发上，女人擦着眼泪念叨："肯定背后还有人，这群人今天敢开车撞你，明天指不定又用什么下三烂的招数，必须得找人查清楚，我已经给你小舅舅打电话了，他马上就来。"

闻言，顾东旭登时脸色一变，急赤白脸地说："你又没什么证据，给他打电话干什么？"

他妈说："不找他找谁啊？你就是再能干，又怎么样，还不是折了一条腿在这儿躺着遭罪！"

顾东旭脸色特别难看，他气急了会有说不出话的毛病，宋喜赶紧一闪身挡在他身前，遮住母子二人正面交锋的视线，她拍着他的肩膀道："急什么？有话好好说。"

顾东旭脸都红了，宋喜正纳闷，顾东旭的小舅舅到底是什么人，按理说都是一家人，怎么会气得他恨不能下床用瘸腿踹他妈一脚。

正想着，房门被人敲响，紧接着推门声和脚步声传来，宋喜好奇地扭头去看，却怎么都没想到……她美眸一瞪，定睛看着出现在走廊拐角的人，怎么，会是乔治笙？！

宋喜觉得乔治笙一定是走错房间了。

可顾东旭他妈很快从沙发上起身，迎上前去，嘴里念叨着："治笙，你来了。"

乔治笙则出声叫道："姐。"

姐？！

宋喜站在病床边上，心中万马奔腾，却要努力维持着面不改色。

说话间乔治笙已经朝她走来，不对，是朝着病床上的顾东旭走来，并且目不斜视，像是完全没有看见她一样。

顾东旭稍微欠身，叫了声："小舅。"

"怎么搞的？"乔治笙问。

顾东旭表情讪讪，随口回道："没事，不小心……"

他话还没说完，他妈就忍不住出声打断，"一定是他查案又得罪了谁。治笙，你可一定得帮忙把幕后黑手给揪出来，什么人啊？太缺德了。"

乔治笙还没等应声，顾东旭的眉头已是不耐烦地轻蹙，低沉着声音说："妈，你当我小舅是万能的吗？"

"你小舅说话好使，看看你这张脸，万一破了相可怎么找老婆？"

女人边说边哭，顾东旭心烦意乱，随口说了句："有的是人想嫁给我，这不现成的嘛。"

他下巴往旁边一撇，正好是宋喜站的位置。

第四章

宋喜跟顾东旭是多年的好哥们，两人私底下也什么玩笑都能开，宋喜本不以为意，但这会儿当着乔治笙的面，她吓得差点跳起来。

饭可以乱吃，但话可不能乱说，顾东旭叫乔治笙小舅，那她岂不是他舅妈？

有了陈豪的前车之鉴，宋喜几乎是下意识地偷瞥了乔治笙一眼，但见他目不斜视，脸上也看不出喜怒，可她还是赶紧出声打岔："你别跟阿姨犟嘴，阿姨说什么你就听着。"

顾东旭面色不善，倒也没反驳宋喜。

乔治笙这会儿才侧头看向宋喜，像是刚刚发现她在这里一样，面色如常，慢条斯理地问道："这位是？"

顾东旭他妈说："哦，这是东旭的朋友，也是这儿的医生，叫宋喜。"说完，她又对宋喜说："这是我弟弟，东旭的小舅。"

宋喜硬着头皮朝乔治笙颔首微笑，"你好。"

乔治笙微微点头，"你好。"

两人装作不认识的样子，明明半小时前还坐在同一辆车里。

宋喜脑子飞快地旋转着，到底怎么回事？乔治笙怎么会是顾东旭的小舅？哪跟哪啊，她跟顾东旭认识七八年了，也从来没听说他跟乔家有半毛钱关系啊。

她眼观鼻，鼻观口，口关心地想事情。

乔治笙的目光已经重新落回到顾东旭脸上，薄唇轻启，他出声问："你最近在查谁？"

顾东旭脸上姹紫嫣红，都快没有好地方了，分明是挺好笑的，可他却绷着脸回道："不好意思，局里规定要对外保密，不能说。"

此话一出，他妈气得直跺脚，连连道："你这个孩子，怎么跟你小舅说话的？你小舅是外人吗？你看你都被打成什么样子了？还跟我这保密保密的！"

顾东旭很犟，顶风而上，"本来就是内部机密，即使你是我妈，我也不能跟你说。"

"哎呀你真是翅膀长硬了你……"她作势上前打他。

宋喜离得近，赶忙拦住，"阿姨，阿姨，您看他浑身都是伤，可不能再打了。"

其实女人也就是做做样子，宋喜稍微一拦就发现，对方根本没用力。

此时乔治笙说："没关系，他们有他们的规矩。" 女人打量乔治笙的脸色，一边对他赔笑，一边又去嗔怒顾东旭不懂事儿。

"治笙，我们出去说话。"女人将乔治笙带出去，很快病房中只剩下顾东旭、宋喜和韩春萌三人。

韩春萌一个箭步走到顾东旭身旁，瞪大眼睛问道："刚才那人是你小舅？你什么时候有个这么帅的小舅，竟然不告诉我，你太不够意思了！"

顾东旭一脸嫌弃地说："乔治笙，你敢对他有想法？"

"乔治笙……乔治笙？！"韩春萌念叨着这个朗朗上口的名字，怪不得觉得这么熟悉，她眼睛瞪大，瞳孔缩小，"刚才那个，你小舅，他是乔治笙？"

顾东旭不愿意承认，所以迟迟不肯回应。

不怪韩春萌认不出乔治笙本人，毕竟乔治笙这三个字，只存在于众人的口中，却鲜少有人见过他本人。

从乔治笙他爸乔顶祥开始立下的规矩，除非己愿，绝对不允许任何媒体以任何形式偷拍和公布他们的照片，据传早年有人偷拍乔顶祥被发现，被告得赔了很多钱。

所以哪个不怕死的敢去偷拍乔家人？

宋喜一肚子的疑问，总算憋到乔治笙出去，她问顾东旭："你妈姓乔？"

跟顾东旭认识这么多年，也见过他妈妈几面，但完全不知道他妈姓乔。

顾东旭扯了扯受伤的嘴角，明显悻悻地说道："嗯，她姓乔，乔舒欣，乔顶祥的大女儿。"

宋喜美眸微瞪，露出吃惊的表情。

韩春萌则纳闷地说："啊？不会吧？我听说乔顶祥的老婆很年轻，还不到五十岁，阿姨今年都……"往后的话，韩春萌撇撇嘴，没往下说。

宋喜见顾东旭眼底闪过一抹轻嘲和不屑，她替他说道："乔顶祥有过三段婚姻，他现任老婆叫任丽娜，是乔治笙的亲生母亲。"

韩春萌缓了缓神，随即又看向顾东旭，嘴里嘀咕："那阿姨是？"

顾东旭跟她们关系很铁，如今暴露了，他也索性不遮掩，直言回道："我妈是乔顶祥跟第一任妻子的女儿。"

韩春萌瞪圆了眼睛，倒吸一口凉气，"那你岂不是乔顶祥的亲外孙？"

顾东旭显然不乐于与乔家扯上关系，他说："乔顶祥跟我外婆离婚快五十年，那时候我妈才几岁，早就不是一家人了好吗？"

宋喜能感觉到顾东旭的怨气。毕竟嘛，乔顶祥今年已经七十几岁了，有过三段婚姻，三个女儿，乔治笙是他唯一的儿子，也是老来得子，现在明面上的儿女就有这么多，谁晓得私下里还有没有。

顾东旭的外婆是乔顶祥的发妻，但却没能与他白头到老，反而是很年轻的时候就被拿钱打发了。

宋喜见过任丽娜，约莫任丽娜的年纪比乔舒欣还要小，啧，乔家真的是乱啊。

这会儿韩春萌也费劲儿捋清了这段错综复杂的人际关系，她说："你今年二十五，我看乔治笙也就二十多岁，但你要管他叫小舅。"

顾东旭蹙着眉，摆明了不高兴。

宋喜欸了一声："你干吗给乔治笙甩脸子？不单因为不想沾他的光吧？"

顾东旭不拿宋喜当外人，出声说："乔家是靠什么发的家，众所周知，我真庆幸脱离他们脱离得早，我不是不想沾他们的光，我是生怕跟他扯上太多的关系，回头洗不净一身腥。"

韩春萌想也不想地问："乔家还这么乱啊？"

话音落下，宋喜跟顾东旭皆是蹙眉瞪向她，吓得韩春萌脖子一缩，怯怯道："我随口一说。"

顾东旭皱眉道："让乔治笙听见，你吃不了兜着走！"

韩春萌撇着嘴，过来挽着宋喜的手臂，撒娇道："小喜，你看他了，又吓唬我。"

宋喜一脸正色地说道："他不是吓唬你，你忘了半年前有人公开说乔家的坏话，最后怎么样了？"

韩春萌赶忙道："我不说了，我再也不敢乱说了。"

乔舒欣跟乔治笙一起出去的，但回来的时候只有她一个人，迈步往里走，看见顾东旭就蹙眉唠叨："你啊你，分不清里外，你小舅来看你，你刚才那是什么态度？"

顾东旭也一脸不高兴，说："我让你叫他来了吗？"

"你……"

"你明知道我是干什么的，我出事你叫个商人来帮忙，这不是打我的脸吗？"

眼看着母子二人又要掐起来，宋喜在中间做了个和事佬，对乔舒欣说："阿姨，您别理他，他疼，心情也不好。"

乔舒欣看着满脸挂彩的顾东旭，心里也是心疼，到底是憋住了一口气。

缓了会，她主动对宋喜说："你劝劝他，让他住院，拖着条伤腿怎么出去工作？更何况外面指不定多少人要找他的麻烦，正好避一避。"

宋喜直接应承下来，"好，让他在这儿先住院观察几天。"

顾东旭眉毛一竖，"我答应了吗？"

宋喜眼一斜："你那条腿是不是也不想要了？"

闻言，顾东旭明显的气焰消散，像是霜打的茄子，立马老实了。

乔舒欣又气又心疼地说了句："也就你说话，他还能听进去。"

宋喜跟韩春萌在医院陪到夜里九点多快十点，顾东旭道："都回去吧，再晚回家不安全。"

说完，他又补了一句："胖春，你送小喜回家。"

韩春萌眼睛一瞪，"干吗？我不是女孩子？"

顾东旭下意识地咧嘴一笑，结果抻到伤口，他龇着牙，边笑边说："没事，你是套马杆的女汉子，没人敢打劫你。"

韩春萌跟宋喜一边高，但体重是宋喜的一点五倍，整个人圆滚滚的，很是可爱，平常宋喜都叫她大萌萌，只有顾东旭不怕死，敢叫她胖春。

翻了个大白眼，韩春萌说："我今晚不回家，值夜。"

宋喜道："没事，我不用人送，打个车就回去了，正好让大萌萌在这里看着你，有什么事随时给我打电话，我明早再来看你。"

顾东旭抬眼看向她，"你一个人行吗？"

韩春萌一撇嘴，说："要不我借给她五十斤肉？"

宋喜边笑边跟他们摆手，"我走了。"

韩春萌还是把她送到楼下，宋喜一直面带笑容，直到韩春萌转身离开，她脸上的笑容也随之消失，告诉司机："翠城山。"

每次回那个地方，宋喜总是笑不出来，但今天这样的感觉尤为强烈，乔治笙竟然是顾东旭的小舅舅，他们是亲舅甥，可看顾东旭对他的忌惮，也知道这个人究竟有多危险。

宋元青把她交给乔治笙是逼于无奈，这不亚于与虎谋皮，现在宋喜是骑虎难下，只盼望宋元青的事儿还能有回旋的余地，她好早日摆脱这个放在身边的定时炸弹。

回到翠城山别墅，宋喜拿出钥匙开门，房间中一片漆黑，她也习惯了不开灯，用手机照亮，换上拖鞋往里走。

在经过客厅的时候，身后忽然传来一个男声："你跟顾东旭是什么关系？"

漆黑的房间，宋喜吓得一个激灵，倒吸一口凉气，但好在没有尖叫出声。转身看向声音传来的方向，借着手机光亮，她看到沙发上坐着一个人影，是乔治笙。她头皮和脸都是麻的，站在原地半晌才回神，记起他先前问了什么话，她出声回道："我们是朋友。"

乔治笙抬手按下开关，客厅大亮，他一张俊美的面孔上没有多余的表情，只是眼底透露着不加掩饰的狐疑和轻嘲，说："哪种朋友？"

宋喜顶讨厌别人用这样的目光打量她，她想发脾气，但是不敢，强忍着不爽，面色平静地回答："认识七八年，可以互相开任何玩笑的朋友。"

她知道他还在计较病房里面，顾东旭开玩笑说可以娶她的那句话。

乔治笙道："现在你知道我跟他的关系，你打算怎么办？"

宋喜说："你们是什么关系跟我有关系吗？"说完，她又加了一句，"你放心，我会做到绝对保密，就算顾东旭我也一样不会说。"

乔治笙停顿数秒，忽然好奇似的问了句："你们是高中同学？"

宋喜回道："不是，他上高中的时候，我已经在读大学了。"

闻言，乔治笙眼底下意识地闪过一丝迷茫，宋喜好人做到底，解释道："我跳级，十八岁已经大学快毕业了。"

一笙有喜

  一般人十八岁才刚开始读大学。乔治笙不得不承认，她还是让他有些意外的，原以为她在最好的私立医院上班，全凭宋元青，没想到她还自己有两把刷子。宋喜也以为乔治笙会再问些什么，结果他二话没说，拿起茶几上的烟，起身往玄关方向走，直到他出了家门，她才后知后觉，他今晚不在家住？那他在这儿等她，只是为了问一句她跟顾东旭的关系？

  在宋元青出事以前，宋喜跟乔治笙的生活根本毫无交集，后来被迫同一屋檐下，他们之间的接触也是少之又少，但从仅有的信息中，宋喜还是不难发现，他这个人领地意识特别强，很不喜欢自己身边人跟其他人扯上关系，即便他们之间的关系，也是基于一场利益交换。

  不管怎么说，乔治笙不在家，宋喜还是多少松了口气，一个人回到楼上，她洗漱之后躺在床上，很快就睡着了。

  要说自打出事之后，她的生活中还有什么因祸得福的事情，那就只剩下沾枕头就着这个优点，因为害怕陌生的环境，所以强迫自己不去多看，不去多想。

  第二天一早，宋喜去医院上班，例行公事查完房，她拎着一篮水果去探望顾东旭，结果顾东旭还没见着，倒是在走廊里面冤家路窄，碰到了大半个月不见的陈豪。

  原本宋喜想装作视而不见，可偏偏陈豪主动开口叫道："宋医生。"

  宋喜只能停下来，看向他。

  陈豪穿了件圆领的衬衫，脸上依稀能看见还有一道浅浅的痕迹，那是被乔治笙给弄伤的。两人面对面，四目相对，宋喜不言语，陈豪双手插兜，微扬着下巴，轻嗤道："几天不见，怎么眼睛还长到头顶上去了？不认识我了？"

  宋喜深知这人泼皮无赖，已经不想与他多说半句废话，抬步就走，在两人擦肩而过的瞬间，陈豪忽然低沉着声音说了句："最近还兼职女公关吗？"

  宋喜浑身一僵，几乎是下意识地停下脚步。

  陈豪眼带戏谑，似是意料之中，慢慢转身，他看着宋喜的后背说道："真的是狗仗人势，现在还学会狗眼看人低了，忘记当初是谁上赶着求我的？"

  宋喜强忍着内心的愤怒，转身，她眼神冰冷地看着陈豪，嘲讽道："我看你也是好了伤疤忘了疼。"

  陈豪眼中的戏谑消失，取而代之的是浓浓的嫉恨，盯着宋喜的脸，他咬着牙说："怪不得对我爱答不理的，感情是攀上乔治笙这高枝了！"

宋喜不怕别的，就怕陈豪这张破嘴到处乱说，尤其是顾东旭还在这里住院，让他知道的话……

"小喜。"

宋喜正跟陈豪对峙，身后忽然传来召唤，她扭头一看，心都凉了半截，真是怕什么来什么，顾东旭拖着一条打了石膏的腿，架着拐朝她的方向挪来。

许是职业的天生敏感，顾东旭一打眼就知道宋喜跟陈豪不对付，所以他站在宋喜身旁，轻声问："怎么了？"

宋喜心跳如鼓，面上佯装坦然地回道："没事，正要去看你。"

说着，她提起果篮。

顾东旭伸手接过，然后看都不看陈豪一眼，直接对她道："我正想给你打电话，问你怎么还不来看我，进去吧，给我削苹果。"

宋喜也不想恋战，打算跟顾东旭一起走，可偏偏陈豪贴树皮一样，忽然阴阳怪气地说道："呦，新男朋友？"

此话一出，宋喜跟顾东旭皆是朝他看来，前者眼带警告，后者直接目露不善。

陈豪越过宋喜，看着顾东旭说："兄弟，这腿怎么了？"

顾东旭面无表情地回道："关你什么事？"

陈豪当即嗤笑一声："呵，还有这脸，不会也是某人打的吧？"

顾东旭眉头一蹙，宋喜抢先说道："陈豪，你别没事找事，自己厚颜无耻，就别怪别人不给你面子！"

她是在提醒他，让他记得上次从乔治笙要面子的后果。

果然，陈豪听后脸色骤然一变，宋喜很怕他随时会说出乔治笙三个字，所以拿顾东旭的身份吓唬他。

"我朋友是警察，你最好不要挑衅他，免得告你个蓄意挑衅公职人员的罪名。"

陈豪正在气头上，想也不想地回道："你神气什么呢？"

顾东旭那脾气，沾火就着，眼看着火药味越来越大，宋喜二话不说赶忙上前拦着，她怕顾东旭吃亏，自然要拉偏架，用力拽住陈豪的手臂，陈豪一甩手，宋喜被他抡得往后倒，不过是电光石火之间，她以为自己一定要出丑了，结果往后跟跄两步，却没有倒地，而是撞在了一堵结实撞上去并不疼的硬物上。

清晨七八点钟，住院部走廊上的人并不多，这会儿只有宋喜、顾东旭和陈豪三个人，宋喜撞到什么，站稳之后本能地回头一看。

率先映入眼帘的是黑色衬衫，领口处的扣子自然地松开，露出具有男性特征的明显喉结，再往上看，是棱角分明的下颚，抿着的薄唇，直挺的鼻梁，漂亮到令人过目不忘的漆黑瞳孔，好一双勾人心魄的狐狸眼……宋喜就这么扭着脖子，直勾勾地盯着他看，当真是过了三四秒之后，这才猛然惊觉，这是乔治笙！

她是从他怀里面撤出来的，往旁边退了几步，正面瞧见他，发现他身后还跟着元宝，元宝双手提着果篮和补品，一看就知道是来探望病人的。

宋喜头皮发麻的工夫，乔治笙已经自顾自地从她面前走过，来到看傻眼的陈豪面前，乔治笙薄唇微张，声音不大不小地说道："这么巧，又见面了。"

陈豪刹那间面如土色，支吾着解释："笙哥，我是来找别人的，我不是来找……"宋喜的名字还没等出口，乔治笙已经不着痕迹地打断，"你知道他是谁吗？"

陈豪大着胆子抬起头，瞄了眼乔治笙的脸，但见乔治笙指的不是宋喜，而是一旁的顾东旭。他哪里知道顾东旭又是什么来头，几秒钟的工夫，冷汗都流下来了。"陈豪，我发现你很喜欢找我的麻烦，现在动手都动到我外甥头上了，你说，我们之间是不是有什么误会，还是你看我有什么地方不爽？"

乔治笙自始至终面色如常，甚至连说话的音量都没有放大。但一句外甥，吓得陈豪脸都白了，瞪着眼睛，愣是几秒之后才慌忙回道："笙哥，我真的不知道这是您外甥，我以为他……"

"我以为我上次已经把话说得很清楚了，看来你没仔细听，我让元宝跟你谈谈怎么样？"

"笙哥，我……"

陈豪是真慌了，一个大男人竟然顿时手足无措。

乔治笙"嘘"了一声："我来看病人，不要吵到别人休息。"

说完，他看了元宝一眼，元宝走到宋喜面前，佯装陌生地说道："医生，麻烦您帮我拿一下东西。"

宋喜大气都不敢喘，机械地抬手接过。

两手空空的元宝迈步走向陈豪，抬起一只手臂，搭在陈豪肩膀上，陈豪浑身一哆嗦，元宝揽着他，半逼着他往外走。

他们走后，走廊中又剩下三个人，宋喜真希望自己能隐身。

怎么最近这么背，走到哪儿都能撞见乔治笙。不过话又说回来，他来看他外甥，无可厚非。

顾东旭架着拐来到宋喜身旁，看她脸色不怎么好，低声询问："没事吧？"

宋喜赶紧摇了摇头，"没事。"

乔治笙说："医生，麻烦帮我们把东西送进病房吧。"

宋喜下意识地应道："好。"

说完之后她才有点儿后悔，干吗这么战战兢兢的？

三人前后脚进了病房，顾东旭问宋喜："刚才那是什么人？"

宋喜坐在旁边帮他削苹果皮，垂着视线回道："一个没素质的富二代。"

顾东旭蹙眉，"他总来医院骚扰你吗？"

宋喜说："前阵子总来。"

顾东旭问："那你怎么不告诉我？"

宋喜回道："这种人就是臭无赖，告诉你，你能有什么办法？他一没偷二没抢，你抓他都找不到理由。"

顾东旭急了："那也不能让他成天来医院骚扰你啊！"

宋喜刚想说，这回怕是再也不敢来了，不过话到嘴边，她庆幸幸好没穿帮，好在陈豪还没当着顾东旭的面儿把乔治笙给抖出来。

"外人不方便插手，反倒我们这种普通人可以跟他讲讲道理。"

病房中乔治笙的声音传来，宋喜拿着水果刀的手，下意识地一顿。心想：他是普通人？所以跟他讲讲道理？

想必顾东旭心中的想法跟她一样，但他却对乔治笙说了句："小舅，教训一下，让他以后别再来医院就好了，也别太过。"

乔治笙坐在沙发上，黑衬衫黑西裤，衬着一张俊美的面孔十分冷峻。

眼皮一掀，他微笑着回道："太过指什么？"

虽然他在笑，可宋喜心都凉了，暗骂顾东旭这人也是，心里知道就行，何必说出来呢？

病房中陷入诡异的安静，宋喜垂着视线，假意在削苹果皮，可是脑子转得飞快，她怕顾东旭直肠子说得乔治笙不高兴，正想着要不要出声把话题岔开，忽然间，只听得房门响，一连串的脚步声，紧接着一个胖乎乎的白色身影出现，伴随着轻快的声音:"Hello,我来啦!"

宋喜侧头一看,率先映入眼帘的是一大袋小笼包和颜色各异的盒装粥,来者用袋子挡着脸,可却挡不住那熟悉的圆滚身材。

宋喜用脚后跟都能猜出来是谁,哭笑不得,不知道韩春萌这家伙是来得巧还是不巧。

韩春萌向来活泼,原本就想卖个萌,几秒之后发觉房间鸦雀无声,她纳闷地把挡在面前的两个袋子拿开,定睛一瞧,当她看见坐在沙发上的乔治笙时,一口冷气抽进去。

昨天她说错话,顾东旭和宋喜都警告过她,所以她看见乔治笙就下意识害怕,竟然眼睛一瞪,说:"不好意思不好意思,打扰了,你们聊。"

说罢,转身欲走。

宋喜赶紧起身道:"欸?"

韩春萌转身看了她一眼,宋喜走过来,当她背对乔治笙的时候,她偷着朝韩春萌使眼色,然后口吻如常地说道:"来给东旭送早餐吧?先进来。"

韩春萌跟宋喜认识这么多年,两人之间很有默契,一个眼神,韩春萌就知道宋喜留她必有原因,所以硬着头皮迈步往里走,当然了,还不忘朝着乔治笙的方向怯怯地点了下头。

乔治笙也没想久留,起身对顾东旭道:"姓韩的。"

宋喜本能地偷着瞄了乔治笙一眼,姓韩的?这突如其来的一句话是什么意思?

不过很显然,顾东旭听懂了,因为他眉头蹙起来。

乔治笙一张俊美的面孔上始终没有太多的神色变化,口吻也是不冷不热,"你妈很担心你,你解决,还是我帮你?"

顾东旭回道:"谢谢小舅,不麻烦你了,我自己处理。"

乔治笙"嗯"了一声:"那你休息吧,我走了。"

顾东旭今儿倒也有些眼色,作势要下床送他,乔治笙道:"你别动了。"说完,他又看向宋喜,"宋医生,麻烦你出来一下。"

宋喜突然被点名,顾东旭跟韩春萌皆是面露诧色。宋喜却心知肚明,表面上还得伴装无意地应着:"好。"

两人前后脚出门,他迈步往前走,宋喜跟着,两人之间还有一个人的距离,走了一段路,乔治笙目视前方,声音低沉地问道:"陈豪当着顾东旭的面说什么了?"

宋喜就知道他要问这个,出声回道:"他没提你,东旭不知道。"

本以为解释清楚也就没事了,谁料乔治笙忽然揶揄地说道:"没有那金刚钻就别揽瓷器活。"

宋喜是慢半拍才反应过来,他的意思是,善后不了的就不要招惹。

大清早的碰见陈豪,她还嫌晦气呢,这会儿乔治笙损她,她忍了再忍,还是忍不住低声反驳了一句:"他像癞皮狗一样,狗咬我一口,我还能回头咬狗吗?"

说话间两人走到电梯口,乔治笙按了按钮,忽然侧头对她说道:"你怎么不检讨一下,为什么狗总缠着你?因为你香?"

"叮"一声,电梯门打开,乔治笙迈开长腿走进去,两人一个门里一个门外,乔治笙根本无视她,只有宋喜直勾勾地盯着他的脸看,但是也没看多大一会儿,因为电梯门很快合上。

她直接被气笑了,什么意思?陈豪是狗,拿她当什么了?

乔治笙走已经走了,宋喜站在电梯口,双手插在外袍的口袋里,只剩下嗤笑。

她真不明白乔治笙是什么逻辑,有男人骚扰她,那就一定是她有问题,这跟女孩子被色狼揩油,结果赖女孩子穿得少有什么区别?

神经病!祝他一辈子找不到老婆!

宋喜冲着电梯冷哼了好几声,一转身,身后不知何时站了个人,差点又把她吓一跳。

"副院长?"宋喜眉毛轻挑,"您怎么在这儿?"

副院长满脸堆笑,出声回道:"VIP病房那边有个病人,得亲自过去看看,你呢,查房?"

宋喜点头,副院长还是笑容满面,"辛苦了,有空就多歇一歇,交给你下面的人做,不必凡事亲力亲为。"

宋喜觉得副院长的笑容挺刺眼的,当然了,自打她从海威拿回一千万,别说副院长了,就是院长都对她刮目相看,见面一口一个小宋,亲热得好像她爸还没出事之前。

"那您忙,我先走了。"宋喜稍稍一颔首,三十六计走为上计。

回到病房,她看到韩春萌坐在病床边吃小笼包,一口一个,眨眼的工夫就

一笙有喜

吃了三个。

顾东旭倒是文雅些,拿了杯绿豆粥在喝。

看见宋喜,他很快问:"乔治笙找你干什么?"

宋喜睁着眼睛说瞎话:"问你的身体情况呗,还能干什么?"

顾东旭眼底露出狐疑之色,自顾自地叨念:"真的假的?"

宋喜岔开话题,问:"他刚才说什么姓韩的?"

顾东旭脸色又开始不好,抿了抿唇,沉声回道:"找人整我的幕后黑手。"

闻言,韩春萌反应很大,瞪圆眼睛问:"谁啊?谁这么缺德?你赶紧把他抓起来,还反了天了!"

顾东旭不言语,宋喜走到床头柜处,拿了杯红豆粥插上吸管,喝之前说了句:"你小舅真有本事,一晚上就查出来了。"

顾东旭似笑非笑,"他那消息网还厉害,有什么是他不知道的?"

宋喜说:"甭管怎么样,他也是帮了你的忙,你以后说话少刺激他。"

顾东旭下意识地说:"我和他不是一路人!"

说完,像是自己跟自己怄气,他又蹙眉补了一句:"我真的不想和他搅和到一起。"

韩春萌从旁来了句:"你够资格吗?"

顾东旭慢慢偏头,然后一眨不眨地盯着她看。

韩春萌唇角一勾,满脸赔笑,拿了个小笼包塞到他嘴里,"闹着玩,别生气,我这不是怕你舅甥阋墙嘛。"

顾东旭把小笼包嚼着嚼着咽下去,像是要生吞了韩春萌一样,待嘴里的吃完了,他沉声说:"戏什么墙戏墙?你看我像是闹着玩吗?"

韩春萌一边往嘴里塞小笼包,一边含糊着回道:"不是游戏的戏,阋墙,纠纷内斗的意思。"

眼看着顾东旭沾火就着,宋喜拦着道:"你也是,跟东旭说这个干吗?你明知道他语文不行。"

韩春萌嘴角一撇,"这倒是真的,幸好家里有钱,不嫌弃他这一点。"

顾东旭瞪眼道:"我花你家钱了?"

韩春萌同样瞪眼回道:"你把包子给我吐出来!"

顾东旭蹙眉说道:"你看你都胖成什么样了?买四笼包子,我跟小喜加一块儿吃不了一筐，都让你吃了！"

韩春萌急起来就要冲上床打他，顾东旭扣着她的手腕，嘴里还不闲着，两人面对面，就差互相吐口水了。

宋喜早已习惯，从十六岁到二十五，本该是让她觉得十分漫长的岁月，幸好身边有这俩活宝相伴，他俩就是她枯燥乏味医学路上的调味剂，她拿着红豆粥坐在沙发上，本想坐山观虎斗，结果余光一瞥，瞧见乔治笙送给顾东旭的补品。

一想到乔治笙，宋喜顿时堵得一口粥都喝不下。

顾东旭听了宋喜的劝，没有像活驴一样犟着要出院，宋喜每天都来VIP病房看他，每次都担心再撞见乔治笙。不过事实证明她想多了，因为从乔舒欣跟顾东旭聊天的字里行间，知道了乔治笙自打那天来说了句姓韩的之外，就再也没有露过面。

看来他也是给乔舒欣一个面子，事儿办完之后，压根儿连过场都不必再走。

倒是乔舒欣每天都骂顾东旭，怨他对乔治笙不热情。

一晃儿十多天过去，在此期间冬冬的身体也恢复得不错，他爸爸买了好多零食和水果送给宋喜，感恩戴德鞠躬作揖，"宋医生，谢谢你救我儿子的命，我们爷俩这辈子都记得你的大恩大德，我知道你们医院病房紧，现在冬冬身体也挺好的，我们就不在这占用你们床位了，一会儿收拾收拾就走。"

宋喜还没等说什么，不知院长和副院长从哪儿冒出来，连连表示让他们不用急着走，手术都做了，还差术后休养的时间吗？

冬冬爸爸一脸不知所措，只把目光投向宋喜，说实在话，宋喜也觉得蹊跷，但面上没有表露，只让他们安心先住下来。

等到一出病房，果不其然，院长满面笑容地看向宋喜，说："小宋啊，来我办公室一趟。"

宋喜随着院长进到办公室，还没等落座，他就主动问："喝什么茶？"

宋喜淡笑着回应："谢谢院长，不用麻烦了，您什么事找我？"

院长一抬手，示意她坐。宋喜坐在院长面前，他笑眯眯地说道："冬冬的手术很成功，这都得力于你的技术，当然了，还有你的善良。"

开口先夸，必有后诈。

宋喜莞尔回道："本分而已，主要是院长您的决定，救了冬冬一条命。"

院长摆摆手，"这个我不敢抢功，如果不是你拿到海威集团一千万的慈善捐款，就算我有心救人，也不能单凭我一句话就占用医院资源，所以说，功劳还是你的。"

　　看似随意的一句夸赞，实则重点在于引出海威集团。

第五章

宋喜很敏锐,她察觉到院长这次来找她,一定又跟海威有关,但是钱都拿到了,还想让她干什么?

不知对方本意的时候,最好的应对方式就是不说话,微笑。

院长自顾自地笑了会儿,然后看着对面的宋喜说道:"你跟海威的乔治笙,私交不错?"

宋喜赶紧明哲保身,当即摇了摇头,说:"不熟。"

院长脸上也没有明显的失落或者不快,只是意味深长地说:"哦,那天副院长看到你跟乔治笙在医院走廊里说话,我还以为你们关系挺好。"

宋喜坦然地回道:"乔先生是来看望病人,正好病人跟我是朋友,乔先生问了我几句病人的身体状况。"

"原来是这样……我还想如果你们私交不错的话,能不能请他帮个忙。"

宋喜微笑,"我们真的不熟。"

院长似是自言自语,语重心长地说:"那还真是不好办了,这次乔先生大手笔捐款一千万,海威集团没有发任何公告声明,咱们这边也不好贸然大肆宣传,但乔先生的这份善心,咱们一定不能辜负,还有你的那个小患者冬冬,他是这笔慈善捐款的第一位受益人,我觉得他们全家都有必要知道是谁在背后捐款,救了小朋友的命。"

说罢,不待宋喜回答,他又继续往下说:"原本我想让你请乔先生过来探望一下冬冬，当然了，这都是走个过场，主要是让人知道这笔钱是海威捐助的，往后我们也好拿出更多的钱用于类似的救助，我都跟副院长说过了，要是能请到乔先生来咱们医院一趟，我还准备额外分出一百万给你们心外，专门用于补助冬冬这样家庭的孩子，再苦不能苦孩子嘛。"

到底还是说了实话，包装得再美，把所有修饰一去掉，结果也是昭然若揭，院长希望乔治笙能公开来医院露个脸。

说什么是为了海威着想？一千万对于海威来说，真的就是毛毛雨，但如果业内知道乔治笙给这家医院捐了款，那以后麻烦会少很多，便利也会多太多。

宋喜依旧不出声，漂亮的脸上也看不出真实的想法。

院长不着痕迹地打量着，最后颇为感慨地说道："小宋啊，你也知道这一千万下来，除去购买器材的钱，真的所剩无几，咱们医院这么多科这么多部，大家都争着抢着想要多申请一些补助金，但我个人觉得，这笔钱是你拿回来的，人也是你救的，所以如果要分，心外也理应分得最多，关键就是这个过场……"

过场必须得走。

宋喜听明白了，但她可不敢轻易许这个诺，不然院里就知道她跟乔治笙有私交，以后事更多。

"院长，我的确跟乔先生有过数面之缘，但也仅限于知道对方的名字，您的意思我会向乔先生转达一下，但我不敢保证乔先生是否有时间。"

院长听到这话已经特别高兴，连连道："好好，主要还是看乔先生的意愿，不管怎么说，还是要感谢乔先生的资助。"

宋喜离开院长办公室，乘电梯下楼回到心外科，只见好多人都往前面跑，她逮着一个小护士问："怎么了？"

小护士道："听说一个妈妈带着肺心病的孩子来咱们医院，但是没钱做手术……"

宋喜迈步往前走，医生休息室门口已经围了一大帮人，有护士也有病患。

宋喜拨开人群往里走，只见一大一小两个身影，背对自己，女人穿着牛仔裤和白色的T恤，不管身边的人怎么拉，她执意不起身，后背都是汗，嘴里哽咽着："医生，求求你们，我求求你们，救救我的孩子吧。"

她身边是个头发剃得很短的小男孩儿，之所以宋喜会以为是男孩子，因为孩子穿着男生的小背心和短裤，凉鞋也是黑色的男生款。

直到一个护士从旁劝道:"你先起来,别把你女儿吓着,她心脏不好,怎么能一直这么跪着呢?"

女人单手揽着瘦削的小身体,母女两个一起朝说话的护士磕头,大人哭着说:"医生,求求你救救我女儿。"

小孩子也怯懦地说道:"阿姨,求求你救救我吧,我不想死。"

这话听得在场所有人心里难受,小护士也是红着眼眶,弯腰道:"你们先起来。"

"我不能起来,求你们救救我女儿,我这辈子当牛做马,我下半生赚的钱都给你们……"

小护士说:"我也不是医生,我做不了主……"这边闹腾的工夫,保安科也派人来了,但是看到这对可怜的母女,孩子又有病,谁也不忍心也不敢去拦。

忽然间,休息室房门打开,一个身穿医生服戴着口罩的女人从里面走出来,女孩儿妈妈本能地扑上前,抱住女医生的大腿,求她。

女医生有些踉跄,吓得喊道:"我要去做手术呢!"

保安上前,试图拉开女人,女人却死死扒着女医生的大腿,哭着道:"医生,我把所有的钱都给你,求你救救我女儿吧,她才八岁。"

女医生扶着门框,宋喜清楚看到,她趁乱踢了女人的腿,女人一时吃痛,手一松,被人拉开。

医院的中央空调温度恒定,正常穿着夏装在里面走动完全不会热,可女人却满头大汗,汗水浸湿了身上的衣服,宋喜看她脸色煞白,觉得不对劲,正想叫保安别拉她,忽然间女人白眼一翻,就这样直挺挺晕过去了。

这一下子可吓坏了众人,保安一时间放手也不是,抓着也不是,小女孩儿跪爬到女人身边,拉着她的衣摆哭喊:"妈妈,妈妈……"

宋喜赶忙上前,让保安把女人平放在地,然后对一边傻站着的小护士们说道:"愣着干吗?赶紧抬担架过来!"

好在这里就是医院,抢救也及时,女人躺在病床上,还在输液,一旁的小女孩儿怯怯地拉着她的手,默默地掉眼泪,却不敢哭出声。

宋喜觉得心里特别难受,就伸手摸了摸小女孩儿的头,轻声安抚,"不要怕,妈妈没事的。"

小女孩儿点头,有小护士把宋喜叫出病房外。

一笙有喜

"宋医生，这事你别管，免得……"小护士压低声音，眼中有可怜，但更多的是担忧。

宋喜知道她的意思，女儿肺心病，母亲有很严重的脾虚证，母女两个都是病魔缠身，却又屋漏偏逢连夜雨——没钱。

宋喜从钱包里面掏出五百块钱，递给小护士说："医药费我交过了，等她醒了，把钱给她，让她买点儿吃的，多注意休息，她这病就是累出来的。"顿了顿，她又补了句，"孩子的病不是没有希望，但她要是倒了，就真没有人照顾孩子了。"

说完，宋喜转身就走，剩下小护士叹了口气。

宋喜觉得心里憋得慌，回到休息室换了身衣服就往手术室的方向走，其实她还有将近一个小时才上手术台，但她坐不下，心烦。

进了手术室也有供医生短暂休息的房间，宋喜刚一进门，就听到熟悉的声音传来，"那女的突然往我腿上抱，吓死我。"

看到宋喜，众人都跟她打招呼，"宋医生。"

说话的任爽也扭头瞥了一眼，似笑非笑地道："宋大善人来了，不是刚给先心的患者做完手术嘛，这个肺心的也一块儿做了呗？反正你技术好，心又善，人家不说要给你做面锦旗挂墙上吗？"

宋喜走到饮水机前打了杯水，喝了一口，她转过头，平静地说道："你之前在外面踹了人家一脚，你走后她就犯病晕倒了，小心她醒来后告你。"

任爽当即脸色一变，"你胡说什么？谁踹她了？"

宋喜依旧是面不改色，"我亲眼看见的。"

这里的医生都听说外面闹了一阵儿，但却不知道是任爽把人家给踢昏过去了，此时听到宋喜这么说，皆是意味深长地打量任爽。

任爽瞪着眼睛对宋喜说道："你少往我身上泼脏水，我什么时候碰她了？她告不告我另说，你再这么胡说八道，小心我去院长那里告你！"

两人不和也不是一天两天的事儿，只不过以前宋喜家世显赫，任爽从不敢当面挑刺儿，也就最近三两个月，听说宋元青出事了，外界都传这回宋家完了，所以任爽才逐渐对宋喜表露出厌恶和不满。

房间中其他医生跟着打岔，"都少说两句，咱们才是一起的，别为了外人伤了和气。"

任爽鼻子不是鼻子，眼睛不是眼睛，阴阳怪气地说道："哼，人家是千金小姐，从小当公主一样养着，就连当医生也是为了救苦救难，哪像咱们啊，拼死拼活就为了一口饭吃。你这么有本事，那你把这个也救了啊？上一个可怜，这一个就不可怜了？"

说完，她又极小声地叨念了一句侮辱她的话。

这话说得难听，虽然从宋喜的角度，只看到她的口型，但这足以瞬间挑起她的怒火。

宋喜沉声说道："任爽，有些话我本不想当众说的，既然你这么现实，这么拎得清，那你不会忘了你大学五年是怎么过来的吧？"

任爽没料到宋喜会主动提起大学时期，当即美眸一瞪，但她已经阻止不了宋喜。

宋喜当众说："你家里条件不好，当初考夜医大是学校看你成绩不错，你爸妈又拿着家里户口本来学校，说卖房子都要帮你凑学费，学校可怜天下父母心，容你们晚半年再交，最后全校师生捐款，才把你的学费给凑出来的，你当初在学校大礼堂里怎么说的？你说你永远记得这些帮过你的人，好人有好报。怎么今天别人遇到困难，还是性命攸关的事，你就能这么狠心地在人身上踩上一脚？你是不是觉得你现在混得好了，就忘了你当初也有难到想死的时候了？"

任爽眼睛瞪大，瞳孔缩小，一眨不眨地盯着宋喜看，垂在身侧的双手紧握成拳，咬紧了牙关，额角甚至青筋隐现。

她以为宋喜逮着这样的好机会，一定会大肆地爆料一番，但宋喜却没有这样的兴致，即便她明知道任爽在夜医大的名声有多烂，除去第一年的学费是全校师生帮忙凑的，后面四年的钱，全都是历任男朋友资助的。

这些话，宋喜不会当众说，但她要让任爽知道，做人不能太忘恩负义。

休息室的医生有五六个，所有人都看傻了，正大眼瞪小眼之际，房门打开，韩春萌穿着无菌服从外面进来，看到宋喜，她马上笑着道："小喜。"

后知后觉，发现屋内气氛不对，尤其是任爽，那副脸通红，眼眶也有些红，活像是受了多大委屈的模样，韩春萌暗道，这家伙也有受委屈的时候？

这样的念头刚刚闪过，任爽就气冲冲地往外走，经过韩春萌的时候，不知有意还是无意，还撞了她肩膀一下，韩春萌蹙眉："嘿，你……"

她话还没说完，任爽的身影已经消失不见。

剩下的其他医生皆是面色各异，有人小声劝了劝宋喜，也有人说手术时间

一笙有喜

到了，都纷纷离开。

待到房间中只剩宋喜和韩春萌两人，韩春萌立马迫不及待地问："小喜，怎么回事？任爽还有脸红的时候？"

宋喜坐在一旁，面色淡然地回道："她脸皮再厚，我也有长锥子给她戳穿。"

韩春萌说："我刚在手术室里面，听说外面又有动静了？"

宋喜不轻不重地嗯了一声。

韩春萌撇嘴道："你说现在的可怜人怎么这么多？还都是小孩子，一辈子那么长，但给他们的时间却这么短，如果我有钱就好了，我一定想尽办法帮帮他们。"

如果有钱就好了……这句话就像是一记紧箍咒，死死缠在宋喜脑袋周围，以至于她在做手术的时候，也在想。

要是乔治笙可以来医院走一趟，心外就能拿到一百万的专项款，足够救外面的小女孩儿，还有其他好多个可怜的孩子。

宋喜现在是真没钱，宋元青出事后，家里的不动产和银行账户都被封了，她以前自己挣多少花多少，根本没有闲钱，像是先天性心脏病和肺心病这样的病，治疗最少八九万，她有这个心，也没这个力。

这会儿院长的话又传来了：你让乔先生来医院打个照面，能从那笔款项里给心外拨一百万专项款。

一百万，够救十几条人命了。

人命当头，也许是当医生的责任感，宋喜明知道乔治笙不会轻易答应，可她还是硬着头皮给他打了个电话。

这是从他来医院看顾东旭，拐着弯骂她之后，两人第一次联系。

电话拨过去，听着里面传来"嘟嘟"的连接声，宋喜头发都竖起来了，既希望他接，又害怕他接。

她太紧张，以至于对屏幕上显示着的"正在通话中"都浑然不觉，还以为通话正在连接。

乔治笙起初没开口，等着她说，等了会，她没说话，他低沉着声音问道："什么事？"

他突然开口，着实把宋喜吓了一跳，她本能地说："你晚上有时间回家吃饭吗？"

"……"

最怕空气突然安静。

宋喜也在电话这头暗自蹙眉，她原本想说，你吃饭了吗？晚上回家有事想找你商量，结果不知怎么一开口，两句就并成了一句。

正当她百感交集，不知如何找借口的时候，乔治笙已经用如常的淡漠的口吻回道："没有。"

宋喜又硬着头皮问："那你晚上会回来吗？"

她最近一段时间都没能跟他碰上，有时候她都会怀疑，他晚上到底回没回过家。

乔治笙倒也没有再问什么事，而是不冷不热地说："会。"

宋喜生怕把他问烦，很快回道："好，那我等你，不打扰你了，我挂了。"

说完，可她还是等到乔治笙挂断，看着通话时间二十六秒，宋喜只觉得让她上台手术都比跟乔治笙说话来得轻松。

当晚下班回家，宋喜坐在客厅沙发上等乔治笙，心中无数次模拟，待会儿乔治笙回来，她第一句要说什么。

你回来了？

不好，这不明摆着的嘛。

我等你半天了。

也不好，万一他以为她等得不耐烦了呢？

宋喜就这样琢磨着，看了眼时间，她晚上八点到的家，这会儿都十点了，乔治笙还没回来。

以前她家没出事之前，无论她要办什么，那都是一句话。其实她明白，那些人都是给宋元青面子，但是久而久之，难免也有些习惯这种便利。

最近这几个月，不说过得像度日如年，也总让宋喜体会了一把人还没走茶就已经凉了的滋味。

就说这个乔治笙，说好了他会回来，宋喜从晚八点一直等到夜里十二点，她明早还要早起的。宋喜打着哈欠，一度迟疑要不要直接上楼睡了，但她从没想再给他打个电话，不是没这个脸，而是没这个胆。

乔治笙的脾气她也知道一些，对别人怎么样她不知道，对她，那是见缝插针地落井下石，她没必要把他惹烦了，到时候求他帮忙的事更不好说。

沙发上,她从坐着到歪着,后来干脆躺着,不知什么时候就迷糊着了。

睡得正熟,忽然啪的一声将她惊醒,她浑身一抖,入眼的就是面前的茶几,茶几上多了一把宾利的车钥匙。

因为刚醒,宋喜的身体还挺迟钝,一动不动地躺在沙发上,直到簌簌的声响从身后传来,一身黑色的乔治笙走到她对面,伸手解开脖颈处的领带,随手扔在沙发上,睨着她,俊美的面孔上表情淡淡。

宋喜看到他,赶紧撑着身子坐起来,没有怪他突然弄出声响,只抬头看着他问:"有时间吗?有些事想跟你商量。"

乔治笙把领带扯了,此时又在解衬衫扣子,转眼间扣子解开三颗,露出他胸前一小片蜜色的肌肤。薄唇微张,他不答反问:"现在几点了?"

宋喜真就看了眼时间,回道:"刚过四点。"

乔治笙说:"这么晚,你不睡觉我还要睡。"

说完,他竟然转身就要往楼上走。

宋喜一急,起身道:"我就两句话,不会耽误你太长时间。"

乔治笙头也不回:"明天再说吧。"

宋喜留不住他,眼睁睁看着他的背影消失在二楼。睡到一半被吓醒,眼下彻底精神了,原本想问的一句没问,生生在沙发上度过八个小时,等到再回楼上,像是宋喜睡眠质量这么好的人,竟然也破天荒地失了眠。

一直睁眼到天亮,宋喜起早就去医院,心中早已经把乔治笙骂得狗血淋头。怎么会有这种人?明明答应好的。

想到此处,宋喜惊觉,乔治笙只答应她会回家,一没说几点,二没承诺听她说事。

哎,怪谁?只怪乔治笙套路深。

宋喜到休息室的时候还不到七点,早得很,几个值夜班的同事正换衣服要走,互相打了声招呼,宋喜去到一旁倒水,另外两个人自顾自地聊天。

其中一个道:"欸,你快教教我,我怎么跟人家说吗?"

另一个道:"有事求人,总不能开口就说事,得表示表示吧?"

"怎么表示?送礼物吗?"

"那就看你自己了,反正对方喜欢什么你就送什么,投其所好还不会吗?"

说话间,衣服换好,两人跟宋喜道了别,宋喜微笑,目送她们出去。

第六章

　　只剩下一个人的时候，宋喜也难免多转了转脑子，她要求乔治笙办事，也得表示一下吧？可乔治笙喜欢什么，她完全不知道，更何况他住着亿万豪宅，开着大几百万的车，最不缺的就是钱，她又能给他什么？

　　脑子飞快地转着，忽然宋喜灵机一动，想到了！

　　在她跟乔治笙为数不多的接触过程中，她唯一发现他的偏好，可能就是吃东西的口味，酸甜口。

　　宋喜不知道这算不算是投其所好，但她现在只能死马当活马医，晚上下班，她打车跑了两个地方，一个在城东，一个在城西。

　　城东的是家地道的京帮菜饭店，宋喜打包了宫保虾球、拔丝鸡丁、冰糖肘子。城西是一家岘州菜馆，她买得更多。

　　去过乔家老宅三次，宋喜知道他们家请着几位大师傅，其中必有粤菜师傅，那菠萝咕嘟肉和糖醋排骨做得一绝，就连她这种平时不喜酸甜口的人，吃了都暗自称绝。

　　路上就花费了近两个小时，宋喜拎着两大袋的食盒回家，把十道菜往桌上一摆，今天她做好心理准备了，无论乔治笙几点回来，她一定清醒着等到他，都说拿人的手短，吃人的嘴软，只要他吃一口，她就好意思开口。

　　等待的过程中，宋喜也没闲着，手里捧着一本医书在看，怕困，她还特地冲了一杯咖啡，就这样，一直熬到凌晨一点四十五，房门响了。

一笙有喜

　　她先是抬起头，紧接着放下书，起身绕到可以看见玄关的地方。

　　乔治笙在玄关处换鞋，头都没抬一下，宋喜微笑着说："回来了，吃饭了吗？我买了一些吃的，你看看合不合你的口味，想吃我帮你热一下。"

　　说话间乔治笙换完鞋往里走，依旧没正眼看宋喜，走到客厅的时候，倒是瞥了眼桌上的菜。

　　宋喜这人也是实在，外卖的包装盒都没拆，怎么提回来的就怎么放着。

　　乔治笙也只是看了一眼，随即一声不吭，转身往二楼方向走。

　　宋喜闹不明白他什么意思，但是等了这么久，心意也表了，总不能白等，她出声道："我是有事求你帮个忙，你听一下，要是不能帮就算了。"

　　总好过这么一天天慢刀子割肉。乔治笙跟昨天一样，没回头，一边往楼上走，一边说："想求人办事就得有个态度，我不吃外卖。"

　　不吃外卖？

　　宋喜琢磨着乔治笙这话的意思，合着是要她亲手给他做吗？

　　"哈……"

　　乔治笙的身影早就消失，宋喜半宿半夜笑了一声，却不知是嘲讽他还是嘲讽自己。

　　宋元青对她可谓是娇生惯养，虽然她没有被宠坏，但是像进厨房这种事，她着实不擅长，让她煮个面做个疙瘩汤已是极致，瞥了眼桌上又是排骨又是鱼的，她可能连这些食材做熟之前长什么模样都没见过。

　　隔天早上，宋喜写了张纸条放在乔治笙门口：如果今晚回来，把纸条拿走。

　　她是真的不想再跟他打电话联系了，他那态度让她觉得自己心脏可能有隐疾。

　　下楼从冰箱里拿出两大袋动都没动过的外卖，宋喜去医院上班了。

　　中午午休，韩春萌兴高采烈地来找宋喜一起去食堂吃饭，她每天只有在这种时刻才走路带风，步伐轻快得活像只有九十斤。

　　宋喜把吃的从冰箱里面拿出来，说："今天别去食堂吃了，这些都没动过。"

　　韩春萌随便打开几个盒盖一看，立马眼睛瞪大，抿了抿唇，"哇，糖醋鱼，冰糖肘子，宫保虾球，哪儿来的？"

　　宋喜心情不是很好，撇嘴道："反正不是大风刮来的。"

　　韩春萌见着吃的才不会想那么多，赶紧捧着去找微波炉热了，中午两人坐在休息室，桌上十个菜，宋喜平常喜咸辣，对酸甜的东西兴趣不高，吃得也是没滋没味，中途她夹了块糖醋里脊，佯装无意地问道："这个怎么做的？"

韩春萌是资深吃货，不仅会吃，还会做，闻言，她想都没想一下地回道："这个要精选瘦肉，切成条，还要准备鸡蛋、淀粉、盐、糖、醋，先把……"

韩春萌说完，宋喜已经基本没有食欲了，所有菜里面，她看这道最像是"软柿子"，没想到软柿子也这么不好捏。

晚上回家，宋喜拎着外卖袋子，换了鞋赶紧去了趟二楼，乔治笙的门口，纸条已经不见了，宋喜暗道，幸好。

衣服都没换，她赶紧先下楼，跑去厨房拿了盘子，把从外面买的菜装进盘子里，又特地把外卖袋子扔到小区的垃圾桶。

毁尸灭迹之后，她上楼洗澡，剩下的就是守株待兔。

喝了杯咖啡，她坐在客厅沙发上看书，今天乔治笙回来得比前两天早，竟然十二点刚过就回来了。

宋喜放下书，如常起身跟他打招呼，乔治笙也是如常没有应声。

迈步往里走，他看到桌上的几盘菜，宋喜浅笑着说："不知道你几点回来，早就做好了，我去帮你热一下吧？"

乔治笙不置可否，宋喜端着盘子进去厨房热菜。她真庆幸，厨房里这么多东西，她还会用微波炉。热完菜出来，乔治笙正坐在客厅沙发上抽烟，宋喜猜，这是等着品鉴呢吧？

心里嘀咕，以前在家谁还不是爷啊？然而面上却没表露，她依旧主动并且"高兴"地把几盘菜端到乔治笙面前，甚至连筷子都准备好了，一副等待"皇上用膳"的架势。

乔治笙从进门到现在，一个字没说过，宋喜也习惯了，他出口也没什么好话，还不如不说。

不过他今天也没难为她，拿起筷子，吃了口菠萝咕噜肉。

宋喜站在一旁等着，不晓得他会说什么，却也没想到他会突然把筷子往桌上一扔。

银筷子与大理石桌碰撞发出清脆的叮叮声音，在安静的空间里分外引人注意，简直就是敲在了宋喜的心头上。

乔治笙起身就走，宋喜愣了两秒之后，下意识地扭头看着他问："怎么了？

不好吃吗？"

乔治笙停下脚步，幽幽地看了她一眼，"水木莲的菜，你以为扔了包装盒装了盘，就是你自己做的了？"

宋喜哪里想到他那么敏锐，一下子脸就红了，这感觉特别像是考试打小抄，被老师抓了个现行，岂止是尴尬，简直就是丢脸！

但乔治笙显然还没完，因为身高差距，他几乎是半睨着她道："上坟烧报纸，你拿我当鬼糊弄呢？"

宋喜站在原地，哑口无言，就连个借口都找不到，脑子完全是空白的。

"前阵子还大言不惭地跟我谈合作，就你这点儿心思，还是歇着吧。"

有时候话未必要多难听，能剜心才是上乘。

宋喜活了二十五年，自认为光明磊落，八百年不弄虚作假一次，谁料就在乔治笙眼皮子底下栽了。

他这话赤裸裸地讽刺她的人品，宋喜觉得脸在烧，但手脚却是冰凉的。

眼看着乔治笙最后给了一记不屑的"眼神杀"，转身就要走，她也不知哪儿来的倔强，忽然就出声说道："对不起，我不会做饭，不是想故意糊弄你。"

说完，不待乔治笙回答，她又红着脸继续道："我可以学着做，你能给我次机会吗？"

其实宋喜口中的机会，是指他能否听听她的请求，去医院走个过场，帮帮那些可怜的孩子。

乔治笙眼皮都没掀一下，薄唇微张，淡淡道："还是那句话，求人，就拿出求人的态度。"

宋喜既倔也傲，但该是自己的错时她也认。

垂下视线，她低声回道："我知道了。"

乔治笙转身上楼，宋喜一个人在客厅站了良久，好几次都鼻酸到差点流眼泪，可她忍住了。

默默转身，她收拾桌上的菜，本想扔了，但又突然想到，水木莲的菜，好贵的，一口没吃就扔也浪费，明天带去医院跟韩春萌一起吃，两人又能省一天饭钱。

哎，宋喜从未试过精打细算着过日子，如今短短数月，也是经历了许多之前未曾经历的事。

宋喜连续几天带外卖来医院，韩春萌纳闷，问："怎么回事儿？谁天天带你下馆子啊？"

宋喜面不改色地说："这两天我爸朋友家里有事，欸，对了，这些菜你都会做吧？"

韩春萌点头，"会啊，怎么了？"

宋喜说："你教教我。"

韩春萌眼睛瞪大，嘴里的菠萝咕嘟肉整块咽下去，惊讶道："真的假的？你要学做菜？"

宋喜面上波澜不惊，淡淡道："在人家家里面住那么久，总要有点表示的。"

韩春萌问："他们家里人喜欢吃酸甜口的？"

"嗯。"

韩春萌对宋喜的话不疑有他，点头说："也是，人在屋檐下，是得乖巧点，你想学，我教你。"

宋喜着实被乔治笙给刺激到了，他的反应并不激烈，就是淡淡的才让人心里不痛快，好像她经常糊弄人似的，而且他还惯爱给她弄个名头，她绝不能被他看扁了。

连着上了六天班，最后一天休息，宋喜跟韩春萌一起奔赴超市采购，等把各种食材买齐，她们去的不是宋喜家里，也不是韩春萌的住处。韩春萌不是夜城人，大学毕业跟其他人合租一处，地方小，扑腾不开，两人二话不说，直奔顾东旭的住处。

顾东旭家里有钱，但他一直不跟父母住，大学就开始在外面租房。

两人没跟顾东旭打招呼，等到了门口直接按门铃，想给他来个措手不及。房门打开，顾东旭顶着个鸡窝头，穿着一条白色的四角裤站在门口，宋喜还没等出声，身边的韩春萌就炸了，尖声道："呀！你个流氓，……竟然只穿内裤！"

顾东旭显然是刚从床上下来，迷迷瞪瞪，闻言，他蹙眉道："不穿内裤，难道我光着出来？"

两人见面就掐，宋喜手上拎着袋子，面不改色地往里挤，"让让，我先进去，你们慢吵。"

她与一身精壮肌肉的顾东旭擦肩而过，好歹他也是公认的帅哥，但宋喜却目不斜视，现在她只一心学做菜，好回去糊弄那位"祖宗"。

宋喜和韩春萌不是第一次来顾东旭家，两人轻车熟路，前者直奔厨房，放下袋子打开冰箱拿饮料喝，后者则一屁股坐在沙发上，看着茶几上堆满的功能饮料，啧啧道："你要是身体不好来我们医院看看啊，何必自己在家里面偷着补？"

顾东旭已经回房套上T恤和大短裤，走出来时，人还是不太精神的，半耷拉着眼皮道："我就是天天看你才胃口不好！"

宋喜忍不住挑眉补了句："呦，你天天看我们大萌萌？"

韩春萌瞥着顾东旭道："胡说八道！"

顾东旭要被她俩一唱一和给烦死了，一屁股坐在沙发上，懒散地说道："我都说我没事了，还这么早跑来慰问，你们能让我睡个好觉，我就谢天谢地。"

韩春萌闻言，一扭头，满脸鄙夷地说："你脸怎么这么大？谁说我俩是过来慰问你的？我们是来借你家厨房用用，小喜要学做饭。"

之前说那么多，顾东旭都没清醒，直到听说宋喜要学做饭，他瞠目结舌地盯着宋喜，顿了几秒才问："出什么事了？"

宋喜窝在单独沙发上，开口前难免叹了一口气，悻悻道："多个技能多条路。"

韩春萌从旁解释："她现在住的地方，主人家喜欢吃酸甜口的东西，小喜想表示表示。"

顾东旭眉头轻蹙，"我都说了，你可以住我这儿，我再出去找个地方也是一样住，你还非要在别人家里看人脸色。"

宋喜镇定地回道："不一样，我爸安排的，一定有他的理由。"

每次提到宋元青，韩春萌跟顾东旭都不好轻易接话。别看宋喜一脸不在乎，其实心里最难过的就是她。

韩春萌很快岔开话题，"行了，歇得差不多了，走，进厨房。"

宋喜也不想继续聊这个话题，马上起身往厨房走。

韩春萌会做饭，顾东旭知道，但宋喜要学做饭，简直是太阳打西边出来，他颀长的身躯依靠在厨房门边，看热闹。

韩春萌把几大袋的食材拿出来，菜肉分开，各种调料品，逐一教宋喜辨认。

"这是排骨。"

宋喜说："我知道，你当我傻？"

韩春萌马上严厉地问道："这是前排还是后排？糖醋排骨和梅子蒸排骨用的是不是一个地方，怎么看新不新鲜，你知道吗？"

宋喜老老实实地站在一边，蔫菜了。顾东旭抱着臂轻笑，"真是三十年河东三十年河西啊。"

想着宋喜教韩春萌医学上的专业知识,就跟韩春萌教宋喜认排骨一模一样。

眼看着厨房长桌上一排东西,宋喜好多连名字都叫不上,就差拿个小本子记下来。

她们后面开始用医学专用名词来分析,顾东旭无语地走到客厅打游戏。

韩春萌跟宋喜在厨房忙活,前后最少两个半小时,韩春萌的声音传来,"吃饭啦!"

顾东旭打完手头上这局,起身往饭厅走,餐桌上像是满汉全席,摆了两排,一排六道菜,一共十二道。

韩春萌端着饭,从厨房出来,顾东旭问:"哪道是小喜做的?"

韩春萌下巴一抬,示意其中一道色泽金黄的猪蹄,说:"还看不出来吗?"

顾东旭笑,"看样子不错嘛。"

韩春萌递给他筷子,"你尝尝。"

顾东旭是真好奇,夹起来就往嘴里送……啧,怎么说呢,不咸也不辣,不苦也不酸,就是味道怪怪的。

顾东旭没有吐出来,倒是咽下去了,嘀咕道:"什么味?"

这时宋喜也从厨房出来了,急着问:"怎么样?"

顾东旭说:"你这是哪儿的菜式?"

宋喜略显心虚地眨了眨眼睛,"自创的,不好吃吗?"

韩春萌看不下眼了,撇嘴道:"我说我做个可乐鸡翅,她非说她来个美年达猪蹄儿,你说美年达炖猪蹄,听着就恶心,能好吃吗?"

宋喜不服,拿起筷子夹了一块放进嘴里,嚼了嚼,然后老老实实地坐下。

一共十二道菜,韩春萌做六道,宋喜做六道,多亏了韩春萌这几道菜,不然这顿饭都没法吃了。

顾东旭劝她道:"喜啊,别想着自己做了,你真的在做饭上没有天赋,实在想表达,从外面买点带回去吧,一样地吃。"

宋喜垂着视线,如鲠在喉,暗道她还敢叫外卖?再被乔治笙发现一回,估计得把她损掉一层皮。

吃完饭,韩春萌在厨房收拾碗筷,宋喜跟顾东旭两人,在家务方面啥也不会干,被赶到客厅看电视。

一笙有喜

中途，顾东旭忽然瞧着宋喜问道："你爸到底让你住谁家里了？"

宋喜听后，本能地心虚。

同样的话，以前顾东旭也问过，那时宋喜紧张只是因为乔治笙的身份，如今她简直惶恐，谁让乔治笙是顾东旭的小舅舅。

这关系剪不断理还乱，宋喜停顿片刻，出声回道："你不认识。"

顾东旭一个人像是自言自语，"外人的饭哪是那么好吃的……"

宋喜真怕他再这么念叨下去，她如坐针毡，好在恰好这时，顾东旭放在桌上的手机响了，他拎起来一看，顿时眉头紧蹙。

宋喜问："谁啊？"

顾东旭啧了一下，没接，把手机扔在旁边，烦心道："跟狗皮膏药似的，贴上就不放。"

宋喜马上笑着说："又招惹哪个漂亮女孩了？"

顾东旭眼睛一瞪，明哲保身道："可不是我招惹的她，一新来的，不知怎么就看上我了，成天到晚追我屁股后面跟着，前阵住院好不容易安静几天，我昨天才上班，她又黏上来了。"

宋喜看热闹不嫌事大，嬉笑道："我东少不是向来来者不拒嘛，怎么，这个不漂亮？"

两人说话间，手机不响了，上面显示一个未接电话，顾东旭道："你少落井下石。"

很快电话又打过来，最少七八个，最后似乎是来了条短信，宋喜八卦，赶紧凑上前看。

顾东旭也不避讳，两人一起看，短信上面写道：就算不喜欢我，你也必须得给我一个合情合理的理由，八点，禁城，等不到你我不会走。

顾东旭看得直皱眉头，宋喜咯咯笑着，拍着他的肩膀道："摊上事了，哥们儿。"

顾东旭拿着手机沉默数秒，忽然侧头看向宋喜，"去，化个妆。"

宋喜脸上的笑还没有完全收回，闻言眼带警惕地问："干吗？"

顾东旭说："陪我出去一趟。"

宋喜立马皱眉，"又让我扛雷？"

顾东旭说："你不扛谁扛？"

宋喜跟顾东旭认识这么多年，每次他有甩不掉的"莺莺燕燕"，总是拉她出来当"正宫",她顶着他家红旗的名号,没少被彩旗骂。

"我不去。"宋喜一脸嫌弃。

顾东旭说:"我把家里厨房借你用,得知恩图报,懂不懂?"

宋喜挑眉问:"你没吃吗?"

顾东旭回道:"我吃的是胖春做的,你自己做的自己都不吃!"

两人正跟客厅争论,韩春萌闻讯从厨房跑出来,问:"怎么了?"

宋喜斜眼道:"又有小姑娘想飞蛾扑火,回回拿我扛雷。"

顾东旭对韩春萌说:"你赶紧劝劝她,劝动了我给你买好吃的。"

韩春萌眼睛一亮,提议道:"我给你扛雷,你带我去呗?"

顾东旭扫了眼从头到脚都圆滚滚的韩春萌,抿了抿唇,好声好气地说:"在家等着,哥回来给你买好吃的。"

说完,他起身去拽宋喜的胳膊,"麻溜的。"

韩春萌一撇嘴,转身回了厨房。

宋喜着实不想去,但也架不住顾东旭软磨硬泡,他让她化个妆,宋喜挑衅道:"嫌我难看吗?"

顾东旭讨好地说:"你要是难看,就没有长得好看的,但我想让她一次性死了心,所以劳烦喜姐化个'绝杀'妆,小弟先谢了。"

他对着宋喜拱手抱拳。

宋喜嘴上叨念着烦,但手上也没停,从韩春萌包里翻出化妆袋,迈步往洗手间方向走。

镜中映照出宋喜那张不施脂粉却异常明艳的面庞,她天生皮肤白,眉毛黑,嘴唇也是淡粉色,是书中写的那种唇红齿白,就算一点妆不化,也像是上了妆。她还上初中的时候,就是学校公认的校花。

她涂了今年最流行的樱桃红色眼影,又把浓密的睫毛刷长,最后上了个哑光的复古大红色口红,镜中人顿时艳丽妖娆。

随便拢了拢头发,宋喜三分钟就出了洗手间,喊着顾东旭:"好了,走吧。"

顾东旭从卧室走出来,为了坐实跟宋喜之间的情侣身份,他配合她,换了件黑色T恤,下身是浅白色牛仔裤,两人打了个照面,顾东旭眼中露出惊艳之色,毫不吝啬地夸赞:"你化妆超漂亮,以后都化吧。"

宋喜说:"每天在医院泡着,三分之二的时间都戴着口罩,化得跟妖精似的给谁看？"

顾东旭撇嘴，嫌她无趣，"你小心找不到男朋友。"

宋喜不屑地回道："担心你自己吧。"

两人站在玄关处换鞋，顾东旭扬声朝着厨房喊道："大萌萌，想吃什么？我给你带回来。"

回应他的是摔碗声，宋喜忍俊不禁，"行了，赶紧走吧。"

顾东旭跟宋喜一起出门，嘴里叨咕着："你说胖春这些年死活不肯减肥……"

宋喜道："那你跟她说啊，让她减肥。"

顾东旭悻悻道："算了吧，我在她心里还不如一袋辣条有分量。"

下了楼，顾东旭开着辆黑色的丰田吉普载着宋喜去目的地。

顾东旭在给她介绍待会要见的人，其实他也不是很熟，所以除了名字和大体的性格之外，也说不出什么来，总之就告诉宋喜一句话，让对方死了这条心。

半个多小时的车程，顾东旭降低车速，按照禁城门口工作人员的指示，将车子停在空位，两人前后脚下车，待走到一起之后，顾东旭坦然地对她伸出手，宋喜先是撇撇嘴，随即跟他手牵手。两人身穿情侣装，男靓女艳，着实吸睛。在往里走的途中，顾东旭拿出手机打了个电话，宋喜听他说："你在哪儿？我到了。"

宋喜轻声叹了口气，暗道这大好的天，估计没多久就有人要心拔凉了。

禁城一层有专供客人小坐的休息区，宋喜就是在休息区的一处靠窗位置，看到了顾东旭口中的"缠人精"秦妙佳，女孩子很是漂亮，宋喜就纳闷了。

心中正想着，秦妙佳看到携手而来的二人，已是腾地一下子站起来，瞪着眼睛问："她是谁？"

嚯，这脾气。

宋喜心中有了些数，面不改色，顾东旭拉着宋喜走上前，帅气的面孔上神情自若，淡淡道："我女朋友。"

秦妙佳立马瞪向宋喜，良久才跟顾东旭说："你撒谎，大家都说你没有女朋友！"

顾东旭余光瞥见不远处有人往这头看，他眉头轻蹙，出声道："你能不能小点声？让人看见丢脸的不是我。"

宋喜都怕顾东旭说话这么难听，会把人家小姑娘给弄哭了，结果秦妙佳却只是生气,没有委屈,她瞥向宋喜,她出声问:"你真是他女朋友?"

宋喜点头,此时三人已经面对面坐下,秦妙佳抱着手臂问:"那你说他是干什么的?"

宋喜磕巴都不打一下地回道:"经济犯罪侦查。"说罢,不待秦妙佳说话,宋喜如数家珍地讲道:"他今年二十五,生日5月20日,血型AB,喜欢黑白纯色,最喜欢撸串喝啤酒,家里养的松狮叫三德子,上一任绯闻女友姓韩,上上一任姓李。

"秦小姐,我跟你说,我们家东旭是招风,喜欢他的小姑娘从二环排到五环,你之前不知道他有女朋友,现在你知道了吧?"

这一套说辞,宋喜一年最起码得说个四五遍,简直比家谱记得还牢。

秦妙佳眼中已经露出动摇之色,一时间没有接话。

顾东旭适时接话道:"我说我有女朋友,你不相信,现在信了吧?你放心,今天的事只有咱们三个知道,我不会出去声张,以后大家还是同事,单我买了,你随意,我们先走了。"

宋喜随着顾东旭起身,暗道今天真是出奇的顺利,小姑娘看着脾气大,但也是挺通情达理的嘛。

顾东旭做戏做全套,来时牵着宋喜的手,走时干脆整条手臂搭在她肩膀上,两人转身,迈步往门口方向走,才走了不到两米,宋喜眼尖,看到前方迎面过来一帮人,清一色的大高个大长腿,跟国际T台上的男模似的,尤其是打头的那个,一身黑,气场极强。

宋喜是因为对方打眼才特地留意,身下脚步未停,结果过了几秒她才恍然惊觉,那不是乔治笙吗?

头发都竖起来了,瞬间宋喜脑子一片空白,还来不及作反应,对面的乔治笙也发现了她。他身边同行的有几人,身后还有元宝和保镖,一行人浩浩荡荡。

宋喜回神,第一反应就是脚步变缓,她想跑,或者说是想跟顾东旭保持距离。

可屋漏偏逢连夜雨?身后的秦妙佳也不知哪儿来的倔强,忽然就扬声喊道:"顾东旭,你真的爱她吗?"

她这一嗓子成功吸引了半个大堂人的注意,当然,乔治笙也顺理成章地朝着宋喜跟顾东旭的方向看。

第七章

宋喜就知道，今儿出门没看皇历，雷不是这么好扛的，果然还是"炸"了。

此时顾东旭也瞥见了乔治笙，下意识眉头轻蹙，感觉自己丢人现眼的一幕被最不想见的人给看见了。

揽着宋喜，他头都没回一下，想就这么迈步离开，但很显然，秦妙佳是个不在意外界眼光的人，她竟然从后面快步跟上，一把拉住宋喜的胳膊，宋喜惊上加惊，大脑一片空白，什么动作都没做，表情像是惶恐又像是呆愣。

顾东旭见状，俊脸一沉，登时伸手把宋喜往回拽，"你干什么？"

宋喜横在两人之间，一瞬间跟天平中间的托盘似的。

秦妙佳直视着顾东旭，毫不畏惧地道："你喜欢她吗？"

顾东旭眉头一蹙，迎着众人好奇的视线，压低声音说："你把手松开。"

秦妙佳眼眶有些发红，看得出来是在强忍，她还是那句话："你喜欢她吗？"

顾东旭见过比秦妙佳更难缠的女人，多狗血的分手场面他都能镇定自若。乔治笙在不远处看着，此刻这简直就是像伸手打他的脸。

一时情急，他本能地想把秦妙佳扯开。秦妙佳见状，自然是把宋喜拉得更紧，宋喜已经好一会没敢抬头了，众目睽睽本就够尴尬，更何况……

"行了，你们别扯了，不嫌丢人吗？"宋喜声音很低，希望顾东旭和秦妙佳能停止对她的"争夺"。

奈何被情绪冲昏头脑的女人和被伤了面子的男人根本就听不见，明明是两

066

个人在拉扯，可怜宋喜夹在他们中间脱不了身，乍眼一看，还以为两女一男撕扯到一块去了。

越急就越是脱不了身，宋喜真想大声骂一句：都滚，爱谁谁，别拉着她一起丢脸。

元宝站在乔治笙身后，看到乔治笙的脸上依旧平静，让人猜不透，但他却能从乔治笙唇角轻扯的小动作，看出这是在嘲讽。

转头给了禁城工作人员一个眼神，对方收到，立马叫了保安过来。

之所以前面没人阻止，第一是因为事情发生得太突然，第二是顾及客人的脸面。

不一会儿，不远处快步跑来一组保安，保安上前以劝阻为主，动作小心地将缠在一起的三人分开。

顾东旭脸是白的，宋喜脸是红的，秦妙佳哭了，她看到顾东旭紧紧拉着宋喜的手腕，像是生怕她受伤。

女人都是既愚蠢又聪明的动物，可以很长时间被迷住眼，也能一瞬间看清很多事。

现在她不用问了，结果很明了。

宋喜一直低着头，不敢看乔治笙的方向，只想着时间快点过，总有熬过去的时候。

她没想到，视线所及的范围内，会出现一双黑色的男士皮鞋尖儿，熨烫得笔直的西装裤腿，纯黑的颜色……

心都凉了，此时此刻她却认出乔治笙的鞋了。

果然，下一秒，再熟悉不过的男声响起，一贯的低沉清冷，还有刻薄，他说："这是公共场合，如果想表演，可以联系前台，他们会提供专门的舞台，大庭广众之下演了这么一出，我们看了，是要鼓掌给钱吗？"

宋喜像是犯了错的学生，被班主任骂得毫无反驳之力。

外人眼里她是天才，成绩优秀，多次跳级，比同龄人考上大学的时间早很多，太多人把她当成好孩子的榜样。然而宋喜也有叛逆期，也会惹是生非，只是碍着她天才的名号，还有宋元青的面子，从小到大，很少有人真正责备过她。

此时当众被乔治笙数落，让宋喜下不了台。

顾东旭跟宋喜一样，心里不舒服，可无论反驳或者是解释，结果都是丢人。

正当宋喜以为今天就是她颜面扫地的日子，乔治笙却又话锋一转，说了句："叫人把这位小姐的身份登记一下，以后这样的人，不许再放进来。"

　　提到小姐二字，宋喜本能地稍微抬了下头，因为这儿就两个女的，不是她就是秦妙佳。视线抬起，宋喜发现乔治笙指的是秦妙佳，一时间，她不知道该庆幸还是惶恐。

　　大堂经理早已赶到，紧张地在一旁立着，闻言，伸手对秦妙佳做了个请的手势，太多人看着，秦妙佳的脸明显涨红了一个度，开口就问："凭什么？"

　　乔治笙俊美的面孔上波澜不惊，他身上带着一股贵气，但又潜藏着危险，就好似现在，他只是地站在这儿，都能给人无法形容的压迫感。

　　薄唇微张，他吐出寥寥数字："这儿，我说了算。"

　　有些人说话从不大声，也不刻意炫耀，他仿佛在说一件最正常不过的事情却又气势十足。

　　乔治笙，乔顶祥唯一的儿子，从出生就注定要被众星捧月的一个人，他说的话，别人不敢反驳。

　　秦妙佳显然不认得他是谁，可还没来得及从他的气势中回过神，人已经被工作人员"请"走。

　　宋喜还被顾东旭拉着，不知道为什么，她心底有说不出的惶恐，哪怕乔治笙没有为难她，在打发完秦妙佳之后，他甚至没有再看他们一眼，就这样从两人面前走过，在外人看起来他们就是身份悬殊两个世界的人，哪怕有过那么一次擦身而过，也不会有更多的交集。

　　乔治笙走后，大堂经理亲自来跟顾东旭和宋喜道歉，说是他们没有处理好，让两人受惊了。

　　这算是把两人从刚刚的丢人闹剧中摘出来，仿佛一切都是秦妙佳一个人的无理取闹，他俩都是受害者。

　　顾东旭拉着宋喜从里面走出来，直到车前才松了手，宋喜的手臂上是一块儿清晰的红色掌印，顾东旭喉结微动，低沉着声音问："没事吧？"

　　宋喜轻轻摇了下头，他给她开车门，宋喜抬步坐进去。

　　随后顾东旭也上了车，起初两人都没开口讲话，密闭的空间中诡异地安静。也不知过了多久，顾东旭说："今天对不住了，我没想到会遇见他。"

两人相交多年，对不起这种话，平时当成玩笑可以挂在嘴边，但关键时刻反而很少说。

原本宋喜还有些烦躁，暗道今天真背，但顾东旭说完，她立马就不气了，开口回了句："没事啊，不熟，以后也不会再碰见，一次性的丢人。"

她故意大大咧咧的，想着让顾东旭心里好受点。其实宋喜很心虚，今乔治笙说的"表演"和"给钱"，绝对不是在嘲讽秦妙佳，因为他们根本不认识。顾东旭再怎么说也是他亲外甥，他也不会让顾东旭太难堪，所以明摆着的，他是在鄙视她。

只针对她一人。

至于为什么没有把她也拉进黑名单，十有八九还是看在顾东旭的面子上。

可顾东旭不知道乔治笙跟宋喜的关系，自然以为乔治笙一棒子打翻一船人，脸色别提有多差。

一路上，两人各怀心思，谁也没心情讲话，宋喜侧头看着窗外，等见了熟悉的建筑物，她说："靠边停一下吧。"

顾东旭说："你去哪儿？我送你。"

宋喜回道："不用了，你回去吧，大萌萌还在你家呢，你晚上给她送回去。"

顾东旭只好把车靠边停下，宋喜临下车之前，他开口说了句："你什么时候有空打给我，我请你俩吃大餐。"

这是三人之间不成文的规定，一旦有好事，或者谁做错事，就拿吃的补偿。

宋喜回头笑了笑，爽快地道："行，把钱准备好了，我要去秀丽河山吃。"

顾东旭看她是真的没生气，这才多少露出点儿笑模样，出声回道："没问题，等你电话。"

宋喜关上车门，看着顾东旭驾车离开，她脸上的笑容也慢慢地消失。脑子中不由得浮现出乔治笙的脸，事实上她这一路都在想他，他本就忌讳她跟其他男人"不清不楚"，这回被撞了个正着，对象还是他亲外甥……

宋喜浑身开启了警报模式，她觉得这事必须得解释明白，还得尽快，不然拖久了对别人越麻烦。

拿起手机，她站在路边，深吸一口气，给乔治笙打了通电话。

手机中传来嘟嘟的连接声，明明是打过去了，但响了几声之后就显示暂时无法接通，宋喜又打了一遍，这回对方挂得很果断。

宋喜暗道：完了，又把这个神经质的人给气着了。

其实她很想当着乔治笙的面吐槽他，两人之间的关系，彼此心知肚明，他三令五申不许把已婚的事儿透露出去，但看到她跟其他男人在一起，他又那副无动于衷的样子，嘴跟淬了毒似的，给谁看？

想来想去，也只有一种理由可以解释，乔治笙太大男子主义，他的老婆，哪怕只是名义上的，他不想娶的，那也不能当着他的面"出轨"。

她没有再打过去，而是干脆发了条短信给他，态度不卑不亢：今晚的事情不是你看到的样子，顾东旭被人追得不耐烦，我是假装他女朋友，帮他来圆场的。

打下这段话，宋喜琢磨了几秒，遂又补了一句：我们从小到大都这样互相"背锅"。

看着屏幕上的几十个字，宋喜觉得这也算是问心无愧了，不再迟疑，直接发出去。

至于乔治笙怎么想，不在她的控制范围之内，拿着手机，她站在路边拦车。

人刚坐进计程车后座，说了句："翠城山。"

手中的手机亮起，伴随着屏幕上一个英文字母：S。

这是乔治笙在她电话簿中的名字，宋喜着实一愣，停顿几秒之后才划开接通键，把手机贴在耳边，"喂？"

"准备好了吗？"

手机中是乔治笙低沉悦耳的声音，宋喜还是蛮"声控"（喜欢好听的声音）的，乔治笙的声音绝对算得上顶好听，只是每次两人在一起对话，无论是当面聊天还是在电话中，他都没什么好话，以至于她没有任何心情欣赏他的声音。就像此刻，乔治笙没头没脑的一句，宋喜立马提心吊胆，她试探性地问道："准备什么？"

乔治笙声音不冷不热："你之前求我办的事儿，现在办完了？"

宋喜也是个机灵的，马上明白他的意思，立马回道："还没有，你什么时候有时间？"

乔治笙说："我明晚要离开夜城。"

言外之意就是只有今晚还有空。

宋喜看了眼时间，赶紧问："那我现在回去准备，你今晚会回来吧？"

乔治笙淡淡地嗯了一声，宋喜还得好声好气地回一句："好，那我先回去，等你回来。"

乔治笙那头先挂了电话，宋喜抬头对司机道："师傅，麻烦就近找一家能买菜的超市。"

司机偷摸从后视镜瞄了宋喜一眼，昏暗光线下仍旧能看出她明媚的脸，司机眼底尽是意味深长，仿佛单从宋喜的几句话，他已经能鉴别出她的身份。

心想：哎，怪不得这么年轻的女孩能住进翠城山别墅区，敢情是被人给包养了。

宋喜没空去在意司机怎么想，她满脑子都是中午韩春萌教她做的那几道菜。

糖醋排骨用的前排还是后排来着？

菠萝咕噜肉……

她赶紧从包里掏出小纸条，上面有她做的笔记。

计程车停在商场门口，司机说里面就有超市，宋喜给钱下车，直奔超市。

风风火火地采购，恍恍惚惚地回到翠城山别墅，把买回来的东西摊在厨房的银色长案上，宋喜就这么瞪眼看着，足足看了能有十几分钟，这才慢慢下手准备。

宋元青离开后，宋喜不止一次觉得心酸无助，但她都能咬牙挺过来，可眼下乔治笙非逼她亲手做饭，虽说也是她自己应承下来的，可这会儿夜深人静，她一个人站在偌大的厨房，对着众多她不熟悉也不想弄的东西，到底还是红了眼眶，掉了几滴眼泪。

油点子溅在宋喜手背上，她疼得倒吸一口凉气，拎着锅铲往后退了好几步。

隔着这么远，锅里的排骨吱吱作响，她左手拿着锅盖挡脸，右手拿着锅铲，跟扫雷似的往前挪，铲子在锅里扒拉一下，立马后退两步。

知道的是炒菜，不知道的还以为国家花样击剑队在比赛。

厨房的抽油烟机是静音的，炒菜又能有多大动静？只是宋喜自己全神贯注，所以并没有发现厨房门口早就站了个人。

乔治笙一身黑色，越发衬着那张脸十分俊美，他已经站在这里有一会儿了，宋喜的洋相也都被她尽收眼底。

宋元青找上门之前，他也听说过宋元青有个掌上明珠，在当医生。

一笙有喜

他想当然地以为宋元青给她安排的，直到那天宋喜无意中说了句，她十八岁都快大学毕业了。

他承认，他有些许的诧异，觉得她还不算是个绣花枕头，可如今再看……哼，没见过哪个女人像她这样。

转身离开，乔治笙怕越看越生厌，干脆上了楼。

宋喜一个人在厨房待了两个小时，偌大的地方，杯盘狼藉，她满身"创伤"，低头看着盘中黑乎乎的糖醋排骨和鲜红的菠萝咕嘟肉，没吃过猪肉也见过猪跑，宋喜知道这是两个不寻常的菜。

拿起筷子，宋喜蘸了点儿糖醋排骨的汁，放在舌头上舔了舔，眉头急速皱起，妈呀，糖醋排骨怎么苦苦的？

宋喜的味蕾受到了强大的冲击，左顾右盼，看到冰箱，赶紧跑过去。冰箱门打开，侧门成排摆放着矿泉水，宋喜捞过一瓶，咕咚咕咚喝了好几口，这才把那股苦味儿给冲淡了。重新走回到桌旁，宋喜低头看着那盘菠萝咕嘟肉，实在是不敢亲力亲为地尝试。斟酌着是重新做呢，还是硬着头皮等乔治笙回来，拿给他吃？后者只稍微一想就做了罢，万一乔治笙吃完之后发脾气，估计她的事没说就得黄。

拿起盘子，宋喜正转身打算把东西倒掉，忽然门口处忽然传来一句，"你今天不打算从里面出来了？"

宋喜没有被自己做的糖醋排骨给毒死，倒是被这句突如其来的声音差点吓死，浑身一哆嗦，手里的盘子也险些掉了，她惊恐地看向声音的来源处，当她看到一身黑色真丝睡衣的乔治笙时，愣了好一会才回过神。

两人四目相对，乔治笙是冷漠中透露着不耐烦，他上楼洗完澡等了她一个小时，她竟然还没从厨房出来。

宋喜后知后觉，慢半拍才说了句："你回来了？"

乔治笙忍着不爽，口气冷淡，"出来。"

宋喜手里还端着黑乎乎的一盘菜，有些尴尬又有些迟疑，"我还没做好。"

乔治笙说："你做的东西，狗都不会吃。"

他口吻中没有嘲讽之意，而是在平静地叙述一件事实，但就是这种近乎云淡风轻的口吻，才着实戳人心。

宋喜能感觉到自己脑袋发涨，一定是血气冲到了头顶。

还不等她回答,乔治笙已经径自发了话,"我在客厅等你。"

说完,他转身就走,留下厨房中的宋喜,她独自一人,眼泪迅速冲上眼眶,可她立马深吸一口气,努力压制住这种想哭的情绪。

她告诉自己,不要哭,没什么好哭的,这点委屈算什么?要知道,人在屋檐下,这太正常了。

放下盘子,她摘了围裙又快速洗个手,确保情绪已经稳定,这才迈步往客厅方向走。

客厅沙发处,乔治笙坐在那里抽烟,宋喜过去的时候,还顺道给他拿了瓶水,说:"我今天才开始学做菜,做得不好,先不拿给你吃了,你明天有事要走,我也不知道你下次什么时候还有空,但我这里真的有一件事儿想请你帮个忙。"

乔治笙不说话,但也没打断,宋喜等了他几秒,见他没反应,她只好继续说下去,"我们医院用你上次捐助的钱,已经成功救了一名有先天性心脏病的贫困儿童,手术很成功,他恢复得也不错,我们院里希望,如果你有时间也愿意的话,去医院探望一下这名患者。"

宋喜打量乔治笙脸上的表情,在白色缭绕的烟雾包围下,她看不清也猜不到他心中所想,干脆实话实说:"我们院长想让人知道,是海威出钱资助了院里,如果你方便帮这个忙,他会额外拨一百万的款给心外,能救助更多有心脏疾病的贫困儿童。"

过多的软话,宋喜说不出来,一来她从小到大什么都有,需要有求于人的事,屈指可数。

而且她也不知道乔治笙心里怎么想,可能她卑躬屈膝,到头来他也不过是一句话就给打发了。

她跟他之间,始终不是一般的关系。

宋喜把事说了,剩下的就看乔治笙是什么意思,在等待的过程中,宋喜觉得之前那些溅在她皮肤上的油点子,好似一滴滴溅在了她的心上,倍感煎熬,就因为这么一句话,他生生耗了她好几天。

"不就是想跟海威搭条线吗,我帮你这个忙。"

宋喜此前都不敢正眼看他,如今他发了话,她抬眼看着他道:"真的?"

乔治笙用实际行动证明,他说到做到。

他拿起手机打了个电话出去,宋喜猜对方一定是海威的人,因为乔治笙吩咐:

一笙有喜

"明天一早去趟协济院心外，代表公司探望一下首位用慈善捐款完成手术的患者。"

话语言简意赅，电话挂断，乔治笙抽了最后一口烟，把烟头按灭在桌上的烟灰缸中。

宋喜觉得惊喜来得太快了些，简直出乎预料。

她发自真心地勾起唇角，对乔治笙点头说了句："谢谢你，也替那些患者和家属谢谢你。"

乔治笙很是平静地说了句："予人玫瑰，手有余香，善事不是只有你们拿手术刀的人才会做。"

宋喜不确定他这话是谦虚还是讽刺，只能硬着头皮挤出微笑。

本以为任务完毕，大功告成，宋喜正打算寻个由头退下，乔治笙却忽然看向她，主动开口问道："你上次说的话，是当真还是开玩笑？"

宋喜眉毛微挑，暗道谁给乔治笙养成的毛病，说话能不能从头说起，半道拦一句，她知道是哪句话。

但她也没胆子问，就这么又紧张又憋闷，脑子灵光乍现，她自己确认道："你说合作？"

乔治笙的反应证实了宋喜的猜想，他嗯了一声。

宋喜识时务地问道："有什么需要我帮忙的吗？"

乔治笙不答反问："程德清认识吗？"

宋喜眼底很快闪过一抹诧色，随即不动声色地回道："听说过。"

乔治笙说："他是你爸的老朋友，可以说你爸当年全是靠他私下帮忙。"

宋喜当然知道，当年宋元青欠程德清一个很大的人情，至今都拿他当自己的老师和长辈，逢年过节必会亲自致电问候。

在乔治笙没有说明让她帮什么忙之前，宋喜都表现出一副不急不躁的样子，耐心听着他讲，不主动搭话。

乔治笙也在暗中对宋喜的反应打分，见她不接话，他继续说道："程德清他身体一直不大好，回了老家休养，我明天正好有事要回一趟岍州，也有机会去拜会他，你要不要跟我一起去？"

宋喜以前听宋元青说过，程德清目前居住在岍州。

宋元青刚出事的时候，宋喜也想过主动联系程德清，奈何没有联系方式，如今宋元青的案子悬而未落，如果能亲自见一见程德清的话……

心中迅速盘算着，几秒之后，宋喜重新看向乔治笙，面不改色地问道："我能帮你什么？"

这世上没有白吃的午餐，看似乔治笙是在帮她的忙，但实际上，宋喜不觉得乔治笙会这么好心，专门来替她排忧解难。

果然，乔治笙直言不讳地开口回道："我跟程德清之间只谈利益没有私交，而你跟他之间就纯粹得多，你是他最得意的门生的女儿，我这次去拜会他，如果有你在身旁陪着，多少希望我替你父亲照顾你的分上，对我宽容一些。"

这话已是非常直白，宋喜想不到还有其他任何的理由，但她会突然间特别特别伤心，那种沦为丧家犬的屈辱感和酸涩感，排山倒海般地袭来，她差点在乔治笙面前失了态。

垂下视线，她佯装在想事情，其实她是拼命地告诉自己：宋喜，不要哭，就当我求你了，千万别哭。

从乔治笙的角度，他能看到她憋红的脸颊，垂着的浓密睫毛，为了佯装轻松而交叉的手指，由于拇指间的相互大力挤压，指节变得煞白。

他这么深谙人心，又怎会不晓得自己刚刚的那番话对宋喜而言是一种不小的打击，但这又如何？谁让宋元青出事之后，第一个想到的就是威胁乔家？

他这辈子最讨厌的就是被人掣肘，更何况是赔上一段婚姻，他可以不在乎结不结婚，但他在乎同一屋檐下的人，是不是别人硬塞给他的。

对宋喜，乔治笙没有太多的怜悯，要怪就怪她爸找错了人，他承诺宋元青护宋喜安全，可没答应确保一定会让她不伤心难过。

是她自找的，怨得了谁？

宋喜只用五六秒的时间就调整好情绪，明确地说是压下那股突如其来想哭的冲动，重新抬头看向乔治笙的时候，她也是面色无异，嘴唇轻启，出声说："我跟你去岫州，明天就走吗？"

乔治笙对她的决定毫不意外，他也是捏准了她的心思，应声说："明晚六点的飞机。"

宋喜问："要去多久？"

乔治笙说："顺利的话，三天。"

宋喜没再问其他的，只回了句："好，明天五点半之前我就到机场跟你会合。"

"嗯。"

"还有其他事吗？"

"没了。"

"那你忙，我去把厨房收拾一下。"

宋喜起身离开，乔治笙瞄了眼她的背影，之前看她做饭的样子，他会嘲讽她不像是女人，一看就是被宋元青给惯坏了。可刚刚她又爽快干脆得让他略显意外。

决定去了，那就是去。

一会儿觉得她讨厌，一会儿又觉得还行，这种情绪也是乔治笙原来从未有过的，他觉着一定是受了宋元青的影响，如果不是宋元青突然出事，又牵扯出乔家，他这辈子跟宋喜都不会有什么交集。

宋喜回到厨房，默默地倒掉两盘准备了两个多小时的菜，擦桌子，洗碗，夜深人静，唯一的声响都是餐具碰撞发出来的。

宋喜想，一定不是她不够坚强，是因为刷碗头低得太低，眼泪才会掉出来。

她不是个矫情的人，更不是怕吃苦，手术她一站就是三台，医院里面再辛苦再脏的活儿她都能做。只因为她喜欢，是她主动要做的。

如今身不由己，为了宋元青而努力跟乔治笙保持着"良好"的关系。

正如韩春萌所说，人在屋檐下，你得学着讨喜一点。

眼泪模糊了视线，宋喜抬起手臂擦掉，她努力做着以前从来不会做的事情，努力完成乔治笙布下的作业，她学着讨喜，学着没有宋元青的庇护，也要好好地、努力地生活。

可心底越是这么安慰自己，鼻子就越是酸，眼泪就越是汹涌地往外流，宋喜咬着牙，吞回一切声音。把盘子跟碗刷好，想放进一旁的消毒柜里，因为视线模糊，她没看到消毒柜旁边放着一把锋利的德国菜刀，伸手去拉柜门的时候，不过是轻轻一碰，宋喜甚至没有觉得疼，只是被那种刀锋划过肉皮的感觉给惊着了，另一只手里的盘碗直接掉了。

伴随着碎裂的声响，宋喜依稀看到自己的指尖血流不止。

刺痛一如闪电过后的雷声，迟了几秒才来，宋喜疼得直蹙眉，抬着快要滴血的右手去了沥水槽旁。

心外的医生每天都要见血，宋喜并不害怕，只担心伤口如果太深，会影响她拿手术刀。

乔治笙进来的时候，正看到宋喜将右手放在水龙头下面冲洗，左手在抹眼泪，她脚下的还有餐具的碎片。

"委屈吗？"

乔治笙的声音从身后传来，宋喜本能地扭头去看，忘了自己满脸都是眼泪。

乔治笙跟宋喜四目相对，有那么片刻间的晃神，满脑子只有四个字——梨花带雨。

他明知她在哭，可是视线对上的一瞬间，没想到会受到这般视觉冲击。

不过他向来心理素质好，很快就归于平静。

他看着宋喜道："以前在家也没做过这种事吧？我也能理解你一个千金大小姐，寄人篱下，事事都要忍气吞声的感觉。我跟你之间没有任何私仇，只能怪你爸，他出事，还非得拉着我给他垫底。"

宋喜眼睛一眨不眨地盯着乔治笙，乔治笙面不改色地说："你不用恨我，其实你自己心里也明白，是你爸做事不地道在先。如果你想早点摆脱这种生活，趁着这次去岬州，好好求一下程德清，说不定他有办法帮你。"

这会儿宋喜已经缓过神，抬起手将未干的眼泪擦掉，她出声回道："不管你是为了什么，我还是要谢谢你，如果我见到程德清，一定尽力帮你争取。"

乔治笙道："如果能成，我会对你说声谢谢。"

宋喜理智地回道："不客气，互相合作，这是我应该做的。"

乔治笙心里有一种很微妙的感觉，在生气跟开心之间摇摆不定，但他还是开口说了句："储物室有药箱，地上不用你收拾，明天会有人过来打扫。"

说完，他转身离开，只余宋喜呆呆地站在原地，半晌才抽了纸巾裹住受伤的手指，先去储物室拿了药箱，把血止住。

宋喜最后还是把厨房打扫干净了，即便她不会做家务，做得比常人不顺手、比常人慢，但这不是她偷懒的借口，更何况这里又不是她家，寄人篱下，这点自知之明还是要有的。

第二天早上宋喜正在查房的时候，外面忽然传来一阵骚动，宋喜有些诧异，但也没出去看，没一会，韩春萌推门进来，凑到宋喜耳旁说："欸，你怎么不

一笙有喜

出去看啊？听说是海威集团派了人过来，院长亲自陪同，好大的排场，我刚看他们好像进了冬冬的病房，那间病房我记得没住什么特殊人物啊，他们是去看谁的？"

之前海威集团资助一千万的事，只有院长、副院长和宋喜才知道内情，副院长心虚，自然不敢往外说，院长更是个八面玲珑的，海威不放话，他也不会泄露，至于宋喜，她巴不得任何人都不知道。

所以宋喜只是淡定地摇摇头，"不知道。"

韩春萌特别爱打听事，马上上蹿下跳地出去找别人打听，脚步轻快得根本不像个一百六十斤的人。

整个心外也没人清楚内情，海威的人来得快走得也快，宋喜例行公事查完房，紧接着又去找心外的副主任请假。

谁都知道宋喜是劳模，当初宋元青出事是在过年期间，正赶上她放假，消息传出来之后，大家都猜宋喜得请一段的长假，但是谁也没想到，假期一结束，宋喜是全心外最早一个来打卡上班的。

如今突然说要请假几天，副主任丁慧琴特地问了问，是不是有什么事。

宋喜说："是有些私事，要去外地一趟。"

心外是协济院重点科室，心外的医生人手也非常紧，这如果是其他人临时说要请假，那丁慧琴不一定会批，但宋喜平日里表现太好，好到丁慧琴不忍心驳了她这个面子。

"好，你去吧，你的手术我帮你安排给其他医生。"

宋喜道："谢谢丁主任。"

"不谢，如果不是急事儿，你也不会轻易请假的。"

宋喜露出感谢的笑容，心里暖暖的。她进协济院已经整整七年了，七年时间里，可以说是好多年长的人看着她长大的，她也目送了人来人往。

医院里面跟其他公司的职场也都差不多，不是披上白大褂的就都是天使，像任爽那种落井下石的大有人在，哪怕她爸以前还在位的时候，也不乏一些嫉贤妒能之辈，一直在医院里面散布谣言，想尽办法想要挤她走。

但宋喜始终没走，她选择留下的原因很简单，这里她待了七年，身边有韩春萌这种从小玩到大的朋友，也有丁慧琴这种会照顾自己的长辈，她舍不得离开。

请好了假，宋喜离开副主任办公室，想着回去跟韩春萌打声招呼。突然，兜里的手机响了，拿出来一看，是院长办公室的座机。

宋喜联想到海威的人刚走，没意外的话，肯定是跟她谈这个事，所以她顺势进了安全通道，划开接通键，"喂，院长。"

院长特别热情，话未出，先是一连串的笑声，笑完了才道："小宋，辛苦了啊。海威集团派了人过来，我刚带他们探望了你的小患者。"

宋喜也挤出笑容，出声回道："您客气，我只是向对方转达了您的意思，对方是看您和医院的面子。"

院长更是开心，紧接着又说："海威的人今天过来，又给我们捐了三千万，条件只有一个，要院方鼎力支持你们心外的贫困儿童救助计划。我马上叫你们心外的丁副主任上来商讨具体的施行方案，小宋啊，你要是没有手术的话，一起上来研究一下，你的意见也很重要。"

又捐了三千万？这倒是出乎宋喜的意料范围，但她来不及多想，稍微一顿，出声回道："不好意思院长，我刚跟丁主任请了假，我有些私事要处理，可能得几天之后才回来。"

院长闻言连忙说道："哦，这样啊，私事要紧，快去忙吧。你放心，院里一定会尊重你的意见。"

宋喜客气地应承几句，待到电话挂断，她不禁地重新琢磨起那三千万的事。

她不觉得她有那么大面子，一句话就能让乔治笙再多给三千万。还能有什么原因，让乔治笙突然做出这个决定呢？

带着这个疑问，宋喜去找了韩春萌，跟她说自己要离开几天，韩春萌当然要问原因，宋喜没骗她，直言道："我去找一个我爸的老朋友。"

这韩春萌就明白了，点头道："去吧，叔叔一定会没事的。"

第八章

当天中午,宋喜离开医院回到翠城山别墅,乔治笙说顺利的话三天,那也就是最少要去岘州待三天,她收拾了几套夏装,因为不晓得到那边会是什么情况,所以又带了两件不同风格的礼服,想着无论什么场合,都能应付。

都收拾完,宋喜坐在床边,看了眼时间,这都下午两点多了,要是在医院,午饭都吃完一个多小时了,难怪会这么饿。

下楼来到厨房,看到厨房桌上的鲜花从百合换成了红玫瑰,明显是有人过来收拾过。

宋喜打开冰箱门,往里一瞧,里面的都是各种啤酒和饮料。这栋大别墅里面什么都有,唯独没有饮水机,因为乔治笙只喝瓶装水,而且必须喝未开封的,活像是谁要毒害他似的。

宋喜从小到大的生活也算是锦衣玉食,但是跟乔治笙比起来,还是有很大区别。

合上冰箱门,宋喜可做不到喝水就能饱。她在厨房找了一圈,竟然被她找到一小袋面粉。看到面粉,宋喜脑海中第一个闪过的就是疙瘩汤,她在专门放蔬菜的冰箱里面看到西红柿和鸡蛋,可以做个疙瘩汤吃。

这一系列的想法成形于刹那之间,不受宋喜个人意志控制,但找到食物的喜悦并没有持续三秒以上。她唯一会做,并且做得不错的一道食物,会让她想到一个不开心的人。

想到那个人，宋喜顿时连饭都不想吃了。

但胃却很诚实，又是听到一阵饥饿的呼唤。宋喜是不扛饿的人，饿了就得马上吃，不然低血糖也会很快找上来。

不再迟疑，她剪开面粉袋子，拿了个稍大的碗出来，就着水龙头的细小水流，用筷子把面粉搅拌成一颗颗的小疙瘩，看她这个手法，完全不像是个不会做饭的人，然而她唯一会做的也就只有这个了。

毕竟做过很多次，又被人称赞过，她就越做越来劲，如今哪怕几年都没做过，一旦开始，所有的步骤都像是印在了脑子里面。

疙瘩拌好，宋喜又热了锅，炒了西红柿，然后加水，等水开之后把疙瘩下进去，水再开之后卧个荷包蛋。

疙瘩汤特别简单，就她这种"手残"级别的人也能做。一碗红彤彤的疙瘩汤盛出来，上面摆着一只白色荷包蛋，看着就很好吃。可宋喜拿着筷子，却突然间食欲全无，甚至连胃都消停了不少。

三年了，她始终没办法平静地面对，就连一碗疙瘩汤都不能平静地吃下去。

正晃神之际，外面传来开门的声音，宋喜一愣，从厨房走出去看。

乔治笙出现在大门口，他正在换鞋，身后跟着如影随形的元宝，三人面面相觑，宋喜先出声打招呼："你们怎么这个时间回来？"

乔治笙迈步往前走，到沙发处坐下，冷淡地说道："收拾东西。"

元宝随后走进来，朝着宋喜稍稍颔首，然后迈步上楼。

宋喜也没打算跟他尬聊，转身欲走，乔治笙忽然问："你买了什么？"

"嗯？"宋喜重新转头看向他。

乔治笙又问了句："你买了吃的吗？"

宋喜稍一顿，随即道："哦，没有，我煮了点疙瘩汤。"

乔治笙用怪异且意味深长的目光看向宋喜，起初宋喜还不知道他是什么意思，随后想到昨晚她做的那两道黑暗料理反应过来了，乔治笙应该是以为她在撒谎。

她赶紧解释道："我只会做疙瘩汤，你喜欢吃酸甜口的东西，我不会做。"

乔治笙二话没说，耳听为虚，眼见为实，他起身往厨房方向走，宋喜忐忑地跟在他身后。

进了厨房，那股浓郁的香味更加明显，乔治笙看着饭桌上的疙瘩汤，又警了眼明显用过的菜板和锅,貌似真的是她在家做的。

宋喜也不傻,乔治笙都表现出明显的兴趣,她总不能说:那我先吃了,你忙。

她只能客气地问道:"你吃过饭了吗?"

乔治笙毫无意外地说:"没有。"

宋喜说:"这碗我还没动,你不嫌弃就先吃吧。"

乔治笙说:"不用。"宋喜暗道,还真的怕她下药,可紧接着乔治笙又说了一句:"你再做两人份的。"

完全是客人进了饭店点菜的语气,宋喜不由得看向乔治笙,乔治笙也淡定看着她,"多做点。"

说完扭身就走了。

可怜宋喜昨晚还在这里被他嫌弃,今天就又被当厨子使唤了,她只是客套问一句而已。

元宝很快提着乔治笙的行李箱从楼上下来,见乔治笙坐在饭厅餐桌旁抽烟,说:"笙哥,收拾好了,你中午还没吃饭,先去吃个饭吧?"

乔治笙下巴一抬,示意厨房方向,"她在弄。"

元宝闻言也挺诧异,不过他很快放下行李箱,说了句:"那我去看看能不能帮上忙。"

乔治笙没阻止,不知是认真还是开玩笑地说了句:"忙帮不帮无所谓,别让她下毒。"

元宝站在厨房门口敲了下门,见宋喜回头,他客气却不卑不亢地说道:"宋小姐,有什么能帮忙的吗?"

宋喜对元宝没有厌恶之情,她对乔治笙那喜怒无常的恶劣态度都能大度地理解,更何况面对一个主动要求帮忙的人。

她微笑着回道:"不用,这个很简单,马上就好。"

乔治笙让他在这儿看着,元宝也不敢走,就这么跟宋喜维持着几米的距离,等着。

宋喜拿了两个直径比手掌还大的白色瓷碗,都装了一大份,厨房充满诱人的香味。

元宝上前去接,宋喜递给他一碗,他拿出去给乔治笙。

待再回来的时候,宋喜把另一碗也递给他,元宝道:"你那碗凉了,盛些热的吃吧,把那碗给我。"

宋喜没想到他会这么说,一时间不确定是意外还是感动,勾起唇角,淡笑着回道:"没关系,我不怕吃凉的。"

两人说话间,乔治笙的声音打饭厅方向传来,"再客气的话,一会儿谁都不用吃热的。"

宋喜把白色瓷碗往元宝面前送了送,说:"你去吃吧。"

元宝接过,说了句,"谢谢宋小姐。"

乔治笙就知道宋喜没打算出来,所以他又稍微高声叫了句:"都出来吃。"

宋喜本就心里有些堵,就算乔治笙不在她都未必吃得下去,如今又不得不端着碗出来跟他一起吃。

乔治笙坐在一侧最旁边的位置,元宝拉开椅子,坐在乔治笙对面,宋喜则走到长桌的末尾处,选了个离乔治笙最远的位置。

乔治笙也没有想要跟她说话的意思,低头拿着勺子吃东西,心想乔治笙跟元宝吃相都挺好的。她不是看到的,而是用耳朵听。静谧的饭厅里,只有瓷勺和瓷碗偶尔轻碰发出的声响,没有人发出吃饭的吧唧声。

中途元宝接了个电话,宋喜听到他说:"八十年的陈酿,现在告诉我只有五十年的?"

"别跟我说这些废话,六点的飞机,五点半之前给我处理好。"

话罢,元宝挂了电话,他跟电话里面的人说话语气冷淡,再抬头看向乔治笙时,声音却是沉稳中多了几分敬畏,"笙哥,我怕那边办事不牢靠,我先回四合院,找两瓶其他酒顶上。"

乔治笙不慌不忙,似乎觉得碗里的疙瘩汤做得还不错,他又吃了一勺,然后淡定地说道:"家里应该还存了两瓶陈酿好酒,不到八十年但也不错了,你去拿吧。"

元宝马上起身,宋喜侧头看向乔治笙问:"是要送程德清吗?"

乔治笙嗯了一声,元宝把椅子推回桌下,这就准备要走了。

宋喜说:"先等等。"

元宝停下动作看向她,宋喜却看着乔治笙道:"还是别送酒了,程德清这两年心脏不大好,心脏有疾病的人,我们一般不建议喝酒。"

一笙有喜

乔治笙手里拿着勺子,他侧头看向桌尾的宋喜,出声道:"那你建议送什么?"

宋喜说:"碧螺春吧,上了年纪的人,喝茶比喝酒好。"

乔治笙竟然丝毫质疑都没有,直接对元宝道:"回家跟我妈说拿碧螺春,她知道拿哪盒。"

元宝点头后立马走了。

饭厅瞬间只剩下他们两个人,宋喜重新低头默默地吃东西,心里却不禁狐疑,乔治笙这么信她?

乔治笙吃着吃着突然开了口:"你会做饭,为什么在我家却要装什么都不会?"

宋喜跟他在一起的时候心里会绷着一根弦,本能地竖起防备。听到他的声音,她第一反应是心里慌,只是紧张,也说不上害怕。

她慢半拍地出声回道:"疙瘩汤而已,我只会做这个。"

难不成姜嘉伊在表演糖醋鱼和各种高难度菜肴的时候,她给大家来个疙瘩汤?是当菜还是当饭?

乔治笙却说:"做得挺好,比你昨晚做的那些强多了。"

他开口竟是难得的夸赞,宋喜都不知道该高兴还是该感恩,依旧迟了几秒,轻声说道:"好吃就多吃点。"

说完这句后,又是一阵的沉默,宋喜僵硬地把疙瘩汤往嘴里送,努力不去回忆,只想填饱肚子。

身旁的乔治笙道:"祁家人和兰家人,你认识吗?"

宋喜侧头看向乔治笙,问:"具体是谁?"

"祁丞,兰豫洲。"

宋喜道:"祁丞不是祁氏现任的执行总裁吗?听过,没见过。兰豫洲我几年前见过一次,怎么了?"

乔治笙没有看宋喜,搅着碗里的疙瘩汤,他薄唇一张一合,低沉悦耳的声音说:"这次去岘州见程德清,他们也在。"

宋喜面不改色,眼珠转了一圈,马上反应过来。

乔治笙去找程德清,肯定不是简单去寒暄而已,十有八九是有事相求。如今又多了祁丞和兰豫洲两人,看样子是去竞争点什么。

祁氏旗下各种产业遍布全国各地,兰家背景也不简单,乔治笙更是夜城家喻户晓的存在。

这三人聚到一起,光起家底都够天桥后头的戏院说个三天三夜。想到这宋喜强忍着不让自己笑出来,表情认真地说:"祁家和兰家都不是普通人家,你要想势在必得,需要下点功夫。"

乔治笙道:"是啊,所以需要你帮忙。"

宋喜想到昨晚乔治笙跟她说过的话,回道:"我特别小的时候,我爸带我见过程德清,但我都没什么太深的印象,现在我爸风光不再,我也不知道他会不会给我爸这个面子。"

乔治笙说:"那就要看你爸跟程德清的交情到底有多深,还有你以什么样的方式跟程德清交流。"

宋喜明白,交易就是个互惠互利的事,乔治笙提供一个机会让她可以见到程德清本人。但她要做的,不仅是询问宋元青的情况,还要帮乔治笙拿到他想要的东西。

"我不知道你们要谈什么。"宋喜轻声说。

乔治笙道:"你不用知道具体,你是我带去的人,只要程德清给你面子,自然会连带着给我好处。"

宋喜闻言,顿时有些压力山大。

之前她跟乔治笙说过,两人可以是合作伙伴的关系。如今养兵几十日,她这就要派上用场,万一她这把刀不好用,说不定乔治笙回来就把她给弃了,那她爸怎么办?这是一连串的事,牵一发而动全身,不由她做主。

宋喜有一种特别的感觉,就算现在她是跟乔治笙是坐在一条船上的人,也不能说一荣俱荣一损俱损。因为他们只是在一条船上,但掌舵的人不是她,说白了她不过是他的一个便利工具,好用,留着;不好用,随时都会被丢。

乔治笙有多种选择,但是宋喜却只有一条出路——好好替他办事。对他有利,才能对自己有利。

宋喜跟乔治笙同桌吃饭的次数用五根手指就数得过来,即使这样她也知道他吃东西向来挑剔。因为每次回乔家,任丽娜都变着法地想让他高兴,好吃就是她的功劳,不好吃就赖厨子。

宋喜没想到这么挑剔的一个人,竟然把那碗连葱姜蒜都不放的疙瘩汤全都吃完了。

她那碗只吃了三分之一,到底是咽不下去,起身准备收碗,乔治笙道:"放着吧。"

宋喜下意识地客气道:"没关系。"

乔治笙说:"我怕你把碗摔没了,下次要用锅吃。"

闻言,宋喜手上动作一顿。

跟乔治笙在一起的大部分时间她都是被损的那一个。不是她嘴笨,也不是她理亏,实在她懒得解释,只能暗自生气。

房间中忽然响起熟悉的手机铃声,乔治笙的手机在客厅桌上,宋喜的在客厅沙发上,不知道是谁的在响,两人都迈步走过去了。

走近之后才发现,是宋喜的手机在亮,屏幕上显示着来电人:东旭。

乔治笙自然也看见了,没作声,顺势在沙发处落座。

宋喜拿着手机,划开接通键,很自然地往饭厅方向走。

手机中传来顾东旭的声音:"听胖春说你请假了,去哪儿了?"

宋喜镇定地回道:"你别管了,我又不能丢了。"

顾东旭道:"请了好几天的假,要去外地?"

"嗯。"

"你一个人去?"

"嗯。"

宋喜一手拿手机,另一手拿了碗,迈步往厨房走。

顾东旭道:"出什么事了?为什么突然就要去外地?"

宋喜说:"还是我爸的事,有个人兴许能帮上忙,我过去一趟。"

顾东旭问:"谁啊?"

宋喜道:"你别问了,对方不想让其他人知道。"

顾东旭也识趣,不继续追问,说:"你要坐飞机走吧?我送你去机场。"

宋喜怎么能让顾东旭去机场,万一撞见乔治笙,那真是乱了套了。

她只能硬着头皮扯了个谎,"不用,我快飞了,别担心我,我过两天就回来了。"

顾东旭在电话那头明显有些担心,絮絮叨叨一通嘱咐,宋喜都耐心地听着。

等到挂断电话,她出了厨房,去饭厅拿另一个碗。

饭厅跟客厅斜对着,沙发上的乔治笙忽然出声问道:"你跟顾东旭真的只是好朋友而已？"

闻声，宋喜抬头看向乔治笙，眼神不慌不乱，用警告的语气说道："比好朋友的关系还要深，算半个家里人。"

乔治笙道："你不用这么防备，你喜欢谁，跟谁交往，这都是你自己的事，我也不会管。但顾东旭始终算半个乔家人，你想跟他在一起，等咱俩把婚离了的，不然传出去也丢人。"

宋喜原本还挺淡定的，但乔治笙一句丢人让她有些窝火，她面上不动声色，但口吻已是有些犀利："你放心，虽然是假结婚，但我这个人基本的道德观念还是有的。而且我喜欢谁跟谁交往，确实是我自己的事，我爸都不管。"

说完，也不看乔治笙是什么脸色，宋喜拿起自己的碗，转身往厨房走。

乔治笙看着她的背影，意外地没有生气，可能是不屑于在这种时刻跟她吵架，也可能是吃人的嘴软。

元宝一来一回就用了一个半小时的时间。回来的时他手里拎着一个古朴的布袋，看形状，里面应该是两罐手掌大小的茶叶。

宋喜顶撞完乔治笙，自己也觉得有些尴尬，所以干脆躲在厨房一直没出来。听到元宝的声音，她把他之前没吃完的疙瘩汤放进微波炉里面热了一下。

外面，元宝正跟乔治笙说："笙哥，时间差不多了，去机场吧？"

乔治笙还没回答，就瞥见宋喜端着大碗从厨房走出来，她看向元宝道："你之前还没吃完，我给你热了一下，你再吃点吧。"

元宝眼中闪过一抹意外，顿了一下才道："谢谢宋小姐。"

宋喜把碗放在餐桌上，又拿了个新勺子给他。

元宝看乔治笙，在等他的意思。

乔治笙道："吃完再走。"

他发了话，元宝才移步去饭厅吃饭。他大口大口地吃得特别快，像是身后有人跟他抢一样。

宋喜跟乔治笙不熟，跟元宝也不熟，但想想两人都要看人脸色生活，她自动把元宝划到自己的阵营里，难免对元宝照顾些。

乔治笙却特别爱挑事，当着元宝的面问宋喜："怎么感觉你这是在无事献殷勤？"

宋喜还没等作何反应，大口大口吃东西的元宝忽然一呛，赶紧停下来，偏

一笙有喜

头抽了纸巾挡住嘴。他读书不多，但无事献殷勤的下一句是什么，他清楚得很。

宋喜瞥向眼底带有调侃和促狭神情的乔治笙，知道他这句是在逗元宝，眼看着元宝呛得脸都红了，宋喜更是来气，面无表情地道："不是无事，我是有目的的。"

乔治笙饶有兴致地问："什么目的？"

宋喜说："多个朋友多条路，没看出我是有目的地在交朋友吗？"

她故意把自己说得很功利，也不怕乔治笙误会或者瞧不起，因为在他眼里，他就从来没瞧得起她。

果然，乔治笙似笑非笑地轻哼一声，眼底不屑尽显，倒也没再说其他的。

元宝被呛着了，虽然碗里剩下不多，他也没继续吃，自己起身拿了碗去厨房刷，完事后回到客厅，对乔治笙道："笙哥，现在走吧。"

乔治笙迈步往外走，元宝拎着乔治笙的行李箱，见宋喜自己拎个箱子，走过去对她道："宋小姐，我来吧。"

宋喜说："谢谢，不用。"

元宝本可以再说一句，但是瞥见门口处乔治笙的背影，想着多一事不如少一事。倒不是怕乔治笙真的误会宋喜喜欢他，而是乔治笙会拿这种事调侃他。

宋喜穿着T恤和牛仔裤加上平底鞋看起来就十分舒服。

乔治笙坐后面，元宝负责开车。宋喜自己选的话，她当然不乐意跟乔治笙坐后面，可她要是开了副驾车门，估计乔治笙得损死她，外带连累元宝。

所以宋喜还是不情愿地开了后车门。

路上三人全程都在沉默。等到了机场，元宝最先下车，主动去后备厢把两个行李箱都拎出来。

后面的行程都很顺利，唯一让宋喜觉得不舒服的，就是身边人是乔治笙这一点。

这是她第一次跟乔治笙在一起待这么久，两人都跟哑巴似的，谁也不出声。元宝更是，他习惯性地跟在乔治笙身后，乔治笙不叫他，他能把自己隐身成透明人。

上了飞机坐好后宋喜就忍不住从包里面翻出眼罩。三个半小时的飞行时间，如果让她睁眼跟乔治笙并排坐着的话，估计她会疯。

088

最近这些天宋喜都没休息好，白天在医院忙得脚打后脑勺，晚上回去还要跟乔治笙斗智斗勇。她每天都睡眠时间都不到六小时，一闭眼睛就梦到在厨房给他做饭，简直堪称噩梦中的噩梦。

原本宋喜戴眼罩只是为了逃避，没承想飞机还没起飞，她已经恍恍惚惚快要睡着了。

梦里面，宋喜看到六七岁时的自己，穿着粉嫩颜色的漂亮裙子，扎着两个公主辫，一只手里拿着冰淇淋，另一只手被宋元青紧紧地牵着，父女俩出现在游乐园门口。

那个不是夜城的游乐园，她那个年纪……啊，是在国外的游乐园。

梦境有两部分，一部分是长大后的自己，另一部分是梦里面六七岁时的自己。她看着宋元青带着小时候的自己逛游乐场，那时候宋元青还年轻，笑起来标准的帅哥一枚。一大一小走在路上，很多路人都会看过来。

这是唯一的一次，宋元青有时间带她出国游玩。宋喜指着面前高高的摩天轮，说她想坐这个。

宋元青恐高，询问她敢不敢自己上去坐，宋喜毫不迟疑地回道："敢！"

宋元青在无人排队的售票口很轻易地替她买了一张票，梦里面宋喜对票印象很深刻，那是一张成人票。

从旁观者不知何时切换成梦中人，大概是从宋喜接到那张成人票的时候，她独自一人坐进了摩天轮，看不清楚脸的工作人员替她锁好门。

在摩天轮缓缓上升的途中，她朝着安全区的宋元青笑着摆手，之前宋元青还很年轻，这会儿却已是五十多岁的模样，宋喜心里有些诧异，不过仍旧开心地笑着，不管年轻年老，都是她熟悉的人，都是她老爸。

父女二人就这么一直对视，忽然间，宋喜看到一帮人从四面八方涌过来，他们抓着宋元青，还有人往他手上戴手铐。

摩天轮里的宋喜大惊，下意识地站起身，用力拍打着玻璃门，大声喊着："爸！爸！"

摩天轮的小车厢突然剧烈颠簸，像是随时会掉下去，混乱中宋喜一把抓住旁边的安全把手，哭着大喊："爸！"

她猛然瞪大了眼睛，有人将她眼罩扯开，宋喜就这样直勾勾地盯着前方，眼泪在眼眶打转，她整个人都还没缓过神来。

一笙有喜

头等舱的灯光是昏暗的，只有宋喜头顶有暖黄色的光线传来，准确来说，是身旁乔治笙头顶那边。

乔治笙左手中拿着宋喜的眼罩，贴靠她左臂的手腕被她死死地握着。

飞机在颠簸，广播中传来机组人员的声音，说是飞行途中遇到气流，叫大家待在原位，系好安全带。

梦中的画面太过真实，宋喜就只能眼睁睁地看着那么多人带走宋元青，眼泪从眼眶流下来，她慢慢地回过神，认出面前的东西是飞机座椅靠背。她知道那是梦，只是情绪不能从梦境中抽离。

乔治笙的手腕已经被宋喜紧紧抓住超过十秒，他一直在等她自己松开，可她却浑然不觉样子，他先是将眼罩扔到她腿上，随即动了动右手手腕，他才动一下，那只手指纤细的小手就握得更加用力，像是生怕他跑掉。

乔治笙眉头轻蹙，已是不怎么耐烦，稍稍侧头瞥了她一眼，他低沉着声音说道："我不是你爸。"

乔治笙也晓得她是做了噩梦，因为她刚才喑哑地喊了很小的一声：爸。

但他永远都不会知道，她在梦里面看见了什么，只以为是个过惯了好日子的小女孩，突然失去庇护，就跟被丢下的巨婴一般，会本能地哭鼻子喊爸爸。

他这一句话把宋喜的五脏六腑都刺得疼。

她没察觉自己抓的是他的手腕，身体的感觉还停留在梦里，她抓着那个安全把手，就像是抓住了最后一根救命稻草一样。

乔治笙被她非但不放手反而越来越用力的反应给挑衅到了。

乔治笙不爽地瞄了她半晌，看宋喜出神地望着某处，也不看他，最后他自己动手，一根一根去掰她的手指。

宋喜很倔，他越是想掰开，她就越是用力扣着，跟八爪鱼的脚一般，紧紧地扒着不放。

乔治笙只是觉得她有病，一点怜香惜玉的心都没有。她不是捏他手腕吗？他也干脆一把扣住她手腕。

他一把就能握住宋喜纤细的手腕，他用了五分力，宋喜立马觉得一阵无法忍耐的疼痛，本能地松开手指。

乔治笙将她整条胳膊往旁边一甩，用嫌弃的口吻说："是不是精神不好？"

宋喜的手臂放在腿上，手腕处还有来不及褪下去的红指印，她呆呆地望着前座靠背发呆，眼泪模糊视线，大滴大滴的眼泪顺着脸往下流。

乔治笙心情烦躁，原本还在看杂志打发时间，现在干脆一抬手把顶灯关了，黑暗中他闭上眼睛，但满脑子还是她在默默流泪的画面。

乔治笙以为她因为他的态度哭，他见过很多女人哭，各种各样的理由都有，有人是真的受到了委屈，有人只是因为作。但那又有什么分别？哭解决不了任何实际的问题。所以他才会觉得掉眼泪的女人很蠢，可宋喜的哭不一样，她看上去不需要别人来安慰，也没想要用眼泪换取什么。她哭得很安静，乔治笙闭上眼对她置之不理。

在宋喜的梦里，宋元青没有陪她一起上摩天轮。然而现实中宋喜小时候跟宋元青一起去游乐园时，他克服着严重的恐高症陪她坐了二十五分钟的摩天轮。

宋喜感觉在梦里过了二十分钟左右，但她醒后不久，广播就在提醒，飞机马上要降落在屿州机场。

乔治笙在她身边闭目养神，宋喜知道他没睡着。

刚才他的话并没有伤她多少，他们本就不是朋友，她又能指望他对她多好。

静悄悄地擦干眼泪，宋喜望着窗外发呆，这会已经快要降落，她看到下面的马路灯火通明。

会梦见宋元青，八成跟这趟来屿州有关吧？

能见到程德清本人，她也好替自家老爸筹划筹划。

飞机准点降落，元宝起身去拿乔治笙跟宋喜的行李，乔治笙不着痕迹地瞥了眼宋喜。他以为她会是一脸颓丧，像是谁欠了她钱一样的表情。结果宋喜竟是面无异色，像是什么都没有发生过，淡定到他有一瞬自我怀疑，之前是他在做梦？

下了飞机，三人前后脚往外走，出口那里有人接，是个五十多岁的男人。屿州这么热的天，夜里还有三十四五度，可男人却是衬衫西裤，扣子系得一丝不苟。

看到乔治笙一行人，他马上露出笑容，点头致意："乔先生您好，我是程老的司机，程老派我过来接三位。"

乔治笙难得地露出一抹微笑，出声回道："王哥，麻烦你了，这么晚还特地过来接我们。"

男人一听乔治笙喊他哥，惶恐中带着惊喜，连忙客气地回道："不麻烦，你喊我老王就行。"

一笙有喜

乔治笙微笑着道："不能乱了辈分，你比我大这么多，喊一声哥是应该的。"说罢，也不等男人作答，他径自介绍道，"王哥，这是我朋友，宋喜。"

男人马上对宋喜礼貌颔首，"宋小姐，您好。"

宋喜笑着点头："谢谢王哥过来接我们。"

男人有些不好意思，一边应承着，一边伸手做了个请的手势，说是车在外面。

乔治笙跟宋喜并肩往前走，两人心思各异。

乔治笙觉得宋喜还蛮上道，也挺有眼色，她没有因为之前飞机上的事情闹脾气，虽然她也别指望他哄她，他只会丢下她。

而宋喜也觉得乔治笙蛮上道，被他称呼一声王哥的人，可真不是普通人，他是程德清的老司机，跟在程德清身边近三十年。程德清当初最风光的时候，是一人得道鸡犬升天的程度，连带着他身边的司机保姆都是香饽饽，不知道有多少人想从这些小人物下手，获取点什么。也确实有人禁不住诱惑，所以程德清身边的人换了一茬又一茬，老员工里唯有王庆斌留下了。

后来程德清隐退，王庆斌也是唯一一个举家跟程德清从夜城迁到岘州的员工。就连宋元青都不会把王庆斌当作是普通司机，所以乔治笙叫他一声王哥，不亏。王庆斌开了辆黑色的辉腾，很低调，元宝坐在副驾，乔治笙跟宋喜坐在后面。

车子启动后，王庆斌主动开口说："今天有些晚，程老近些年晚上八点半之前准时休息，所以特地嘱咐我给乔先生带句话，招待不周请多见谅，明天程老一定好好款待。"

乔治笙微笑着说道："程老太客气了，是我们一帮人过来打扰，程老不嫌我们闹我就很高兴了。"

王庆斌笑说："听您要带朋友过来，程老特意让人留了个景好的住处，宋小姐无聊的时候还能看看景。"

宋喜接道："谢谢王哥。"

其实若是按照宋元青那边论，她得叫一声王叔，奈何现在跟着乔治笙叫，自己的辈分还高了一辈。

王庆斌话并不多，把程德清交代的都说完，他这一路就专心开车。

将近夜里十二点，车子才慢慢驶入一片私人区域。从外看，这里黑色的镂花铁栅栏不高，但里面全是郁郁葱葱的各种绿色植物，尤其是外圈，有好大一片茂密树林，遮住了里面的景物。如果没有栅栏围着，宋喜都不会觉得这儿是住处。有人看到王庆斌的车，打开大门。他开车往里进，这才看出里面别有洞天。

大得离谱的面积，像是精修的私人园林，不仅有亭台楼阁，竟然还能在一旁的绿地上看到孔雀，是活生生的孔雀。

随着车子一路往里开，王庆斌也在解释，说是哪边的景最好，哪边有鱼，哪边养了程德清最喜欢的荷花。车子在院里还开了五分钟，左拐右拐，最后停在一栋三层的独楼面前。

王庆斌解开安全带，跟元宝分别在车的两侧下车，后面的宋喜也推开车门往下走。绕到车尾，她想自己拿行李，忽然感觉脚边有什么毛茸茸的东西爬过，她吓得一激灵，轻喊一声，连连往后退。

虽然乔治笙跟元宝都在她身旁，然而伸手搂了她后腰一下的人，注定只能是乔治笙，他看着她，轻声问："没事吧？"

宋喜还在回忆那种触感，头发都要竖起来了，元宝指着轮胎边上的一小团身影，出声道："是松鼠。"

宋喜定睛一瞧，褐色的身体，毛茸茸的尾巴，可不是一只松鼠吗？

王庆斌抱歉地问道："吓着了吧？宋小姐怕动物吗？"

宋喜摇了摇头，回道："没关系，我不害怕，就是刚才没注意。"

乔治笙语气温和中掺杂着一抹宠溺，轻声说道："女孩子就这样。"

宋喜当然不会觉得乔治笙是突然转了性子，对她态度和善，这不过是做给外人看的。

果然王庆斌释怀一笑，请几人往楼里走，"乔先生，宋小姐，这栋楼里面一共五个卧室，都是打扫好的。二楼的主卧最大，风景也最好，您三位随意，需要什么随时打电话。"

宋喜道谢，乔治笙开口说："麻烦了，这么晚你也回去休息吧。"

元宝送王庆斌出去，宋喜拎着自己的行李箱，想就近在一楼找间房住。

乔治笙猜出她的意图，直言道："睡二楼。"

宋喜闻言，扭头看向他，眼中的神情像是在问：怎么，睡觉也得演？

乔治笙开口，肯定地回答："没错。"

宋喜忍不住道："那你干吗不干脆说我是你女朋友？"

乔治笙的回答气死人，"不想让你占便宜。"说完，不等宋喜回应，他径自迈开长腿往二楼方向走。

第九章

宋喜正暗骂乔治笙缺德的时候，元宝从外走进来，他拎过乔治笙的行李箱，又走到她身旁，面色淡然地说道："宋小姐，我帮你拿上去。"

宋喜说："不用了，我自己拿就行。"

元宝道："我刚刚在外面看到有长颈鹿。"

宋喜美眸一瞪，问："在哪儿？"

元宝说："你上楼，二楼正好能看到。"

宋喜一时间忘了乔治笙也在二楼，在她心里，长颈鹿都比他存在感高。

元宝顺势拿起宋喜的行李箱，宋喜道了谢，两人前后脚上了小楼二层。

这边的房子单层高都在三米五左右，所以二楼差不多七米，宋喜刚一上楼，就看到客厅的玻璃窗附近有两个长颈鹿的头在那儿晃晃悠悠。

这还是她长大后第一次距离长颈鹿这么近，因为惊喜，她直接走到窗边去看。长颈鹿是家养的，不怕人，见到宋喜还主动往她身前凑合，宋喜也是胆子大，抬手就敢摸。

在此期间，元宝把两人的行李都拿去主卧，再出来时，看到宋喜正踮着脚，手臂抬得高高的，想去摸长颈鹿的耳朵。

之前在楼下被松鼠吓得脸色大变，他还以为她胆子小，如今一看……

元宝停在原地看着她，突然间他想到什么，赶紧扭身下了楼。

笙哥的老婆，哪怕只是个挂名的，以他的身份，那也是看都不能看。宋喜在窗边站了十几分钟，直到长颈鹿发觉她手里没东西吃，悠闲地迈步走开。借着小楼后面的地灯仔细一瞧，宋喜发现这边有不少动物，除了长颈鹿，她还看到观赏用的小矮马，有着漂亮羽毛的珍珠鸡，树上树下随意窜动的松鼠，水池里还有成人半臂长的珍贵锦鲤。

偶尔她能撞见宋元青给程德清打电话，知道程德清在岘州别墅静养，如今一看，这儿哪里是别墅，这儿活脱是在凡尘间打造的一个仙境。

夜深人静，只闻虫鸣蝉叫，宋喜在窗边站到腿酸，这才懒懒地转身，想回房睡觉。

她刚才没有问元宝把她的行李拿到哪个房间去了，她只好挨个房间找。二楼有三间房，找了两个都没有，最后只剩下房门半掩的那一间，宋喜知道乔治笙一定在这儿，但她不得不硬着头皮敲了几声门。

等了会，门内没人应，宋喜又稍微用力敲了几下，嘴上说着："我进来了。"

推门往里走，拐过死角，她看到穿着一身黑色真丝睡衣的乔治笙靠在床上看书，刚刚她敲门，他一定听见了，但却哑巴似的没回应。

心里说不出是烦躁还是无奈，宋喜只瞥了他一眼，紧接着便去找自己的行李箱。

房间很大，但她还是一下子就找到了，正要拎着行李箱走，床上的男人缓缓抬眸，看着她的方向道："去哪儿？"

宋喜面无表情地回道："睡觉。"

乔治笙说："就在这屋睡。"

宋喜并没有表现出很惊讶，眼带挑衅地回了句："不怕我占便宜了？"

乔治笙俊美的面孔上波澜不惊，沉稳地说："我现在心情还不错。"

宋喜是顿了一下才反应过来他所谓的心情不错是什么意思，就是勉强可以被她占个便宜。

见过厚脸皮的，没见过这么厚脸皮的，宋喜强忍着才没有嘲讽他。

宋喜没好气地问："你明明白天没事可以早点过来，为什么这么晚才来？"

乔治笙说："兰豫洲和祁丞都是白天来的。"

宋喜一时间更诧异了，竞争对手来得比他早，他还一副不紧不慢的样子。

乔治笙猜到宋喜在想什么，一边低头翻书，一边回道："程德清白天有那么多人要见，我又何必来凑这个热闹？不懂事。"

最后这句不懂事，也不知是指这种行为，还是指宋喜。

宋喜偷着瞥他，觉得乔治笙这个人真的不一般。心思不一般，耐性更不一般。

一般人得知对手什么时间到，第一反应一定是提前赶去，可乔治笙偏偏反其道而行，别人早来，他就故意晚到，像是一个知进退的后辈，给了长辈足够的礼遇。

原本宋喜还想问，为何拿她当王牌却又不说她是自己的女朋友？反正肯定不是怕被占便宜这种鬼理由，可现在她也不想问了，乔治笙做事总有常人想不到的思路。

不管他是什么思路，这次两人的目的出奇地一致。

乔治笙靠在大床一侧看书，余光瞥见宋喜原地打开行李箱，从里面翻出一套睡衣，然后迈步去了浴室。不多时，浴室中传来水声，当他翻了四十页时宋喜从浴室中出来。

她穿了套水粉色的真丝睡衣，头发在头顶随意地盘了个丸子，脸颊白皙透粉，像是一颗香甜诱人的水蜜桃。

宋喜目不斜视，从浴室出来就直奔沙发，抖开毯子往身上一铺就躺上去闭眼睡觉，好似这屋里面就她一个人一般。

乔治笙越来越觉得她挺上道，所以主动开口说了句："你猜程德清在床头放一本《官场现形记》是什么意思？"

宋喜没有睁开眼睛，黑色的浓密睫毛像是两把小扇子，粉唇开启道："估计想告诉你他为人清正廉明，别想贿赂他。"顿了顿，她莫名地又补了一句，"他以前也送过我爸一套。"

宋元青一直珍藏在家里的书柜中。

因为今天飞机上的那个梦，宋喜又有些想宋元青了，心里酸酸的。

乔治笙却意味深长地说道："你爸现在被人举报带走，这还真挺戏剧性的。"

他说完之后，一直在等着宋喜的反击。但是好长时间过去，宋喜都没有说话。他抬头望着她所在的方向，见她连动都没动。

宋喜闭着眼睛，睫毛在发抖，毯子下的双手紧握成拳。唯有这样她才能装作像是一切都无所谓的模样。

她不想哭，最起码不能在乔治笙面前哭，她是疯了才会主动在他面前提及宋元青，这世上谁都有可能体谅她对宋元青的想念，唯独乔治笙不会，他怕是烦透了宋元青把他拉来当垫背的。

她就抱着这份不甘进入了睡眠。

次日早晨，宋喜正在熟睡中，忽然感觉有人拍了下她的头，"起来。"

宋喜是直接惊醒，猛地睁开眼睛，她看到一抹黑影出现在面前，顺势抬眼往上看，乔治笙居高临下地看着她。

宋喜已经说不上是窝火还是惊恐，连骂人的心情都没有，反正已经醒了，她作势翻身起来。

忽然腰间传来酸痛感，她没忍住倒吸了一口气。

原本乔治笙已经准备走了，听到声音，他重新睨着她。

只见宋喜蹙着眉头，伸手扶着后腰位置。

乔治笙问："怎么了？"

宋喜没应声，又试着自己动了动，结果腰上一点劲都使不出来，她眉头蹙得更紧，只好自己单手揉着。

乔治笙见状，也跟着眉头轻蹙，再次问："腰痛？"

宋喜不愿被他这么直勾勾地盯着，出声说了句："你有事就先走吧。"

乔治笙低沉又慵懒的声音响起："我带你来干吗的？"

宋喜垂下视线，腰上的手已经从揉变成了捶。她也不想掉链子的，更不想一睁眼就被他骂。

正自己跟自己较劲儿际，宋喜余光瞥见黑色的真丝裤子朝她靠近，她刚一抬头，乔治笙已经近在眼前，他一把掀开毯子，俯下高大的身体，一手搂着她的后背，另一手穿过膝弯，在宋喜看着他隐忍不耐的俊美面孔，骤然瞳孔缩小。

乔治笙将宋喜打横抱起，转身往大床方向走。

宋喜真是被惊到了，猛地抓住他的衣服，眼露警惕地问道："你干什么？"

她想挣扎，奈何腰太疼了，根本用不上力。

这回轮到乔治笙不说话，他走到大床边，稍一弯腰将她放下，宋喜一手扣着床单，想借力逃离。谁知乔治笙提着她的一只手臂和一条腿，像是给饼翻面似的，直接把她翻过来了。

瞬间天旋地转，宋喜自己都不知道怎么回事，脸已经朝下趴着了。

他突然把双手放在她盈盈一握的腰间，宋喜又惊又慌，拼着最后一点劲，回手就要挠他。

"啪"的一声响,宋喜吃痛,漂亮的五官蹙在一起,缩回被他打得迅速泛红的手背。

身后传来乔治笙冷冰冰的声音:"不想瘫了,就别惹我生气。"

宋喜也不知是腰疼,还是害怕,一时间老老实实没有反抗,乔治笙的大手还扣在她腰间,宋喜冷静下来之后才恍然大悟,原来他是在给她按腰!

他的手慢慢从侧腰逐渐往脊柱来回按动,乔治笙的手法堪称专业,按到某处,宋喜忽然抓着床单,忍不住喊道:"疼疼,疼……"

乔治笙稍微停顿,随即又按了按中间位置。

宋喜立马紧张起来:"别碰这儿,太疼了。"

乔治笙没听她的,双手拇指在她说疼的位置继续按压,力量倒是减了几分。可即便如此,宋喜还是疼得把脸埋在床上,死死地咬牙硬挺着。

不知道是不是一个地方按得久了,身体越发麻木,宋喜逐渐觉得可以适应这份疼痛,隔着一层薄薄的真丝睡衣,乔治笙手上的热度完全传到宋喜的皮肤上,那是近乎灼热的温度。

脑袋里不再想着疼,就开始想一些其他乱七八糟的东西。比如,宋喜觉得有些不好意思,此时她就这么死鱼似的趴在床上,乔治笙坐在床边,双手在她后腰处用力有度地按捏。

她知道这是事出突然,乔治笙也绝对不会想占她的便宜。可是……毕竟男女有别,而且她睡衣里面还没穿内衣,每次他的大手隔着睡衣从背部滑过,她总有一种被他看穿的羞耻感。

"动动。"

宋喜正沉浸在自己的世界里,乔治笙说了句什么,她没听清。稍稍抬起头,她佯装镇定地询问:"什么?"乔治笙坐在床边,已是一脸的强忍不耐,"我让你试着动一动。"

一大早上,他这是倒了什么霉,还要给她当技工用。

宋喜趴着,试着用腰劲翻了下身,果然没有之前那股尖锐的刺痛感了,只是稍微还有些酸涩,但是不碍事。

她一时高兴,朝着乔治笙真心地笑道:"你好厉害啊,还有这本事呢。"

乔治笙冷淡又带着怒意地睨了她一眼,宋喜尴尬地收回笑容,慢慢坐起来,捋了下耳边的碎发，轻声道："谢谢。"

乔治笙起身，拉着脸说了句："没事了就下床收拾。"

宋喜还是领他的情的，赶紧挪着下床，正打算去换衣服。

门口传来敲门声，伴随着熟悉的男声："笙哥，起来了吗？"

是元宝。

乔治笙出声回道："起来了。"

元宝道："程家派了司机，在楼下等着。"

"五分钟后就下去。"

宋喜一听五分钟，赶忙跑去行李箱那边拿衣服，弯腰时腰还是会疼，她龇牙咧嘴地放慢动作，从弯腰变成蹲下，拿了衣服后，转身往洗手间方向走，还不忘对乔治笙说："你着急可以用隔壁洗手间，谢谢。"宋喜动作很快，刷牙洗脸换衣服，总共也才三分钟不到。她天生丽质就算不化妆也是明眸皓齿，唇红齿白。

乔治笙去隔壁洗脸刷牙，再回到主卧换衣服的时候，宋喜已经准备好，坐在一旁的沙发上等他。

见乔治笙打量她两三秒，宋喜问："穿成这样可以吗？"

她一身休闲打扮，却不会让人觉得幼稚，给人的感觉就是简单大方。

宋喜以为乔治笙在看她的衣服，其实他是在观察她有没有化妆，如果一点都没化，那他确实要承认，她挺漂亮的。如果化了，那她动作还真是快。

当然这些都是他的内心活动，表面上他面不改色淡淡地回道："凑合。"

宋喜眼看乔治笙要换衣服，她起身道："我先下去等你。"

背上包，她迈步下楼，元宝和王庆斌都在一楼沙发上坐着抽烟，看见她下来，两人站起身，各自叫了声宋小姐。

宋喜微笑着回应："王哥，早。"

对于元宝，她还不知道要叫什么，暂且也只说了句："早。"

王庆斌作为主人家的一员，客气地问道："宋小姐昨晚休息得还好吗？"

即使宋喜在沙发上睡得老腰都快断了，但此刻必须要微笑着回道："我休息得很好。"

王庆斌又跟宋喜闲聊了几句，乔治笙才从楼上下来，他依旧是一身黑，只是今天的衬衫是圆领的样式，偏休闲风。

一笙有喜

宋喜虽然不愿意承认，但他的确是她见过的，最适合穿黑色的男人。

都说纯色好搭配，其实越是好搭配的颜色才越是挑人。尤其是黑色，这种天生带着神秘感的色彩，必须是乔治笙这种一身贵气，又带着十足危险气息的人才能驾驭。

打个比方，有人完全不适合黑色，有人适合但并不出彩，而对乔治笙而言，黑色像是天生为他而存在的颜色。

乔治笙一出现，原本坐在沙发上的王庆斌和元宝都站了起来，宋喜紧随其后，因为腰疼，所以动作小心翼翼。

"笙哥。"

"乔先生。"

乔治笙面带微笑，"早。"

一行四人迈步往外走，元宝替乔治笙和宋喜开车门，在外人面前，乔治笙表现得绅士十足，单手扶着车门，让宋喜先进。

宋喜心里是不愿意的，现在她腰不舒服，先进去还得往里面挪，但自己忍痛和出声让乔治笙先上，她毫不迟疑地选择了前者。

慢慢弯腰，她尽量让自己看起来很自然，但腰才弯到一半，脊柱活动空间就好像达到了极限，一分一毫都弯不下去，没办法，她只能稍微屈膝，像是半蹲一样窝进车中，坐进去才往里挪。

这一幕其他三人都看见了，王庆斌第一个问："宋小姐怎么了？腰不舒服吗？"

乔治笙长腿一迈上了车，坐在宋喜身旁，他还故意埋怨似的看了她一眼，然后回道："昨晚让她盖被她不盖，估计是着凉了。"

王庆斌说："看起来还挺严重的，不行一会儿找医生过来看看。"

宋喜微笑着说："没事，不用这么麻烦，我休息两天就好了。"

王庆斌道："不麻烦，咱这儿也有医生，我先送你们去程老那边吃早饭，然后帮你联系医生。"

宋喜正想婉拒，乔治笙说了句："麻烦你了，王哥。"

王庆斌笑说："客气了，应该的。"

车上，只有元宝通程一个字没说过，他早上上楼去叫他们的时候，分明听到里面传来宋喜的声音，她在喊疼，后来乔治笙让她动一动，不多时她又笑着说，你好厉害啊,还有这本事呢?他在门外听得站也不是走也不是,等了半天里面没动静,这才敢敲门催促。

元宝暗道,宋喜这腰疼,怕不是受凉了吧?

车在院内开了几分钟,最后停在一幢白色的小楼前,王庆斌跟元宝分别下车,打开后面车门。

宋喜下车的时候,强忍着腰疼,把呻吟咽回肚子里面。

乔治笙从后面绕到她身旁,垂目看着她问:"特别难受吗?实在不行你先回去休息。"

早上在房间里他可不是这么说的,宋喜差点被他的话给感动了。

她想起这次来岍州的目的,现在别说乔治笙是不是在做做样子,就算他真叫她回去,那她也不能走,她今就是疼死也要见到程德清。

"没事,昨晚没能见到程老,来都来了,一定要向他老人家问好。"

宋喜表现得落落大方,同样也不着痕迹地向乔治笙传达信号。

王庆斌闻言,难免多看了宋喜一眼,眼底有些纳闷和狐疑。

乔治笙看到了,却没多解释,谁都不知道他会把宋元青的女儿给带来,这可是他手里面的一张王牌,也是他可以让兰豫洲和祁丞抢先去拜访的原因。

做生意是讲究个先来后到,但最后花落谁家,还得看谁手上的筹码最高。

王庆斌确实怀疑宋喜的身份,但这话不是他能问的,他能在程德清身边这么多年,自然不是普通人。

带着几人迈步往里走,路上他就说:"乔先生,宋小姐,程老在二楼饭厅等二位,我跟元宝在一楼吃,有什么事随时叫我们就行。"

乔治笙说:"好,我们自己上去。"

元宝将手中的茶叶交给宋喜,宋喜接了,跟乔治笙一起上二楼。

二楼走廊中有人带路,在一间双开的房门前,那人敲了门,通传有客人过来,只听得里面有人道:"快让他们进来。"

乔治笙跟宋喜并肩往里走,说实在话,宋喜心里还是紧张的,紧张不是因为要见什么大人物,大人物她见多了,她只是忽然觉得有些心酸,曾经跟宋元青一起,她何时担惊受怕过?如今身边换了人,一切都不一样了,有一种叫安全感的东西,乔治笙给不了,他唯一能给她的,就是一个机会,证明她有用,这样才有资格做他的合作伙伴。

一笙有喜

　　里面空间很大，中式风格的装修，墙上挂着巨幅的山水画，左边有一张大圆桌，此时桌上已经坐了部分人，见到乔治笙进门，主位处的老人率先笑道："治笙来了。"

　　话说完，他才慢着起身，而他起身后，桌上的其他人才跟着站起来。

　　乔治笙脸上的笑容比微笑还多了几分，一边说着"程老好久不见"，一边走上前让老爷子近距离瞧瞧。

　　程德清今年已经七十几岁了，头发全白，不过脸上皱纹不如同龄的老人多，一只手拄拐棍，另一只手拍了拍乔治笙的手臂，他笑着道："小伙子越来越出息，比我前些年见到你的时候，长得更高了。"

　　乔治笙也有嘴巴甜的时候，比如现在，他笑道："托您的福。"

　　两人说话的时候，宋喜就安静地站在一旁微笑，等到程德清把目光落在她身上的时候，乔治笙才说："程老，看我把谁给您带来了？"

　　程德清想当然地把宋喜当成是乔治笙的女朋友，却没想到乔治笙突然来了这么一句，他看向宋喜，眼中是明显的打量。

　　宋喜勾起唇角，出声道："程爷爷，您不记得我了吗？我是小喜啊。"

　　说话间，她眼眶已经湿润。

　　一句小喜，让程德清神色微变，他看着宋喜，迟疑着道："你是……"

　　宋喜不管程德清到底想没想起来，但她一定不能让程德清尴尬，所以主动接道："程爷爷，我是宋喜，好多年没见着您，您都认不出我了吧。"

　　当初程德清还在夜城的时候，宋喜跟在宋元青身旁，也曾见过程德清，不过确实是许多年以前，久到宋喜只恍惚记得有这么件事。

　　宋喜自报大名，程德清脸上终于露出惊讶的表情，顿了几秒才道："小喜？一晃你都长这么大了，快让我好好看看。"

　　老人家伸出手，宋喜双手握住，眼眶含泪，唇角却始终维持着勾起的弧度，"程爷爷，您身体还好吗？"

　　程德清点头，"好,挺好的,你呢？在夜城那边怎么样？现在跟谁一起住呢？"

　　宋喜余光瞥见身边还有其他人，大家看她的神情都是各异的，她强忍着心酸和眼泪，微笑着回道："我挺好的，现在自己住。"

　　说罢，不待程德清再问其他，她主动道："程爷爷，您先坐下，站着累。"

　　程德清还拉着宋喜的手，明眼人都看出宋喜来头不一般，果然程德清指着右手边离他最近的位置，对宋喜道："小喜，就坐这儿。"

"嗯，好。"

进门这短短一分多钟的寒暄，程德清对宋喜的态度，以及宋喜身边的人是乔治笙，所有的一切都让桌上人心中打鼓，暗忖宋喜到底是什么来头。

这会儿落座之后，程德清也该主动给桌上的人介绍，首先他看向圆桌对面，那里坐着一个身穿简单白色布衫的中年男人，相貌中上，但坐姿十分挺拔。

程德清说："豫洲，这是宋元青的女儿，宋喜。"

说完，他又对宋喜道："小喜，这位是兰豫洲，按辈分你得叫一声叔叔。"

宋喜马上站起身，礼貌恭敬地朝着兰豫洲的方向微笑颔首，嘴里说着："兰叔，您好。"

兰豫洲脸上带着和善的微笑，没起身，只抬手示意，"你好，快坐，原来是宋家千金，头回见。"

宋喜大方地回道："以前听我爸提起过您，一直没机会见，今天也是借了程爷爷的光。"

兰豫洲笑说："是啊，咱们都是借了程老的光，不然平时我也见不着乔先生。"

话扯到乔治笙身上，乔治笙自然得接上一句："兰先生才真是不容易见，我是听说了您要来，所以无论如何也要过来凑个热闹。"

兰豫洲笑着打趣："这么说，乔先生来这儿还是冲着我？"

这话是个套，乔治笙如果回答得不好，那就容易捧了兰豫洲，折了程德清的面子。宋喜没想到暗战这么快就打响了，一颗心不可抑制地提了起来。

乔治笙闻言，英俊的面孔上笑容不改，顺水推舟般地回道："那是当然，程老做的东，请的一定都是大人物，我是抱着学习的心态来的，以后还请兰先生多多指教。"

兰豫洲很快回道："乔先生太客气了，长江后浪推前浪，是我要跟你们年轻人学习。"

两人几番过招，看似客气地寒暄，实则每一句都在暗自较劲。

宋喜听得出来，程德清自然也听得出来，只是大家都乐得装糊涂，待两人"寒暄"过后，程德清又给宋喜和乔治笙介绍他左手边的一对年轻男女。两人看起来跟宋喜他们差不多大的年纪，二十多岁。

"林琪，我外孙女。这是林洋，琪琪的男朋友。"

一笙有喜

林洋率先开口，面带微笑，看着宋喜道："这么巧？"

宋喜就说怎么看着有些眼熟，听到名字才想起是谁，心底有意外，面上却不动声色地微笑着回了句："是啊，好巧。"

林琪问："你们认识？"

林洋应声："都在夜城，以前见过几次面。"

话毕，林洋把目光落在乔治笙身上，主动点头打招呼："乔先生你好，我是林洋。"

宋喜也没想到他会来，她猜乔治笙一定不知道林洋的身份，因为之前乔治笙只说这次兰豫洲和祁丞会来，这会儿没见到祁丞，倒是把程德清的外孙女和外孙女婿给盼来了。

她侧头对乔治笙轻声介绍："这位是林栋文的侄子。"

乔治笙朝着林洋略一颔首，淡笑着回道："你好，乔治笙。"

乔治笙的大名如雷贯耳，但真正能见到他本人的少之又少。

林琪从乔治笙进门就一直在偷着瞄他，不敢轻易跟他搭话，她把目光落在乔治笙身边的宋喜身上，笑道："你们怎么没跟媛媛姐他们一起来啊？"

宋喜跟林琪也是初次见面，林琪突然提了个媛媛姐，宋喜脸上明显错愕一下，她没听懂。

林琪见状，只好细说道："宋媛姐也来了，跟祁先生一起，你不知道吗？"

宋媛二字一出，宋喜脸色骤然一变，里面有惊，也有一时间不小心溢出来的恐和怒。

她挨着乔治笙坐，乔治笙也发觉宋喜身上骤然升起的戾气，不由得稍稍侧头打量她的脸。

这边宋喜整个人紧绷着，还未做回应，只听得门口处传来敲门声，有人通传祁先生和宋小姐来了。

程德清一样说道："快让进来。"

宋喜不愿见到宋媛，尤其是在这种场合，但她仍旧不信邪地侧头往门口看去。

门外走进来一男一女，男人身穿暗蓝色衬衫和黑色西裤，三十岁上下，长相中等偏上，但身材很好。身旁的女人挽着他的手臂，一身与之相配的暗蓝色过膝裙，细跟高跟鞋，头发盘起，姣好的面容显得优雅而知性。

宋喜一眼就认出她，心底的怒火噌一下子蹿了上来。

祁丞隔着几米外就跟众人道歉，说着来晚了之类的话。

他身旁的宋嫒也一一跟桌上的人颔首致歉，直到视线一不小心落到宋喜脸上。她明显没想到宋喜会在，惊讶过后，笑容重新浮起，她主动开口说："小喜，你什么时候来的？"

宋喜脑子里闪过千万个讽刺的词。但是如果她在这种场合说出来，那就是她不懂事了。

她强忍着脾气回了句："昨晚。"

乔治笙发现宋喜在回答的时候，脸上连象征性的笑容都没有，心想这是有多不待见她。

第十章

两个女人说话的同时，乔治笙跟祁丞也对上了目光。哪怕私下里有过节，明面上也照样一派和气，该打招呼打招呼。

兰豫洲见宋喜坐在乔治笙身边，宋媛坐在祁丞身边，不由得笑道："宋总真是好福气，一对女儿都这么优秀。"

一对女儿，此话一出，宋喜不由得侧头看向右手边的宋媛，宋媛不看她，只礼貌又羞涩地低头微笑。

宋喜见状，强忍着面上不动声色，实则心里早就恶心得不行。

对面林琪出声说："宋媛姐跟宋喜姐长得可真不像。如果不说是姐妹我真的猜不出你们的关系。"

宋喜坐着，十分努力才让自己勉强保持淡定，根本没有心思去回应，甚至连表面的微笑都装不下去。

倒是宋媛笑着说："小喜长得比我漂亮多了。"

林琪马上接道："媛媛姐你也很漂亮啊，你跟宋喜姐不一样的感觉。"

到底是程德清的外孙女，在这里想说什么就说什么。

一听她叫宋媛媛媛姐，就猜到在这顿饭之前，她们两人已经聊过，并且谈得还不错。宋喜暗嘲，某些人打小儿就掌握了笼络人心的能力。

人都到齐了，可以正式开饭。

岬州的早点是全国最出名的，一笼一笼的，精致又可口。

早饭期间，桌上的人都是闲话家常，并没有聊公事。宋喜原本挺有食欲的，但是自打见着宋媛，她是一口都咽不下，还几次都想吐。

　　好容易熬到一顿饭吃完，程德清说："我们一起吃晚饭，白天你们可以到处转转，像是治笙跟小喜昨天晚上才到，中午可以先休息一会儿。"

　　乔治笙跟宋喜应声，众人跟程德清打了招呼，各自散去。

　　依旧是王庆斌亲自开车送他们回去，等到进了小楼，宋喜径自迈步往楼上走，脸色是显而易见的难看。元宝不知道发生了什么事情，偷偷打量乔治笙的脸色，见乔治笙面色无异，随着宋喜一起上楼了。

　　岘州是真的热，白天将近四十度。虽然他们来回都坐车，但是折腾这么一下，也是身上发潮。宋喜回主卧拿了换洗衣服，准备去其他房间洗澡，迎面对上走进来的乔治笙，他看着她问："你不是独生女？"

　　乔治笙就是就事论事，然而这话落在宋喜耳中，却说不出有多么的刺耳。

　　之前在饭桌上宋喜一肚子的窝囊气，这会儿再也忍不住了，不管她面前的人是谁，她当即冷着脸，话语锋利地回道："什么意思？觉得找我找亏了？我告诉你，我爸就我一个女儿，不是什么人随便说一声姓宋，就能往我们宋家挤！"

　　乔治笙第一次见宋喜像个河豚一样，他不过随口一问，她脸都跟着涨红了。

　　心底觉得可笑，可乔治笙面上却没有表现出来，依旧是那副冷漠的样子，一开口也是毫不掩饰："看你这反应，难道那是你爸在外面的私生女？"

　　谁敢这么挑衅宋喜？乔治笙一不小心就踩到了宋喜的痛处，宋喜的怒意在四肢百骸蔓延，她怒极反笑，出声回道："你还真能往她脸上抹金，你这么有本事，回头去查一下她跟我爸到底有没有血缘。"

　　说罢，不等乔治笙回答，她又嘲讽加挑衅地说了句："与其担心祁丞把她带来，不如担心担心林洋，林栋文没有儿子，拿林洋当亲儿子一样，林洋家里面也是经商的，你觉得他这会出现在岘州，只是为了陪林琪一起尽孝探望程德清的吗？人家那是亲外孙女，你们算什么？

　　"我猜你现在八成是后悔把宝押在我身上了，早知道去找林琪多好？"

　　撂下这话，宋喜从乔治笙身旁擦肩而过，似是有阵风，裹着怒火与嘲弄。

　　简直就是只被踩了尾巴的猫，乔治笙何时被人这般数落过？

　　让他去找林琪，拿他当什么了？

　　明明是宋元青把她甩给他，如今倒好像他为利主动贴着她似的，他真后悔

一笙有喜

刚才为什么就直接让她走了,就应该当面戳穿她,让她难堪下不来台。

乔治笙有些窝火,但还不到真正动气的地步,而且刚才他也不是没机会阻拦宋喜,他只是有些狐疑:宋媛跟宋喜究竟是什么关系?怎么会把一向隐忍的人,气到几乎要当场发飙的地步?

宋喜出了主卧,随便进了二楼离主卧最远的一间客卧,房门关上反锁,她越想越是咽不下这口气,拿起手机,她调出八百年都不打一回,但却仍旧存在她电话簿里的一个名字:董媛。

看到董媛二字,宋喜心中莫名一股报复的快感。

电话拨过去,这头宋喜已是蓄势待发,电话响了几声后被接通,里面传来熟悉的声音,不冷不热,只一个字,"喂。"

宋喜没有任何铺陈,开口就直接问道:"你对外怎么介绍自己的?你也好意思说你是宋元青的女儿?见过撒谎连眼睛都不眨一下的,没见过当着正主的面撒谎脸色不红不白的,你是有多势力?你是多想沾着我们宋家的光?"

你还要脸吗?

宋喜只差这句话没有问出口。

手机中传来宋媛冷淡的声音,跟之前见面时判若两人,她说:"如果你打电话过来是想吵架,不好意思我没有这个闲工夫。"

宋喜抢先说:"你敢挂,我现在就敢过去找你,我当面问问祁丞,他是被你这个职业惯犯给骗了,还是明知你是个冒牌货,只是没办法才找你过来充面子,当着我的面说你爸叫宋元青,你就一点都不觉得丢人吗?小的时候当你是不懂事儿,不跟你计较,现在越长大脸皮越厚,我都替你臊得慌。"

宋媛声音更沉了几分,带着隐忍的怒气,出声回道:"宋喜,到底是我脸皮厚还是你太小心眼,何必这么锱铢必较。我是跟爸爸没血缘,但我妈嫁给了爸爸,我十二岁就开始姓宋,就因为你不喜欢我们,我妈和我从小就得离你远远的,你住二环,我们住五环,你读最好的学校,我就得读差一点的,凭什么?我已经忍了你好多年了,别再说我占你们宋家的便宜,现在爸爸还不知道怎么样呢,我都没嫌别人看不起我……"

"你胡说!"

宋媛到底是捅了宋喜的炮筒子。

宋喜当即出声打断,手里攥着手机,机关枪一样地扫射,"就你也好意思嫌弃我们家人？你忘了当初是谁可怜你们母女两个，让你们在夜城有个家？你忘了是谁供你们母女吃喝？你妈的包，你的今天，哪个不是我爸给的？如果没有我爸，你现在还能大摇大摆地出现在我面前？从我爸出事到现在，你跟你妈连个电话都没有，我爸当初真是猪油蒙了心，才收留你们这两只白眼狼！"

宋喜是讨厌宋媛母女，但真不是宋媛说的那样，是宋喜小心眼，讨厌宋元青再娶。而是她从小眼里不揉沙，董俪珺和董媛是什么样的人，十岁的宋喜已经看得很透。

宋喜不会瞧不起外地人，更不会瞧不起穷人，但她从小明白一个道理，人穷不能志短，而董俪珺是什么人？那是过惯了居无定所穷困潦倒的苦日子，一旦攀附上有钱人，就一定会想方设法黏住那人。

董俪珺可以说是被生活所逼，但当年才十岁出头的董媛呢？

她竟然也会无所不用其极地讨好宋元青，让宋元青心软，让宋元青想给她们母女一个避风港。

当初宋元青要娶董俪珺时，宋喜曾绝食以示抗议，后来看宋元青一个礼拜瘦了十几斤，整个人都脱相了，他红着眼睛恳求宋喜，就当是可怜董俪珺和董媛母女，董媛还那么小，没有父亲，很可怜。

宋喜那时候还小，加之心疼宋元青，一时动摇就点头答应了。

后来呢？

董媛时不时哭着跟宋元青说，身旁的小朋友都笑她没有爸爸，笑她是外地来的乡下孩子。宋元青是个心软的人，竟然偷着帮董媛上了夜城的户口，还改名宋媛。

这事宋喜是过了很长一段时间之后才晓得。那时宋媛已经把当面一套背后一套玩得驾轻就熟，当着宋元青的面，她装乖孩子，向宋喜示弱，背地里，她一口一个爸爸地喊着，但眼中却全无亲情，唯有得意和炫耀。

宋喜为此跟宋元青大吵了好多次，奈何宋元青每次都安慰她说，宋媛年纪还小，童年没有受到良好的教育和相应的关怀，内心难免会有些失衡。

宋喜却是打心眼里面瞧不上宋媛，童年的不幸不是她能选择的，但是小小的孩子就开始工于心计，这是什么品德？

现在宋媛还胆敢那样说宋元清？

如果宋媛此时站在宋喜面前，宋喜一定毫不犹豫地赏她两个大巴掌，让她

一笙有喜

清醒清醒。

宋嫒不敢轻易挂断电话，她也清楚宋喜的脾气，那是说一不二的主儿。

宋喜骂完，宋嫒才沉声回道："宋喜，你骂我可以，但我妈好歹也是你长辈，你说话不要太过分。"

宋喜冷哼，问："这就叫过分了？我今天没当着所有人的面拆穿你，就算是给你留最后一点面子，宋嫒我告诉你，我爸好的时候你沾了多少的光自己心里有数，别到现在马上墙头草，嫌弃我们宋家连累你，你要是真有骨气，你把宋姓还回来，随便你姓张姓王姓赵还是跟你妈姓董都可以，我们宋家养不起你这朵高贵的白莲花。"

宋嫒沉默片刻，出声说道："宋喜，现在爸爸在里面，我打听过了，他不可能全须全尾地出来，你以为我跟我妈就不着急吗？如果你有办法，你也不会像现在这样埋怨我，我们都清楚，现在只能见一步行一步，人总得为自己打算，不是吗？你别说我，这么多年，难道你头上最亮的光环，不是宋元青的女儿吗？"

宋喜被狠狠地扎了心，不知道是那句"如果你有办法"还是"最亮的光环，就是宋元青的女儿"，也许宋嫒深谙人心，她说的每一个字都准确无误地往宋喜心口窝上捅刀子。

宋喜觉得自己被人揪着头发挑衅，怒火快要从口中喷出来。

她很想骂人，但是这么多年早已习惯了宋元青女儿的身份，举止要得体，所以她连那些骂人话都讲不出口，气到极处，她也只是无限嘲讽地问了句："你为自己打算，就是傍上祁丞吗？"

宋嫒不气也不急，不答反问道："那你呢？你什么时候傍上的乔治笙？我一直以为你一门心思用在医院里，没想到你的交友范围也很广嘛，我记着乔家可不是普通的商人，你跟这样的人走得这么近，小心一不注意捅了娄子，现在爸爸可不能再替你善后了，你得自己小心点。"

宋嫒打小儿这样，她像是有一种特殊的本事，能忍，同样也能一招制敌，让对方恨不能杀人。

宋喜自问不是个软柿子，而且她也占理，但每每跟宋嫒吵架，最后宋嫒都是把她气得一天吃不下饭。

可能宋嫒恰好碰到了她的底线——家人。

这是宋喜不愿承认的一块污渍，生生地烙在了皮肤上面，每次一搓，轻则泛红，重则见血。

宋媛竟然用宋元青的现状来打击报复宋喜……

宋喜真真是怒极了，却不想再老调重弹，拿着手机，她暗自深吸一口气，过了几秒才缓缓回道："宋媛，你知道你现在的样子让我想到什么吗？老虎不在家，猴子称大王，你觉得现在我爸不行了，所以你就不用顾忌，可以肆无忌惮地露出本来面目了？我告诉你，真的就是真的，假的永远也真不了，你以为你董媛改名叫宋媛，你就是宋元青的女儿了？今天在饭桌上你也看到了，程德清是怎么对我的，又是怎么对你的。祁丞原本想借你这张假王牌来造势，没想到遇见我这张真的，只能说算你俩倒霉，有我在，你别想再占我们宋家一分一毫的便宜，你要是不怕丢人继续往上凑，就别怪我当众打你的脸。

"还有，我爸的事现在还没定呢，我一定会想办法见到他，我见着他的第一件事，就是让他签份离婚协议，从此往后，你跟你妈继续筹谋你们的下半生去吧，记着，自己做的事自己承担！"

话毕，宋喜懒得再听宋媛的声音，直接愤怒地挂断了电话。

在外人面前，宋喜一贯很坚强。这种坚强甚至被很多人贴上"高冷""眼睛长在头顶上"等标签，她不是不想解释，但是解释有什么用？那些会用苛责目光来看她的人本就是随时随地在准备看她的笑话。

一通电话后看似是宋喜占了上风，实则根本就是两败俱伤，宋媛的话就像是无数把无形的利刃，刀刀往宋喜心底最柔软的地方捅，宋喜不知是生气还是委屈，挂断电话，鼻尖瞬间就酸了，连带着嗓子也一片酸涩，眼泪分分钟就能掉出来。

被外人落井下石也就算了，最心痛的是自己家里面养出了白眼狼，宋喜对董俪珺母女无感，但她心疼宋元青这十几年来的照拂和付出，换回来的不过是大难临头各自飞。

宋喜不服气，也咽不下这口恶气，就算宋元青现在在里面出不来，她也一定要替宋家"清理门户"。

主卧房间里，乔治笙洗完澡穿着睡衣出来，元宝把宋媛跟宋家的关系详细说给他听。

以乔家的关系网，查这点事不过是转眼间就能出结果的事，再说宋元青二

一笙有喜

婚的老婆是谁，也并不是什么秘密。乔治笙不知道她们的关系是因为他之前根本就懒得留意。就连宋喜他都不想搭理，更何况是宋家的其他人。

元宝说："祁丞把宋元青的养女带来，八成也是想沾亲带故。现在真的宋小姐在咱们这边，还没等开始谈，祁丞就已经弱了半截。"

乔治笙单手用厚毛巾在头上擦拭，走到床头柜，他扔下毛巾拿起烟盒，点了根烟，抽了一口才道："有时候血缘还真的挺重要，同样是姓宋，亲的跟养的就是不一样。"

他口吻戏谑，眼底的神情带着嘲讽和玩味。

元宝知道乔治笙不待见宋喜，这次肯带她来，也不过是互相利用，他开口岔开话题："我看除了兰豫洲和祁丞之外，还有两个年轻人，没见过，是什么来头？"

乔治笙说："女的是程德清外孙女，男的是林栋文侄子。"

元宝面色淡定，眼中有一闪而逝的意外，他出声接道："林栋文的侄子，不就是华友地产董事长林栋梁的儿子？他跟程德清外孙女在谈恋爱？"

"嗯。"

"那看来这次的项目，林家也想插上一脚。"

乔治笙说："林栋文早年不是程德清的派系，但他们之间也没有什么太大的纠纷，如今林洋又跟程德清的外孙女捆在了一起，想来林家也是有意向程家靠拢。"

元宝道："再加上个兰豫洲，虽然他自己来的，但私下里一定备足了筹码，这回程德清到底给谁面子，不到最后真是说不准。"

两人正在房间中说话，门口传来特别轻的脚步声，但乔治笙跟元宝还是同时听到，并且默契地没有出声。

宋喜是洗过澡了，头发上面半干，发尾还是湿的。进门看到元宝也在，她没有避讳，视线直接落到床边坐着抽烟的乔治笙脸上，出声道："有时间吗？跟你商量点事。"

乔治笙还不待回答，元宝已经自觉地主动说道："笙哥，我先出去了。"

元宝走后，房间中只剩乔治笙跟宋喜两人。

乔治笙还记着她之前的话呢，把烟头按死在水晶烟灰缸里，他面色冷淡地说道："商量什么？"

宋喜说:"我想找程德清聊聊。"

乔治笙清冷的眸子微微一转,看着宋喜说:"什么意思?让我当司机亲自给你送过去?"

宋喜没在意他的故意揶揄,面色平静,径自说道:"我说了会帮你,就一定说到做到,你带我来不也是为了让我跟德清好好聊聊的吗?"

她突然跑过来"表忠心",乔治笙心生怀疑,视线将她从头打量到脚。

宋喜刚洗完澡,跟乔治笙隔着的距离不近,可他依旧能闻到像是从她身上飘来的清新味道。她的头发沾过水,是湿的,眼眶周围也有湿润的痕迹,这就有些可疑了,难不成……她刚才偷着哭过?

这样的念头只是一闪而逝,乔治笙不在乎她背地里怎么样,他面色淡漠地回道:"现在宋家的女儿可不止你一个,你准备怎么聊?"

宋喜一时难忍难过,胸口很明显地起伏,她深吸了一口气,强忍着把怒火吞回腹中。

乔治笙就是这种人,有仇必报,还不怕晚。

宋喜刚把宋嫒给骂了一顿,这下又被乔治笙旧事重提,她心底当然窝火,但她已经懒得跟他辩解或者吵架,她现在一门心思要见程德清,不仅要询问宋元青的事儿,还要尽可能地帮助乔治笙。

绝对不能让便宜落到宋嫒那头,不然她真会气死的。

"不是姓了宋就是我们宋家人,程德清认我还是认她,你应该能看清楚,我不喜欢她,所以绝对不会让好处落到她那边。我是为我自己,当然能帮到你,这是一箭双雕的好事。我来找你商量,也是基于合作伙伴之间的诚意和信任,我希望你能暂时放下我们之间的个人恩怨,现阶段我们目标一致,先攘外行吗?"

宋喜盯着乔治笙的脸,乔治笙看着她,一瞬间真的有那么一点佩服宋喜,现在还能保持理智冷静的模样,不愧是宋元青的女儿,如果关键时刻就掉链子的话,那他绝对不会带着她这个累赘在身边。

只过了两秒,他出声回道:"好。"

宋喜听他答应了,心底莫名地松了一口气。他这人的侵略感太强,她跟他在一起的时候总是会绷紧一根弦,不知道他什么时候就会出口伤人。

"我到现在还不知道你们这次过来具体是找程德清谈什么。"宋喜说。

乔治笙简单利落地回道:"他手上有个项目,我们几家都想要。"

宋喜问:"什么项目?"

乔治笙说:"跟你的职业有关。"

宋喜略有诧异,"建医院?"

乔治笙道:"准确地说,商业医疗。"

宋喜又问:"哪儿的地?屿州?"

乔治笙回道:"夜城。"

宋喜心中迅速地权衡利弊,能支撑起商业医疗地产的用地,那是多大的一片面积,而且是在寸土寸金的夜城,怪不得不仅乔治笙亲自过来。连兰豫洲、祁丞,还有林洋背后的林栋文,全都迫不及待地出了手。

"我知道了,等我见到程德清的时候,会尽量帮你说话的。"宋喜撂下这句话,转身欲走。

乔治笙见状,出声道:"你准备就这么直接去见程德清?"

宋喜抬眼看着他,眼神中透露着疑虑,不然呢?

乔治笙与她四目相对,几秒之后,忽然问:"腰怎么样了?"

宋喜一愣,没想到他突然问这个,刚想说还好,但话还没出口,她猛然明白了他的意思。

十分钟后,王庆斌开车出现在小楼下面,元宝在门口等候。车门打开,下来的不只是王庆斌,还有一名拎着医药箱的男人。

两人匆匆往里走,王庆斌看着元宝问:"宋小姐的腰伤又严重了吗?"

元宝应声:"麻烦医生上去看看吧。"

三人一起上楼,走到主卧门口,元宝敲了门,听到乔治笙说进来,三人才敢推门往里走。

还没看到人在哪儿,就听到乔治笙的轻柔声音:"别哭,医生马上就来了,让人帮你看看。"

说话间,三人拐过侧墙,抬眼往前看去。

大床一侧,宋喜身上盖着一张空调毯趴在那里,乔治笙就坐在她身旁,眉头轻蹙,眼带担忧。

王庆斌见状,赶忙道:"乔先生,医生来了。"

乔治笙从床边起身,神情依旧凝重,说了句:"麻烦王哥了。"

王庆斌很快回道:"不麻烦,先让医生帮宋小姐看看,要是严重马上送医院,车在下面。"

乔治笙嗯了一声，此时医生已经来到床边，放下药箱，礼貌地说："宋小姐，我帮您检查一下。"

宋喜的脸埋在双臂之间，众人看不到她脸上的表情，唯有带着忍痛的声音，说了句："好。"

医生掀开空调毯，用手按了按宋喜的腰间，"这里疼吗？"

"疼。"

"这里呢？"

"嗯。"

宋喜的疼不是装的，是真的疼，在跟医生交流病因的过程中，她自然没提昨晚睡了沙发的事。她也清楚自己的老腰有职业病，每天工作量太大，或多或少脊椎都有毛病。

同行之间的探讨就更是言简意赅，医生也断定宋喜这是旧疾复发，没有什么太好的医治方法，因为这病是经年累月积下的，痛极了也只能吃两片止疼药。

"宋小姐的腰痛蛮严重的，这两天最好不要走动，尽量多休息，如果身边有人会按摩就更好了，有效的按摩也能缓解腰痛。"医生看着乔治笙说。

不出所料，乔治笙说："我帮她按，还需要注意什么，你一并告诉我。"

医生说宋喜不能睡太软的床，不能大幅度地拉伸或者剧烈运动，总而言之，还是要好好养着。

乔治笙一边听，一边帮宋喜把毯子盖好，大手隔着毯子在她腰间揉着。这样一幕落在有心人眼中，自然就是乔治笙心疼宋喜心疼得不行。

元宝送王庆斌和医生下楼，房门关上的同时，乔治笙的手也离开了宋喜的腰，起身往旁走，他当真是把戏里戏外分得分外清楚。

宋喜把脸从手臂上抬起，侧头寻到他的人，出声问："程德清会来吗？"

乔治笙不冷不热地道："那就要看你有几斤几两了。"

宋喜别开视线，重新趴下。

依着她的意思，她是晚辈，当然要她亲自去找程德清，但乔治笙说得也并无道理，自己主动和跟别人主动，总是有差别，而且演这么一出，正好可以试探一下宋喜在程德清心里的重量，如果程德清不来，就算宋喜主动去找，那该谈不拢还是谈不拢，所以说白了，大家心中都没有百分之百的把握，只能先投一颗石头,问问路。

宋喜在床上趴了一会儿,这个姿势也不舒服,所以她慢慢地撑起手臂,扭腰,从趴着变成平躺。

乔治笙坐在几米外的沙发上,手里拿着那本《官场现形记》,房间中一片静谧,恒温空调的温度让人很舒适,不管玻璃外是怎样的大太阳,都影响不到房内人分毫。

宋喜有些困,但是睡不着,心底惦记着事,不晓得程德清会不会来,如果真的不来,她下一步又该如何?

就这样等着,时间一分一秒地过去,差不多过了一个小时四十分钟,乔治笙的手机响起,他接通,宋喜听到他说:"好。"

只一个字,挂断电话,他起身朝床边走来。

宋喜问:"怎么了?"

乔治笙说:"程德清来了。"

第十一章

听到这话的瞬间,宋喜心中不知是高兴还是紧张,乔治笙已经在床边坐下,宋喜知道第二场戏又要开演了,她也马上进入状态,将原本忍着的痛苦浮现到脸上。

不多时,房门被人敲响,门外传来元宝的声音:"笙哥,程老爷子来了。"

乔治笙亲自去开门,程德清拐过墙角的时候,正看到宋喜扶着腰要下床,他拄着一根拐杖,嘴里说着:"快躺着,好好的怎么弄成这样?"

宋喜是不能不起身的,她略显疲惫的脸上浮现笑容,往前迎,说道:"程爷爷,您怎么过来了?我没事。"

"什么没事儿,小王都跟我说了,他说你早上出门的时候就不舒服,怎么不跟我说呢?看你下床都不利索了。"

宋喜始终面带笑容。

元宝原本要给程德清搬个椅子,宋喜不让,非要去沙发那边说话。再怎么说程德清也是手握大权的人,主动来看她是情分,但她不能过分,她若是躺着跟程德清说话,那叫怎么回事?

其实就从这个小细节也不难看出,宋喜是个懂事儿的,乔治笙明白,程德清自然更清楚。

到了沙发处,宋喜让程德清先坐,她跟乔治笙坐在对面,王庆斌放下一个保温壶,程德清说:"让厨房加紧给你炖了汤,医生不说你这腰只能靠养嘛,

一笙有喜

我这些年来岘州，喝得最多的就是汤，确实养人。"

宋喜满眼的歉意和感恩："程爷爷，我太不好意思了，过来看您，还给您添麻烦。"

程德清把拐杖放在一旁，手轻拍大腿，出声回道："这说的什么话，你来我这儿，就像是回自己家里一样，说来你这孩子也太让人心疼了，你爸爸要是看到你这样，别提要多难受。"

原本王庆斌想给宋喜盛碗汤，乔治笙却接过来，低声道："我来吧。"

程德清突然提到宋元青，王庆斌跟元宝都有眼力见儿地转身出去了，房间中只剩三人。

宋喜也没料到程德清这么快，这么突然地主动提起她爸，一时间毫无防备，心就这样被猛戳了一下。

她是真的身体不舒服，也是真的想念宋元青，所有的情绪都是真的，她眼眶中急速涌出眼泪。

乔治笙给宋喜盛了一碗汤，然后抬手抚了下她的头。

宋喜长这么大，鲜少被人摸后脑勺，手臂上起了一层细密的鸡皮疙瘩，连带着眼泪也不小心从眼眶中掉落，她赶紧低下头企图掩饰。

乔治笙抽了纸巾递给她，轻声道："你跟程老聊会儿，我下去一趟。"

程德清看着乔治笙说："没外人，不用走。"

乔治笙道："她刚才说想吃樱桃，我出去给她买点，你们聊。"

这是互相给对方找了个台阶下，最后乔治笙还是走了，转眼间房里又少了一个人。

宋喜把眼泪擦了，主动对程德清说："程爷爷，应该是我来见您的，现在反倒让您过来看我，我都不知说什么好了。"

程德清稍微一抬下巴，出声回道："都说了一家人，我也是没想到你会来，按理说你爸爸出事，我都应该主动联系你的，但我前阵子身体不大好，住了大半个月的院，这才刚出来没多久。"

宋喜连忙问："那您现在好些了吗？"

程德清叹气，不无感慨地说："都这把年纪了，半条腿都迈进棺材里了，好是好不了喽，能多活一天是一天。"

宋喜道："您别这么说，辛苦了大半辈子，晚年就是应该享福的。您是有福气的人，一定会身体健康，长命百岁。"

无论一个人身居多高的位置，都爱听好话，更何况人年纪大了，钱财是身外物，最希望的就是健康长寿。

程德清被宋喜哄得面带笑容，频频点头。

宋喜把乔治笙盛好的汤往程德清面前推了推，问："程爷爷，您也喝一碗吧？"

程德清说："我不喝了，这汤是专门叫厨房给你炖的，你趁热喝，咱们边喝边说话。"

宋喜点头，在程德清面前，她表现出足够的尊敬和亲密，但却并不拘束，更不会刻意奉承。一来她性格如此，二来从小到大的环境熏陶，以宋元青的地位，宋喜这一路走来也犯不着去跟谁低三下四。

并且宋喜始终信奉一点，一个人对另一个人的好，可以基于亲情、爱情、友情，甚至是物质利益。说白了都是你情我愿，绝对不是靠求就求得来的。

宋喜端着碗，用瓷勺安静地喝汤，程德清跟她闲聊，先是问了问她在夜城的工作情况，然后很自然地就聊到了生活方面。

"小喜，你在夜城现在住哪儿？"

宋喜没有撒谎，如实回答："我现在住治笙那里。"

这是她第一次从自己的嘴里叫出治笙二字，内心翻滚着异样和肉麻，表面又得做出特别坦然的模样。

程德清不掩饰地露出诧异神色，出声说："看到你跟乔治笙在一起，我还想问的，你们怎么会在一块？"

这话宋喜早已跟乔治笙通过气，所以此刻可以不假思索地回答："其实我跟他认识蛮久了，以前就是朋友，我爸出事的这段时间幸好有他陪我，不然我都不知道怎么熬过来。"

程德清说："是我这边耽误了，我应该早点儿联系你的。"

宋喜闻言忙说："不怪您，我也不知道您住院的事。说实话您来岘州这边也是想安安静静地颐养天年，我都不该跟您说我爸，省得您还要操心。"

程德清说："你爸是我最得意的学生，他喊我老师，实则我拿他当我亲儿子一样，这你也应该知道。怎么能不操心呢？因为他的事，我心脏病都犯了好几回了。"

宋喜很会说话，心中是担心宋元青的，但嘴上问的都是有关程德清的身体。

程德清主动道:"你爸的事情,我也托人问过夜城那边的口风,他这次确实是摊上大麻烦了,连我也打探不到太具体的,里面的人三缄其口,你连他的人都没见到吧?"

　　宋喜憋红了眼眶,强忍着鼻尖的酸涩,点头回道:"程爷爷,我爸会不会有事?"

　　程德清说:"你先别急,拖了这么久还没消息,眼下没消息就是最好的消息,说明还有转机。"

　　宋喜抬手抹了泪水,声音略带哽咽,问:"那我现在要怎么做,才能帮到我爸?"

　　程德清语重心长地说:"你现在照顾好你自己,就是帮你爸爸最大的忙了。"

　　这话跟宋元青的意思如出一辙,宋喜一瞬间仿佛看到宋元青就坐在自己对面,眼泪再也忍不住,夺眶而出,她用纸巾挡住眼睛,始终没有失态到发声大哭。

　　以前宋元青在的时候,她很少受委屈,也就很少哭,如今宋元青不在,她常常哭,却不是偷着哭,就是默默地、静地哭,生怕吵到其他人。

　　程德清一直在安慰宋喜,嘴里说着:"你跟在乔治笙身边也好,总归有个人照顾,不然我就让你来岫州这边了。"

　　说完,他又径自补了一句:"乔治笙对你怎么样?你要是想来我这边,也就是一句话的事,可以随时跟我说。"

　　宋喜擦了眼泪,暗自调节呼吸,努力挤出一抹微笑,出声回道:"您放心吧,程爷爷,治笙对我很好,都说患难见真情,以前我爸没出事的时候,大家都对我好,也看不出个谁真谁假。现在人走茶凉,这样也好,让我看清楚身边形形色色的人,到底谁才是真心,谁是假意。"

　　程德清点头道:"孩子,你能这么想就对了,自古墙倒众人推,趋利避害是人的本能,俗话说得好,落魄之后见交情,就是这个道理。"

　　宋喜道:"我明白,所以我不记恨那些躲得远远的人,大家都有大家的难处,但我会一辈子记着困难时期还对我好的人,如果我爸能平安出来,我会告诉他,我欠了谁的人情,我们父女俩一起还。"

　　程德清大气又温暖地说:"什么还不还的,你跟琪琪一样,她喊我外公,你喊我爷爷,都是自家的孩子,你有任何困难随时跟我讲,我能帮的一定帮。"

　　宋喜红着眼眶,微笑着说道:"程爷爷,我真心感谢您,其实治笙跟您说过同样的话，他说无论我爸以后怎么样，他都会给我当后盾，对我不好的，他帮我讨回公道，对我好的，他帮我报恩。"

说出这番话的时候，宋喜的内心呐喊：奥斯卡欠她一座小金人。

谎话说到极致，就是连自己都骗过去了。

宋喜眼眶含泪，当真是感动的。

程德清点头，连着说了好几个好字，视线微垂，他似乎在想事情。

宋喜有自己的打算，这话明着是在往乔治笙身上贴金，可仔细想想，这何尝不是往她自己脸上贴金呢？

落魄的凤凰不如鸡，宋喜这段时间切身感受到人情冷暖，所以眼下她也要在程德清面前表现出自己的后备力量，她不仅有宋元青，还有个乔治笙。

聪明人说话从来都不说破，宋没说得太直接，有些话点到即止。

程德清也没有再细问，两人闲聊间宋喜喝完了一碗汤，程德清让她休息，他先回去了。

宋喜扶着他下楼，将他送上车，程德清坐在车中，对宋喜道："你好好休息，有什么需要打电话找小王，治笙回来之后，你让他来我这边一趟，我也有些话要跟他嘱咐的。"

宋喜应着，看到车子开走，这才转身回到小楼。

外面太阳毒辣，宋喜才站了一分钟就浑身发虚，进入有冷气的区域后她才稍微舒服一点。她看着不远处的元宝说："你打电话叫他去找程老爷子吧。"

元宝在一楼，宋喜扶着把手上了二楼，房门刚一关上，她就忍不住红了眼眶。

连程德清都打探不到宋元青的消息，难道……

宋喜把自己关在浴室，水龙头打开，水声掩盖她的哭声，她终于可以肆无忌惮地大哭一场。哭得很放纵的时候，她连眼红的借口都想好了，就说是腰太疼了，忍不住才哭的。

她就是这么一个人，自尊心比天高，任何丢脸的举动，都要提前想好必备的台阶。

乔治笙回来的时候，先是进了主卧，没看到人，这才去二楼的客卧寻她。

他没敲门，直接推门往里进，客卧没有主卧大，空间结构也没有多复杂，他推门就看到宋喜一动不动地平躺在床上，双手老老实实地叠在肚子上，闭着眼睛，不像是睡觉，因为没人睡觉会躺得这么僵硬。

心有一瞬间的下落，是说不出的滋味，乔治笙还以为她……

死字还没有完全跳出，床上的宋喜已经睁开眼，跟门口处的乔治笙四目相对，两人脸上的表情都是淡淡的。

最后还是宋喜先开了口，她问："有事？"

乔治笙见她没事，干脆迈步走进来，坐在一旁的沙发处，不紧不慢地问："聊得怎么样？"

宋喜道："程德清让你去见他。"

乔治笙漂亮的狐狸眼中闪过一抹亮光，里面包含轻诧、狐疑、玩味，甚至还带有一丝的赞赏。

他难得有兴致地想要跟她聊天，开口问道："你跟他说什么了？"

宋喜没有看他，依旧维持着那副在乔治笙眼中古怪僵硬的姿势，平躺在床上，波澜不惊地回道："我说你是我后盾，谁对我好，你会替我报恩。"

乔治笙眉毛微挑，眼底的赞赏之色稍浓，他是坚决不会夸她的，即便他心中有这个想法。

宋喜的眼睛红红，摆明了哭过，不是之前他在时默默地流几滴眼泪，分明是痛哭过。

乔治笙瞥了她一眼，忽然又问了句："你爸的事怎么样？"

提到宋元青，宋喜放在肚子上的手分明指尖轻颤，几秒之后，她出声回道："他也帮不上。"

区区五个字，宋喜说完却觉得胸口处压了千斤重的巨石，她感觉快喘不上气，委屈得想哭。

但是当着乔治笙的面，她就算咬牙攥拳，也绝对不会再哭了。

乔治笙什么都没说，没有嘲讽也没有安慰，就像是之前根本没有谈及这个话题，从沙发上起身，他迈步走出去。

宋喜闭上眼睛，滚烫的眼泪顺着眼角流出，她把腰绷得很直，只有这样才不会因为抽泣而腰痛。

乔治笙走后过了几分钟，房门被人敲响，宋喜缓缓睁开眼，门没关，她看到元宝站在门口。

撑着手臂坐起来，她轻声问："有事吗？"

元宝迈步往里走，手中端着一个彩色的玻璃碗，走近后把碗放到床头柜，他出声回道:"这是笙哥买的樱桃,他出去了,你有事喊我,我在楼下。"

宋喜瞥了眼旁边的大碗,七彩琉璃,里面盛满水红色的大樱桃,颗颗饱满诱人。

没想到乔治笙还真的出去买樱桃了,果然做戏做全套,滴水不漏。

元宝走后,宋喜重新平躺在床上,她是医生,知道这样的姿势对腰最好,但她始终没有吃枕边的大樱桃,说她想吃樱桃的人是乔治笙,不是她。

她现在的心情很不好,本以为这次来峒州见到程德清,怎么样也会对宋元青有些帮助,没想到程德清很热情,但却对宋元青的问题三缄其口。躺在床上,宋喜心事重重,不知不觉也就睡着了,等到再睁眼,是听到身边有人在轻声呼唤,"喜儿,喜儿?"

宋喜身边的人,大多喊她小喜,只有一个人乐此不疲地喊她喜儿,还说要当黄世仁把她拐回家,宋喜迷迷糊糊,仿佛分不清梦境与现实,那个熟悉到在心中默念了千万遍的名字,差点儿就要叫出来。

她眼前突然就清晰了,那张近在面前的脸俊美又充满了危险的气息,眼前的人不是乔治笙还能是谁。

宋喜可吓了一跳,甚至很轻地哼了一声。

见她眼带惊慌,作势要躲,坐在床边的乔治笙伸手扣住她的手臂,轻声道:"是我,做噩梦了?"

宋喜心想,闭眼没做噩梦,倒是睁眼见着噩梦了。

有那么两三秒的晃神,宋喜还没闹明白乔治笙搞什么,紧接着她余光一瞥,看见门口处出现了两道身影,竟是林琪和宋媛。

林琪敲了敲门,迈步往里走,宋媛紧随其后。

乔治笙对宋喜说:"她们来看你。"

宋喜看到宋媛就气不打一处来,但偏偏外人面前又不能表现得太明显,林琪朝着宋喜微笑,嘴里说着:"宋喜姐,听说你不舒服,我们过来看看你。"

宋喜要起身,乔治笙扶着她的后背,将枕头垫在她后腰处,虽没说话,但周到细心一览无遗。

"快坐。"宋喜也朝着林琪露出笑容,招呼道。

她故意不看宋媛,宋媛也习惯了宋喜的视而不见,来到床边,她眼露担忧,兀自问道:"怎么搞的?早上吃饭的时候还好好的。"

一笙有喜

宋喜忍着脾气，淡淡道："没事。"

宋喜倚靠在床头，乔治笙就坐在她腿边，她不着痕迹地看了眼时间，这才后知后觉，原来已经是下午了。

林琪跟宋媛都坐在沙发上，前者询问宋喜的腰痛，后者则佯装无意地问道："这间是客卧吧？小喜怎么跑到客卧来睡了？"

别人不知道宋媛的为人，宋喜却是从小就心知肚明，那是个笑面虎，惯会笑里藏刀。

宋喜面不改色地出声回道："我的腰不能睡太软的床，主卧床太软。"

宋媛一副原来如此的神情，点点头，然后说："你自己要多注意点，你腰疼也不是一天两天，万一真有个好歹，我跟爸妈都要担心死了。"

宋喜忍不住一记飞刀眼扫向宋媛，两人目光相对，宋喜眼神警告：你是不是故意哪壶不开提哪壶？

宋媛则演得逼真，一脸担心。

但宋喜知道，宋媛在挑衅，就是吃定她没办法当着林琪的面说什么，她在报复。

两人暗自较劲之际，房间中清冷悦耳的男声响起："喜儿跟我在一起能有什么万一？"

宋喜没想到乔治笙会突然开口接话。

当然，宋媛也没想到。

她看向乔治笙，眼底有明显的惊诧闪过。她那么八面玲珑的一个人，一时间竟然不知该怎么接话。

林琪眼球左右一转，表情尴尬又有所怀疑的。

感觉时间静止了一会儿，最后还是宋媛打破了沉寂，她努力勾起唇角，笑着说："我不是这个意思，我就是担心小喜。"

乔治笙没有看宋媛，伸手拿过床头柜处的琉璃碗，他拿起一颗樱桃递到宋喜唇边，淡淡地说道："探望病人，大家都说个吉利话，哪有当人面动不动就说万一有个好歹什么的？"

带着水珠的樱桃已经触到宋喜的嘴唇，宋喜内心澎湃，暗道乔治笙这突然发难又闹的是哪一出？不过不管是闹哪一出，只要能帮她挫一挫宋媛的锐气，她绝对举双手赞成。

她顺势张开嘴吞下那枚五角钱硬币大小的樱桃，牙齿一咬，果然香甜多汁。

乔治笙一参战，输赢几乎立见分晓，宋媛哪儿敢跟乔治笙面前叫板，一时间脸都尴尬得憋红了，硬着头皮回道："是我不会说话，我也是关心则乱。"

宋喜余光瞥见宋媛坐立难安的模样，心里甭提多痛快。她抽了张纸巾将口中的樱桃核包起，好声好气地对乔治笙说道："你别较真，她不是那个意思。"

乔治笙依旧是那副冷冷淡淡的模样，出声说："同样都是姓宋，你们两个还真不一样。"

这话说得轻，但背后的讽刺和嘲笑意味却十分重，宋喜晓得乔治笙嘴毒，但也没想到他就这么明目张胆地说出来了。

刹那间，宋媛呆坐在原位，脸色由红转白，似乎是被乔治笙给说蒙了。

她身旁的林琪也是如坐针毡，不明白乔治笙为何突然对宋媛发难。

空气中飘荡着让人胆战心惊的火药味，有人想走，有人后悔来。

宋喜心里也说不清是惊讶多一些，还是痛快多一些，余光瞥见林琪满脸尴尬，欲言又止，她侧头微笑着说道："不好意思，你别在意，治笙平时说话比较直。"

林琪努力挤出笑容，点头打哈哈。

宋媛则脸上红一阵白一阵，分外精彩。

眼看着是没有再聊下去的必要，宋喜主动说："谢谢你们过来看我，我休息一下就好了。"

林琪见状马上起身道："那你休息，我们先走了。"

乔治笙侧头，对着林琪略一颔首，说："我不送了，慢走。"

起初林琪还暗自贪恋乔治笙的皮囊，一直不着痕迹地偷瞄他，可刚才他讽刺宋媛的那几句话，听得她浑身发寒，可不敢再搁这儿待了，恨不能脚下生风，赶紧逃离是非地。

宋媛临走前还跟宋喜说了一句嘱咐的话，不知是脸皮厚，还是戏太足。

待到房里只剩宋喜和乔治笙两人的时候，乔治笙果断地放下琉璃碗，起身，从床边移步去了对面沙发。

宋喜见怪不怪，临时搭档，观众一走，无须再演。

她看着他问："你刚才为什么嘲讽她？"

乔治笙靠坐在沙发背，修长的双腿叉开，痞气和贵气奇异地糅杂在一起，表情意味深长地直视着宋喜，他不答反问："你心里不想嘲讽她吗？"

宋喜说："她跟祁丞一起来的。"

乔治笙说："所以呢？你还是跟我一起来的，她跑我这嘲讽你，是当我不存在？"

宋喜脑子稍微一转，就猜到乔治笙为什么这样做，当然他说的原因是其一。而第二点，也是更重要的一点，则是……

宋喜试探性地问道："你当着林琪的面给宋媛难堪，这话估计现在已经传到程德清耳中了，你是故意想让程德清知道你跟祁丞不合？"

乔治笙没否认，径自回道："我俩合不合，程德清心里清楚，我只是想明确地提醒他一下，别想脚踩两条船。"

宋喜眉毛微挑，出声问："他叫你去找他，是想跟你商量,让你跟祁家合作？"

如今大家同坐一条船上，乔治笙也没什么好瞒宋喜的，他嗯了一声，算作回应。

这倒是宋喜没想到的结果，停顿数秒，她对乔治笙说："你拒绝程德清了吗？"

乔治笙没说什么，还是只嗯了一声。

宋喜问："那你不怕得罪了他，他干脆一点好处都不分给你？"

乔治笙起先没出声，但是宋喜清楚看到他漂亮的狐狸眼中，有一闪而逝的不屑和嘲讽。一般人用这样的表情待人，很容易让人产生揍人的冲动，但乔治笙带着这个表情，有一种自信感，像是反问她现在提出的问题有多么的可笑。

巧了，宋喜也是个高傲的人，他眼球一转，她心里已经在暗自后悔了，他的买卖，她跟着担心个什么劲？反正她该做的都已经做了，成不成，看他自己的本事。

宋喜不再去看乔治笙，用双臂撑着身体，由靠坐变成平躺。她示意要休息，不想搭理他。

乔治笙坐了会随即从沙发上起身，临走前撂下一句："晚上出去吃饭。"

宋喜闭着眼睛但没睡着，听到他说话，不想回应，等到他走出房间，她才慢慢睁开眼。她脑子里面乱哄哄，想着这两天发生的所有事情。

突然口干，她随手拈了颗头顶碗里的大樱桃，放在嘴里面一咬，满口的酸甜果汁。她一连吃了好几颗，最后甚至把整个碗抱到胸口处。

越吃越想吃，早饭她没吃两口，之后就只喝了一碗汤，现在都下午了，也没说有谁招呼她吃中午饭。

乔治笙给她一碗樱桃就想把她给打发了？当她是鸟胃？

满满一大碗樱桃也有一两斤，宋喜分好几次才吃完。她躺在床上，腰疼得连辗转反侧都做不到，只能直挺挺地平躺着，胃里说不出是撑还是酸，总之不舒服，等到有人敲门时她已经难受忍了一个多小时了。

元宝站在门口说："宋小姐，晚饭时间到了。"

宋喜应了一声，然后慢慢起床，单手扶着腰，她走路略显僵直，出了客卧往外走，路经客厅，她看到穿着一身黑的高大身影立在窗边，乔治笙手里拿着一把枝叶，双手闲适地搭在栏杆处，窗外两只长颈鹿都聚在他面前，俯下顾长的脖颈，够他手里的东西。

傍晚时分，外面的天呈现橙红色，夕阳给乔治笙的周身蒙了一层瑰丽的色彩，他就随意地站在那儿，却掩饰不住从骨子里散发出的倨傲。

宋喜路过时不禁看了两秒，然后收回视线，装作只是不经意目光扫过一般。

爱美之心人皆有之，好看的皮囊她也乐意多看几眼，但这并不代表她是花痴，乔治笙是什么样的人，她接近后更加了解。别说让她碰了，就是多看两下都怕长针眼。

等宋喜回主卧换了衣服再出来的时候，乔治笙已经坐在沙发上。

两人都没说一句话，安静地一起下楼，王庆斌在外面等着，看到两人出来，笑着打招呼。

元宝拉开后车门，宋喜本能地走上前，乔治笙说："我坐里面。"

说罢，他弯下颀长的身躯，跨步先坐进去。

宋喜心里有一瞬间变得柔软，不过很快她就告诉自己，这是在人前，乔治笙在做戏。

宋喜慢慢弯腰紧随其后上了车，她在床上躺了半天，加上坐在车门边，可以不用猫着腰往里挪，腰并不觉得太疼，上车后跟王庆斌聊了几句，说话间车子就开到白天吃早餐的小楼前面。

几人下车的同一时间，另一辆车也停在旁边，从车中下来的是祁丞和宋媛。

宋喜不搭理宋媛，这回宋媛也选择对宋喜视而不见，大家各自站在同行的男人身旁，倒是祁丞率先跟宋喜打了招呼，"宋小姐腰痛好些了吗？"

宋喜微微一笑，出声回道："好多了。"

祁丞淡笑着道："那就好，下午媛媛回来跟我说，可能你腰疼得厉害，所

一笙有喜

以七少急得直发脾气。"

　　七少是圈内人对乔治笙的另一种称呼,因为他在乔家大家族排行第七,是最小的一个男孩子。

　　宋喜几乎是立刻就听出祁丞话里有话,她跟祁丞不熟,也不好贸然接什么话,只能故作听不懂地回应:"小病,他就爱大惊小怪。"

　　乔治笙却从旁不冷不热地说:"还回去打小报告了?"

　　宋媛的目光很快扫过乔治笙的脸,然后迅速低头,宋喜看得出来,宋媛是真害怕乔治笙,毕竟他可是恶名在外,别人轻易不敢招惹他。现在他也看不上宋媛,那宋媛岂有不躲着的道理?

　　可宋媛毕竟是祁丞带来的人,乔治笙明里暗里地针对她,祁丞不可能坐视不理,他脸上挂着看似和善却没有几分真心的笑容,唇一张一合,出声回道:"我又不是老师,七少也不是我管着的学生,哪有打小报告一说?再者就算是打小报告,我也不能跟你翻脸是不?"

　　乔治笙闻言,唇角勾起似笑非笑的弧度,当场回道:"也是,为了个女人,怎么能跟朋友翻脸?"

　　祁丞脸上笑容变得更大了,问了句:"我要是哪天急了,一不小心也说你女朋友几句呢?"

　　乔治笙狐狸眼略微上挑,眼里有说不出的寒意,轻笑着回道:"你试试?"

　　轻飘飘的一句话丢出去,声音都是蛊惑人心般好听,可但凡听见这句话的人,无一不后脊梁一冷。

　　乔治笙这话,威胁味十足,甚至带着几分挑衅。

　　几人都是边说边往小楼里面走,乔治笙正跟祁丞对视暗自较劲之际,门内的兰豫洲、林洋和林琪迎出来,笑着说:"都来了?"

　　这边话一岔开,紧张的气氛稍微淡去。

　　宋喜站在乔治笙身旁,兰豫洲亲自询问她的身体状况,还特地解释了一下他没去探望的原因,是因为下午临时有事要办。

　　宋喜体会过被人众星捧月的滋味,也尝过人走茶凉的落寞,如今重新被人重视,她明白这是"后盾"的力量。

　　以前她靠宋元青,没人敢欺负她。如今她仰着乔治笙,没有人敢低看她。

第十二章

　　一帮面和心不和的人说说笑笑地往二楼走，程德清设宴款待众人，偌大的一张圆桌上，尽是经典地道的粤菜。

　　放在最中间的是一道孔雀开屏，盘中间赫然立着一只栩栩如生的孔雀，不知是什么原材料雕刻而成，色彩明艳。铺开的尾翼则是鱼片做的，看起来是色香味俱全。

　　其余掌上明珠、煎酿茄子、翡翠虾仁、菠萝咕嘟肉等，皆是粤菜的代表菜色。

　　席间有人专门倒酒，有几个颜色不同的酒瓶。程德清面带笑容地说道："我今天也是借花献佛，茅台是豫洲带来的，贡酒是祁丞带来的，大家喜欢喝什么，自己选。"

　　祁丞微笑着说："兰先生带的酒一定是好酒，我可不能错过。"

　　宋嫒自然跟他选一样，管家给两人各倒了一杯茅台。

　　兰豫洲笑说："我正经有些年没喝贡酒了，正好今天过过嘴瘾。"

　　侍者站在他身侧，替他倒了一杯古井贡酒。

　　林琪和林洋都选了茅台，待到端着托盘的侍者走至宋喜和乔治笙身旁，低声询问之际，宋喜却问："有茶吗？"

　　侍者稍微一顿，随即点头应声："有。"

　　这时程德清将目光落在宋喜脸上，关心地问："小喜不能喝酒吧？"

　　宋喜看了眼程德清手边的酒杯，礼貌又暖心地回道："程爷爷，虽然我不想扫您的兴,但我这职业病又忍不住叨扰您两句,您刚出院不久,酒要少喝。建议你喝茶,我陪您一起喝。"

程德清似是想起什么,侧身对身旁人吩咐:"对了,把小喜送我的碧螺春煮上。"

管家点头,程德清又转身面向宋喜,笑着说:"你是医生,我是病人,我得听医生的话,那我今天就少喝一点,待会你陪我喝喝茶。"

宋喜弯着眼睛应声,坐在她身边的乔治笙也微笑着接道:"你们都喝茶,那我也喝茶好了。"

说是选酒,其实是选战队,祁丞跟兰豫洲互相给对方面子,林琪跟林洋干脆选了兰豫洲,剩下乔治笙跟宋喜这里,两人竟然什么酒都不选,改喝茶。

满桌子没有一个糊涂人,这下大家心里就更加明了,乔治笙……是谁都不乐意贴上去,他要单玩。

至于宋喜,一般人也没想到她敢当程德清的面作怪。

宋嫒余光瞥见祁丞脸色不好,她不着痕迹地瞪了宋喜一眼。从小到大,她最讨厌宋喜的这种倨傲,仿佛什么人什么事都不放在眼里,想说什么就说,想做什么就做,这对于宋喜而言不过是想与不想这么简单的动作。但是于宋嫒而言,她要反复琢磨掂量很久,最后也未必去实行的勇气。

宋嫒就是嫉妒宋喜,赤裸裸地嫉妒,凭什么宋喜就能为所欲为?

她不就因为会投胎,找了个好爹吗?如果自己生来就有这么好的条件,也不至于后天如此地举步维艰。

管家在后厨泡好茶就赶紧端到前面来,程德清端着酒杯,杯中是兰豫洲送的八十年茅台,他举杯敬大家,其余人等都拿起手边杯子回敬,只不过杯子里的东西不尽相同,有茅台,有贡酒,也有茶。

第一杯喝下之后,程德清又让人给他倒了一杯贡酒,在众人说话的空当,程德清再次举杯,感谢大家从夜城大老远地跑到岘州来看他。

两杯酒下了肚,他既给了兰豫洲面子,也给了祁丞面子,最后他让人换个茶杯,倒了一杯碧螺春,呷了一口之后,说道:"好茶。"

乔治笙说:"知道程老喜欢喝酒,原本我也备了酒,喜儿看见当时就不高兴了,说您现在要少喝酒,喝茶比喝酒好,这不,酒被没收了,别人送酒她送茶,格格不入。"

程德清笑容满面地回道:"小喜心细,加上她又是医生,有心了,我的家庭医生也不让我喝酒,我控制不住。"

宋喜说道:"您不是一个人,有我跟治笙陪您喝茶,我们可是为了您做出牺牲的。"

程德清哈哈笑着,拿起茶杯对着宋喜举了一下,宋喜双手持杯,遥敬,然后低头抿了一口。

她不是常喝茶的人,但也多少品得出这是极好的碧螺春,两小盒的价格绝对不比兰豫洲送的茅台和祁丞送的贡酒便宜。

桌上其他人虽然面色无异,可却心思各异。乔治笙摆明了要单干,加上宋喜这么个神助攻,眼看着程德清一顿饭下来酒是一口没再碰,一直在喝茶,大家越发内心不安,不知道程德清最后会怎么决定。

晚饭过后也才八点不到,程德清请大家看戏,宋喜早就知道这方院子里面别有洞天。大家移步到其他小楼,看到了那个专供人听戏看戏的地方,前面就是戏台,下面摆放着舒服的皮沙发。

众人落座之后,马上有人端上果盘饮品。

让宋喜略微意外的是,曲目竟然不是早就准备好的,而是程德清临时让众人点的。京剧、粤剧、梆子,什么都可以。

林琪对这个流程兴致缺缺,窝在林洋身边,并不发表意见。

林洋是小辈,年纪又轻,笑着说听其他人的。

大家一轮谦让过后,首个曲目是兰豫洲点的,京剧中著名的一出戏,《贵妃醉酒》。

演员装扮上台,为台下那总共不足十个看客尽情表演,一场下来也有半个多小时,结束之后程德清带头鼓掌,宋喜余光瞥见林洋动了下肩膀,将睡着了的林琪晃醒,两人一起鼓掌。

很少有年轻人能静下心来欣赏曲艺文化,宋喜也坐得无聊,但不得不打起十二分的精神观看。

程德清正在兴头上,手指一直跟着轻点打节奏,兴起时也会轻哼两声。

第二出戏是乔治笙点的,他说:"来了岫州,不听粤剧总觉着亏了。"

程德清笑说:"粤剧好啊,我来岫州这些年,也渐渐喜欢上粤剧,你想听哪一出?"

乔治笙侧头问宋喜,"想听哪出?"

宋喜对上乔治笙的视线,外人看他是绅士温柔,但她分明看见他想"甩锅"。

不会是报不出曲目吧?

宋喜佯装纠结犹豫,实则在尽量拖延时间。

坐在右手边沙发上的宋媛微笑着道:"小喜平时一直在医院里忙着,都不关注这些吧?"

乔治笙闻言,一个眼神看过去,吓得宋媛赶紧别开视线。

祁丞微笑着接道:"宋小姐在医院光学养生了。"

这话是在讽刺宋喜之前喝茶不喝酒的提议,果然肚子里都憋着气,就等着什么时候有机会出言讽刺呢。

宋喜忽然侧头对程德清说:"程爷爷,听一出《花田八喜》怎么样?"

程德清眼睛一亮,"你还知道这出戏呢?"

宋喜竟是当场哼唱了两句,随即笑道:"我们医院有同事是岍州人,他没事就喜欢哼这段,我还没听过专业的老师唱呢。"

程德清显然是高兴的,马上吩咐人下去安排。

宋喜佯装无意地看向祁丞宋媛那边,微笑着说:"医院也不像祁先生想得那么无聊,我也不是光会养生。"

乔治笙瞥见祁丞不得不笑着应承的脸,唇角勾起,他觉得宋喜可真是一把宝剑,说斩谁就斩谁,绝不拖泥带水。

当台上开唱之时,下面乔治笙目视前方,他用只有他跟宋喜才能听见的声音问:"你刚才故意不接话,是等着给他们下套?"

宋喜跟乔治笙一样,一副认真听戏的表情,嘴唇不动,声音从唇缝中飘出:"你下次别再突然'甩锅'给我,幸好我想到了,我差点说成《花田喜事》。"

乔治笙说:"谁'甩锅'给你了?粤剧的名段我最少能说出三十段来。"

闻言,宋喜不由得偏头看向乔治笙,乔治笙则一副悠闲的贵公子派头,头随着台上的乐曲轻轻晃动,分明是知道这出戏。

这茬过后不久,宋喜一个偶然间的机会得知,任丽娜是地地道道的岍州人,所以说乔治笙也是半个岍州人,怎会不知道粤剧的曲目?

倒是她把自己想得太重要,那一刻就跟她说不出来,大家就得一起死似的。

亏得她还觉得自己临危不乱,力挽狂澜,实则乔治笙根本就不慌。

《花田八喜》唱完后，大家拍手等待下一个人来点戏。

无论是出于礼貌还是客套，程德清都要询问一下祁丞的意见，祁丞看向程德清，微笑着说道："程老，您看梨园戏怎么样？"

程德清自然附和，"梨园戏好，就是后台不知有没有会唱梨园戏的……"

他正要找人过来问，祁丞面不改色地说："程老，您要是不嫌弃的话，宋媛说她想给您唱一段。"

程德清看向宋媛，眼露诧色，"这儿还有行家？"

宋媛不好意思地回道："在您和各位面前不敢称行家，就是平时也喜欢，学了一点。"

程德清笑说："那我们今天有耳福了。"

宋媛站起身，顺势道："化妆太久了，我就给程老和各位小唱一段，唱得不好大家多多包涵。"

程德清带头鼓掌，众人看着宋媛迈步往台上走，跟乐队老师们交流了几句，然后站在台中间微笑，起范。

音乐起，宋媛张口，地道的梨园戏唱腔，声音尖锐，咬字考究。

乔治笙望着台上，低声说了句："你这个姐姐，还是有些本事的嘛。"

宋喜白了一眼，冷声道："她不是我姐。"她不管乔治笙的声音中是否带着揶揄，她只是越听越耳熟，脑子努力回想她到底在哪儿听过。

她忽然想起，这调子她就在家听过，出自宋元青的口。以前宋元青心情好的时候，会哼几句京剧，好几次宋喜听他嘴里不知哼了些什么，随口一问，他说是梨园戏《陈三五娘》。

宋喜做事直爽，但她内心是个敏感的人，可能也跟她从小在单亲家庭长大有关。

她几乎是立刻就猜到她爸会唱梨园戏跟董俪珺有关，果然她后来旁敲侧击，得知董俪珺就是闽南那一带的人，会梨园戏不稀奇。

如今同样的调子加上词，从宋媛嘴里面唱出来，宋喜是怎么听怎么来气，那感觉就像一对妖人，想方设法地讨好宋元青，把她唯一的亲人给抢走了，如今宋元青在里面前途未卜，宋媛却用同样的把戏讨好程德清。

宋喜这么绞尽脑汁，也是为了宋元青，可宋媛呢？她是为了自己。

宋喜猜得没错，宋媛这样做的确是为了自己。

同样都是姓宋，为何她要被宋喜压着一头？要说以前宋元青在，那还分个亲生后养，可现在宋元青自身都难保，落魄的凤凰还想跟以前一样耀武扬威？不可能。

宋媛在台上唱得分外认真，时不时几个眼神瞄向台下宋喜，看似在互动，实则是明目张胆的挑衅。

乔治笙难得有兴致，看热闹不嫌事大地说了句："她在向你示威。"

不用他挑明，宋喜也看得出来，可乔治笙这么一说，宋喜更生气了。

宋喜嘲讽地回道："当自己是戏子吗？说上台就上台。"

乔治笙似笑非笑地说："她唱得不错。"

宋喜说："乔先生懂得真多。"

她的话里尽是嘲讽的味道。

乔治笙唇角微微勾起，可能因为宋喜这把宝剑很好用的原因，他今天心情还不错，他低声说道："其实男人喜欢有趣一点的女人。"

宋喜眼底闪过不屑，心中也冷哼了一声。

"羡慕祁丞吗？"她似笑非笑地问。

乔治笙发现了，宋喜生气的时候是牙尖嘴利的，明嘲暗讽，指桑骂槐，说出的话绝对不重样。

乔治笙学着她脸上的表情，似笑非笑地回道："祁丞应该很羡慕我，毕竟我身边是宋元清的亲闺女，他那个，充其量是收养的。"

宋喜应该高兴，毕竟乔治笙讽刺了宋媛。可事实上她并不高兴，这话怎么听怎么刺耳。

后来她回过味来，宋喜不爽是因为乔治笙压根儿没把她当"人"看，她跟宋媛都是筹码，如果她们是牌局中的牌，她幸运点当大王，而宋媛充其量就是个小王。

得出这样的结论，宋喜瞬间周身气压更低，抿着好看的丰润嘴唇，她不再开口讲话。

乔治笙也一副饶有兴致的模样，盯着台上的宋媛看，不再跟宋喜聊天。

宋喜气不打一处来，不晓得男人都是什么品位，偏偏都喜欢这种俗不可耐的。

宋元青喜欢董俪珺，祁丞喜欢宋媛，现在就连某人也……

宋媛的这身看家本事都是从董俪珺那学来的。宋喜承认，她是恶其余胥，原本没觉着梨园戏有什么不好，可是从宋媛嘴里唱出来，她时刻想起身离开。

而宋媛站在台上，一边奉承着程德清，一边时不时地挑衅地看着宋喜，俨然一副居高临下的模样。

说是唱一小段，一开口就是二十来分钟。

唱完之后，下面的人以程德清为首，都鼓着掌。宋喜就是有这种倔劲，谁爱鼓掌谁鼓，反正她是不动，她借着喝东西，手上拿着杯子，巧妙地避过了。

宋媛站在台上，礼貌地颔首欠身，作势要往台下走。

谁都没想到乔治笙会在这时开口，他看着台上的宋媛说："没想到宋小姐唱功不输专业的梨园戏老师，今天难得有幸听到宋小姐开嗓了，现在时间还早，宋小姐再唱几段怎么样？"

宋媛闻言，一时间不知所措，只能站在台上往下看。

宋喜也纳闷，吃不准乔治笙是什么意思。

程德清笑着开了口："是啊，平时我梨园戏听得不多，家里也没有梨园戏唱得好的老师，小媛要是不累的话再给我们唱几段。"

宋媛虽然面上带着笑，可宋喜看得出来，那笑容中有犹豫不决。

祁丞笑着开口："既然程老和七少都想听，你就再唱一段。"

宋媛听到祁丞的话，这才微笑着应声，重新回到台中间，跟乐队老师们商量好，又唱了一出。

当音乐响起，宋媛又开始拿腔拿调之际，宋喜忍不住小声说了句："乔先生这么懂，说说她这是唱的哪一出。"

闽南语，反正宋喜是一个字都听不懂。

乔治笙回道："我怎么知道她唱什么？你说她像戏子，又不花钱，让她站上边上去呗。"

宋喜差点没忍住笑出来，余光瞥见祁丞在往这边看，兴许是发现两人在嘀咕。

宋喜见状暂时没回答，等到祁丞移开视线，她这才低声说道："你小心祁丞跟你秋后算账。"

乔治笙唇角轻轻勾起，那是嘲讽的弧度，目视前方，慢条斯理地说道："他要是想跟我算账，就不会把她当戏子一样送上台。"

宋喜闻言，望着宋媛的目光中，莫名地就多了几分怜悯。

随即她又想到自己，宋媛是祁丞的枪，她又何尝不是乔治笙的枪？

一笙有喜

"你不用往自己身上想，我跟祁丞不同，我要面子。"

身旁的乔治笙似是会读心术，宋喜不过刚刚一想，他这边已是回应了她心中所想。

宋喜心底五味杂陈，酸苦最多，过了几秒，她声音平静地接道："我也不是宋媛。"

她也要面子。

宋媛在台上咿咿呀呀又唱了半小时,林琪头枕在林洋肩上,睡了好长的一觉。兰豫洲中途跟程德清闲聊了几句,剩下乔治笙跟祁丞,都是通程无言。

台上音乐声止，宋媛也躬身谢幕，程德清左右都看了看，随即出声说："我平时睡得早，到了点就熬不住，我先回去了，你们接下来还有什么活动，想去哪儿跟下面人说，家里有车。"

林琪睡足了，精神头旺盛地说道："外公，那您早点休息，我带林洋，媛媛姐和祁丞哥出去吃夜宵。"

兰豫洲说他要回去休息，乔治笙道："喜儿腰不舒服，我们也先回去了。"

几拨人马兵分几路，等到回了住处，关上门，宋喜才对乔治笙说："晚上吃饭的时候，林琪和林洋有意站兰豫洲那边，现在又拉祁丞出去，是想临时改队？"

乔治笙道："估计早就知道程德清想把这个项目割成几部分，跟谁合作都一样。"

宋喜道："你今天已经表明立场,不站兰豫洲也不站祁丞,林琪又没来拉拢我,目前看来你是被放弃了。"

两人是站在二楼窗户边说话，互相没看对方，宋喜手里拿着一大捧树叶，逗着不远处的长颈鹿。

乔治笙单手插兜，另一手夹着烟，眼看着两只长颈鹿阔步走来，他漆黑的瞳孔透露出嘲讽的神情，出声说道："见过食草动物成群结队，什么时候见过猛兽成群结队？"

宋喜抬起胳膊喂长颈鹿，她怕它们低头低得太辛苦。

粉唇微张，她想都不想地回道："你这话说得太片面，老虎是不成群结队，可狮子还爱拉帮结伙呢。"

不是她故意挑乔治笙的刺，实在是她想给他普及一下动物世界里的真实画面。

乔治笙没怪她拆台，突然伸手扣住她拿着树叶的那只手腕，不轻不重地向下压，让她的手搭在栏杆处，树叶也自然垂下来。

两只长颈鹿都不得不低下长长的脖颈，俯身来吃树叶，乔治笙道："你手里有对方想要的，对方就一定会自己放低姿态来拿，你举着的话他就能感恩戴德？"

他松了手，宋喜重新把树叶高高举起来，眼睛看着长颈鹿水汪汪的大眼睛，宋喜出声说道："有时候方便他人，也是为了日后自己有困难的时候，对方也会给予自己方便。又何必去故意难为别人呢。"

乔治笙声音冷淡中带着些许嘲讽，或者也可以说是与生俱来的倨傲，"最初就算好了的话，又怎么会有难的那一天？就是有太多跟你想法一样的烂好人才会有那么多企图得寸进尺的恶人。"

说完，不待宋喜回答，他又径自意味深长地补了一句："你拿几根树叶能逗来长颈鹿，你逗个狮子老虎给我看看？"

抽了一口烟，他转身向后，似是不想再跟宋喜说话。

宋喜在他转身的刹那忍不住翻了一眼，暗道：神气什么？

现在其他几家都想着怎么合伙吞了项目，只有乔治笙在这儿坚持要单打独斗，他也真不怕竹篮打水一场空。

正想着，她忽然觉得手臂很酸很沉，抬头望着长颈鹿，它们已经把树叶的顶端都吃光了，她实在是举不动，所以把手臂拿下来歇一歇，还没等再举起，两只长颈鹿竟然掉头，慢悠悠地走开了，看那步伐，丝毫留恋都没有。

宋喜撇了撇嘴，这俩白眼狼，亏得她抬手伺候它们这么久，还不如一早就垂着手，反正它们也会低头下来吃。

第十三章

　　正所谓话不投机半句多，乔治笙回了主卧，宋喜则直奔客卧。

　　等她洗完澡悠闲地推开浴室房门，看到对面床边坐着的乔治笙差点把她吓回浴室里，宋喜美眸一瞪，明显顿了一下才道："你怎么在这儿？"

　　乔治笙抬头看着她，英俊的面孔上波澜不惊，薄唇微张，不答反问："你晚上在主卧睡还是这屋睡？"

　　宋喜眼中迅速涌起狐疑，打量，防备……

　　"我在这屋睡。"她盯着乔治笙的脸，斩钉截铁地说。

　　她话音刚落下，乔治笙长腿一抬，竟然直接上了床，躺靠在床边，低头看着手中的书。

　　宋喜吃惊，站在浴室门口，直勾勾地盯着乔治笙的脸。

　　乔治笙目不斜视，径自回道："我们要在一个房间睡。"

　　宋喜心中不平，想也不想地蹙眉问："为什么？我腰不好，他们也都看见了。"

　　乔治笙淡淡道："你见过哪对情侣因为其中一个腰不好，就分房睡的？"

　　宋喜微张着唇，想要反驳，但一时间不知说什么才好。

　　乔治笙侧头，对上宋喜愤愤不平的目光，虽是面无表情，可口吻却带着几分调侃与戏谑："你是不是想太多？同一间房，你睡你的，我睡我的。"

　　宋喜轻蹙着眉头说："就一张床，我这腰不能再睡沙发了。"

　　乔治笙瞥着她，试探性地问道："你也想上床？"

宋喜眼睛一瞪,他这叫什么话?是她先占上这屋的,他却后来者居上,还一副她想占便宜的架势。

乔治笙见她欲张口反驳,他忽然开口说:"你睡地上。"

他那双漂亮的狐狸眼,明目张胆地瞄了眼床下铺着的地毯。

宋喜急了:"凭什么我睡地上?"

谁后来的谁睡。

乔治笙淡淡道:"你不是腰不好不能睡软床,地上硬,铺着地毯也不冷。"

宋喜气得肺管子都要炸了,一股怒气涌上来,她强忍着要跟他翻脸的冲动,尽量心平气和,却表情不善地说道:"我是睡不了软床,那也不代表我有床不睡非要睡在地上,这边床的软硬度给我睡着正好。"

言外之意,就是谁爱睡地上谁睡,反正她是不睡。

乔治笙躺靠在床边,这边的床只有一米五宽,一个人睡是显得很宽,但他一个大男人躺上去,剩下的那半张是够躺个人,但不注意两人也会挨上。

他脸上的表情一如既往地冷淡,并没有任何反应,像是没听见似的。最关键的是,他没有想下床的意思。

他收回视线,继续看书,宋喜在原地站了几秒,表面冷静心里则气疯了。

这不是摆明了来占她便宜的吗?

她想要跟他争论,但是话到嘴边,她憋了回去,径自绕到床的另一侧,抬腿就往床上坐。乔治笙对此视若无睹,宋喜把其中一个枕头往她身旁挪了挪,平躺下去。

她就这脾气,顺毛捋着没事,谁要是跟她对着干,最后只能闹个两败俱伤。

客卧亮着白色的大灯,床头柜那边暖黄色的橘灯也开了,乔治笙一身黑色的真丝睡衣,靠坐在床边,低头看书。

宋喜一身白色的真丝睡衣,一动不动地平躺在床的另一侧,双手放在肚子上,睡得安详。但是如果仔细去看,可以发现宋喜那双紧闭的眼皮之下眼球时不时地转动。

她当然不可能睡得着,乔治笙就在旁边,她浑身竖起了防备,在躺下之后就后悔了,现在是真不舒服。这种不舒服不仅来自僵硬的后腰,更来源于身边男人身上散发出的危险气息。

宋喜除了知道他叫乔治笙之外,其他关于他的事情所知甚少,他跟她就像

一笙有喜

个陌生人，而她竟然在一个陌生男人身边躺下了。

宋喜平躺累了想要翻身也不好意思翻，闭眼比睁眼还要清醒，她竖起耳朵留意周边的任何动静，房间很安静，偶尔听到乔治笙翻书的声音。他一直看着那本《官场现形记》，也不知是装模作样还是真的看进去了。

宋喜不敢睡，一直在胡思乱想，她理所当然地认为乔治笙应该是个心狠手辣不近人情的人，外加仗势欺人不学无术……

她把所有的负面词语都用在他身上，因为这是她从其他人口中拼凑想象的他。

其实她不是个爱听信谣传的人，只不过众人把乔治笙传得太坏了，加之乔家又是众所周知的存在。

当初乔顶祥就是手段狠辣，说一不二，谁不得给面子？

乔治笙是乔顶祥独子，从不在公众面前露面，大部分人不知道他真人长什么样子。有人说他面目可憎，也有人说他其貌不扬，可事实上乔治笙好看得有些过分。

现在他就在她身边看书，十有八九是在装模作样。

只是看半小时也可能是硬挺，但一个多小时过去了，宋喜依旧能听见某人翻书的声音，她真是纳闷了，敢情他是真的喜欢这本书。

困意渐渐袭来，宋喜的防线也逐渐开始薄弱，她用仅存的理智思考了一下到底要不要下床睡。

下去，那就意味着跟乔治笙的第一次内战，以她的妥协告终，明明是她占理，她要是还往后退，那以后真的没有活路了。

算了，睡就睡，谁怕谁？

其实宋喜打心眼里是不认为乔治笙会对她图谋不轨的，至于她为什么会有这种想法，她是凭借女人的第六感。

乔治笙平时看她总是冷漠居多，偶尔心情不好还会夹杂着嫌弃、嘲讽、赤裸裸的不屑……

就这些情绪，随便捡一个出来，也不像是会喜欢她的表现，所以即便两人躺在一张床上，宋喜也觉得十分安全。

就这样，她彻底卸下心防，恍惚一下就睡过去了。

宋喜迷迷糊糊中有什么东西刮了下她鼻尖处，有些痒，她眉头一蹙，抬手想摸，结果就摸到其他东西，宋喜猛然睁开眼，先是看到一片黑，顿了两秒她才恍然大悟，那是乔治笙的睡衣，他正欲压在她身上。

宋喜大惊失色，也不顾自己是否有腰疾，用力地推开身前之人，一个利落的鲤鱼打挺，翻身坐起。

宋喜又惊又愤瞪着眼睛道："你干什么？！"

她刚刚才睡着，加之被惊醒后的愤怒，整个人像是一只炸了毛的猫。

一身黑色睡衣的乔治笙坐在她对面，似乎也被她的反应给吓了一跳，俊美的面孔上是一闪而逝的呆愣，他冷眼看着宋喜，薄唇微张，声音低沉又不无挑衅地回道："关，灯。"

一共就两个字，他故意说得很慢，一字一顿，清清楚楚地传入宋喜耳中。

宋喜本能地扭头去看，一眼就看到她身后床头柜上的开关，马上又瞥了眼乔治笙那边的床头，果然没有。

愤怒瞬间消了大半，取而代之的是无法抬头的尴尬，宋喜恨不能原地隐身，怎么能这么丢人。

两人都坐在床上，姿势各异，宋喜有点恍惚，只觉得是噩梦一场。

她体会过乔治笙的"毒舌"，生怕他出口伤人，所以趁着他没开口之前，她赶紧主动承认错误，微垂着视线，低声道："不好意思，我睡蒙了。"

乔治笙拉过空调毯往身上一盖，躺下说："没安全感就别往一块凑合，损人不利己。"

闭上眼睛，他准备睡了。

宋喜脸上火烧火燎，乔治笙这话说得不好听，可却是实话，她本就理亏在先，也没办法反驳。

她要是还能在原位躺下，那也算是厉害，可她真是做不到了。

尴尬地下床，她拿了沙发上的毯子铺在床边地毯上，把自己的枕头也拿下来。

抬手关了床头灯，房间瞬间一片黑暗，宋喜悄悄地躺下，毯子垫一半盖一半。

地上肯定是不如床上舒服，铺上一层地毯加一层空调毯也还是硌得慌，宋喜平躺着，睁着眼，待到视线适应了黑暗，她隐约能看见身边的床身，这感觉有点像是睡上下铺。

她太要面子，经历了刚刚的一番尴尬精神得不得了，一时间睡意全无。

宋喜就纳闷了，怎么跟乔治笙在一起时，她十次有九次半都是占下风？难

一笙有喜

不成两人八字不合？

寂静的夜里，宋喜躺在地上胡思乱想，平躺久了她想要翻个身，地板硌得她龇牙咧嘴，暗骂乔治笙缺德，明知她有腰疾还让她睡地上，简直要人命了。

平躺硌屁股，侧躺硌胯，趴着硌胸。

宋喜在床下辗转难眠，床上的乔治笙闭着眼睛，偶尔能听见她很轻的叹气声。

起初她爬上床的时候，他心底十分不屑，想着宋元青的女儿也不过如此，一个女人主动爬上男人的床，心里能想什么好事，八成是想假戏真做，将临时靠山变成长久饭票。

她躺在床上装睡，他故意不搭理她，看她最后能想出什么招来，可她最后竟然真的睡着了。

乔治笙不可能跟她耗一夜，他也不会离开把床让给她，一天的钩心斗角下来，他也累了，正想着关灯睡觉，她突然坐起了，虽然当时他面无表情，但其实他着实被她吓了一跳。

如果她不惹毛他，他也不会赶她去地上睡，别怪他，要怪就怪她自己疑神疑鬼，自作多情。

两人一个床上一个床下，心思各异，如果非要找出什么共同点，可能只有一个——他们都很嫌弃对方。

夜逐渐深了，乔治笙跟宋喜皆是慢慢入睡，尤其是宋喜，她惊吓过后能再次睡着很不容易，她梦到和韩春萌一起攀岩，韩春萌中途差点掉下去，宋喜用力抬手揪着她。

韩春萌紧紧拉着宋喜的胳膊，一惊一乍地喊道："小喜，救我，救我！"

"宋喜……宋喜！"

乔治笙叫了宋喜好几声，她都一点反应也没有，他只好下床绕到她那边，只见宋喜侧趴在地上，右手跟右脚同时向上，一如壁虎在攀爬的姿势。

眉头蹙着，他眼中带着焦躁和嫌弃，俯身去拍她的手臂，当真是一点怜香惜玉的心都没有，力气大到让宋喜直接从睡梦中惊醒。

她忽地睁开眼，心底特别害怕，但脸上却是面无表情。

乔治笙站在她面前，居高临下地说道："赶紧起来，程德清心脏病犯了，他的私人医生不在，送医院恐怕来不及。"

宋喜闻言，几乎是立刻撑着身体就想起来，奈何腰不给力，她顿时疼得眉头蹙起，轻哼出声。乔治笙见状，本来都要走的，眼下不得不俯下身，单手扣着她的胳膊，把她从地上拎起来。

宋喜自己也是挣扎了一番，起身之后蹙眉问乔治笙，"什么时候的事？"

乔治笙道："刚刚，王庆斌在楼下等着，赶快收拾一下。"

宋喜想也不想地回答："还收拾什么，赶紧走。"

说罢，不待乔治笙回应，宋喜已经踩着拖鞋快步往门口跑去。

乔治笙愣住了，看着她的背影，她还穿着睡衣呢。

当一身白色睡衣睡裤的宋喜出现在一二楼中间的时候，一层的元宝最先发现她，一贯淡定的面孔上，眼中露出诧色，欲言又止。

王庆斌看到宋喜，疾步迎上前，急声说："宋小姐。"

宋喜道："听说程爷爷心脏病犯了？"

"是，程老半夜突然发病，今天恰好家庭医生不在，赶来最少一个半小时，我是实在没办法才过来打扰您。"

宋喜道："快点带我过去。"

两人说话间快步往外走，这时乔治笙也从楼上下来，他上身还穿着睡衣，只下身换了外裤。

一行几人开车赶往程德清的住处，路上宋喜向王庆斌询问程德清的病情，家里有没有紧急救助的仪器等。

好在王庆斌对程德清的情况非常了解，对答如流，宋喜心中也有了初步的断定，一边打电话吩咐正守在程德清身旁的人给他喂药，另一边叫人准备待会可能会用得到的东西。

她极认真的时候，整个世界只有病人，对其他的都视若无物，这股子专注劲让身旁的乔治笙意外，甚至是刮目相看。

他余光瞥见宋喜，她一身白色的睡衣，明明是闲散慵懒的打扮，但却因为她的认真和专业，莫名地让人敬畏。

第十四章

等一行人赶到现场的时候，宋喜快步走到程德清身边查看他的状况，情况比她想得要严重。

程德清身边常年跟着护士，但护士最多只能打个针，提醒吃药，像是今天这样的状况，她们是完全搞不定的。

好在宋喜一到，立马掌控全局，吩咐人将程德清抬到移动床，推往隔壁房间。

处理了差不多一个半小时，等房门打开，外面一帮人围上来。

程德清半夜突然出事，按理不该惊动客人，只是客人中还有他的亲外孙女林琪，林琪一知道，其他人也就都知道了。

眼下凌晨四点十几分，除了宋喜一身睡衣，乔治笙上半身睡衣，下半身西裤之外，其他人都还是换了衣服才来。

林琪最先快步上前，蹙眉问："我外公怎么样？"

宋喜出声回道："没事了，现在再休息一下。"

众人闻言，这才各自松了口气。

林琪只顾着程德清的安危，一旁的乔治笙迈步上前，对着宋喜道："你怎么样，还好吗？"

宋喜面色发白，额头一圈带着细密的汗珠，微微摇头，她低声回道："我没事。"

林琪这才反应过来，赶紧对宋喜道："谢谢你宋喜姐，要是没有你，我们真不知道该怎么办了。"

宋喜虽然整个人有气无力的，还是面带微笑地回应："应该的。"

她是医生，治病救人是本分。

宋媛见状，对着宋喜说道："小喜，你辛苦了，腰还没好呢吧？快点回去休息吧。"

宋喜不想搭理宋媛，甚至看一眼的心情都没有。

她会不知道宋媛葫芦里面卖的什么药？救人的活她干，如今用不着她了，立马将她支走，等到程德清一睁眼就看到宋媛跟祁丞，便宜还都叫他们给占了。

但宋喜着实挺不住了，她现在腰疼得要命。

宋喜把宋媛当空气，只看着乔治笙说："我先回去一趟，有什么事随时打电话。"

乔治笙应声："我送你下去。"

两人加上元宝，三人一同下楼，乔治笙从王庆斌那里要了车钥匙，让元宝送宋喜回去。

站在楼下车边，乔治笙主动开口说："等会我让王庆斌找个女按摩师来，你先别睡得太死。"

宋喜有那么一刹那的感动，尤其这话是从乔治笙嘴里说出来的，仿佛更加难得。

宋喜没跟他客气，点头应了一声。

元宝打开后车门，宋喜十分艰难地扶着门框坐进去的，没有人看到会不动容。

虽然她不是第一次让乔治笙意外，却是第一次让他除了意料之外，还有了其他的情绪。

元宝把车子开回小楼，下车之际，宋喜已经自己推开车门。她弯腰的时候，后背每弯一寸都是要命的疼。

她蹙着眉头，强忍着不吭声，目光所及之处，是元宝伸过来的手臂，他不敢伸手扶她，宋喜是撑着他的手臂从车里下来的。

"谢谢。"她轻声说。

元宝看她脸色白到极点，显然她现在身体很虚。他也佩服她的职业素养，发自内心地说了句："你腰疾这么严重，平时就要多加注意，还有那么多患者还等着你救命的。"

宋喜下车后就能自己直起腰走路了，闻言，她撇着嘴小声回道："我的腰

一笙有喜

不会轻易犯病，第一晚睡沙发，第二晚睡地上……"

元宝心底有一闪而逝的诧异，但他没有表现在脸上。

宋喜第一晚睡的是沙发吗？

不过转念一想，不大可能，乔治笙对宋喜那态度……

宋喜回到房间费劲洗了个澡，然后躺在客卧床上累得不愿动弹。差不多过了半个小时门口传来敲门声，本来宋喜都快睡着了，打开门，只见一个陌生中年女人出现在门口，说是来给她做按摩的。

宋喜趴在床上，只穿了一件T恤，身后女人手劲适中地帮她按腰，很舒服，她在不知不觉中睡去。

这一觉睡得很好也很沉，中途一次都没醒，待到宋喜睁开眼，发现外面早已阳光普照，眯眼看了下时间，已经快中午十二点了。

怎么没人叫她？

她侧躺着，起身下地，弯腰的时候，腰稍稍有些酸胀，但却没有今早那种敲碎脊柱的疼。

宋喜赶紧扭了扭腰，感觉好得差不多了。

睡眠充足了，腰也不怎么疼，宋喜心情不错，换了衣服往外走。

元宝在一楼客厅，看到宋喜下来，叫了声："宋小姐。"

宋喜问："乔治笙呢？"

元宝回答："笙哥还在程老那边。"

宋喜问："他一直没回来？"

元宝说："中途回来一次，看你在休息，没叫你。"

宋喜先是有些小感动，但紧接着又不确定乔治笙这是否是在做戏，她是连一丝感动的情绪都不敢流露。

元宝开车送宋喜去程德清那边，宋喜是睡了一觉才来的，看其余人的状态，都是熬了一晚上没睡，一个个不是黑眼圈就是眼袋下垂。

乔治笙换了身衣服，依旧是黑色衬衫，只是样式不同，看到宋喜，他最先出声："腰好些了吗？"

宋喜点头，"好多了。"

说完她又问："程爷爷怎么样？"

乔治笙说："不到九点的时候醒过一次，没说话，现在又睡了。"

宋喜道："醒了就好。"

林琪问："外公什么时候能彻底清醒？"

宋喜道："这就不确定了，也许是下午，也许是晚上，人年纪大了，需要些时间恢复。"

宋喜说完只见众人神情各异，她没有主动劝任何人走。能挺住的话就都在这儿熬着。

可这一帮都是"金贵"的人，哪个受过这种罪？在这儿干坐了七八个小时已经是极限，后面的两个小时，先是兰豫洲起身离开，随即是林琪和林洋，最后只剩下宋喜、乔治笙、宋媛和祁丞四人。

看没有外人，宋喜也就直言不讳了，她侧头对乔治笙说："你先回去睡会，这边有什么事我再叫你，你又不懂怎么治，留下来也没用。"

这话看起来是跟乔治笙说，实则是给祁丞和宋媛听的。

乔治笙应声，起身跟宋喜嘱咐几句后直接迈步离开，完全无视祁丞和宋媛。

屋里又少了一人，剩下的人心思各异地安静持续数分钟后，祁丞起身说道："程老这边有任何事，麻烦宋小姐随时通知我们。"

宋喜微笑着点头，"好。"

宋媛看了宋喜一眼，宋喜这次没有故意错开视线，而是正大光明地迎着她的视线看过去。

两人目光短暂相接，电光石火，眼中的怒火被点燃。

宋媛像个戏子似的站在台上表演，她以为这样就能够讨好程德清，但现在宋喜是救了程德清的命，两者相比，孰轻孰重一目了然，这一刻简直就是在打宋媛的脸。

宋媛心里憋屈，最后没敢说什么，默默地跟着祁丞一同离开。现在只剩下宋喜自己在这边。

房间里很安静，她静下心来思考，这回她救了程德清一命，以程德清的性格，就算不看在宋元青的面子上，日后也一定会对她不薄。

关键是她现在要怎么做？

是借此求程德清帮一帮宋家，还是，让他把唯一的大"蛋糕"给乔治笙？

并不是说宋喜把乔治笙看得跟宋元青一样重要，而是她从小受宋元青潜移默化的影响，越是遇到重要的决定，就越是不能感情用事。

一笙有喜

　　这次救了程德清一命,只能换一次他不能拒绝的要求。
　　宋喜想了很久,始终下不了决心。
　　程德清是下午三点过五分醒来的,宋喜就在隔壁,看护马上过去喊她过去看。
　　程德清戴着氧气面罩,眼皮虚弱地一张一合,望着宋喜,似是要讲话。
　　宋喜帮他将面罩拿开,微笑着说:"程爷爷,您醒了,觉得怎么样?"
　　程德清低声回道:"还好……"
　　宋喜用棉签蘸水帮他擦拭嘴唇,问:"程爷爷,我叫琪琪过来?"
　　程德清微微摇头,然后道:"我跟你说会儿话。"
　　宋喜拉过椅子坐在病床边,微笑着应声:"好,您说,我听着。"
　　程德清说:"要是没有你,我现在就看不到外面的太阳了。"
　　宋喜道:"您别这么说,人年纪大了,难免这里那里不舒服。别说您了,你看我才多大?我爸就总说我老胳膊老腿的,身体还不如他呢。"
　　宋喜提到宋元青,没有露出难过的模样,反而是面带笑容。
　　程德清闭了闭眼睛,随即无力又感慨地说:"你是个好孩子,你爸爸特别为你骄傲,每次跟我打电话提到你,都是说你的好。"
　　宋喜听到后强忍着眼泪,眼眶湿润,固执地勾起唇角,轻声说:"他就是'炫耀狂魔'。"
　　程德清说:"我要是有一个像你这么优秀的孙女就好了。"
　　宋喜说:"您有琪琪啊,琪琪那么听话。"
　　程德清依旧微微摇头,道:"琪琪跟你不一样,她还像个小孩子,不懂事。"
　　宋喜看程德清的表情,似是有些话欲言又止。
　　她当然不会主动问,而是说道:"林洋我不是太熟,但也没听过有什么不好的传闻,琪琪跟他在一起也算是门当户对,您别担心。"
　　程德清忽然沉默,宋喜吃不准他心中想什么,主动问:"您渴不渴?要不要喝水?"
　　程德清摇头,然后道:"小喜,你救了我一命,我们爷俩有缘,我跟你说一句实话,我并不想让琪琪跟林洋在一起。这次他们也是突然说要过来,我这个当外公的,没理由不让外孙女来看我,但我心里是不愿意的。"
　　话都说到这份上了,宋喜也不能再装糊涂,她小声问道:"您跟林家有什么误会吗?"

程德清一副不提也罢的表情，但算是默认了。

"琪琪只是比你小一岁，但她太不懂事了，人家让她往东她就往东，让她往西她就往西，我怕一时心软给了她机会，最后也是落个给别人作嫁衣的结果。

"林家有意拉拢兰家，大概率私下都谈好了。所以我那天叫治笙单独过来，想让他跟祁丞合作，把项目交给他们两个，我也放心，但治笙说他想自己做，坚决不与人合作的态度，我劝了半天也没劝动。"

宋喜道："程爷爷，我看林洋也有想拉拢祁丞的意思。"

程德清说："我知道。"

宋喜说："其他人想用这项目什么我不知道。之前治笙跟我谈过几句，我知道他想用作商业医疗，其中的价值您一定比我懂。治笙做事不仅仅看眼前的利益。在来岇州之前，他还捐了四千万给我们医院，我还用这笔钱中的一部分救助了一名贫困的先天性心脏病儿童，后面医院也会联系记者报道这件事。

"但当今的社会商业与慈善应该互利互惠。治笙已经开了个头，后面他再去做这方面的事情也会比其他人容易很多，而且程爷爷，有时候能力较大的人的一些决策，不仅能赚钱，同时也能帮助到别人。这也是一种行善积德了，您说是不是？"

宋喜隐约记得，宋元青说过，程德清是信佛之人，所以她最后加了这么一句，也是希望能动之以情。

人到了一定年纪会变得很精明，可大部分人在生死面前也会变得无能为力，最终寄托于信仰，希望通过行善积德可以多活几年。

不得不说，宋喜最后这几句话，简直就是说到了程德清的心窝子里。

眼看着程德清已经动摇，心中的天秤开始偏向乔治笙这一边，宋喜干脆使出了撒手锏，她努力控制住眼眶中的眼泪，轻声说道："程爷爷，我不知道我爸这次结果会怎样，现在我最相信的人就是您跟治笙。我希望你们两位因为我会有更大的交集，能够亲上加亲。"

程德清手握这么巨大的一块"蛋糕"，绝对不可能因为一时感动就作出决定，只是其中一个因素，晓之以理才是关键。她得让他相信，大家是同坐一条船上的人，之后的事情才好商量。

第十五章

程德清睁眼之后就跟宋喜聊了大概半个小时，最后他用疲惫中带着精明的眼神看着宋喜，意味深长地说了句："你爸爸教了个好女儿，要是他能看到现在的你，也可以放心了。"

宋喜眼眶泛红，将所有的辛酸和隐忍尽数吞入腹中。

她要自己过得好，才有能力帮到宋元清。

程德清并没有给宋喜具体的答案，宋喜也通知了其他人过来。

最快赶来的是祁丞和宋媛，祁丞问程德清的身体情况，宋媛干脆当面掉了眼泪，一副担心害怕得不行的样子。

宋喜是对她这模样厌恶到极点。也不知道宋元青出这么大的事宋媛有没有为他掉过眼泪。

随后赶到的是林琪和林洋，林琪拉着程德清的手抹眼泪，人家是亲祖孙，哭是合情合理的。

最后是乔治笙跟兰豫洲一起赶到。

乔治笙本就不是话多的人，其他人把该问的都问了，他就安静地站在宋喜身旁，低声问了宋喜几句相关病情，宋喜一一回答，并默默感叹乔治笙这智商，一般人真的比不了。

同样都是献殷勤，有人表现得太直白，有人又表现得太假，唯独乔治笙，看似不争不抢，实则是志在必得。

看有这么多人在，程德清叫了宋喜和乔治笙，道："听人说小王凌晨跑去找你们，你们穿着睡衣就赶来了，原本是叫你们来我这儿休闲休闲，结果反倒更累了。"

宋喜道："这是我是应该做的。"

乔治笙说："我后悔怎么当初没学医，不然有我一个人来就够了，喜儿腰疼得不行还被我给搀起来的。我就是心疼她。"

程德清都躺那儿了，乔治笙却说心疼宋喜，一般人反应不过来，还得暗骂一句乔治笙不会说话。

可宋喜却再次被乔治笙的智商和情商给惊着了，怎么会有人这么工于心计？

乔治笙这话就是要让程德清觉着，宋喜在他心底是重中之重，如此程德清也还记着和宋元清的情谊，会更偏袒于他。

能把假戏演到以假乱真的地步，也是一项不可多得的本事。

宋喜是真心佩服乔治笙，同时也更觉得外界对乔治笙的错误认知有多么的可笑和荒唐。

有人说乔顶祥能有今天的成就，是时势造枭雄，到了乔治笙这辈，要什么有什么，他又是家里独子，平时纵容得跟个"二世祖"似的？

可事实一次又一次地证明，做生意做得好的家庭养出来的孩子一般都很精明，而并非无脑的"二世祖"。

可能世人更愿意相信，老天爷给了一个人财富跟权力，就一定会让其面目丑陋或者情商智商双商有限。仿佛只有这样才能让他们心里感觉平衡。

这只是部分嫉妒心强的弱者的自我安慰，宋喜见过的人里，大部分是越是背景强硬越是努力的人。而那些只会吃喝玩乐的"王子"和"公主"，只是少部分人。

从程德清醒来到现在，宋喜都没有跟乔治笙单独通气的机会，所以程德清也就越发相信，乔治笙是真心喜欢宋喜吧。

如今宋喜又这么仰仗他，如果真能像宋喜说的这般，大家亲上加亲，未尝不是一件好事。

房间里面，一帮人守着程德清嘘寒问暖关怀备至，生怕错过表现机会。

然而程德清只疲惫地应酬了二十分钟，便说自己累了想休息。

所有人都起身准备告辞，临走前程德清特地嘱咐宋喜："我让厨房给你煲了汤,待会儿叫人送过去。"

宋喜微笑着应声:"谢谢程爷爷,您安心休息,我晚点再过来看你。"

一行人鱼贯而出,宋氏姐妹跟各自的男伴走在后面,其间祁丞淡笑着对乔治笙说了句:"七少好眼光啊,竟然找到一名在心外当医生的女朋友,这样以后有什么事,都不用往医院跑了,多方便。"

乔治笙面色淡淡,只有唇角勾起微不可见的浅浅弧度,声音带着一贯的清冷,其中掺杂着些许嘲讽:"祁先生是夸我还是咒我?你女朋友动不动就对我女朋友说'万一有个好歹',到了你这儿更狠,这是盼我出意外呢?"

祁丞面不改色地笑说:"七少可别误会,你身边随行的都是私人保镖,能有什么意外?这不身边有个知冷暖的,但凡是头疼脑热的小病,也不至于往医院跑一趟。"

乔治笙笑了笑,道:"也是。话说回来,祁先生也是好福气,你女朋友一身好本事,感觉吹拉弹唱样样精通,在家闲得无聊,随时摆个戏台让她给你唱几段,赛神仙呐。"

说到最后"赛神仙"的时候,乔治笙侧头看向祁丞。他本就长得好看,一双狐狸眼冷着的时候都勾魂摄魄,更何况像现在这般故意地向对方使眼色。

宋喜无意中抬头一看,先是看到乔治笙眉眼间的无限风流,紧接着再看祁丞,祁丞脸上的笑还来不及收回,绷得很紧。

最后是宋嫒,她脸上的表情只能用精彩来形容。

吹拉弹唱……亏乔治笙说得出来。

说话间大家已经行至门口,元宝打开车门立在一旁等候,乔治笙完全不在意祁丞笑中藏杀气的眼神,伸手放在宋喜腰间,率先迈步坐进后座,宋喜紧随其后。

元宝关上车门,绕到前面开车。

车子逐渐驶离,外面也绝对听不到车内人的声音,宋喜没忍住唇角勾起。虽是没说什么,可心底的高兴溢于言表。

乔治笙道:"我又帮你出了口气。"

宋喜没想到他会主动开口,她稍稍侧头看着他道:"你主要是为了针对祁丞。"

乔治笙说:"不能因为是我使了一箭双雕,就把自己占到的便宜忽略不计吧?"

宋喜刚要说话，恰好这时乔治笙的手机响了，她侧头看向窗外，只听得乔治笙叫了句："程老。"

程德清说了什么，宋喜是听不清楚的，只听到乔治笙这边清晰地回复："您放心，我一定好好对喜儿。"

电话挂断，宋喜侧头看向乔治笙。

乔治笙一侧头，俊美的面孔带着十足的探究和打量，"程德清答应了。"

宋喜惊讶了会儿，问："他答应把项目给你一个人？"

乔治笙不答反问："你跟他说了什么？"

竟然会让程德清这样的老狐狸肯心甘情愿地把鸡蛋投到一个篮子里面。

宋喜一开始也只是有五成的把握，她在赌，如今赌赢了，心底说不出是喜还是惊。

顿了几秒，她出声回道："他是看在你的面子上，我不过给了他一颗定心丸而已。"

大家都是聪明人，具体过程有时候并不重要，关键是结果。

乔治笙也没想到会这么顺利，原本他只有七成的把握。意味深长地看了眼宋喜，乔治笙难得肯张开金口夸她一回，但口吻却带着夸赞和调侃："不愧是协济院心外一把，药到病除。"

宋喜跟他一样，意味深长地回道："还是你在背后药方配得好。"

两人突然不再剑拔弩张，反而互相恭维起来了。虽然这恭维听起来有些像挑衅，不过总的来说，首战告捷，宋喜心底暗自松了口气，成总比不成强，最起码她搁乔治笙这儿算是有了价值，他也不会恼羞成怒地将她一脚踹开。

只不过，却莫名开心不起来。

当一个人拼尽全力不是为了胜利，只是为了夹缝中生存的时候，越是努力，就越是心酸。

乔治笙似是心情还不错，回到小楼之后，他主动问宋喜："那人按得怎么样？"

宋喜稍微愣了愣才晓得他说什么，应声回道："挺好的，腰好多了。"

乔治笙说："那再让她过来帮你按一会儿。"

宋喜点头，"可以。"

有现成的按摩师，她还硬挺着遭什么罪？

宋喜和乔治笙前后脚往楼上走，到了二楼，两人一个往右一个往左，如分道扬镳的路人，彼此互不留恋。

宋喜洗个澡，换了睡衣躺在客卧床上等着按摩师来。

按摩的师傅手艺不错，可以跟她在夜城常去的回春堂媲美了。她趴在床上，迷迷糊糊地又睡着了。

她做了个梦，梦里一个人脸模糊的高大男人跟她在一起，她虽看不清他的面孔，可她知道他是谁，许久未见，她既心疼又疲惫，委屈得想要逃开。

男人低低说道："我回来了，再也不走了。"

场景忽地一转，两人已经身在厨房之中，男人腰间系着围裙，两边的燃气灶上皆煮着东西，鼻尖尽是诱人食指大动的香味。

他叫她过去，看着他从牛奶锅里舀出一小勺的疙瘩汤。

疙瘩汤是用西红柿炝的锅，所以颜色红红的，在送到宋喜嘴边之前，男人温柔细心地吹了吹。

她张口吃掉，还是有些烫。

"慢点吃。"

宋喜抬头对他竖起大拇指。

这回她看清了男人的脸，是乔治笙的模样，但是在梦里……

"宋小姐，宋小姐？"

宋喜被人叫醒，她微张着眼睛，定睛出神地望着某一处，对面就是窗户，她愣了几秒才发觉天已经完全黑了，而亮光是来源于头顶的吊灯。

慢慢转过身，她发现站在床边的人是元宝。

元宝出声说道："宋小姐，笙哥让我来叫你，我刚才敲了半天门，你没回应。"

他有必要解释一下他直接进来的原因。

宋喜这次出门带的都是全套的睡衣睡裤，在房里比在外面穿得还多，所以并不尴尬，她坐起来，接了句："我睡得太死了。"

元宝说："笙哥在外面等你。"

宋喜应声，元宝出去后，她没有马上动弹，而是呆坐在床边，双眼出神。

刚刚的那个梦……不知道为什么会梦见他，她已经很长时间没梦过他了，可能因为她前些天做了顿疙瘩汤，所以才会莫名其妙地梦见这么一出戏。

乔治笙在客厅沙发上坐着看书，元宝在窗边逗长颈鹿，宋喜换好衣服从客卧出来，心情莫名低落，她面色淡淡地问道："要去看程德清吗？"

乔治笙合上书，抬头看着宋喜，语气如常淡漠地回道："不，出门吃夜宵。"

宋喜有些意外，一时间迟疑地站在原地。

乔治笙起身，元宝也放下树叶走过来，前者说道："程德清打电话过来，叫我们不用过去。"

宋喜了然，其实她也不想去程德清那儿，到了那边就要换上另一副面孔，累。

跟着乔治笙下楼，元宝，宋喜问："还有谁？"

乔治笙说："就咱们三个，你还想约谁？"

宋喜心底嘀咕，演戏演惯了，总觉得他做任何事都是有目的，突然就他们三个出去吃饭，莫名有些惊诧。

元宝开车，乔治笙跟宋喜坐后面，她主动弯腰往里进，乔治笙见她动作利索多了，八成是腰没那么疼了。

宋喜上车后也很沉默，没说什么，倒是元宝跟乔治笙聊了几句。

乔治笙说："去碧海潮笙吧，你不喜欢那儿的粥吗？"

元宝道："我吃什么都行，主要看宋小姐。"

宋喜闻言，接了句："我也什么都行，你们定吧。"

乔治笙问："粤菜吃得惯吗？"

这话是问宋喜，宋喜现在没心情聊吃的，就顺口回了句："都可以。"

第十六章

　　最后还是定了碧海潮笙，宋喜心想，全岘州最贵最火的地儿，明星大腕过去还得提前预约定位子呢，他们现在这样直接过去，能有地方吗？

　　不过事实证明，她操心得太多了，元宝开车一路来到碧海潮笙，偌大的店门口外，名车云集，走进富丽堂皇的饭店大堂，马上有人上前迎接，待走近前台的位置，经理模样的人瞧见这边，眼露诧色，赶紧三步并作两步迎上前。

　　笑容满面地打招呼，"笙哥，宝哥，什么时候来的岘州？"

　　元宝笑着打趣道："还想让笙哥跟你报备一声不成？"

　　经理马上笑着回道："我可不敢，早知道你们要来，我好提前有个准备。"

　　元宝调侃说："不提前告诉你就是想杀个措手不及，看你敢不敢把笙哥的房间订出去。"

　　经理说："你借我十个胆子我也不敢。"

　　说着，他朝唯一陌生的面孔宋喜点了下头，伸手做了请的手势。

　　听到这话宋喜才恍然大悟，难不成这里……是乔治笙开的？

　　几人乘电梯往上楼，其间经理礼貌地看向宋喜，询问的对象却是乔治笙："笙哥，您朋友喜好什么口味？我好吩咐后厨准备。"

　　乔治笙稍微侧头，视线落在宋喜脸上。宋喜秉持着传统美德，客套地回了句："我都行。"

　　经理笑说："那我就按老规矩，再给这位小姐多加几道甜品。"

电梯门打开，跨步出来就是柔软的地毯，经理亲自引三人去到一处包间。包间三面是墙，落地玻璃窗，能看到江景，寸土寸金的地界，如此奢华的装修，人均上万的消费也就没什么稀奇。

房间里有一张大圆桌，是二十人的桌，经理率先上前摸到桌下开关，将桌子收拢成小尺寸的，即便如此，三人坐着还是显得很空。

"笙哥，喝酒吗？"经理问。

乔治笙刚点了根烟，边抽烟边回："老样子，再拿瓶别的酒。"

经理应着，然后不着痕迹地跟元宝对了下视线，元宝起身道："笙哥，我去趟后厨。"

去过岬州吃饭的人都知道，这边喜欢吃生鲜，材料大多由客人自选。

当然来碧海潮笙吃饭的人，十有八九是为环境和气氛，后厨选上来的也自然是最好的食材，一般不用亲力亲为。

元宝不过是故意寻个机会出去罢了。

经理跟元宝一起出了包间，把房门轻轻带上，往前走了几步，经理立马忍不住向元宝八卦，"宝哥，里面那位是什么人？"

元宝镇定自若地回答："女人，还不明显吗？"

经理噎了一下，好声好气地道："宝哥，你快给我指点指点，别一会儿我上错菜说错话，笙哥以后给我穿小鞋。"

元宝闻言，当即瞥了他一眼，"你小子现在胆真肥,还敢在后背议论笙哥了？"

经理忙着撇清："我可不是这意思，这不是头回见笙哥带女伴来这嘛，好奇。"

元宝跟经理私下关系不错，知道他机灵也识趣，不然乔治笙不会让他打理这么大的店，是信得过的人。两人往前走，元宝声音不大不小地说道："不是你想的那种关系，但你必须客气。"

经理纳闷了，眉头轻蹙，问："不是那种关系？就是朋友吗？"

元宝当然不会对外讲乔治笙跟宋喜可是领了结婚证的，不然这帮人还不得吓一跳。

嘴唇微张，元宝依旧是那副不动声色的模样，淡然回道："男女之间就那么几种关系，自己猜去，反正我话可给你带到了。"

经理被元宝几句话整得云山雾罩，饶是他再机灵，那也猜不出宋喜是乔治笙法律意义上的老婆啊。

一笙有喜

反正是笙哥带来的人,他们岂有不奉承的道理?

说话间两人走到后厨,说是后厨,这里只是后厨的一部分,跟做饭的地是单独分开的,这边主要是养着各种生鲜食材。

左边半面墙高的大水箱,分层分格,里面养着各种海鲜鱼类。右边各个笼子里面装着各种野禽。

都说峒州这地方,地上跑的,天上飞的,河里游的,尽属胃中之物。

元宝最喜欢吃水蛇粥,经理记着,指着一边养水蛇的水族箱,吩咐人挑最大最肥美的水蛇煲粥。

乔治笙偏爱酸甜口,经理对人说道:"让廖师傅亲自做酸云吞,还有嫩姜排骨、佛钵飘香、大枣枸杞炖鸽跟蛇咬鸡,都准备仔细点,笙哥来了。"

传话的人一听说乔治笙来了,立马打起十二分的精神,记下后一溜烟往隔壁做饭的重地跑。

经理跟在元宝身侧,讨好地问道:"宝哥,里面那位小姐喜欢吃什么啊?"

元宝站在专门装蛇的箱子前,眼睛目不斜视,嘴里回着:"不知道。"

经理都要哭了,连忙道:"您别不知道啊,笙哥第一次带她来,我要是招待不周,以后还要不要在这儿待了?"

元宝说:"她是地道的夜城人。"

经理说:"北方人啊,那她吃不吃得惯粤菜?我是特地给她备几道北方菜,还是挑咱们这儿的招牌菜?"

元宝还是那句:"不知道,你自己看着办吧。"

经理仗着跟元宝熟,软磨硬泡地跟他说:"今天新到了两条蛇,我让装师傅给你做份蛇血饭怎么样?"

这是明摆的投其所好,元宝眼球一转,看着经理说:"一般北方人都未必习惯这里的特色菜,你准备一些口味不那么重的吧。"

经理马上叫了人来,吩咐后厨做牛油果官燕、蟹黄焗西蓝花还有砂锅粥。

这头所有人都为了乔治笙和宋喜的喜好绞尽脑汁,另一头,包间中只剩两人,元宝有意避开,一去不复返,两人也不好这么干坐着。

宋喜问:"我们什么时候回夜城?"

乔治笙道:"原本计划三五天后,现在程德清突然发病,我要在这边多待两天。"说完,他又补了一句,"你想回去我可以随时帮你订机票,你跟程德清打声招呼就行。"

宋喜嗯了一声："那我明天跟他说。"

乔治笙没接话茬，宋喜也没说话，两人又开始陷入无言之境。

十几分钟之后，元宝是随着上菜的侍应生一同进来的，侍应生双手上菜，嘴里介绍着："大枣枸杞炖鸽，蟹黄焗西蓝花，银燕雪蛤，火龙吐珠……"

旋转的圆桌，那道火龙吐珠转到宋喜面前，她定睛一瞧，雕刻得栩栩如生的龙头，后面摆着长长的身子，剥了皮的原物，并看不出是什么，但宋喜又不傻，还能真给上条龙？

所以她出声问："这是什么做的？"

乔治笙道："蛇。"

宋喜成天拿着手术刀给人开膛破肚的，什么东西没见过？可以说天不怕地不怕，可她唯独害怕一样东西，蛇。

她鲜少在乔治笙面前露出慌张的模样，此时也顾不了那么多，她浑身鸡皮疙瘩顿起，赶紧转动圆桌，赶紧把这道菜移走。

宋喜反应这么大，在场的人都看出她对蛇是恐惧的，元宝出声道："宋小姐不喜欢，先撤了吧。"

侍应生闻言，赶紧迈步往桌前走。

宋喜摸着胳膊上的鸡皮疙瘩，硬着头皮回道："没事，我吃不惯而已，你们随意，不用撤走。"

原本刚刚的一瞬间，乔治笙内心已经隐约升起不悦，好在她后面又说了这句话，不然他会让他们不撤。

叫她一起出来吃饭，是为了庆祝初次合作的顺利。

她又不是他女人，凭什么要他迁就她的个人喜好？

元宝可太了解乔治笙的脾气，但他不懂宋喜。

就拿蛇这事来说，他正想偷着发信息告诉那边，往后别再上有关蛇的菜了，可偏巧就在这时，经理亲自敲门进来，满脸笑容，他先给乔治笙送了酸云吞，然后走至宋喜身旁，礼貌又不失亲和地说道："宋小姐，听说您是北方人，自作主张给您做了份砂锅粥，不知道您吃不吃得惯。"

宋喜微笑着道："谢谢，我……"

话还没说完，宋喜余光瞥见砂锅粥旁边，赫然放着一份水蛇粥。

一笙有喜

熬得软糯的白米之上，清晰浮着一条水蛇，距离宋喜不过半臂的距离。只有极度恐惧一样东西的人，才能明白自己恐惧的东西近在眼前，那是一种什么样的感觉。

头皮发麻，毛骨悚然，所有的词语都不足以形容一二，宋喜像是被踩到尾巴的猫，整个人从椅子上弹起，往后躲。

她这一惊不要紧，可把特地过来献殷勤的经理给吓着了，差点没把托盘给扔了。

宋喜闪身躲到好几步开外，下意识地伸手抚着半边脸，脸都吓麻了。

元宝最先起身，对着经理使了个眼色，"砂锅粥放下吧。"

经理看向元宝，紧接着马上扫了眼乔治笙，但见乔治笙面无表情地坐在原位，到底是聪明人，立刻就回神，赶紧端着水蛇粥出去了。

元宝心底暗自叫苦，何必带着他来吃饭？放他自己随便找个吃夜宵的地儿多好，总强过现在这般。

怕乔治笙翻脸，元宝主动给宋喜台阶下："宋小姐怕蛇吧？我叫人别再端蛇上来，有的是其他特色菜。"

宋喜放在包里的手机响了，她心有余悸地过去翻出手机，低头一看，屏幕上竟显示是董媛的来电。

宋喜拿着手机，对乔治笙和元宝说："你们先吃，不用等我。"

说完，她快步闪身往外走去。待到房门刚一合上，乔治笙立马毫不掩饰地沉下脸，元宝好言相劝："女人十有八九都怕蛇，是我没提前问好。"

乔治笙眼睛一瞥，眼底尽是不耐和怒火，沉声道："怎么没问？问了两次，说着什么都行，这会儿又一惊一乍的。"

元宝道："谁都有软肋嘛，我还从小怕鸡呢。"

提到这个，乔治笙忽然忍俊不禁，露了笑模样出来，斜眼睨着元宝。

只有他们二人的时候，乔治笙身上少了冰冷和戾气，多了几分随意，迷人的薄唇微张，他出声道："你还好意思说，怕什么不好偏要怕鸡，现在外面还传你的流言蜚语呢。"

元宝也是一脸无语，"还不是佟昊喝多了跟人乱说的？"

乔治笙笑得促狭："人家昊子也没说错。"

元宝道："他说完又不帮我解释，前阵子还有人往我这儿塞乱七八糟的东西，当我什么人？"

乔治笙当即忍不住轻声说了句脏话。

宋喜出门走到无人处接了电话，明知宋媛不会无缘无故打给她，还是冷着声音问："找我干什么？"

手机中宋媛的声音传来，不辨喜怒地问道："你这次来岈州见程德清，不是为了爸爸，是为了乔治笙吧？"

宋喜闻言，腾地一股火顶到脑门，她还没问宋媛跑到这儿来干什么，宋媛反倒先来惹她。

宋喜眉头一蹙，沉声道："我做什么，用得着跟你打招呼？"

她家的事犯得着让一个外人来管？

宋媛也知道宋喜不是个会吃亏的人，她在那头明显地吸了一口气，然后道："宋喜，我不想跟你吵架，我是认真跟你说，我这次来岈州是为了爸爸，祁丞答应我，他一定会想办法帮爸爸的。"

宋喜怒极反笑，"怎么帮？"

宋媛沉默片刻，声音稍低地回道："他想跟乔治笙聊聊。"

宋喜就知道，唇角勾着嘲讽的弧度，她出声说："那让他找乔治笙去啊，你找我干什么？"

宋媛耐着性子说："小喜，你不要跟我置气，我也是为了爸……"

宋喜再也忍不住了，当即拉着脸回道："你离我远点行吗？宋媛我不是我爸，我也没他那么好骗，你少跟我来这套，我现在就告诉你，原本我可以替祁丞牵这条线，现在因为你，我不想了，没得商量，以后但凡跟你沾边的，别来找我。"

说完，不待宋媛回应，宋喜当即挂断电话。

站在走廊拐角，电话已经挂了半响，宋喜仍旧气得手指头直哆嗦。

怎么会有宋媛这种人？

宋喜不知道电话的另一头祁丞是否在听，如果在那儿就最好，她就是要让宋媛下不来台。

就算他不在也没关系，反正早晚要闹到这一步，以前碍着宋元青，她怕他难做难过，一直忍着，如今宋元青眼不见心不烦，宋喜无须再给任何人面子，一些白眼狼该治就得治。

宋喜站在原地深呼吸，足足缓了几分钟，这才平复情绪，转身回到包间。

一笙有喜

宋喜出去几分钟，包间桌上的菜已经大换样，扎眼的"火龙吐珠"被抬走了，其他任何跟蛇有关的菜色都撤了，换上了一些北方人容易接受的大众菜色。

宋喜落座，正对面就是一道玫瑰花色的精致点心，看着就赏心悦目。

当然这不可能是乔治笙帮她点的。元宝是会办事的，刚刚她不在的时候，他已经劝过乔治笙了，不看僧面看佛面，好歹宋喜这次帮了大忙，男人不要跟女人一般见识嘛。

乔治笙这会儿没吭声，算是给元宝面子，三个人一起吃饭，他要是拉着脸，谁都不用吃了。

同样，宋喜也很有眼色，见桌上所有跟蛇有关的菜都被撤了，她主动道："刚才不好意思，我是有些怕蛇，没注意所以吓了一跳，你们喜欢吃就吃，别因为我影响你们吃饭。"

元宝喜欢吃，因为宋喜，与蛇有关的菜都撤了，乔治笙心里暗自埋怨，没有接她话茬。

反倒是元宝微笑着道："没关系，其实我们也没有很想吃，因为是岣州特色，所以点了一些。"

宋喜是见惯了各种场面的人，也明白元宝是特地给她找台阶下，她主动拿起手边酒杯，对着元宝真诚地微笑，随即目光落在乔治笙脸上，即便心里多少有些勉强，可她还是面色如常地说道："谢谢你带我来岣州，提前预祝你项目顺利。"

乔治笙也没故意给她难堪，拿起手边酒杯，三人离得远，都只是意思了一下，各自喝了一口。

侍应生时不时敲门进来上菜，满桌子珍馐美味，三人吃得沉默寡言。

中途乔治笙也举了一次杯，对宋喜说："这次能这么顺利，你功不可没，以后有什么需要帮忙的，尽管说，我能帮就绝不推辞。"

一码归一码，刚刚的事算过了，乔治笙在说这句话的时候还是很真诚的。

宋喜知道乔治笙算是认可两人之间的合作关系了。

她举杯，出声回道："我会的。"

这种时刻最不需要的就是客气，她跟乔治笙之间本就不是朋友，大家互惠互利，是早就讲好的。

碧海潮笙已经营业了好几年，一直为乔治笙留着这个包间，哪怕乔治笙不在岘州，哪怕后台再硬的客人，也没敢打这间房的主意。

夜城乔家是众人茶余饭后闲谈时必不可少的话题。

即便它是许多人呕心沥血想要巴结的"香饽饽"，可宋喜清楚，所有的荣华都是靠自身的价值换来的，不能全靠乔家。

她当然不高兴，可也没有多难过。毕竟落得今天这样的境地，这不是乔治笙的错，甚至从某种角度而言，他也是受害者之一，所以宋喜没理由怪他，要想大家都舒舒服服的，最好的方式就是合作、互助，而不是互相惹对方厌。

吃完后三人原路返程，从市区到郊区需要一段时间，宋喜在后座开始犯困，慢慢闭上眼睛，迷迷糊糊地想到今天下午做的那个梦。

真是好久没梦见他了，梦里面的男人是乔治笙的脸，宋喜觉得这样多少让她心里好受一些，总比清清楚楚地看见他的脸强。

一想到他，宋喜心里就止不住发酸，原来心痛的感觉还是会很强烈，快三年了，她依旧是念念不忘，哪怕从不提起，但她心里明白，那人是扎进她心里了，她最难过的时候，恨不能让师傅帮她做场手术，把心挖出来，扔了算了。

车里甚是安静，安静到宋喜连吞咽口水都会心虚，她强忍着喉咙处的酸涩，不让自己流眼泪。

直到车子开回程宅大家都没有说一句话。宋喜跟乔治笙下车后上了二楼，元宝则是留在一楼。

中途她就在想，要不要现在说，后来再一想，今天不说，明天她就要走了，估计也没什么机会，在乔治笙踏上二楼的那一刻，宋喜出声说道："能请你帮我一个忙吗？"

乔治笙闻言，扭身看向她。

宋喜心里有些尴尬，但面上却不动声色，径自道："我想见我爸，你能帮我想想办法吗？"

搁在从前，打死宋喜，她也不会跟乔治笙提这样的要求。

乔治笙被宋元青逼着跟她结婚，已经记恨在心了，她再让他帮忙，岂不是自找没趣？

但现在不一样了，她帮了他一个不小的忙，他自己也说了，有事可以找他。

宋喜问完后就盯着乔治笙的脸看，生怕错过他脸上任何细微的小表情。毕竟是寄人篱下，总要顾及着点儿房主的脸色。

一笙有喜

　　乔治笙的俊脸上面无表情，让人猜不出心中所想，沉默了数秒后，他开口回道："我尽量。"

　　他没有一口拒绝，宋喜已经喜出望外，差点露出高兴的模样。可一瞬间又觉得这种事儿没什么值得高兴的，所以一时间宋喜脸上的表情有些纠结，仿佛哭笑不得，万语千言，到了嘴边，她也只剩下两个字，"谢谢。"

　　乔治笙淡淡问："还有其他事吗？"

　　宋喜摇了摇头，"没有了。"

　　他说："你明天什么时候走？我让元宝帮你订机票。"

　　宋喜回道："不用了，我自己订。"

　　乔治笙嗯了一声，径自转身往主卧走去。

第十七章

这是宋喜来岘州住的第三晚,也是唯一没跟乔治笙睡在同一个房间的一晚。他去了主卧就再没出来,宋喜自己在客卧睡了一夜。

第二天早早起床,她想着先去探望程德清,顺道直接去机场。

二楼很是静谧,不用出去看也知道乔治笙没醒。

她拎着行李箱往楼下走,才七点刚过,元宝已经穿着整齐坐在客厅沙发上等候,看到宋喜下楼,他马上起身迎过去,叫了声:"宋小姐。"

宋喜略微诧异,"你这么早就醒了?"

元宝回道:"笙哥让我送你去机场。"

宋喜闻言说了声:"谢谢。"

现在程德清那里已经有专门的人照看,宋喜过去也就是打声招呼,早饭都没在程家吃,直接上车让元宝送她去机场。

路上,宋喜接了顾东旭打来的电话,问她具体什么时间到夜城,宋喜说:"你不用来接我,我要先回医院。"

顾东旭道:"我今天有空,你就说几点吧,我送你去医院。"

宋喜知道他拗,来岘州的时候不让他送还能找个借口可以搪塞,如果回去再不让他接的话,准跟她翻脸。

"我下午一点十五到夜城。"

"嗯,我去接你。"

两人并没有聊多久，毕竟很多话都不适合在电话里面聊。挂断电话后宋喜望着窗外出神，感觉短短几天的工夫，好像过了个把月似的。

元宝开车将宋喜载到机场出发层入口，下车帮她把行李从拎出来，宋喜下来后主动把行李接过去，说："麻烦你了，你快回去吧，我自己进去就行。"

元宝望了眼入口方向，随即回道："那我先走了，宋小姐一路顺风。"

宋喜微笑着点头，转身往里走。

她不用托运行李，在自动取票机拿了机票，一路安检、登机都很顺利。

飞机准时降落在夜城国际机场，宋喜拎着行李箱下飞机往出口方向走，长长的通道，身边时不时有人经过，宋喜也没注意身后几米外一对小情侣在暗中较劲，女的快步往前，跟宋喜擦肩而过，甩了男的几米远。

男人原地站住，拉着脸，出声叫道："你给我站在那儿！"

他这一声让很多人都回头观望，唯独宋喜一点儿反应都没有，她现在没什么心情看热闹，自己还是别人眼里的热闹呢。

男人喊了一嗓子没管用，眼看着周围的人都在看他，他面子挂不住，立马抬步往前赶，气势汹汹。

宋喜拖着行李箱走得好好的，忽然左侧后腰被人猛地撞了下，她本就腰没好利索，加上这突如其来的一撞，一个趔趄，险些摔倒。

她蹙眉往前看，一个斜挎包的男人已经走出两米远，压根儿就没想为自己的行为做出任何解释。

宋喜还没等出声，只见不远处冲出来两个陌生男人，一左一右拉住了挎包男人的手臂控制住他。

男人立马惊讶喊道："你们是谁啊？想干什么？！"

这一幕吓坏了周围的旅客，还以为男人是犯了什么事儿，他走在前方的女朋友也转过头，定睛一瞧，立马瞪大眼睛跑过来，连声道："怎么了？你们为什么抓他啊？"

两个男人提着他，硬是把他带到宋喜面前，其中一个面无表情地说道："你刚才撞到人了，一句话没有就想走？"

所有人都是茫然的状态，宋喜也是。

她抬眼打量两个男人，确定都是陌生面孔。

挎包的男人脸都憋红了，第一反应不是道歉，而是急赤白脸地问："你们有毛病啊？快松开我。"

他女朋友急得不行，眼泪当即掉下来，哭着道："我替他道歉。"说着，她转身看向宋喜，连连点头哈腰，"对不起，对不起，他真的不是故意的，我俩刚才吵架了，你原谅他行吗？"

宋喜刚开始确实很生气，这会儿气头早就过了，她看着两张陌生面孔说："算了吧。"

两个男人同一时间松开手，挎包男人龇牙咧嘴，被女朋友扶着，敢怒不敢言。

好多乘客都躲在一旁看热闹，宋喜对两个陌生男人颔首，轻声说："谢谢。"

"不客气。"

整个过程发生在电光石火之间，反应慢的还不知道怎么回事，处处都是小声交头接耳的人，当弄清楚个中缘由，皆是低声道："什么素质？撞到人也不说声对不起。"

"可不是，这年头还是好人多，总有看不下眼的。"

宋喜刚开始她也以为那两个男人是普通乘客，但是细一琢磨又觉得不对劲。

她被撞时，他们两个的反应很奇怪，如果是普通人，怎么也不至于这样，顶多也就是叫住那个挎包的，大家讲讲理，好说好商量。

再者，她刚才对着他们说谢谢的时候，两人明显做了个颔首的回应，说不客气。

这样礼貌又疏离的举动，她这两天在元宝身上看到的最多。

难不成，是乔治笙的人？

宋喜走着走着，不着痕迹地侧头往后看，果然看到两人不紧不慢地跟在几米远外，对上她的视线，迅速低下头。

只需一眼，宋喜已经可以肯定，他们的确是乔治笙的人。

走至出口位置，宋喜打眼就看见站在第一排的顾东旭，他穿着白T恤跟暗蓝色休闲裤，本就个子高，长得又帅，人堆里鹤立鸡群，他身边好些年轻小姑娘都在翘首以待，看他接的到底是什么人。

瞧见宋喜，顾东旭挪至出口处，待她走来，帮她提着行李箱，两人并肩往外走去。

宋喜余光瞥着身后的两个男人，她上了顾东旭的车，那两个男人也上了辆黑色私家车。

一笙有喜

　　顾东旭车上开着冷气，很凉快，他又递给宋喜一罐打开的冰镇红牛，她咕咚咕咚地喝，顾东旭一边发动车子，一边问："怎么样？"

　　宋喜拿着半罐红牛，声音平静地回道："我让他帮忙，他说尽量。"

　　顾东旭做梦也想不到，宋喜口中的他，指的就是乔治笙。

　　"对方说尽量，就有五六分的机会能成，如果不行，他也不会这么说，你放心吧。"

　　顾东旭安慰宋喜，同时也有些心疼她这般长途跋涉的奔波，到头来也只换了"尽量"这种模棱两可的词。

　　宋喜从前哪遭过这样的罪？

　　顾东旭是从小不缺钱的人，长大后也都顺风顺水，可以说是求仁得仁了，然而宋喜她爸的事，他是有心无力，帮不上一点忙。

　　眼看着宋喜四处奔走，顾东旭唯有心中叹气，有那么一瞬间的灵光乍现，他甚至想到乔治笙，别人帮不上忙，乔治笙未必不能。

　　但这样的想法刚一成形就产生本能的内心排斥，顾东旭这些年最忌讳跟乔治笙走得近，一来是他不太喜欢乔治笙，二来他最烦别人嘀咕什么沾亲带故。

　　车子停到医院门口，两人各自从驾驶席和副驾下去，顾东旭帮她把行李箱拿出来，忽然想到什么，问："你还没吃饭呢吧？"

　　宋喜说："在飞机上吃了。"

　　顾东旭说："你哪吃得惯飞机餐，我去帮你买点。"

　　"不用了，你不忙就回家睡觉吧。"

　　"没事，闲着也是闲着，你先进去吧，我给胖春打个电话，问她想吃什么，一起买了。"

　　宋喜没跟他犟，毕竟飞机上的东西是真难吃。

　　她拎着行李箱转身往医院里面走，路上遇见的医护人员皆是笑着跟她打招呼："宋医生回来了？"

　　宋喜微笑着点头。

　　关系不错的人打趣道："这是没回家直接来的医院？宋医生'拼命三娘'的称号不是白来的。"

　　宋喜莞尔一笑。

　　整个医院的人都知道她爸是宋元青，当初也不知是从哪儿走漏了风声，反正所有人都戴着有色的眼镜看她，总觉得她是关系户，不然哪能这么年轻就进到他们医院。

宋喜又是个倔脾气，该怎么样就怎么样，她靠自己本事进来的，凭什么说她是走后门的？所以她开始的几年拼命地工作，什么苦差事累差事，她抢着干，不过是想证明她是有真本事的。

后来渐渐习惯了这样的工作强度，也就没觉得有多苦多累，加之很多大手术必须她亲自主刀，所以工作七年，心外"拼命三娘"的称号就这么传开了。

宋喜拎着行李箱回心外科室，先去丁慧琴那里把假消了，丁慧琴看见她，忙叫她过来，满脸喜色，办公室明明只有她们两个人，可她还是压低了声音说："小宋，咱们心外有个特大的好消息，你还没听说吧？"

宋喜略微一愣，出声问："什么好消息？"

顾东旭和韩春萌都知道她是去办家里事的，所以都没打电话来影响她。

丁慧琴简直高兴得喜形于色，连连说："咱们院里不知道怎么跟海威集团搭上关系了，听说海威一次性给院里资助了三千万，包括之前你给冬冬做手术的费用也是海威在背后捐助的。我去探了探副院长的口风，听他那意思，要拨给心外的款项最多，要真是这样的话，以后像冬冬那样家庭的小孩子，可就有救了。"

这事在宋喜的预料之中，乔治笙不久后将进军医疗行业，现在打出口碑是理所应当的，但她这会儿要露出惊喜的表情，于是跟着附和道："是吗？那太好了。"

丁慧琴道："你等着吧，估计院里这两天就会下正式通知。"

宋喜跟丁慧琴聊了一会，出去的时候，正好在走廊中看到迎面走来的韩春萌。

韩春萌跟宋喜一样高，但是浑身上下圆滚滚，一个人愣是占了两个人的位置，宋喜见着她就高兴，笑着道："大萌萌。"

韩春萌闻声看清后马上瞪眼道："小喜！"

说着，她抱住宋喜，可怜巴巴地说道："你可算回来了，我都想你了。"

宋喜双臂环抱她，一边拍着她的后背，一边问："有没有茶不思饭不想？"

韩春萌连连点头。

宋喜翻白眼地道："你就撒谎吧，我走之前两手还能合上呢，这才几天？你又胖了一圈！"

韩春萌闻言，马上退出宋喜的怀抱，低头左看右看，然后满脸惊慌的表情，"有吗？你别吓唬我。"

宋喜忍俊不禁，"虱子多了不咬，债多了不愁，你还怕肉多？"

韩春萌撇着嘴回道："你当我死猪不怕开水烫呢？你走的这几天，我替你舌战群儒，累得我每天都要多吃几碗饭，我容易吗？"

宋喜挑眉问："又怎么了？"

韩春萌回道："破案了，之前那些嘴碎的不都说是陈豪给咱们医院捐的钱嘛。现在院里都传开了，其实是海威集团捐的款。我这不去打他们的脸吗。什么都没搞清楚就乱造谣。"

一瞬间，宋喜忽然觉得很温暖，从心里往外渗的温暖。

她噘着嘴，上前抱住韩春萌，十分感动。

这回轮到韩春萌拍了拍宋喜的后背，爽朗地说："咱们并肩作战。"

儿时玩笑的话，一般随着年龄的增长，大家都会当作笑谈。可宋喜跟韩春萌和顾东旭认识这么多年，小时候说的每一句话，他们都记得清清楚楚。正所谓患难见真情，落魄时还能不离不弃的，这才是真朋友。

想着想着，宋喜眼眶都微微湿润了，结果在这当口，忽然韩春萌的肚子传出一阵叫声。

宋喜顿时一脸无语，拖长声音问道："你中午没吃饭吗？"

韩春萌认真回答："太想念你，吃不下。"

宋喜顺势白她一眼，韩春萌马上又笑了。

"我让东旭买了烧茄子肉段、地三鲜、红烧狮子头还有糖醋排骨，他说半小时就送到，好开心。"

宋喜最是抵挡不了韩春萌的简单直白，开心就开心，不开心就不开心，都清清楚楚地写在脸上。

嘴上说着嫌弃的话，可宋喜唇角已经控制不住地勾起来了。

两人勾肩搭背地往休息室方向走，又回到熟悉的环境里，宋喜强迫自己暂时忘记岷州行，忘记那些纷杂的事，也忘记乔治笙。

第十八章

宋喜回来后的第三天，医院召开大会，各部门各科室的正副主任悉数到场，心外的主任不在，丁慧琴作为代表参加，把宋喜也带上了。

宋喜刚开始不知道是全院大会，等到了会议室，看到全是老前辈面孔，这才忍不住小声问丁慧琴，"丁主任，什么情况？"

丁慧琴低声说："一会儿就知道了。"

宋喜坐在丁慧琴身边，放眼望去，全场就她最年轻。

院长跟副院长推门而入，待到两人落座，会议才算正式开始。

院长率先出声说道："我知道大家都很忙，后面也都排了手术，我不耽误大家太多的时间，长话短说。

"相信在座的各位都已经听说，近期院里刚刚拿到海威集团的医疗捐助，用于补助家庭困难的患者，这笔慈善捐款是三千万，加上之前海威不愿公开署名的一千万捐款，总计是四千万，这对我们院里来说是及时雨，我院要用这笔捐款造福人民。院里跟海威的代表商量过后，扣除用于引进新器材和药物的款项后，把其中的两千五百万资金分摊到下面各大部门科室，要真正做到将每一分钱都花到刀刃上，让真正需要这笔钱的人，享受到我院和海威提供的帮助。"

长桌两侧的人皆是频频点头，有些人的确是为了患者着想，但其中也不乏披着医生外袍的"商人"，他们在迅速盘算着自己所在的科室部门能分到多少。

院长说完这番话，所有人都是竖着耳朵，绷着神经，俨然有些紧张。

一笙有喜

　　副院长手上拿着一张纸,把话筒往嘴边挪了挪,他接着院长的话往下说:"下面我来宣布各科室分到的款项。"

　　"肝胆外科,一百万。泌尿外科,一百万。心血管内科,一百万……"

　　随着副院长的话,大多数科室的正副主任脸色还算正常,毕竟公平,大家都是均分。而像是神经这种大科,内外一共给了一百五十万,说多不多,说少也不少,两科的负责人都在等着听其他大科的分配,一看大科都是一百五十万,也就没什么好反驳的。

　　协济院是国内顶尖医院,全院大小好几十个科室,正当大家想着分配的原则估计就是不偏不倚的时候,副院长音色不变地道:"心胸外科,五百万。"

　　话音落下,反应快的人直接侧目看向副院长,有人反应慢,等到副院长宣读下一个科室的时候,才发出质疑的声音:"多少?"

　　副院长稍稍抬眼,又重复了一遍,"心胸外科,五百万。"

　　这一次说得清清楚楚,所有人都听清楚了,除了心胸外的丁慧琴跟宋喜,其他人等皆是一片躁动。

　　当即有人发问:"为什么心胸外这么多?"

　　院长抬手做了个保持安静的动作,"先让副院长把各科室的款项说完。"

　　大家忍着内心强烈的不满,虽是没再发言,可一个个脸色很臭。

　　而这种情绪被副院长的最后一句话,彻底推向了高峰。

　　副院长说:"除此之外,我没有念到的科室,均分剩下的一百万。"

　　没有被念到的科室还有七八个,这些科室的负责人闻言,顿时不高兴了,一个两个连连发出疑问,表示不满。

　　场面一时间有些乱,加之其他大科室的负责人,也在质疑分配上的不公平。

　　宋喜端坐在原位,看似不动如钟,实则内心波涛汹涌。

　　她还年轻,而且心胸外有主任也有副主任,一般这种会议轮不到她参加,她还是第一回碰见这种场面。

　　宋喜默默地垂下视线,心中再清楚不过为什么独独心胸外占了五百万。

　　大家乱成了一锅粥,最后还是院长出声才暂时压下。

　　"我来解释一下,为什么两千五百万的慈善基金,心胸外独占五百万,而其他好多科室则要平分一百万。

　　"海威起初拿了一千万资助我院,并没有明确规定这笔钱到底用在哪个部门，那时恰好心外有一名先心病的小患者，才六岁，家庭条件很贫困，母亲又因病去世，只有父亲独自一人带着。他符合海威基金的各项资助条件，所以心外的宋医生用海威捐助的慈善款为这名小患者做了手术，术后情况很好，这才引得后面海威集团想要增加捐款，并且指明要将大头用在心外手术上。

"至于其他科室平分一百万，各科室的主任和副主任也不要有任何的不满，觉得院里面不公平。大家都是明事理的人，比如药剂科、预防保健科和康复理疗科，如果我单独分给你们每科一百万，你们觉得海威集团会怎么想？"

被点到名字的科室负责人，个个别开视线，想言又不能言。

其他大科室负责人，也都一个个哑巴吃了黄连的模样，因为院长这话说得漂亮，如果翻译过来就是，海威给的钱，海威说了算，不服找海威的人去。

推责给海威，院长全身而退，谁也挑不出毛病。

副院长不着痕迹地打量众人脸色，适时道："大家也都别有负面情绪，这是个天大的好事，有资金就比没资金好，院长跟我和大家的心情都是一样的，我们一切都是为了患者着想，想切实做到每一分钱都用在患者身上。

"下面我来说一下各科室的慈善基金管理者，毕竟这笔钱打到各科室，以后怎么用，用在哪儿，管理者都要做出详细的规划，院里也会跟大家一起协商探讨，这是个费心费力的活，所以希望下面我点到名字的各科室负责人，都能够尽职尽责地管理。"

副院长按照手中的名单宣读各科室慈善基金的负责人。基本都是各科室的主任。

然而大家最在意的，是心胸外这块大"蛋糕"，到底谁能一口吃下。

如果心胸外主任江宗恒在的话，那自是不必说，交到他手上，理所应当，众人心服口服。

可眼下江宗恒出国交流了，心胸外只剩下一个副主任丁慧琴，不能说丁慧琴不好，但众所周知，丁慧琴性格比较软，不是个能管事的人，如果真的让她管，不排除下面人会越俎代庖。

"心胸外科……"终于副院长说到了重头戏，所有人都翘首以待。副院长还特别会卖关子，不知道是不是故意的，在此处停住了。

抬眼看向心胸外的席位，副院长双手十指交叉放于桌上，一副思绪良久才下定决心的表情，出声说道："院长跟我都考虑到，现在心胸外的江主任不在，

一笙有喜

能担此大任的就是丁主任了,但听说丁主任的女儿今年要高考是吧?医院这么忙,本就没时间照顾孩子,现在又要管基金,也怕你分身乏术。

"宋医生是江主任的关门弟子,又恰好是海威基金项目下第一场手术的主刀医生,所以院里决定任命宋医生协助丁主任,一同管理你们心胸外的基金,以后你们二位就要多辛苦一些了。"

丁慧琴朝着副院长颔首,宋喜顶着众多前辈们意味深长的目光,也跟着郑重地点了点头。

宋喜上位,意料之外,也是情理之中,众人就算心里有不爽,眼下也是没有任何回旋的余地。

大家的时间都很宝贵,副院长宣读完,院长问了句:"还有人有疑问吗?"

没人出声,院长利落地宣布散会。

一帮人站起身,分科室分关系远近,三五成群地走在一起。

宋喜跟丁慧琴往外走,路上心血管内科的女副主任许莹打趣道:"丁主任,宋医生,以后我们心内的资金要是不够了,你们心胸外可要借给我们一点。"

丁慧琴听出对方的言外之意,但她不是个能说会道的人,只能笑一笑,想着岔过去。

然而许莹却乘势追击,笑着问:"丁主任不说话是什么意思?"

一旁神经外科的主任笑说:"丁主任这意思还不明显吗?虽然你们都带心字,但一个是'亲妈'养的,一个是'后妈'养的,能一样吗?"

他说话声音不小,惹得前后左右的人都跟着乐。

丁慧琴瞬间闹了个大红脸,她明明不是这个意思。

宋喜唇角微微勾起,浅笑着道:"方主任,您应该高兴,这么累人的活没有落到你们神经外科,五百万,我们要做多少台手术?您就看见我们拿钱,没看到我们干活啊。"

方学齐看向宋喜,露出一个意味深长的笑,最后说了句:"也是,所以往后你们心胸外的可要多加班加点了,树大招风,我们所有人都看着呢。"

许莹也是唇角挂笑,出声道:"方主任不用担心宋喜,宋医生是心外出了名的拼命三娘,我都觉着这五百万里面,要单分出一半给宋医生。"

方学齐道:"五百的一半,不是二百五吗?宋医生,你看许主任说你的坏话。"

宋喜还不等回答,许莹很快挑眉回道:"方主任真会挑拨离间,不愧是神经外科的一把，真会拿捏神经。"

方学齐笑着接道："大家都是'心内'苦，何苦难为同道人？"

就这样说着走到电梯口处，因为大家楼层不同，电梯前就分道扬镳了。

宋喜跟丁慧琴一直等到心外这层下了电梯，后者才明显地舒了一口气。

宋喜唇角勾起，丁慧琴小声说："太吓人了，我都以为我们回不来了。"

宋喜笑道："我刚才好想给许主任和方主任搭个戏台，他俩要是组合说相声，准火。"

丁慧琴一时没防备，忍俊不禁，随即道："他们也是红了眼，刚才幸好有你在，不然我要被他们说掉一层皮。"

宋喜道："我还是那个想法，无论是什么科室，只要真的是治病救人，到时医院一定会想办法调度，何必像个小学生一样，争得脸红脖子粗？"

丁慧琴叹了口气，压低声音回道："如果所有人都像你这么想，也就没有这么多的事情了。"

宋喜沉默不语。

当天，丁慧琴召集所有心胸外科医生，将之前开会的结果传达下去，如果说之前在会议室中的战争是科室与科室之间的争斗，那么现在就是关起门来的内斗。而往往内斗远比外战凶猛得多。

任爽站在一旁低头拨弄着指甲，头不抬眼不睁地说道："基金管理人，这算个职位还是官衔？"

丁慧琴回道："不是职位也不是官衔，院长和副院长都说了，这是一个费心费力的活儿，劳心劳力还不给多发工资，完全是责任所在。"

任爽眼皮一掀，认真刷的睫毛浓密而上挑，嘴唇微张，不冷不热地说："丁主任，您接管确实是责任所在，但整个心胸外也不是只有宋喜一个人吧？就算非要选个助手，那也要论资排位，比她工作年头久的大有人在。"

韩春萌反驳道："怎么就你事这么多呢？院长和副院长下的决定，你干吗在这儿跟丁主任叫板？"

韩春萌是个机灵鬼，故意将任爽对宋喜的不满牵到丁慧琴头上。

任爽闻言立马眉头一蹙，没好气地说道："我什么时候叫板丁主任了？这么大的事情，全心胸外都十分关注，别以为我不知道你安的什么心，以你跟宋喜的交情，以后宋喜管这笔钱，她可以光明正大地提拔你一起手术，还有谁敢说一个不是。"

韩春萌眼睛一瞪，正要反驳。

宋喜的声音响起："任爽，今年正好是我来协济院的第七年，这里好多前辈都是一路看着我过来的，我是什么样的人，我公不公平，大家心里有数。你要是这么怕我偏心，那我先给你预留五十台手术，谁都别跟你抢，来了患者你先做，什么时候你说你不想做了，我们再做。"

所有人全都看向宋喜，任爽皱着眉头，面色不善地说道："五十台？你干脆把我锁在手术室好不好？"

韩春萌挑眉道："那你想怎么样？你刚才那意思不就是怕小喜不公平嘛，现在让你先来，你又嫌累。"

任爽忽然侧头往后一看，随即道："丁主任，不是我说，咱们有不少同事心里不舒服，只有我一个人心直口快，敢说出来罢了。您来当这个负责人，我们心服口服，但某些人来做，我觉得不公平。"

任爽抱着双臂，化着精致妆容的脸上，分明写着"今这事儿没完"几个字，如果不穿这身白色的外袍，没人会把她的职业跟医生联系在一起。

宋喜不方便自己讲话，她身边也只有韩春萌在帮忙，丁慧琴是有心替她说话，奈何嘴巴不管用，加之心胸外这么多医生，的确不止任爽一个不满的。

谁都知道，五百万是个多大的诱惑，然而宋喜是个'工作狂'，又从小不缺钱，脾气倔，倘若她来管理，其他人做梦都不要想打这笔钱的主意。

所以很多原本跟任爽不同路的人，此时也没有替宋喜讲话，这就叫为了共同利益，敌人的敌人就是朋友。

丁慧琴试着解释，然而她说完之后，偌大的房间里面，鸦雀无声，竟是没有人应声。

没人应声，那就证明大家都不认同，场面一时间变得极度尴尬。

韩春萌偷着去打量宋喜的脸色，生怕宋喜这暴脾气，忽然间甩脸子走人，说她不干了。

虽然人群中尚且有些替宋喜捏一把冷汗的，但被其他人都用意味深长的目光望着，也不敢搭话。

双手插兜的宋喜是第一个打破这份尴尬沉默的人。

她稍稍抬起下巴，之前微垂的视线正大光明地扬起看着面前的众人，即使不化妆也分外明艳动人的脸上看不出一丝怒意和慌乱。

她嘴唇微张，出声说："我大概能猜到大家对我管理这笔资金不认同的几种原因，年长的前辈怕我经验不足，新来的后辈又怕我年纪太轻，至于同一时期的人……"

宋喜直接将视线落在了任爽身上，毫不避讳地说道："有人觉得她比我更能胜任。大家不要为难丁主任，有谁也想申请当这笔资金管理者的，现在不妨坦诚地说出来，其余人一起投票，只要是大家觉得那人比我更能胜任，我会亲自跟院长和副院长解释。有能者居之，天经地义。"

此话一出，所有人皆是面面相觑。枪打出头鸟，这种时刻谁又乐意明目张胆地跟宋喜为敌？

人都是这样，跟着起哄行，单打独斗的话成本太高，风险太大。

眼看着大部队里面没有一个人应，任爽也知道不妙。

宋喜面色沉着地望着任爽，漆黑的瞳仁中透露出一丝挑衅的神情。

在工作这一块，鲜少有人能让她甘拜下风。任爽的话更不行。

眨眼间因为宋喜的两句话形势改变，本来是她自己在风口浪尖上，如今，她拉了任爽一起上擂台。要看任爽够不够胆，敢不敢上。

韩春萌故意明目张胆地看向任爽，一双眼睛会说话，像是直白地问道：不服来战啊？

任爽也不傻，她要是这会儿站出来，那就是替身后那帮敢怒而不敢言的人扛枪，费力也未必讨得到好处。可是如果不站出来，这个名额保准落到宋喜头上。

所以该怎么做，她一时间分外纠结。

正在此时，丁慧琴的手机响了，她一边掏手机，一边转身欲往外走。

划开接通键，丁慧琴毕恭毕敬地打招呼："江主任。"

手机对面的人是心胸外主任江宗恒，他没有任何废话，直接说道："你在给下面的人开会吗？"

丁慧琴应声："是。"

江宗恒说："开免提，我有话跟他们说。"

闻言，丁慧琴赶紧又掉头回来，对着面前一众人道："江主任的电话，他有话跟大家说。"

她把手机放在桌上，江宗恒的声音从手机里面传来，"我刚听院里说，咱们科由宋喜辅助丁主任管理慈善基金，现在有谁对这个决定不满的，觉得你能比宋医生做得更好，立即提出来，大家投票表决。"

江宗恒在协济院工作三十年，当主任就当了二十几年，是国内首屈一指的心胸外权威。在这里，他说的话比院长管用。

然而，他说完之后，所有人皆是低头。明明江宗恒不在这里，但他们依旧闻声如见人，吓得不行。

五秒过后，江宗恒问："什么情况？丁主任你说。"

丁慧琴瞄了眼大家的脸，随即道："江主任，没有人有异议。"

江宗恒道："听着，我就给你们这一次机会，不要事后又说不公平，我再问一句，有没有人觉得自己比宋医生更能胜任这项工作的？"

又过了五秒钟，江宗恒道："那就执行院里的决定，丁主任主管，宋医生协助，我这边还有事，挂了。"

电话挂断后有一会儿，整个房间依旧笼罩在江宗恒的气场之下，丁慧琴也是始终绷着一口气，最后她出声说："既然大家都没有其他问题，散会吧。"

众人鱼贯而出，韩春萌跟宋喜比肩，眼看着任爽脸都绿了，她压低声音说道："任爽今天丢人丢到她太姥姥家了，我要是她，我都得用衣服蒙着脑袋跑出去。"

宋喜没出声，韩春萌又侧头看着她道："你真不愧是江主任的关门弟子，你俩心有灵犀，佩服佩服。"

宋喜小声说："我先去给江主任打个电话。"

韩春萌比了个OK手势，"去吧，我去盯着点儿那任爽，免得她背地里说你坏话。"

宋喜快步走到安静的地方，掏出手机打了个电话给江宗恒，对方接听，宋喜这边恭敬地叫道："老师。"

江宗恒声音沉稳，不辨喜怒地问："受委屈了吗？"

宋喜勾起唇角回道："没有，您没来电话之前，我就问他们谁有不满的，站出来一起投票。"

话音落下，江宗恒立马骂道："你脑子有坑，这种事不提前给我打个电话？你不怕他们给你吃了？"

一般厉害的人脾气都不怎么好，江宗恒更是其中"翘楚"，他脾气暴躁到整个心胸外的医生护士看见他，一如耗子见了猫，很想跟他学本事，但又怕被他骂到心脏病发,毕竟江宗恒辉煌的履历簿上,除了他那些含金量大的名衔,最让人瞠目结舌的就是他曾经把一个医学博士后骂到彻底弃医从商,改行了。

其他科室的医生想要吓唬心外的医生,只要说一句:"你们江主任来了。"

一句话能把心外的医生能吓到从兜里掏速效救心丸。

就算是骂别人,其他站在一旁听着的医生都能吓得冷汗直流。

江宗恒脾气暴躁,性格又难搞,所以这么多年只有两个学生。宋喜有幸,就是其中之一。

脑子有坑,宋喜七年不知听了多少遍,还真是习惯了。

宋喜脸上笑容不减,无辜道:"不赖我,楼上宣布完,丁主任就带我下来跟同事传达,中途我根本没时间跟您打招呼。"

说罢,不待江宗恒骂,宋喜又径自补了一句:"再说我多聪明啊,我当时就想,如果您在这儿,您会怎么办?果然,我一下子就把他们的嘴给堵住了。"

江宗恒又气又心疼地叨念:"你说跟我说能一样吗?我说一句,他们不敢反驳,你说一句,他们明面上不反对,背地里也会说你的不是,得罪人。"

宋喜淡笑着说:"我原来以为当医生很简单,治病救人就够了,如果幸运的话,能在工作中交几个好朋友,这样工作也不会太乏味,后来发现我还是太年轻,原来喜不喜欢看五官,合不合得来要看三观,所以现在治病救人就好了,至于得不得罪人,也顾不上这么多。"

江宗恒沉默片刻,气也消了一些,语重心长地说道:"你以前就是性子太直,我都怕你受挫,以后会不想做这行。"

宋喜眼中有一闪而逝的无奈,不过很快她淡笑着回道:"其实哪一行都这样,我没那么脆弱,动不动就不想干了,我要是走了,不浪费了您教我的一身本事?"

江宗恒低骂:"少跟我来这套。"

师徒二人聊了会儿,宋喜忽然想到什么,"您那边还是半夜呢吧?"

江宗恒很随意地嗯了一声,宋喜忙说:"您快去睡觉,我忙糊涂了,拜拜,等您睡醒有空再聊。"

挂了电话,宋喜重新调节情绪,打开门走出去。

医院每天还是那样,人来人往,宋喜没那么多时间关注同事间的钩心斗角,有那闲工夫,她多做一台手术好不好?

宋喜忙起来对时间没有概念,直到接到顾东旭的电话,他在里面问:"叔叔那边有消息了吗?"

宋喜回道:"还没有。"

顾东旭说:"这都四五天了。"

宋喜后知后觉,原来她从岣州回来这么久了,但乔治笙貌似还没回家,她都不知道他在不在夜城。

顾东旭见她一时间没说话,马上转移话题说:"晚上有没有空?请你跟胖春吃饭。"

宋喜回道:"你跟大萌萌去吃吧,我今晚值夜。"

顾东旭道:"那我给你送夜宵。"

宋喜笑道:"我想吃板面。"

顾东旭立即回道:"收到。"

挂了电话,宋喜没想其他,继续工作去了,然而顾东旭却愁眉不展。

他一直对宋喜去岣州见的人抱有希望,想着好几天了,应该会有消息,今天一打电话才知道,她还在等。

也不知道岣州那人靠不靠谱,别一直吊着她,她心里会多难受?

这几天顾东旭满脑子都是一个人——乔治笙。

说来也怪,顾东旭打从知道自己跟乔家渊源的那一刻起,就一直跟乔家保持距离,哪怕宋元青刚出事的那阵子,他也从未想过找乔治笙帮忙,可能就是上次他被人寻仇,乔治笙一晚就查出幕后黑手,这动作快到他表面不屑,其实内心无比震惊。

乔治笙有通天的本事,如果求他帮忙,哪怕只是让宋喜见一见宋元青,应该不会难如登天吧?

这种念头一旦产生,就再也挥之不去,跟紧箍咒似的,盘在顾东旭脑袋一圈,到底求还是不求,折磨得他快要疯掉。

最后下决定,往往就是在一刹那。

顾东旭自问一句,面子重要,还是宋喜的事重要?答案显而易见。

这么多年,他不能眼睁睁地看着宋喜备受煎熬,不就是求个人嘛,眼睛一闭一睁,无所谓。

想着,顾东旭给乔舒欣打了个电话,待要开口的时候,还是会有些艰难,有的没的说了一大堆,最后才硬着头皮道:"妈,你把乔治笙的电话给我。"

乔舒欣知道顾东旭的性子,不免疑问:"你要他的电话干什么?是不是出什么事了?"

听着乔舒欣瞬间惊慌的口吻,顾东旭马上道:"不是,你别瞎琢磨了,我找他有其他事,跟我没关系。"

乔舒欣嘱咐:"你找你小舅舅办事可以,态度给我好点,他毕竟是你长辈。"

顾东旭听得直蹙眉头,什么长辈?乔治笙才大他一岁。

要个号码还要听乔舒欣十分钟的说教。等拿到号码,顾东旭手机都握湿了,这才一咬牙一跺脚,电话拨了出去。

嘟嘟的连接声响起,响了五六声对方都没接,顾东旭心里说不上是庆幸还是担心。

稍微一晃神的工夫,手机中忽然传来一个清冷的男声,"喂。"

顾东旭这种大少爷,怕过谁?

但此时他却下意识地绷起神经,说不紧张是自欺欺人。

"喂,是我,我是顾东旭。"

"嗯。"对方不冷不热。

顾东旭俊脸憋红,想着叫乔先生,又怕听起来像挑衅,但让他叫小舅,算了,还不如打死他。

他只能不带任何称呼,唯有软下口吻道:"想请你帮个忙。"

话一出口,就如泼出去的水,再也收不回来了,一如顾大少的面子。

他在这边面色发红,也不晓得乔治笙是什么意思,乔治笙才两秒钟没回,顾东旭已经在心中想到了无数种可能。

然而事实证明他想多了,乔治笙声音如常地问道:"什么事?"

顾东旭暗自舒了口气,随即道:"你能想办法让外面的人见到宋元青吗?"

乔治笙再次停顿一下,"谁要见?"

顾东旭答:"他女儿。"

乔治笙说:"我看看吧。"

顾东旭追了一句:"行与不行,麻烦都告诉我一声。"

"嗯。"

"谢谢。"

一笙有喜

挂断电话,顾东旭出了一身的汗,从小到大,这是他第一次主动打给乔治笙,也是他第一次违背原则,开口求乔家人。

后悔吗?

他不后悔,如果说其他人都指望不上的话,乔治笙就是最后一根稻草。

只怨自己没本事,帮不到宋喜,不然也不用眼睁睁看着一个人四处奔走。

"哎……"

顾东旭叹了口气,有心无力的滋味特别难受,只好今晚多买点儿夜宵补偿一下。

另一边,乔治笙跟元宝刚下飞机,坐进车中,乔治笙意味深长地说了句:"真是稀罕,顾东旭那小子竟然主动给我打电话。"

前排开车的元宝也很意外,不由得问了句:"是吗?什么事?"

乔治笙唇角轻轻勾起,似笑非笑地回道:"宋喜。"

元宝闻言,不由得顿了一下,随即说:"还是为了宋元青?"

"嗯。"

"他们是好朋友,想帮忙吧。"

乔治笙看似随意地问了句:"你说顾东旭突然来找我,是不是宋喜指使的?"

元宝目不斜视,边开车边道:"应该不会,宋喜刚从岣州回来,她也知道你会帮忙。"

乔治笙说:"她回来好几天了,我一直没给她消息,不会等不及?"

元宝道:"她也不像个没定力的人。"

乔治笙瞥了眼元宝的后脑勺,轻笑着道:"你干吗替她说话?"

元宝很快回道:"笙哥,你别开我和她的玩笑。"

乔治笙脸上笑意更浓,狐狸眼中净是促狭之色,薄唇开启,说:"你急了。"

元宝问心无愧,坦荡荡地回道:"笙哥,你们领了结婚证的,开我跟谁的玩笑都可以,别开我跟她的。"

提到这个,乔治笙笑容慢慢收回,倒也没生气,只是嘲讽地说了句:"我们是假的。"

元宝道:"证是真的。"

乔治笙横了他后脑勺一眼,有些不悦地说了句:"哪壶不开提哪壶。"

这回轮到元宝忍俊不禁,勾起唇角说道:"有些事不想承认也得承认,合法的。"

乔治笙沉声说："你信不信我明天就给你找个老婆？"

元宝笑说："我可不要，有些人身在泥潭还想拉人一起受罪，兄弟可以陪你上刀山下火海，结婚……算了，这是下地狱。"

乔治笙气得牙根痒痒，一想到自己的"盲婚哑嫁"，心里又是泛起一股厌烦。厌烦被人强迫。当然，也连带着不待见宋喜。

元宝正专心开着车，忽然听到身后乔治笙阴沉着声音说："顾东旭是不是喜欢宋喜？"

这话莫名地就吓得元宝一激灵，险些没踩刹车。他暗自稳定情绪，安抚受到惊吓的心灵，瞄了眼后视镜，从他的角度只能看见后座上乔治笙的半截鼻梁和薄而精致的嘴唇。

乔治笙薄唇一张一合，自顾自地说："顾东旭要是喜欢她，我就不能娶，再怎么说论辈分，我也是顾东旭的舅舅，娶了自己外甥喜欢的女人，传出去不成了笑话？"

元宝眼中闪过无语，不由得开口回道："笙哥，听我一句劝，别琢磨了成吗？"

乔治笙道："凭什么不琢磨？你就这么想管宋喜叫嫂子？"

元宝道："原来对她没印象，这次去岫州，还真觉着她有点本事。"

乔治笙微不可闻地轻哼一声："那种家庭出来的，想想也知道。"

元宝说："有人是破财挡灾，你就当结婚挡灾好了，反正又不是真的，外面也没人知道。"

乔治笙道："恶心到自己了。"

元宝知道乔治笙的性子，顺毛都未必能捋得好的主。

乔治笙不开心的下场，只能是让宋喜未来的日子过得更加艰难。

元宝是局外人，他平心而论，宋喜人不错，这次岫州行短短几天他也看了个大概。宋喜平日里没有那些大小姐身上的坏脾气，也不爱使唤人，更多的时候，她就像个普普通通的女孩子。但那晚程德清突然病发，她又展现了她身为医生的那一面，干练利落，雷厉风行，让人刮目相看。

所以他会本能地替宋喜说几句好话，譬如此时，元宝转移话题问："宋元青的案子已经查了三个多月了，现在还没落实锤，难道还能翻盘？"

乔治笙淡淡道："结果是什么都有可能，宋元青也不是个软柿子，他在夜城这么多年,明里暗里人脉网庞大。"

元宝说:"那就是还有翻盘的可能了?"

乔治笙不置可否。

元宝又道:"笙哥,那你更要对宋喜好点了,没准宋元青最后真能翻盘,你要是对人家女儿太差,出来后又是一笔新账。"

乔治笙狐狸眼中尽是不屑,瞥着前座的后脑勺哼道:"我都怀疑你是不是背着我收了宋喜的好处,这么能为她说话,你怎么不干脆劝我帮帮宋元青好了?"

元宝一脸正经地回道:"我真是发自内心地说一句,笙哥,宋元青做事做得不地道,跟他女儿没关系,看在宋喜还有用的份上,也不用太给人家难堪,毕竟一个女人嘛也不容易。"

乔治笙又被元宝给说乐了,一双狐狸眼顾盼生姿,他开口说:"以前都没发现你这么怜香惜玉。忽然想给你找个老婆,免得你一身的暖意没地放。"

什么叫笑里藏刀?

元宝立马打岔道:"我们是先回家还是去公司?"

协济院是知名医院,心外又是块重地,不像其他科,值夜相当于打更,医生抽空还能打个盹,这边的值夜十有八九是上战场,比白班还辛苦。

这不今天宋喜夜班,一连接了两个心脏病突发的老人,还有一个先心严重的小女孩。

护士医生们在手术室进进出出,两位老人只救活了一个,半夜三更,走廊都是家属撕心裂肺的哭声。

宋喜心里很难受,但七年的职业生涯让她尚能平静地对家属说一句:"节哀顺变。"

老人送来的时候,已经没有了生命迹象,她是技术过硬,但她不是神,不能妙手回春,让人起死回生。

顾东旭来给宋喜送夜宵的时候正赶上宋喜在教训另一位患者家属,只见她一张好看的脸上秀眉蹙起,声音好听语气却犀利地说道:"你明知道孩子有心脏病,还这么晚出去应酬。什么天大的事能比自己女儿的健康还重要?"

男人背对顾东旭,头垂着。顾东旭朝宋喜挤眉弄眼,提醒她别跟患者家属用这样的态度说话。

宋喜刚进医院的时候，没少因为数落家属被人投诉。明眼人都知道她是为了对方好，但现在消费者就是上帝这句话被某些人捧得太高，说不得。

宋喜看到门外的顾东旭，抿着嘴唇，强忍怒气。

小女孩的父亲浑身酒气，倒也是个明事理的人，连连点头，红着眼睛问宋喜："医生，我女儿现在没事了吧？"

宋喜也是做女儿的，一时间有些心软，火气降了一半，出声回道："暂时没事了，我建议在医院观察一晚。"

男人马上点头，"行，我去交钱。"

他站起身，宋喜忽然说了句："其实小孩子有时候只希望爸爸能陪在身边，她不需要你多拼命，赚多少钱。"

男人脚步瞬间停住，眼眶红了，他动了动喉结，最后轻声说道："谢谢医生。"

顾东旭站在门外，看到男人是流着眼泪出来的，迈步往里走，将手上两个大的外卖袋子放到宋喜桌上，顾东旭出声说："你改改你的急脾气行不行？这回是遇上讲理的，万一弄个不讲理的醉鬼，在这儿吵，你犯得着吗？"

宋喜穿着白大褂瘫坐在座椅上，是真累，她有气无力地回道："我就是看他讲理才跟他说几句，你真当我傻？"

顾东旭笑，"看来是傻出了一条血路，现在变聪明了。"

宋喜双眼直勾勾地看着某处，懒懒地说道："你别惹我，我现在连翻白眼儿的劲都没有。"

顾东旭说："成，我们美丽善良的白衣天使辛苦了，我帮您把饭菜都摆好了，你要是拿不动筷子，我喂你吃。"

宋喜忍不住笑，身体一颤一颤。

看了眼被顾东旭大盒小盒摆到桌上的外卖，宋喜问："你都买什么了？"

顾东旭说："你不想吃板面嘛，光吃面多单调，还有炸虾、卤蛋、鸭肠、鱿鱼……"

随着一个个盒盖打开，宋喜站起来赶紧去找筷子，"不行了，我要饿死了。"

顾东旭看她这样，不由得叹了口气，说："你说你何苦呢，你们江主任都说可以不给你排夜班，你非要逞强。"

宋喜吃了一筷子面，又塞了一整只去皮的炸大虾，本就不大的嘴里塞得满满的，待到东西咽下去，她才云淡风轻回道："夜诊一般突发状况较多，有时候就看医生的水平，就那么一丁点的差距，就可以决定这人能不能救活，你说我不在这儿，能放心吗？"

顾东旭被气笑了，斜着她道："我该说你操心操得多呢，还是太自大？"

顾东旭看她吃得急，出声道："你慢点，我吃过了，又没人跟你抢。"

宋喜说："指不定什么时候就来病人了。"

顾东旭道："不会……"

他话还没说完，忽然身后传来急促的敲门声，房门并没关，一个小护士出现在门口，看着宋喜道："宋医生，有患者。"

宋喜一边抽纸巾擦嘴，一边站起身，动作快到顾东旭都跟着急起来。

眼看着她迈步往外走，顾东旭道："那你待会儿忙完了再吃，我先走了。"

宋喜头都没回，只挥了下手，"你走吧，拜拜。"

顾东旭话未出口，她人已经不见了。

他帮她把外卖盒盖全都盖好，微垂着视线，轻声叹气。

宋喜跟几名护士一起站在电梯口处，等着迎接病人。

叮的一声，电梯门缓缓打开，宋喜的注意力下意识地放在病床车上，那上面躺着一个女人，身形修长，身材极好。

女人一张漂亮的脸，虽然满脸病容，但红唇却特别惹眼。

从电梯门打开，到宋喜观察完病人，整个过程也不过两秒钟，电梯里的护士推着车往外走，宋喜暂时让开，然后一抬头，她便看见电梯中还有一个人。

男人全身黑色，黑色的衬衫、黑色的西裤、黑色的皮鞋，唯有握着车边的左手，手腕处露出咖啡色的腕表表带。

宋喜看清他的脸，心猝不及防地一惊，竟然是乔治笙。

乔治笙也在出电梯之际看到了宋喜，两人四目相对，宋喜立刻别开视线，不为别的，她好像一不小心撞到了什么不该看的。

护士快步推着车往手术室方向跑，宋喜也赶紧跟上，她感觉身后似是有一双目光在牢牢盯着她的后背。

宋喜头皮发麻，有种这种芒刺在背的感觉。

第十九章

顾东旭从值班医生休息室出来的时候，一转身就看到走廊中站着的乔治笙，两人目光相对之际，皆是有一闪而逝的诧色，都没想到会在这里碰见。

在乔治笙的注视下，顾东旭先走上前打招呼，"你怎么在这儿？"

乔治笙依旧是老样子，面上不喜不怒，不咸不淡地回道："陪朋友过来看病。"

顾东旭想到刚才宋喜急匆匆跑出去，这会儿走廊中又只剩乔治笙一个人，顾东旭稍微顿了两秒，出声接道："别担心，今晚值夜的医生很厉害，你朋友应该不会有大问题。"

乔治笙面不改色，看着顾东旭问："你呢？这么晚来医院干什么？"

顾东旭坦然回道："来给朋友送夜宵。"

乔治笙淡笑，黑色的瞳孔中却习惯性地蒙了一片冰寒，他似是打趣地问："女朋友？"

顾东旭果断回道："不是女朋友，是好朋友。"

原本顾东旭想给乔治笙介绍一下宋喜的，毕竟宋喜想见宋元青，没准乔治笙能帮得上忙，如果这次宋喜救了乔治笙的朋友，这也算一个礼尚往来。可转念一想，大家本就不是一个圈子的人，既然要欠人情的话，何必拉上宋喜？

思及此处，顾东旭对着乔治笙颔首，道："我先走了。"

乔治笙点头，随即坐在走廊长椅上等候。

前后不过二十分钟，手术室大门打开，小护士推着病床车，上面的女人已

一笙有喜

经熟睡，脸上不见之前的痛苦神情。

宋喜是最后出来的，乔治笙已经走过来，看着她问："怎么样？"

宋喜道："先住院观察，我让护士安排，麻烦你跟我来一下。"

宋喜带乔治笙进入单独房间，她还特地把房门给关上了，屋中就他们两个，宋喜看乔治笙站在一旁，她眼神有些游移，出声道："坐。"

乔治笙站在原地没动，薄唇开启，语气淡淡的，"她什么情况，你直说吧。"

宋喜见状，也只好跟他面对面站着，出声说："患者是心脏供血不足引发的心绞痛，我在她身体中检查到有关的药物成分，按理说她知道自己有心绞痛，也该知道这种病切忌情绪波动过大，或者过量饮酒，但我闻到她身上的酒味很大。"

乔治笙面不改色地问："严重吗？"

宋喜拿不准乔治笙到底知不知道女人有心脏病，出声回道："不是很严重，但也需要注意，酒是一定不能过量，不然会影响到心脏供血。"

乔治笙面上看不出喜怒，干脆跳过这个话题，道："该怎么治你比我清楚，开最好的病房，我去办手续。"

宋喜一般不敢明目张胆地打量乔治笙的脸，因为他不怎么爱笑，眼神也总让人觉得冷，如非必要，她躲他还来不及。

但眼下，她愣是硬着头皮、大着胆子瞄了他一眼，只一眼，她就赶紧别开视线。

乔治笙的意思已经很明显，他要走了。

宋喜心中思绪万千，有些话她不能不说，虽然难以启齿，可她还是一咬牙一跺脚，鼓起勇气说道："她怀孕了，你不知道吗？"

她说的是"你不知道吗？"而不是"你知道吗？"。

两者看似没差，实则最是能体现说话人的心情。

半夜三更，宋喜看到乔治笙带着个漂亮女人来看病，女人不仅这身打扮，还满身酒气。

用脚后跟也想得到，但凡不是乔治笙看重的人，他不会亲自送来。

有心脏病还喝酒，本就是大忌，更何况还是怀了孕？

宋喜心情复杂，不晓得女人是自愿还是被逼无奈，但不管是哪一种，她有些被恶心到了。

早知道乔治笙这样的人，身边怎会没有莺莺燕燕？她这个挂名的老婆自知理亏，没资格管人家，索性眼不见心不烦。

可这会儿他带个怀孕的女人到她面前，即便是偶然，即便两人之间没感情。可她毕竟是个心思细腻的女人。

"她怀孕了？"

乔治笙重新问了一遍，虽然表情依旧淡定，可眼神中还是透露着一丝惊讶。

宋喜强忍着异样的心情，面色镇定地回道："是，我刚刚特意让妇产科那边的医生帮忙查了一下，五周半。"

她看着乔治笙，见他眼中尽是复杂的神情，一时间倒也说不上是高兴还是不高兴。

两人俱是沉默，过了五秒钟左右，乔治笙主动开口说："帮她安排住院，心脏这边你留意着，妇产科那边你也找一下最好的医生，让她先住你们这里。"

他习惯性发号施令，即便语气依旧淡漠，可宋喜听得出来，他很在乎这个女人。

她也不知哪根筋没搭对，竟然看着乔治笙，直接问道："这个孩子，你打算留下？"

此话一出，乔治笙眼球一转，看向宋喜，可想而知，他脸上的表情是怎样的。

不过几秒钟，整个房间的温度在沉默中骤降，乔治笙漂亮却让人不敢直视的狐狸眼一眨不眨地睨着宋喜，漆黑瞳仁中裹着讥讽与危险，他看似询问般地问道："你不建议留？"

宋喜双手习惯性地插在外袍口袋中，抬眼看着乔治笙，面不改色地回道："孩子是你们的，只有家属才有权决定留与不留。"

乔治笙闻言，眼底立马露出一抹嘲讽，问："那你刚才的话是什么意思？"

宋喜说："我们之间虽然是假结婚，但我也不想占着乔太太的位置，更何况这个女人还是孩子的母亲，如果你决定留下这个孩子，那抽空去民政局办一下离婚。"

说完，宋喜自己想到什么，又临时加了一句："你有需要让元宝来找我就行。"

乔治笙眼底讥讽变得浓重，他看着宋喜道："你不想我留下孩子可以明说，拐这么大个弯，不怕我真跟你离婚？"

宋喜一看乔治笙的表情，就知道他误会了。

她漂亮的眼中同样闪过一抹不屑，将冷笑藏在心底，面上淡淡道："我真不怕离婚，反正我们之间是合作关系，只要互相信任，有没有那一张结婚证算什么？"

乔治笙盯着宋喜的脸，正确来说是盯着她的眼睛，他想要看清楚她的心，确定一下她这话中到底有几分真，又有几分假。

然而他惊讶地发现，他竟然看不透宋喜，不知道是不是她演技精湛，他完全没觉得她在撒谎。

乔治笙差点气笑了，一直以来都是他不待见这场强买强卖的婚姻，如今离婚倒是被她先给提出来了。

他面子往哪儿放？

心中波涛汹涌，乔治笙面上看不出喜怒，回道："你这话说到我心坎上了，我也是这么想，就怕这事你说了也不算。"

说完，不待宋喜回应，乔治笙径自说："我近期会想办法帮你通融，等你见到你爸，希望你能向他如实转述我们的共同想法。"

宋喜马上问："我什么时候能见到我爸？"

乔治笙说："原本只有五成把握，现在就算为了我自己，我也一定会用上百分之百的力气。"

如果宋喜有那么一丝丝在意乔治笙，那她一定会被他的话给刺痛。奈何宋喜对他本就期望很低，就算他生气后说的难听话对她而言也是不痛不痒，她甚至有点高兴的。

"谢谢你。"宋喜对乔治笙颔首道。

乔治笙觉得倍没面子，心里装着一团火，奈何又不能对她发，他声音不由自主地冷淡了几分，"开单子吧，我去交钱。"

宋喜这才想起正事，转身去桌上开单。将单子递给他，宋喜还"贴心"地问道："用我陪你去吗？"

乔治笙接过，看都没看她一眼，冷冷地说："不用。"

他转身往外走，宋喜看着他的背影道："我会找妇产科最好的医生，你放心吧。"

乔治笙背对她，本就冷峻的面孔上的表情一如寒冬腊月，他觉得她是故意在火上浇油，所以他临出门之前，脚步停下，侧头看着她说："你也放心，我会尽快安排你们见面。"

乔治笙走后，宋喜坐在椅子上，房间中的白炽灯将她脸色照得更白，白到近乎透明，她抬起双手捂住脸，好半晌，双手移开，她只是眼眶略微泛红，没有哭。

熬了这么久，盼了这么久，她今天终于能等到一句确切的话，虽然她对乔治笙这个人并不太了解，但她就是莫名地相信，只要他答应的，就一定会做到。

想到宋元青，宋喜鼻尖迅速酸涩，赶紧闭上眼睛忍住眼泪，心中默念不能哭，但凡有一个值夜的小护士看到，明天一早整个心外就全都知道了。

她必须要拼命地忍耐，这样才可以在人前展示一副百毒不侵的模样。

明明是深夜，整栋医院亮如白昼，科室人来人往的，有些小护士见缝插针还能抽空休息一下，宋喜却一整晚没睡。

第二天早上，她本可以提前休息，还是等到大家都上班，去妇产科找了相熟的医生，叫对方帮忙照应一下某房间的病人。

对方问："朋友？"

宋喜点头微笑回答："嗯。"

她心中嘲讽暗道里面躺的那位可是自己老公的女人。

妇产科的医生答应帮忙照顾，宋喜这才离开医院，回去休息。

医院值夜班的医生都可以轮休两天，宋喜在家睡了两天也没见着乔治笙，他压根儿没回过翠城山，宋喜猜八成要在医院照顾怀孕的那位所以没回来。然而等她再去医院上班才得知那位已经办理了出院手续。

宋喜跟住院部的人打听，"怎么这么快就走了？"

小护士说："不清楚，是个帅哥来把人接走的，我们还纳闷呢，那是她男朋友吗？"

宋喜脑海中浮现乔治笙的脸，含糊着说："我不知道。"

回心外的路上宋喜不由自主地联想到很多画面，像是乔治笙这两天没回家，每天来这边看孩子妈妈，而那女人长很漂亮，乔治笙也是喜欢得紧，就是不晓得在孩子生下来之前两人能不能结婚，不然孩子不就成私生子了？

宋喜想得出神身后忽然有人拍她肩膀，她略微一惊，停下脚步扭头去看。

韩春萌站在她身后，打量宋喜的脸色，出声问："想什么呢？头不抬眼不睁的。"

宋喜在心底骂了自己一句，她竟然替乔治笙犯愁，自己家的事还没解决呢。

"没什么，你怎么在这儿？"宋喜反问，岔开话题。

韩春萌闻言，立马凑近宋喜，神秘兮兮，压低声音说道："我是特地来堵你的，宋媛来心外了。"

宋喜眉毛微挑，随即眉头一蹙，"她来干什么？"

韩春萌说："反正不是来看病的，刚才问我你去哪儿了，我说不知道，你要是不想见她，暂时先别回去，她找不到人就走了。"

宋喜拉着脸，几秒后迈步往心外走，韩春萌跟她并肩，侧头道："八百年都不联系一回，她来找你干什么？"

宋喜说："可能黑心病犯了，让我帮她看看。"

韩春萌撇嘴，小声嘀咕："黄鼠狼给鸡拜年啊。"

宋喜目不斜视地说道："我今天就让她见识一下'铁公鸡'。"

韩春萌明白宋喜的意思，但她依旧忍不住纠正："铁母鸡，咱不能弄错了性别。"

宋喜侧头剜了韩春萌一眼，韩春萌立马赔笑。

电梯门打开，宋喜隔着几米远就看到在心外走廊边上站着的宋媛。

心外除了韩春萌之外几乎没人认识宋媛，只当她是普通患者，宋喜双手插在白大褂口袋中，面无表情地走过去。

韩春萌很想留下看个现场的热闹，奈何她不想被宋喜"误伤"，赶紧脚底抹油一溜烟跑走了。

宋媛看到宋喜过来，露出微笑，迎上前道："小喜。"

宋喜声音不大说道："现在是我的工作时间，要看病去楼下挂号。"

宋媛早有准备，从包里翻出挂号单，"小喜，我不耽误你太久，十分钟。"

宋喜十分不耐烦，一句话都不说，迈步走到一间房门口，推门而入，宋媛不用她请，自己跟着进来。

宋媛前脚刚把房门带上，宋喜立即不废话地说道："我马上进手术室，给你五分钟。"

宋媛面不改色，走至办公桌处，她从包里掏出一张纸，递到宋喜面前。

宋喜定睛一瞧，那是一张私人支票。

眼皮掀起，宋喜看着宋媛问："什么意思？"

宋媛好声好气地说："小喜，这是祁丞托我给你的，他猜你现在用钱的地方应该很多。"

宋喜拿起支票，佯装认真地看了一眼，随即唇角勾起，嗤笑道："这在夜城四环买个像样点的房子都不够。"

话音落下，宋媛立马说："你想要哪儿的房子？我跟祁丞说，他可以帮你买。"

宋喜盯着宋媛的脸，忽然目光一凛，出声道："宋媛，你没病吧？我这是心外科，不是神经科。"

宋媛对上宋喜的目光，不痛不痒地回道："你别这么倔了行吗？现在爸爸在里面，不是以前了，你一个人，多个朋友多条路，何必拒绝别人的好意？"

宋喜怒极反笑，问："什么好意？我跟祁丞话都没说过两句，他凭什么无缘无故地给我钱和房子？宋媛你是不是当我没见过钱啊？"

宋媛道："好，既然你把话说到这里，那我也不跟你拐弯抹角了，还是上次我跟你提的，祁丞想跟乔治笙合作，只要你能帮忙牵线，价钱你开。"

宋喜真是服了宋媛。

有太多难听的话想说，可是万语千言，话到嘴边宋喜直接说了句："这点打发要饭花子呢，我要一百亿。"

宋媛忍不住眉头一蹙，说："我是很诚心诚意来找你的，并且祁丞承诺了，如果你肯帮忙，他也一定想办法帮助爸爸，难道你为了跟我置气，连爸爸都不管了？"

宋喜最恨宋媛拿宋元青说事，并且是一而再，再而三地提起。以前是诱惑，现在都是赤裸裸地威胁了。

两人明里暗里已经吵过太多回，多到宋喜同样的话不想再多说一次。

宋喜怒火攻心，反倒面色平静地回道："行，什么时候我爸站在我面前，我一定帮他跟乔治笙牵线。"

宋媛被宋喜的不配合激怒了，脸色明显一沉，她开口说道："宋喜，你知道我为什么来找你吗？"

宋喜眉毛微挑，回道："因为你是祁丞身边养的宠物狗。"

宋媛也做了个怒极反笑的表情，几秒过后才直视着宋喜说："你以前瞧不起人，我还能理解，毕竟爸爸从小到大惯着你，但你现在还是这么目中无人，你就真不怕墙倒众人推？"

说罢，不待宋喜应声，她自问自答："实话告诉你，祁丞这人做事，客气时先礼后兵，把他逼急了会不择手段，不管你当不当我是一家人，我跟你都姓

一笙有喜

宋，现在爸爸在里面，吉凶未卜，我劝你最好听祁丞的话，他想要跟乔治笙合作，你帮他，条件你提，你也不吃亏，跟他作对绝对没有好果子吃。"

宋喜闻言，挑衅地笑问："吓唬我吗？"

宋媛不答反问："你非要等撞了南墙才肯回头？"

宋喜唇角勾起的弧度越来越大，满是嘲讽地说道："我爸供你读法律专业，一定做梦都没想到，有一天你会用这种嘴脸反过来咬我。"

宋媛知道宋喜脾气倔，也不是没见过世面的人，威逼和利诱都没有用，她话锋一转，软下声音说："我知道你现在背靠乔治笙什么都不怕，但你又想没想过，乔治笙为什么带你去屿州？他只是利用你好不好？"

宋喜懒得跟宋媛认真，随口回道："那祁丞对你呢？"

宋媛道："我知道祁丞对我也有利用的成分，所以我才来找你，大家不要把鸡蛋都放在一个篮子里面，现在早就不是脚踩一条船的时代了，我们有资本，为什么要在一棵树上吊死？"

宋喜美眸一瞪，嗤笑着道："哈，现在我可真是长见识了，头回听说脚踩两条船是美德，忠诚倒成了该死。"

宋媛化着精致妆容的脸上一点表情都没有。

她开口回道："我没打算跟祁丞一辈子，大家各取所需，同样你也别指望乔治笙能保护你多久，一旦他不需要你，随时一脚把你踢开，到时候你已经得罪了祁丞，不用我说，你也能想到以后的日子有多难过。你一向有主见，无论我今天是为了什么而来，我说的话有没有道理，你心中有数。"

说完，宋媛径自起身，并且拿回桌上的那张千万支票，用云淡风轻又胸有成竹的口吻说："钱我先拿回去，什么时候你想通了，随时联系我。哦，对了，你只有十天的考虑时间，这是祁丞定的。"

直到宋媛离开，宋喜都一言未发，她就这么坐在椅子上，满脑子都是宋媛最后的那番话，不得不说，宋媛这些年的书没白读，就给人洗脑方面还是有些本事的。

原本宋喜只把乔治笙当个护身符，只要这个护身符好用，她管两人之间到底是什么关系，只要互相有事儿互相帮忙就好，但今天宋媛的一句话提醒了宋喜，她跟乔治笙在一起，明面上看，是他在保护她，可她无形之中也得罪了好些人。

那些人不敢把乔治笙怎么样，但不排除不会对她怎么样，乔治笙又不能保她一辈子，两人早晚有散伙的那一天，到时候她腹背受敌，谁来管她？

思及此处，宋喜心中的第一个念头就是，她暂时还不能跟乔治笙散伙。

她人生第一次有了窝囊的想法，想找一个长期靠山，最起码在宋元青出来之前，不然她在外面有个好歹，宋元青在里面也不用活了。

"啧"，宋喜忽然发出懊恼的声音，想到她才之前跟乔治笙保证，等她见到了宋元青，一定提两人离婚的想法。

这么快就变了卦，回头乔治笙别再以为她故意骗他、耍他。

明明这两天心情都轻松了不少，有些拨云见日之感，如今随着宋媛的一番话，宋喜顿感乌云压顶。

第二十章

宋嫒的到来的确影响到宋喜的心情,但宋喜也没有乱了分寸。

最近医院每天都很忙,她早出晚归的。然而回来得再晚也没有乔治笙晚,即便两人住在同一个屋檐下,也基本不会碰面。

一连上了五天班,终于等到白天轮休,韩春萌早就跟宋喜打好招呼,叫宋喜陪她一起逛街买东西。

七月份的夜城,足有四十度,外头热得让人想学后羿射日。

恰逢周末,二十几度的恒茂商场中人头攒动,所有人都躲在这座巨大的冰箱里面。

宋喜穿着黑T牛仔短裤与一身黑色吊带过膝裙的韩春萌站在自动扶梯中间,一人手里拿着一个海盐冰淇淋,韩春萌不着痕迹凑近宋喜,嘴唇不动,压低声音说道:"你后面有个超帅的帅哥。"

宋喜闻言,果断一点遮掩都没有地回头去看。

下面站着两个年轻男人,许是没想到宋喜会突然回头,他们偷看的目光被撞个正着,其中一个心虚地移开视线,只剩下另外一个穿着纯白的半袖T恤,双手插在裤袋中的男人,他微微扬头,朝着宋喜微笑。

宋喜跟他四目相对,一时间真有被电到的感觉,韩春萌是花痴,见到帅哥就迈不动步,宋喜还想看看现实生活中究竟有谁能跟明星媲美的,结果这么一瞧……

不得不说，韩春萌这次没夸张，脸长得好看也就算了，关键是唇角勾起时的邪气，与笑起来眼中的清澈，形成极为强烈的对比。

只看一眼，宋喜平静地转过头，韩春萌压低声音说："你能不能偷偷地看？"

宋喜同样小声回道："他好意思正大光明地看，我为什么要偷偷地？"

韩春萌翻了个白眼，低声嘀咕："你美你有理。"

说话间两人上至扶梯尽头，往前走了还不到三步，忽然有人拍宋喜肩膀，她顺势扭头一看，正是刚才身后朝她笑的帅气男人。

韩春萌见状，一双黑色的眼睛止不住地在他脸上来回穿梭。

宋喜余光瞥见不淡定的韩春萌，偷着捏了她一把，韩春萌嘴角一抽，一边以咳嗽掩饰想喊的冲动，一边不情愿地别开视线。

"有事吗？"宋喜面色如常地问道。男人很高，目测一八五左右，站在宋喜面前，他要微微垂下视线看她。

对方依旧是唇角勾起，眼睛晶亮，笑着问："你还记得我吗？"

一般人听到这话，一般会本能地认真观察对方的脸。宋喜也不例外，两人就这么互相看着，韩春萌强忍着笑看着他们。

几秒过后，宋喜摇头，"不好意思，我不记得我们在哪儿见过。"

男人闻言，瞬间收回笑脸，还撇了下唇角，摆明了受挫的样子。

他身边的朋友笑着调侃："完了吧？人家根本不记得你。"

宋喜心中也是狐疑的，暗道以他的这种长相，只要见一眼，哪怕是人群中瞥一眼，也绝对会过目不忘，如果她真的见过，又怎么会不记得？

所以，十有八九是来搭讪的吧？

身旁韩春萌忍不住问："你们在哪儿见过？"

帅气的男人不答反道："你们是医生吧？"

此话一出，宋喜略感意外，难不成真见过？

韩春萌已经点了头，"是啊，你来过我们医院吗？"

男人露出受伤混杂着一言难尽的表情，视线落到宋喜脸上，他淡笑着道："宋医生，你伤我心了。"

这男人太帅了，是那种极具"杀伤力"的帅。

如果一般陌生人初次见面就这么跟宋喜说话，宋喜一定会浑身起鸡皮疙瘩。但在现在男人的语气像是在撒娇又像是委屈，让宋喜汗毛竖起的同时竟有些不好意思了。

　　宋喜眼球略微一转，避开对方让人招架不住的目光，迅速做了一下心理建设，随即微笑着说："可能每天见了太多人，一时间想不起来。"

　　男人回道："好吧，我原谅你了。"

　　宋喜鲜少有不知如何是好的时候。

　　短暂的沉默中，另外一个男人主动问："就你们两个逛街吗？"

　　韩春萌回道："是啊。"说罢，她又笑着逗趣问，"你们两个大男人也一起逛街？"

　　男人立即回道："我女朋友在楼上等我。"

　　宋喜微笑着说："那不打扰你们了，拜拜。"

　　她主动终结这段对话，拉着韩春萌要走，韩春萌还意犹未尽，不是很乐意动。

　　帅气男人也没有挽留，只笑着对宋喜说："下次见面，你可千万别再说不记得我了。"

　　宋喜面不改色地回道："不会，我记住了。"

　　男人好看的嘴唇一张一合，只说了两个字，"拜拜。"

　　宋喜也回了句："拜拜。"韩春萌跟两人挥手告别，待到走出五米远，这才蹙着眉头，压低声音说道："刚才形势大好，你干吗走啊？"

　　宋喜回答："说你见到帅哥就迈不动步一点没说错，不走你还想干吗？不怕让人给你卖了？"

　　韩春萌抬杠，道："那得论斤卖，值钱。"

　　说完，不等宋喜翻白眼，她赶紧转移话题："他来过心外吗？我可是一点印象都没有，按理说长成这样化成灰我都能过目不忘！"

　　宋喜也是一脸迷茫，"我不记得见过这号人物。"

　　韩春萌懊恼："刚才你怎么不问问他叫什么？留个电话号码也好。"

　　宋喜侧头瞥她，"要不要现在回去找人家，我帮你俩撮合撮合？"

　　韩春萌的心思都写在脸上，高兴地边跳边走，嘴里说着："我要是瘦个五十斤的话，保证追他。"

　　宋喜随口问道："待会儿吃火锅还是川菜？"

　　韩春萌想都不想地回答："吃火锅吧，我想吃朝天门的手工虾滑和炒饭，他家现在吃饭还送酸梅汤呢。"

宋喜目视前方，恨铁不成钢地说道："你不是真的好色。在吃和色之间，你毫不犹豫地选择了前者。"

吃饭之前韩春萌口号喊得震天响，一口一个少吃点，免得待会儿试衣服不好看，可这话打从她坐进火锅店的那一刻，就被忘到了九霄云外。

宋喜看着对面埋首下单的韩春萌，苦口婆心地说："萌萌，理智点，咱能不像人格分裂一样吗？我害怕。"

韩春萌拿着铅笔，打钩的手犹如行云流水，头不抬眼不睁，她出声回道："不吃饱怎么有力气逛街？而且节食对身体不好，会有副作用的。"

宋喜道："人家说吃麻辣烫致癌，你不听。说吃辣条脱发，你也不听。怎么就一句节食对身体有副作用，你就听进去了？"

服务员站在一旁，忍不住勾起唇角。

韩春萌把点好菜的菜单递过去，对服务员道："你们家酸梅汤可以续杯吧？"

服务员笑着点头，"嗯，可以的。"

韩春萌也笑了，"那就好，麻烦你帮我拿一杯，为了减肥我先喝一个水饱。"

服务员应声走开，韩春萌撑着下巴，又想到刚才电梯上碰到的帅哥，不由得啧啧说道："真是帅，我要是你，我必须要到他的电话号码。"

宋喜道："你喜欢刚才就该问他要，看着蛮好说话的。"

韩春萌说："算了吧，一看他就是奔着你来的，我何必上去让自己难堪？"

宋喜看着她说："谁让你不减肥了？就你这张脸，瘦了还有我什么事？"

韩春萌双手捂着脸颊，转着眼球道："虽然这话水分极高，但是我喜欢。"

宋喜道："一会儿吃个五分饱得了。"

韩春萌答应得好好的，可东西一上来，宋喜拦都拦不住，最后无一例外全都被吃光了。

这在宋喜的预料之中，跟韩春萌认识七八年，韩春萌十几岁的时候就胖乎乎的，想当初第一眼看到韩春萌的时候，宋喜的第一感觉就是，这个女孩子真可爱，圆圆的脸，大眼睛，高鼻梁，嘴巴小巧精致，五官皆是出挑的，就是……整体都太圆了点，像个球。

可用韩春萌的话来讲，"我一直不减肥不是我减不下来，是我明明可以靠脸，为什么要靠身材？"

话虽如此，但这么多年的情路坎坷，充分证明有些话就是自欺欺人的。

一笙有喜

　　大学那会儿韩春萌喜欢上一个学长，对方是系草级人物，那是她第一次追人，庆幸也追上了。可两人在一起才甜蜜了大半个月，对方暗示韩春萌，想有进一步发展，韩春萌拒绝了，此后系草没说什么，但却明显对韩春萌越来越冷淡，最后更是在谈恋爱期间劈腿。韩春萌跟宋喜哭诉，宋喜气得跑去韩春萌学校，想着约渣男出来臭骂他一顿，结果男的来了，当着宋喜的面说韩春萌太胖了，带出去都丢脸。

　　宋喜大怒，险些没动手，被韩春萌给拦下了。在那之后，备受打击的韩春萌是有过一段发愤图强的日子，一口气瘦了三十几斤，整个人看起来都轻盈了不少，宋喜跟顾东旭不停地从旁鼓励打气，还有意地给她介绍男朋友。那会儿追韩春萌的人也有，可韩春萌却一直没再谈恋爱，直到今天。

　　人是容易忘事儿的，韩春萌对自己的评价更是好了伤疤忘了疼，所以这些年她体重回来了，可对于恋爱，她只动嘴，不动真心。

　　酒足饭饱后宋喜扶着吃撑的韩春萌坐电梯去女装一层，自动扶梯有两排，一上一下的途中，宋喜无意中一抬头，看到对面往下的扶梯上，站着一个分外打眼的漂亮女人。

　　女人一身烟粉色的细肩带长裙，裹着玲珑有致的身体，露在外面的手臂和大片胸口皮肤雪白。

　　这样的女人无疑是吸睛的，宋喜盯着她看，心中却在惊诧，这不是乔治笙那晚送到心外就诊的女人吗？

　　这都是小事，最关键的是，此时女人身旁还站着个陌生男人。男人看起来年纪不大，不会超过三十岁，高大帅气，一手揽着女人的腰，另一手拎着众多奢侈品购物袋，女人侧头朝他笑着说话，他偶尔点头。

　　乔治笙的女人竟然被其他男人这么搂着……一时间宋喜惊到收不回视线。

　　对面的男人突然抬起头，宋喜猝不及防与之视线相对，到底是她心虚，主动移开目光。

　　整个过程也就三四秒，待到擦肩而过，宋喜忍不住偷偷回望，盯着女人的后背，看着那只横在她腰间的手，宋喜心都凉了。

　　韩春萌也跟着回头看，嘴里嘀咕着："帅哥配美女，真养眼。"

　　宋喜说不出话来，也不知能说些什么，她倒情愿自己看错了，或者压根儿没看到，但她不是个自欺欺人的人，她敢笃定，刚刚那个女人就是那晚被她抢的女人。

怀了乔治笙的孩子，还敢跟其他男人明目张胆地出来逛街，宋喜内心一顿翻涌，不知道是觉着这场景不可思议，还是为那个女人的将来忧心。

看乔治笙那晚的态度，他分明是关心在意的，既然是他喜欢的女人，他又怎么能容忍劈腿？

就因为这几秒钟的画面，宋喜迟迟没开口讲话，身边韩春萌问："你怎么了？"

宋喜硬着头皮回道："你说男人被戴绿帽子的内心活动是什么？"

"啊？"韩春萌一脸蒙。宋喜又说："如果你撞见熟人的另一半劈腿，你会不会说出来？"韩春萌马上左右环顾，"你看见谁了？"

宋喜道："你不认识的人。"

韩春萌回道："那要看熟到什么程度，如果是你和东旭，你们另一半敢劈腿，我直接冲上前动手，还用得着告诉你们再出手？"

宋喜道："我的意思是，如果没那么熟，但男方很喜欢女方，女方劈腿了，你会告诉男方吗？"

韩春萌想了想，出声说："你这话倒是提醒我了，可能我只会跟两种人说实话，一种是特别熟的，我当亲人一样；另一种就是也许不那么熟，但一方对另外一方掏心掏肺，另一方却狼心狗肺，那我也会说，我看不得用真心的人被当成傻子一样耍。"

宋喜闻言，胸口忽然一闷，她想到乔治笙，那样的一个人，如果动了心，得知真相会是什么反应？

第二十一章

宋喜忧心忡忡，但又不敢表现得太明显，不然韩春萌一定会刨根问底。

她将这桩事压在心底，强打精神，陪着韩春萌一起逛街。韩春萌的愤怒每当试衣服时体现得尤为强烈，嘴里一直念叨着："现在就能不能把衣服做大一点儿？歧视胖子吗？"

宋喜道："谁让你刚才吃那么多？你要不吃最后那盘羊肉，刚才 XXL 码的衣服你就能拉上拉链。"

韩春萌一脸不服气地回道："一盘羊肉七十八，咱俩谁买单也不能这么浪费，浪费粮食遭天谴不知道吗？"

说罢，不待宋喜回答，她又冲着宋喜发难，"你干吗非要强调 XXL 码，生怕我不够扎心吗？"

宋喜云淡风轻地投以一记嫌弃的目光，道："你肉太厚了，一刀子下去，根本扎不到心上。"

韩春萌顿时瞪圆了眼睛，宋喜还嫌不够扎心，伸手从衣架上取下一件衣服，就是刚刚韩春萌喜欢却没穿上的同款。

勾起唇角，美美地一笑，宋喜说道："S 码，我去帮你试试，你过过眼瘾也好。"

韩春萌看着一道又瘦又有料的身影打身前闪过，恶毒地诅咒道："你胸大穿不进去的！"

宋喜没理她，她也觉得这款衣服的胸围有些小，但她就是倔，即使有 M 码也不试，硬挤也要挤进去。

　　这家店是女装店，顾客百分之九十都是女人，偶尔有陪着女朋友或者老婆来看的男人，也都自觉地坐在沙发上等候，不会随意乱转悠，更不会往试衣间门口凑，宋喜很有安全感地进了试衣间，伸手把黑色的绒布门帘拉上。

　　新衣服挂在左侧挂钩，宋喜双臂交叉开始脱上身的T恤，下摆罩住脸的瞬间，身后忽然有人隔着衣服捂住她的嘴，用力将她往墙上顶。

　　宋喜大惊，下意识地挣扎反抗，奈何本就是一个尴尬的动作，身后人将她的双臂按在墙上，她刚抬脚要去踹，后膝弯被人用力一顶，她疼得闷哼出声。"别动，出声我动刀子了！"

　　脸被自己的衣服罩住，宋喜清晰听到背后一个陌生的男声传来。

　　其实不用想也知道，她力气不小，能把她一下子按在墙上，让她动弹不得的，绝对不可能是个女人。

　　而眼下宋喜最害怕的，就是不知这人是……

　　识时务者为俊杰，宋喜闻言，当即停止挣扎。

　　身后男人一动没动，几秒之后，他又开口说："老板托我给你带句话，乔治笙就算看你看得再严，我们也不是碰不到你。"

　　祁丞？！

　　宋喜在T恤里面瞪着眼睛。

　　"该怎么做你自己心里有数，我不想伤你，现在我放手，你别转头，也别出声，不然就别怪我手下不留情了。"

　　宋喜发不出声音，只能连着点了几下头。

　　用力捂在嘴上的手，逐渐松了力气，宋喜面朝着墙壁，静静地站了几秒钟，虽然身后一点动静都听不到，可她还是迅速将T恤从头上拉下，然后慢慢转身。

　　果然，身后空空如也，整个试衣间只有她一个人，就连门帘都是遮掩得好好的。

　　试衣间里面有一面大镜子，镜子中映照出宋喜发白出汗的脸，有几根头发也是乱的。

　　"小喜？"

　　帘外忽然传来声音，愣是把还在后怕中的宋喜又给吓了一跳。

　　哆嗦了一下，宋喜回过神，开口应道："我在这儿。"

三秒后，帘子从外面掀开一条小缝，韩春萌把头伸进来，见宋喜还穿着原来的衣服，她挑眉问："你怎么还没换？"

宋喜能清晰听到自己心脏狂跳的声音，她面无表情出声说："没穿进去。"

韩春萌没心没肺地嘲讽："你看，我说什么来着？你还好意思拿 S 码。"

宋喜拿着碰都没碰的新衣服走出试衣间，先在整个店里环视一圈，预料之中并没看到可疑身影，她佯装随意地问："刚才有男的过来吗？"

韩春萌说："什么？"

宋喜道："我刚才听见外面有男的说话。"

韩春萌压根儿没上心，随口回道："没注意，我在那边看衣服。"说完，她侧头看向宋喜，嬉皮笑脸地问："干吗？怕人偷看你？"

宋喜是真的笑不出来，刚刚的意外发生得毫无预兆，整个过程前后也不过二十秒左右，如果那人真想对她做什么，她是完全没有招架之力的。

韩春萌又在店里逛了一圈，她不想承认好看的衣服她穿不进去，说："走吧，她家衣服一般般。"

宋喜跟她一起出去，本能地往店铺两侧打量，只见左边三米外站着个普通装扮的男人，在宋喜看过去的时候，男人别开视线，双手搭在商场护栏边，随意眺望。

他的右边有个男人守着扶梯口处的垃圾桶抽烟。

虽然商场里的人不少，可宋喜还是敏锐地察觉到，这些人就是乔治笙派来跟着她的，跟上次在机场中见到的人不一样，应该是不定时的轮班倒，不然总在她身旁晃悠，她一定会注意到熟面孔。

有了刚刚的那次惊吓，宋喜再不敢单独进封闭空间了，一直保持身边有人的状态，等到晚点跟韩春萌分开，宋喜再也没有迟疑，马上掏出手机给乔治笙打了通电话。

伴随着嘟嘟的连接声，宋喜这边足足等了快十声电话才接通。

熟悉的清冷男声传来，"喂。"

宋喜也顾不得乔治笙态度的冷热，直接说道："你现在有时间吗？我有事跟你说。"

乔治笙道："在忙。"

宋喜被噎了一下，可她从小到大所受的教育没有教她不识时务这一说，所以哪怕她心里很害怕、很着急，也不会强行打扰他。宋喜略微一顿，回道："那你今晚会回来吗？我有急事跟你说。"

乔治笙口吻依旧冷淡，只回了一个字："嗯。"

宋喜说："我不打扰你了。"

乔治笙那边直接挂断。

宋喜拿着手机站在熙熙攘攘的街头，心里一股强烈的酸涩和委屈涌上来，她感觉到眼眶发烫，嘴里都是酸味。

在眼泪流出来前深深地呼吸几口，硬是把它们憋了回去。

第二十二章

宋喜一个人打车回到翠城山别墅，如往常一样直接到三楼房间，洗澡的时候听到嘭的一声响她就犹如惊弓之鸟，本能地护住身体，连连往角落处避退。

她转身，惊恐地注视着身后，只见浴室中只有她一个人，耳边尽是哗哗的水流声，看着脚边的洗面奶瓶子，宋喜半响才回过神，随即蹙眉闭上眼睛。

自打宋元青出事后，她也遇到过几次危险，但还没有哪次像白天商场那样直接有人将她堵在试衣间里，关键这还是在有人保护的情况下发生的。

那种切身感受到生命安全遭受威胁的滋味简直让人头皮发麻，宋喜觉得自己快要疯了，现在整个人都是疑神疑鬼的，极度没有安全感。

宋喜匆匆地冲洗一遍就从洗手间里面出来，她就连头发都没吹穿着睡衣跑到楼下，将整个一层的灯全部打开。

灯火通明的大厅里宋喜坐在沙发上的纤细身体更显孤单落寞。

宋喜原以为有乔治笙罩着的话，最起码人身安全是没问题的。可如今看来，也许宋媛说得没错，她这是在无形中得罪人，所以她有必要跟乔治笙再细谈谈。

在漫长的等待中，宋喜一度抱怨别墅太大，空荡荡得让人心里发毛。

她试图打开电视，可电视中的声音非但没有减轻她的恐慌，反而平添焦躁，所以宋喜关掉电视，生平第一次真心地期待乔治笙快点回来。

但事与愿违，宋喜越是盼望什么，老天就偏不给她什么。

宋喜一个人坐在客厅沙发上等，不敢睡觉，困了就站起来满屋子溜达，一直等到凌晨四点多，等到宋喜没喝咖啡都觉着心慌时，终于听到玄关传来开门的声响。

起身，宋喜站在客厅，面朝玄关，待到房门打开，她先是看到一抹高大的黑色身影，然后是那张熟悉的冷峻面孔。

自打从岬州回来，宋喜还是第一次在家里跟乔治笙碰面。

乔治笙迈步跨进玄关，正在换鞋。宋喜站在原地等着，乔治笙换好拖鞋往里走，似是不乐意正眼瞧她，他径自拐弯坐在沙发上，拿起茶几处摆着的烟盒，头也不抬地问道："什么事？"

宋喜会站在他人的角度去想问题，她明白乔治笙为什么会讨厌自己。即使明白也不能代表她没有情绪。

她等了他这么久，等待的期间也在期望会有一个还算熟悉的人在她担惊受怕的时候给她一点点的安全感。

不过很显然，乔治笙没想对她负责，她也不过是他不得已收留的一个包袱而已。

一股酸涩感从心头涌上来，宋喜深吸一口气，努力把情绪压制下去。乔治笙没有注意到她的小动作，只听得她平静的声音说："前几天祁丞托宋媛来医院找我，说还是想跟你合作，利诱不成就威逼，说如果我站在你这边跟他作对，我不会有好果子吃。今天我在商场被人堵在换衣间，对方说是老板让他给我带句话，就算你派人保护我，他们照样能随时接近我。"

此话一出，终于让乔治笙抬起头，看向宋喜。

两人目光相对，乔治笙脸上没有意外，宋喜却难以做到面色无异，眼中带着质问和唏嘘，像是在问他：你的承诺呢？

三秒过后，乔治笙将唇边的烟夹走，出声问："看清人了吗？"

宋喜回道："没看见，你可以问问你的人，他们一直守在店外。"

有些话不需要添油加醋，哪怕她只是陈述事实，但对于心气高的人而言都会觉得出现意外让他丢脸。

乔治笙垂下视线，深吸了一口烟，随即声音不辨喜怒地说道："我来处理。"

他只说了四个字，对宋喜本人的事不闻不问。不知道的还以为宋喜是他手底下的小弟，只是个传话的角色而已。

一瞬间宋喜怒火中烧，她有自知之明也识时务，但这并不代表别人可以一而再再而三地不重视她。

恼怒、委屈、恐惧、心酸，各种情绪交织在一起，就像是一场化学反应，让宋喜的心情处于要爆发的边缘。然而最后，她也只是沉默着转身上楼。

回到房间，房门刚一关上，宋喜立马眼泪横流，她伸手捂住嘴抽噎着不敢发出过多的声音。

她这二十几年也不是没受过委屈，只是从未试过这种孤独流浪的感觉，像是被全世界遗弃。

哪怕摔得鲜血淋淋，也不会有人关心她一句，问问她怎么样，疼不疼。

宋喜把自己整个人蒙在被子中，疯狂地想念她唯一的亲人，想念曾经那些守在她身边，说着永远都会为她遮风挡雨的人，而他们现在，在哪儿？

人常说失去了才会懂得珍惜。

宋喜却觉得即便她一直很珍惜周围的人，然而越是被她放在心尖上的人，越是容易离她而去。那她到底还要怎么做才能留住那些在她生命中为数不多的人？

宋喜在被子里哭到满头大汗，哭到心脏隐隐作痛，最后想到了一个可以安慰自己的理由，她没资格要求乔治笙在意她、关心她，他对她冷淡才是应该的。

果然，这样想她很快恢复平静。但是仔细想想，又只剩下悲哀。

宋喜的脆弱只有自己能看见，等到天一亮，她又神采奕奕。

既然乔治笙说他处理，她也懒得去问他要怎么处理。反正日子还要往下继续，如果真是阎王要她三更死，她蹦起来也活不到五更，宋喜很快又恢复正常。

只是宋喜做梦都没想到，仅仅是隔了一天，她就又接到宋媛打来的电话。

刚开始宋喜没接，然而宋媛锲而不舍地一直打，终于打到宋喜心烦，划开接通键，沉声说道："宋媛，我警告你，你要是再来骚扰我，别怪我对你不客气！"

宋媛是祁丞的人，上次换衣间的仇，宋喜自然也要记在宋媛的头上，一开口就没好听的话。

结果宋媛那头的气竟比宋喜的还大，隔着电话，宋媛咬牙切齿地说道："宋喜，我没想到你这么狠，你不拿我当一家人也就算了，你竟然拿我当仇人，让乔治笙这么对我！"

宋喜鲜少能看到宋媛暴跳如雷的模样，一时间还有些愣住，顿了几秒后，宋喜眉头一蹙，沉声说："虽然我不知道乔治笙把你怎么了，要不你问问祁丞，他让人对我做了什么？"

宋嫒怒声道："祁丞对你做什么了？他什么都没做！"

宋喜漂亮的脸上浮起冷笑，"敢做不敢当吗？"

宋嫒说："我敢发誓祁丞什么都没做过，倒是你宋喜，我知道你不待见我，但我没想到你的心这么黑，竟然借着这茬利用乔治笙来整我，你是故意要让我难堪！"

宋喜拉着脸道："你哪里来的优越感？你不知道自己像毛毛虫一样，我看着就反胃吗？你要是不来招惹我，我巴不得一辈子都见不着你，谁有空故意整你。"

宋嫒一口咬定，就是宋喜因私人原因蓄意找碴报复，宋喜跟她吵了两句，忽然觉得心烦意乱，直接挂断电话，把宋嫒的号码拉进了黑名单。

气得脸色都变了，宋喜自顾自地叨咕："神经病。"

等到气头过了，宋喜渐渐冷静下来，第一个好奇的就是，乔治笙对宋嫒做了什么？

不得不说，宋嫒是个天生的演员，这些年宋喜鲜少见她露出本来面目，她还是头回见今天能被气成这样。

而且宋嫒刚刚说什么保证祁丞什么都没做过的，那委屈加愤怒的口吻，搞得宋喜都有些怀疑，难不成真不是祁丞？

但这样的念头只是一闪而逝，毕竟宋喜对宋嫒的人品不太认可，谁晓得宋嫒是不是苦肉计。

宋喜晚上下班回家，上到二楼的时候，忽然听到没关门的卧室里传来说话声："我告诉你，不许打胎。"

宋喜本能地脚步一顿，目光顺着声音来源的方向看。

她不知道乔治笙在家。

如果是往常，她一定目不斜视地走开，宋喜也不是个会偷听人讲话的人，但刚刚乔治笙说"不许打胎"，这样的内容太过劲爆，一般人都会驻足多看几眼，更何况宋喜还见过那位的真容。

"别说我没提醒你，你会后悔。"

宋喜看不见乔治笙的人，却能清楚听到他说话的声音，一如既往地让人身上发寒，却又不是直白的愤怒，语气中像是夹杂着很多的无可奈何。

一笙有喜

宋喜心里一惊，原来不是乔治笙不想要这个孩子，而是孩子的妈妈不想要。她十分好奇那位奇女子的来头，竟然敢跟乔治笙对着干。

宋喜站在二楼楼梯口处，在她略微出神的一瞬，左前方就闪现一抹高大的身影，一身黑衣黑裤的乔治笙拿着手机从房间走出来，宋喜此前没听到脚步声，也没来得及躲开，就这样站在原地跟他四目相对。

乔治笙明显神色一变，漆黑如夜的瞳孔直直地盯着宋喜，像是在问：你偷听我讲电话？

宋喜也是明显慌了，微张着嘴唇想要解释，乔治笙那头已经对着手机中的人说："我等会儿打给你。"

他挂断电话，宋喜一颗心提到了嗓子眼，正想说她什么都没听到，乔治笙却神情淡漠，在她之前开了口，"你准备一下，这两天会带你去见你爸。"

宋喜没想到他会说这个，一时间又是惊喜又是惊讶，顿了几秒才道："真的吗？"

乔治笙迈步朝她走来，边走边说："最快明天，最迟后天。"

他跟她隔着几步远，突然停下来说道："顾东旭找过我，也是因为你爸的事，我就当做个顺水人情给他。如果他找你，你知道怎么说。"

宋喜很是意外，顾东旭私下里找了乔治笙？他从来没跟她说过。

乔治笙撂下这句话，顺着台阶径自下楼。

宋喜转身看着乔治笙的背影，有太多话想说，但他摆明了没空，也没想跟她细聊，所以万语千言，话到嘴边，她只说了一句："谢谢。"

乔治笙头也不回地说道："偷听人打电话，在我这儿是最后一次。"

他没看见宋喜的脸腾一下子红起来，她想解释，可面对乔治笙，解释总显得苍白，她只能尴尬地站在原地，等着关门声响的那一刻。

家里只剩她自己，宋喜忍不住要长舒一口气，跟乔治笙在一起生活，真的太费心神，她怕不会死于意外，而是死于神经紧张。

宋喜刚回到三楼房间，她的手机响起，掏出来一看，是顾东旭打来的。

宋喜划开接通键，道："东旭。"

顾东旭开门见山地问："身边有人吗？"

"没有，你说。"

"要是没有意外的话，你这两天能见一见叔叔。"

宋喜已经从乔治笙那里听到消息，已经没有起初的那种又惊又喜的意外感，更多的是一股说不上来的感动和酸涩。

"是吗？"但是她不得不装出惊讶的口吻，道："你找了谁？"

顾东旭道："你别管了，我就是告诉你一声。"

宋喜忽然间就湿了眼眶，鼻尖酸得不行，她声音低哑地问道："你是不是找了乔治笙？"

顾东旭那边的语气有明显的心虚和躲闪，连连道："你别管我找谁了，能见到人最重要。"

宋喜一大颗眼泪从眼眶中滚落，她太清楚顾东旭的脾气，这样又犟又好面子的人竟然为了她，背地里去求了乔治笙。

这大概能算是他二十多年"辉煌"人生的一个"污点"。

有些事情她是她不能揣着明白装糊涂，宋喜忍着哽咽说道："这事我记在心里了。"

顾东旭听出她在哭，大咧咧地回道："好兄弟，说这些干吗？"

他不说这句还好，说完，宋喜要伸手捂住嘴才能忍住不哭出声来。

她工作很早，在其他人还在大学中逍遥、交朋好友的时候，她已经跟着江宗恒一起上手术台了。那时候她的日常就是在手术室当主刀的助手，或者是在诊室接触各种病患和家属，每天基本都是待在医院里，导致她的生活圈子相对窄小。

那时候跟她最亲的人，除了宋元青之外，就只有韩春萌跟顾东旭了。天知道宋喜有多么珍惜他们。他们儿时说好的两肋插刀，虽然这些年日子过得算是风生水起，没有太多坎坷，不过到了关键时刻，他们都能为彼此牺牲自己最在意的东西。

这回顾东旭将比命还重要的面子都豁出去了，这份情，宋喜铭记于心。

第二十三章

要让宋喜评价乔治笙,她脑里先浮现出类似危险、难相处、低气压之类的词。如果非要让她找出他的优点,那宋喜脑海中闪过的第一想法就是:他这人说话一定算话。

虽然两人认识时间不长,但乔治笙答应过宋喜的事,暂时还没有一件是他办不到的,所以宋喜也会本能地相信从乔治笙口中说出来的话。

尤其在现在,乔治笙一言九鼎的品质可谓是无比的珍贵。

他说就这两天,那一定不是明天就是后天。宋喜生怕耽误事,干脆跟科里打了报告,这两天不上手术台,理由是身体不大舒服。

丁慧琴说:"不舒服就请假在家歇两天。"

宋喜道:"没关系,我不上手术台,可以忙些其他的,还有很多申请慈善基金的患者资料要审核。"

丁慧琴感慨道:"我像你这个年纪的时候,满脑子都是去外面玩。"

宋喜微笑着说:"可能每个人喜欢的东西不一样吧?我在手术台上就觉得很开心,您让我出去玩,我还真不知道去哪儿。"

丁慧琴道:"所以江主任谁都看不上,唯独看重你。"

宋喜微微挑眉,打趣道:"丁主任,您可别这么说,回头让其他同事听见,我又要吃不了兜着走。"

丁慧琴马上做了个了解的表情,压低声音道:"低调,江主任不在这儿,我可管不了他们。"

宋喜跟丁慧琴说笑两句，打了声招呼后，开门准备离开，正巧外面一身白色医生袍的任爽打算敲门，两人四目相对，宋喜表情淡淡，任爽则是明显地不待见。

两人擦身而过，房门还未关上，任爽已经出声对丁慧琴说："丁主任，我那边有个申请基金的患者，您……"

丁慧琴正在喝水，闻言，马上抬手叫道："小宋。"

宋喜正要关门，闻声止步，看向丁慧琴。

丁慧琴道："任医生这边的患者，你有空帮忙看一看。"

宋喜还不待说什么，任爽眼球左右一转，出声道："丁主任，宋医生手头上好几个申请基金的患者呢，我怕她忙不过来，我这边资料都给您做好了，您看一眼，有空批一下就行。"

丁慧琴道："我待会儿有一台手术，明天有两台，后天还要下楼去门诊，这一推不知道要什么时候，你给小宋看看，小宋正好今天有时间。"

任爽不乐意，执意要等丁慧琴这边审批，宋喜清楚任爽的意图，她面色如常地开了口："给我吧，丁主任太忙。"

丁慧琴很快接道："是啊，别耽误患者排手术时间。"

任爽看也不看宋喜一眼，似是在对着空气抱怨："拿到宋医生那里的话我就怕连手术台都上不去。"

宋喜没出声，丁慧琴开口道："任医生，你这是说的什么话？"

办公室里面只有她们三人，任爽似笑非笑地回道："咱们科谁不知道宋医生看我不顺眼，我的病人，她能给开绿灯？"

丁慧琴不擅长跟人争论，宋喜也不想难为她，让她替自己讲话，宋喜开口说："给你开绿灯是不可能的，在我这儿任何人都没有特权，一切按照流程和规矩来。"

宋喜话音落下，任爽马上借势瞥向她，宋喜目光坦然，不带任何喜怒的公式化口吻道："我对事不对人，无论是谁的患者，只要审核通过，一样排期手术。除非你想为了跟我较劲不顾病人情况。"

"你什么意思？"任爽眉头一蹙，口气不善。

丁慧琴适时地出来打圆场，"都少说两句,任医生,我跟宋医生管理这笔基金，是院里和科里一致通过的，你要是有异议，就应该提早说，如果每次都是这么不信任，我们的工作也很难办。"

任爽扭头辩解道："丁主任，我没有不信任您。"

丁慧琴说："我信任宋医生，说句实在话，我没有太多的精力去逐一审核，这些事儿都是宋医生在亲力亲为，不光是你的患者，昨天李医生跟韩医生的患者，也都交给宋医生了，大家同事这么多年，我希望私下里的恩怨，不要带到工作场合，要是让患者家属无意中看见或者听见，对你们，对科里，影响都很不好。"

丁慧琴都这么说了，摆明了是站在宋喜那边，任爽深吸一口气，压住内心的不满。

走至宋喜面前，她递出手中的资料袋，不冷不热地说道："希望你能像丁主任说得那样公正。"

说完，她径自开门离开。

宋喜跟丁慧琴对视，丁慧琴朝她挤了挤眉眼，示意她安心工作，别往心里去。

宋喜还能怎样？

要说这些年她脾气变好了很多，全是得力于任爽这种人，她们总是在努力拓宽宋喜的忍耐能力和道德品质。

离开副主任办公室，宋喜回到自己的地方后安心工作，她这几天不用进手术室，埋头看了半天的患者资料。中午饭都是韩春萌从食堂打好了，两人坐在办公室里面吃的。

不知不觉就到了下班时间，宋喜暗叹，今天没消息，那应该是明天了吧？

正想着这事，宋喜放在桌上的手机响起，瞥了一眼，是顾东旭打来的。

宋喜接通，"喂，东旭。"

顾东旭道："你在医院吧？我过去接你。"

宋喜瞬间一颗心提起，小心翼翼地问："是要现在过去吗？"

顾东旭应声："嗯，我送你过去。"

挂断电话，宋喜机械地在桌上翻来翻去，看似面无表情，实则整个人紧张得手都在抖，就这么胡乱地浪费了十几秒，宋喜突然灵光乍现，她拉开抽屉，从最边缘的地方拿出来一个包装精美的礼盒。

其实她一直都想拿这个东西，刚才是大脑一片空白，自己在做什么都不清楚。

跟韩春萌实话实说，要去见宋元青，韩春萌也很是吃惊，马上道："啊，那你快去吧，见到叔叔，别忘了帮我带声好。"

宋喜匆匆走到电梯口，等电梯的人太多，她心急火燎，干脆自己从安全通道跑了下去。

　　到了楼下，没等多久，顾东旭开着丰田吉普过来接她，宋喜拉开副驾车门坐进去。顾东旭打量她的脸色，见她表情明显不自然，不由得出声嘱咐，"你放松点，开心点，免得叔叔看见担心。"

第二十四章

宋喜点头，朝着顾东旭咧嘴，"这样行吗？"

顾东旭看了她一眼，忽然间心很酸，别开视线。

宋喜在紧张或者特别在意的时候，总是会絮絮叨叨，装作一副没事的样子，她跟顾东旭说了很多有的没的。

说着，宋喜忽然间哽咽，顾东旭侧头看了她一眼，只见她眉头紧蹙，紧抿着嘴唇在忍，顾东旭轻声道："别哭，一会儿叔叔看出来就不好了。"

他这么一说，宋喜立马深吸一口气，强迫自己把眼泪收回去。

顾东旭又说："车上没纸，你掉眼泪都没东西擦，听我的，再难受也不能哭，你一哭叔叔心里怎么想？"

宋喜满心酸涩，说不出来话，她频频点头。

宋喜做了几个深呼吸努力平复心绪，待到这股浓烈的酸涩感褪去，她用平静的声音地说道："放心，我一定不会哭的。"

顾东旭在心中暗自叹气，虽说好哥们有福同享有难同当，但有些痛苦却是再好的朋友也没办法共同分担的。

一路开车去到目的地，隔着老远就看到大门口处有警卫站岗，平常人都不会从门口经过。

宋元青出事这么久，宋喜都不知道他被关在哪里，说好了不哭，可是看到那扇让人压抑的高大铁门时，宋喜顿时心如刀绞，像是自己被囚禁其中一般。

顾东旭开车过去，警卫员上前敬礼询问，宋喜看到顾东旭出示了一张证件，上面是什么她不知道，只见警卫员对着门卫做了个示意放行的手势。

越是向前开进，宋喜的心就越是压抑，在某一段时间里，她仿佛睁眼断片了一样，印象中只有顾东旭跟某位穿着制服的工作人员交接，然后那人带着宋喜继续往里走。

那是一间不大的四方形小屋，屋内一张桌子，两把椅子，宋喜在电视上见过，类似家属探望服罪人员的格局。

她紧张到坐立难安，双手捏着包带，心中不停地默念一句话：冷静，一定要冷静，无论如何，千万不能哭。

在房间中等了几分钟后，房门被人从外面推开，宋喜抬眼去看，只见门口处立着一个穿着灰色长裤和白色衬衫的男人，很高，很瘦。

宋喜直勾勾地看着男人的脸，直等到对方开口叫了句："小喜。"

是宋元青的声音。

宋喜简直不敢相信，对面的人是宋元青吗？

她眼睛一眨不眨地，定睛看清楚那张陌生又熟悉的面孔，确实那个人是宋元青。只不过数月未见，他整个人瘦得快要脱相，她一时间竟然不敢相认。

宋喜想过无数次她再跟宋元青见面的场景，却没有一次能跟现实匹配得上。

父女二人隔着几米远的距离对望，一时间两人都是僵直不动的，直到门口处露出半截身穿制服的工作人员说："见面时间总共二十分钟。"

宋元青往前走了两步，身后房门被人关上，他红着眼眶，又叫了一声："小喜……"

宋喜猛地冲上前去，用尽全力抱住怀里的人，她紧紧攥着宋元青背后的衣服，紧抿着唇，闭上眼睛，止不住浑身发抖。

宋元青也抱住宋喜，伸手摸着她的后脑，宋喜咬破了嘴唇，嘴里瞬间充斥着血腥的气息，可饶是如此，依旧抵挡不住汹涌而来的悲伤。

把脸埋在宋元青肩头，宋喜忍了再忍，终是忍不住，从压抑到号啕大哭。

自打成年之后，宋喜在宋元青面前掉眼泪的次数屈指可数，更别说像现在这般撕心裂肺地哭。

为什么宋元青会瘦这么多？

一笙有喜

他是不是吃苦了？

是不是有人刁难他了？

她能为他做点什么？

宋元青一边默默地流泪，一边像是小时候一样，伸手轻拍着宋喜的后背，轻声说："不哭，没事，爸没事。"

宋喜一贯要强，也只有在宋元青面前才可以肆无忌惮地像个孩子一样。

她哭到说不出话，双手无意识地抓紧宋元青的衬衫，宋喜在心里已经问了无数遍：爸，你什么时候可以回家？

宋元青一直抚着宋喜的后脑，边哄边道："听话，不哭了，上面有摄像头，有人在看。"

宋喜一动没动，窝在宋元青怀里，她拼命忍住眼泪，吸了吸鼻子，哽咽着声音道："爸，我能帮你做点什么？"

宋元青心疼又爱惜地用脸颊蹭着宋喜的头顶，低声回道："爸只要你好好的。"

宋喜闭着眼睛，用力咬紧牙关，忍到浑身打摆子，瑟瑟发抖。

宋元青拍着她的后背，轻声道："不哭了，我有话跟你说，时间不多，你仔细听着。"

宋喜生怕错过宋元青的任何嘱咐，哪怕她现在心如刀绞，也得收回所有情绪认真听。她抹了眼泪，抬着红肿的双眼，看着他道："你说。"

宋元青拉着她走到座椅处，父女俩面对面坐着，他开口的第一句是："一个人在外面过得好不好？有没有人欺负你？"

宋喜强忍心酸，抿着唇摇头，"没有。"

宋元青又问："乔治笙对你怎么样？他有没有为难你？"

宋喜回道："爸，你不用担心我，乔治笙对我挺好的。"

宋元青盯着宋喜的脸，像是努力要从她脸上看出她心中的真实想法。

他说："我虽然对乔治笙不太了解，但乔家人我也打交道很多年，不是万不得已，我也不会与虎谋皮，让你跟乔治笙扯上关系。"

宋喜安慰说："我跟乔治笙也打了交道，他说话算话，这次也是他帮忙的。"

宋元青说："他爸当年有把柄落在我手上，我现在出不去，外面又有太多人想打你的主意，我要不给你找个强硬的靠山，你就有危险了。我能想到他对你是什么态度，只要他不太过分，你别跟他撕破脸，如今放眼整个夜城，只有他能保你。"

宋喜点头,"我知道,我不会跟他撕破脸的。"

说完,宋喜稍稍用力握紧宋元青的手,强忍着眼眶瞬间的发烫,出声问:"爸,我想你,你什么时候能出来?"

只见宋元青眼眶中的眼泪瞬间滚落,用力回握宋喜的手,他停顿了十秒有余,在此期间,宋喜已经猜到了什么,再次咬破内唇,满嘴的血腥却冲不散内心的惶恐和悲伤。

宋元青张嘴,先提了一口气,随即谆谆的口吻说道:"小喜,你听我说,不管发生任何事,我是说任何事情,首先要保全自己,听见了吗?"

宋喜痛苦到闭上双眼,想点头,但脖颈不听话,怎么都弯不下去。

宋元青见状,捏着她的手催促,"你听没听见?"

宋喜摇头,眼泪掉在桌上,一颗颗的圆点,像是梅雨季节猝不及防落下的大颗雨滴。

宋元青满眼心疼,他对宋喜说:"乖,听话。"

宋喜俯下身,将脸埋在宋元青手背上,宋元青反手摸着她的脸,摸到的是一片潮湿和温热。

他是一个五十多岁的商人,见惯了各路人的俯首拍马,他一般都能从容应对。在女儿面前,他哭红了双眼,用极压抑的声音对她说:"小喜,是爸爸没有照顾好你,你怪我吗?"

宋喜整张脸都在宋元青的手心之中,肩头颤抖,她哭着摇头。

宋元青低声道:"你是爸爸在这世上最在乎的人,也是我拼命想要保护的人,我每天都在想,你一个人在外面过得好不好?有没有受委屈?会不会挨人欺负?如果你没有我这样的爸爸,现在的生活也就不会这么辛苦……"

宋喜觉得,人痛苦到极致,就感觉是从地狱里走了一遭,而有些人之所以还活着,是因为有不得不活下去的理由。

她慢慢抬起头,透过模糊的视线看着同样泪流满脸的宋元青,她不得不对宋元青露出坚强的表情。

她张开唇,慢慢呼吸,待到情绪稍微平和,她开口说道:"爸,我这辈子最幸运的事,就是我姓宋,我爸是宋元青,你放心,无论如何我都会好好生活,我不会给你丢脸……"

宋喜费劲咽下口水,问:"要多久?多久我都在外面等着你。"

宋喜瞬间的情绪转换让宋元青眼里开始有光,那是欣慰,也是感伤。

喉结上下滚动,宋元青道:"七年或者八年,最长也就是八年。"

宋喜的心不知是麻木还是变得坚强了,这一刻她感觉不到丝毫的疼痛,她只是毫不迟疑地点了点头,"好,我等你。"

宋元青说:"我跟乔治笙说好了,从今天开始,往后的三年,除非你不想跟他在一起了,否则他不能不照顾你。就像你说的,乔治笙说话还算讲信用,把你交给他,确实是爸爸的无奈之举,你就当他是个保护伞,不想接触就不要接触。"

他顿了顿,继续道:"再过几天,上面会宣判对我的处罚,到时候外界一定会吵得沸沸扬扬,你要是不想听,就暂时别去医院了,在家休息一阵。"

宋喜完全不在意这些,她拉着宋元青的手,红着眼睛,低声问道:"爸,你真的违法了吗?"

片刻后,宋元青下意识垂下视线,缓缓出声回道:"这些事你都别管,相信爸,爸答应你,你绝对不会在外面等八年。"

宋喜是宋元青教出来的,虽然远不及宋元青精明,但总算是学到了一些皮毛,宋喜觉得宋元青是话里有话。

沉默片刻,她又换了一个问题,"是谁举报的,你总知道吧?"

宋元青摇头,"不知道。"

说罢,不待宋喜细问,他主动说:"我现在虽然在里面,但乔家也要忌惮我,所以你不用怕乔治笙,他要是敢欺负你一下,你打给程德清。最近岈州那边也派了人给我带话,说你跟乔治笙一起去了,程德清也在探我的口风,我没说破你们的关系,但程德清会照顾你,遇到自己解决不了的事情,随时联系他。"

宋喜点头,宋元青说完了要嘱咐的话,他用带着无限心疼和宠溺的目光望着宋喜。后面两人聊了一些日常的事,两人说着说着笑起来,就像是以前在家的时候一样,一瞬间宋喜竟忘记了自己身在何处,她太久没看到宋元青,只想专心跟他聊天,直到房门被人敲响,推开。

身穿制服的工作人员立在门口,说:"时间到了。"

宋元青握着宋喜的手一紧,"小喜,在外面照顾好自己。"

二十五年来,他一直是宋喜的天,如今他也无法为宋喜多做些什么,剩下的唯有浓浓的不舍和不甘。

宋喜强忍泪水，垂着视线说道："我等你回家。"

分别的场面没有惊天动地，即便宋喜明知道，此次一别，往后时光漫长，她再不可能每天在家都能见到宋元青，一扇巨大的铁门，将他们父女二人生生隔开。

她目送他离开，甚至努力朝他勾起唇角，对他微笑。

宋元青也用她最熟悉的笑容回应。在外人面前，他们默契地将痛苦藏于心底，表露在外的，永远是让人嫉妒的大气与从容。

一名工作人员带着宋元青往走廊里面走，另一人带着宋喜往外出，同一条走廊，两人背道而行。

宋喜往前走了几步，终是忍不住回头，她看到的是同样驻足凝视她的宋元青，两人目光相对，宋喜瞬间眉头一蹙，眼泪不受控制地涌出来。

宋元青红着眼睛说："走吧。"

宋喜开口，压着哽咽回道："等我来看你。"

宋元青点头，宋喜扭过身，快步往外，似是仓皇出逃。

一路疾步向外，很快宋喜走出来，顾东旭坐在椅子上等候，看见她的身影，立马起身往她的方向迎。

宋喜一声不吭地垂着头，顾东旭什么都没问，走到外面发现天已经黑了，在快走到车前的时候，宋喜忽然拽过顾东旭，用他的后背将自己遮挡得严严实实。

顾东旭感觉到宋喜在用力抓着他的T恤，脑门抵在他背后，她明明想放声大哭，现在像是被夺走大哭的权利一般，只能像只弱小的小动物一样不停地发出低声痛苦的呜咽。

顾东旭没有转身，也没有安慰，就这么像一根柱子一样站着。

他明白宋喜这一刻最想要的是什么，她不想让人看见她在哭，那他替宋喜挡着就好了。

宋喜原地哭了一分钟，把内心的所有酸涩和气愤化作眼泪流出，渐渐恢复平静。

顾东旭从兜里掏出一包现买的面巾纸，宋喜接过，先擤鼻涕，然后才拿来擦眼泪。

"去哪儿？"

感觉她恢复后，顾东旭转过身看着宋喜问。

宋喜闷声说："我不跟你一起走了，我想一个人静静。"

顾东旭没吱声，但也没同意。

宋喜道："不用怕我想不开，我爸还等着我养老呢，我就想一个人躲起来伤心会儿行不行？"

当她用开玩笑的口吻说伤心的时候，那才是真的伤心了。

顾东旭看着路灯下她哭肿的眼睛，轻声说："无论发生什么事，有我和胖春呢。"

宋喜应声："我知道，等会儿你跟她打声招呼，我就不接她电话了，让她别担心了。"

顾东旭送宋喜去街口打车，宋喜坐上车，待到车门关上，司机问："去哪儿？"

宋喜说了个地方，司机开车载她过去。

到地方下车后，宋喜一个人又往前走了十几分钟，其实她要去的是附近的某小区，这座小区安保森严，一般的闲杂人插翅也进不去。

自打宋元青被带走，这里的房子就空下来了，虽然没人跟宋喜说过不能来这边，只是她敏感，不想留下话柄，也不会让人看笑话。

宋喜出示门禁卡进入，缓步绕过小半个绿地花园，站在某单元楼下，这边的楼层都不怎么高，顶层也只有十六层。

宋喜望着十五楼的窗子，意料之中屋内黑漆漆的，一点生气都没有。

眼下这个时间，正是万家灯火，一家人围坐在一起吃饭聊天的时候，整栋大楼，也只有一户没有开灯。

宋喜第一次发现，哪怕是把头仰得再高，眼泪依旧会顺着眼角流下来，又痒又凉的，让人忍不住伸手抹掉。

宋元青最少要判七年，他最少还有七年不能回家。她眼睁睁地看着她家，可却不能回去，唯一的家人都不在家的话，那家还是家吗？

夏季的夜晚，绿植多的地方总会伴随着虫鸣鸟叫，宋喜孤零零地站在楼下，头仰得那么高，固执又倔强地看着黑灯的那一层，任由眼泪流下，放纵自己发出不扰人的啜泣声。

就这样不知站了多久，站到宋喜头晕目眩，僵硬着脖颈把头抬回原处，眼泪流干了，她却舍不得走。

宋喜一个人在小区里转悠，走累了，找到一处秋千，坐在上面晃悠两下。想起以前晚上常跟宋元青下来遛弯，她坐秋千，他在后面推的情景，她的眼泪顿时又涌上眼眶。

流泪分两类，反射性流泪和情感性流泪。在情感性流泪产生的泪水中含蛋白质比反射性流泪产生的泪水多，并且情感性流泪有一种类似止痛剂的化学物质。眼泪中的乳铁蛋白、β-溶素等都具有防卫功能，能抑制细菌生长。此外眼泪的分泌会促进细胞正常的新陈代谢。

宋喜一边流眼泪，一边胡思乱想，再这样下去她觉得自己可能很快就要去看精神科。

夜越来越深，原本整个小区大部分家里的灯都在亮着，渐渐地，一家接一家关灯，最后，只剩下小区里的路灯还亮着。

宋喜安静地坐在秋千上，额头靠着右边的铁链出神。

她一向胆子大，平日里上手术台给人开胸缝合都不怕，更别说是黑。可宋元青总是念叨她，让她不要走夜路，也不要黑天在外面晃悠。

想到曾经的一幕幕，宋喜吸了吸鼻子，只恨不能现在有个鬼跳出来吓吓她，这样的话宋元青会不会立刻出现保护她？

夜深了，人也静了，整个小区看不到一个人影。宋喜只听到微微的风声，她出神地盯着眼前某一处很久。

她没有听到任何脚步声，忽然她的视线里出现一双黑色的皮鞋和半截黑色的休闲西裤。

来者在她面前两米远的位置站定，宋喜慢慢抬起头，顺势往上看去。

当宋喜对上那张背光的模糊面孔后慢半拍才反应过来，是乔治笙。

她没有心情诧异他为何会出现在这里，甚至连一句话都不想说。

倒是乔治笙神色晦暗不明地看着秋千上的宋喜，沉默片刻，他主动开口问道："还想住这里吗？我可以帮你。"

还想住这里吗？

宋喜只要一想，心里就酸得不行，垂下视线，她摇摇头，不想了。

乔治笙站在原地，宋喜低着头看不见他脸上的表情，她紧抿着唇，嘴里面尽是酸涩的味道。

过了数秒，宋喜听到乔治笙的声音传来，一如既往地没有温度，感觉比公式化语气还多了些许的冷漠。

"你爸跟你说了吧？三年，之前那几个月算我送你的。从今天开始，三年为限，这期间我保你人身安全，时间一到，我们离婚，大家两不相欠。"

能在这种时刻说这种话的人，全世界也就只剩下乔治笙了，如果换第二个，宋喜一定怀疑对方是趁机落井下石。她对他原本就没任何好感，此刻也就没有觉得这话是给她雪上加霜。

宋喜快速抬手抹掉眼泪，抬起头，望着对面的乔治笙说："我不想老调重弹，往后的三年时间里，我也尽量不给你添麻烦，如果你有用得到我的地方，尽管说，我就有一个请求。"

乔治笙双手插在裤袋中，一身黑色在暗夜里显得格外沉重，背光而立，昏暗中让他俊美的面孔模糊不清，整个人散发着危险的气息。

宋喜的睫毛上沾了眼泪，更是看不清乔治笙脸上的表情，只听得他的声音吐出一个字："说。"

宋喜捏紧拳头，修剪整齐的指甲戳进肉里，身体上的疼痛让她暂时可以抵御心上的疼，她忍着哽咽道："我爸不是故意讲条件威胁你，他所有的无奈都是因为我，我不会给你找麻烦，也保证我爸绝对说到做到，希望你能理解一个做父亲的人，如果可以的话，别让他以后的日子不好过。"

宋喜说完这番话，掌心早已经疼到麻木。

她不是爱求人的性子，更何况是求乔治笙。

可是除了乔治笙之外，宋喜不知道还能请谁来帮宋元青？在夜城还有谁比乔家的势力更大？而且宋喜也怕乔治笙暗地里报复宋元青。

宋元青让乔治笙窝囊，乔治笙随便想点法子，也够如今的宋元青愁的。所以宋喜不能不为宋元青做打算。

乔治笙多精明的人，宋喜说完，他立刻就猜到她心中的想法。

他出声道："既然答应了，我就一定不会偷偷摸摸地使绊子，至于其他人有什么想法，不归我管，你让我去帮你爸，是不是有些过分了？"

宋喜想过，乔治笙未必会答应，但当这些话清楚地从他口中说出来的时候，又带给她另外的一种绝望。

虽然他的语气中没有嘲讽，但内容却又十分嘲讽。

宋喜如鲠在喉，气到不敢直视他。

她略微垂下视线，偷着咽下涌上嗓子眼的酸涩。想要说些什么，但大脑一片空白，她努力了好几次，终是沉默不语。

寂静的夜里，所有细微的声音都会被放大好几倍，宋喜很想让乔治笙快点儿离开，她一个人的话该伤心伤心，想哭就哭。他在这里，她连基本的伤心情绪都不能流露。

也不知道他大晚上跑这儿来干什么？难不成就是通知确认一下，他们的夫妻关系要从今天开始，正式往后顺延三年？

正想着，乔治笙的声音再次响起，他说："我帮不了你爸，就算能帮，我也不会帮，但我答应他会管你，如果你想出国，我可以送你出国。"他稍顿了一下，又补了一句："到了国外，依旧会有人保护你的安全。"

宋喜果断地摇了摇头，"我不走。"

乔治笙问："那你有什么要求？"

宋喜想说，保证宋元青的安全就好，但这样的话先前已经被他否决，她不敢再提，只能低声回道："我没有要求。"

说完，她忽然想到什么，抬眼看着他问："你知道我爸的事，什么时候定吗？"

乔治笙没卖关子，直言回道："就这几天，不会超过这个星期。"

宋喜握着秋千铁链的手一紧，微张着唇，小口小口地喘息。

乔治笙是背光而立，宋喜则是面朝着路灯，因此他清楚看到她煞白着一张脸，也不知道是不是灯光照的。

他见过很多女人，各式各样。她们就像是各种酒，单论外表，千秋百态，要论内里，口感不一。

如果让他用一种酒去形容宋喜，乔治笙脑子里转了几道弯，第一反应竟然是家里酒柜中瓶子最漂亮的那一款。

是啊，单论外表，宋喜是当之无愧的"花瓶"一个，至于口感嘛……

乔治笙认真地琢磨了一下，也许元宝说得对，他讨厌宋元青，所以恶其余胥。但要是实话实说，宋喜没有他想象中的那么讨厌，她甚至很识趣，每次跟他在一起都表示绝对不会给他添麻烦。

乔治笙是有本事解决任何麻烦，但这并不代表他不讨厌麻烦，尤其是爱招惹麻烦的女人，就这一点而言，乔治笙还是蛮欣赏宋喜的。毕竟识时务者为俊杰。

所有的念想都是刹那之间闪过的，乔治笙没有动恻隐之心，只是多了三分耐心，主动开口对宋喜道："你爸虽然进去了，但他在夜城根基很深，不是什么人说动就能动的。"

宋喜抬眼看向乔治笙，噙着泪水的眸子中难掩希冀。

她很信他说的话，仿佛他说的就一定是真的。

乔治笙也看懂她眼底的神情，忽然话锋一转，带着轻嘲的口吻道："我不也被他捏着吗？他让我往东，我就不能往西。"

宋喜瞬间又垂下视线，低声回道："我替我爸跟你说声对不起。"

乔治笙看她这样，倒也不想欺负一个女人，收回戏谑，他开口说："你的对不起没用，你只要说到做到，以后少给我找麻烦。"

即便此刻的宋喜已经觉着非常没面子了，但她又能怎么样？能跟乔治笙翻脸吗？

不能。

她强迫自己低下僵硬的脖颈，做出一个点头的动作。

乔治笙淡淡道："我要回去，你走不走？"

宋喜这次倒很快，下意识地摇了摇头。

两人分别时话都没说一句，她坐在秋千上一动不动，乔治笙没有任何迟疑，转身离开，高大的黑色身影很快消失在黑夜之中。

夏季的夜里只有闷热，并不会凉爽，宋喜常年在恒温的医院里面待着，她其实是怕热的，现在的她却能在秋千上坐一整夜。

她不知道自己在固执什么，明知道这样于事无补，可能只是想变着法折腾折腾，不然这满心的酸愁无处安放，她会疯掉。

待到天边泛白，小区里也有清洁人员开始打扫。宋喜从秋千上起身，再次转到家楼下看了一圈，然后从后门出了小区。

后门有条商业街，没有多繁华，但是很便利，宋喜来到一家小面馆门口，因为时间太早，店里面没有客人，只有老板和老板娘在前台坐着。

宋喜一夜未睡，眼睛又哭肿了，加上宋元青出事之后，她有三四个月都没来过，估计老板两口子一时间没认出她来，面色无异地问道："吃点什么？"

宋喜低声回道："牛肉面。"

"辣椒吃吗？"

"嗯。"

宋喜找了处背对人的桌子坐下，要是以前她跟宋元青一起来吃，都会叮嘱一句："多辣多醋。"

今天是实在不想开口讲话，随便了。

锅里的水是开的，面下进去很快就煮好了，再浇上一马勺的红烧牛肉，撒上一把葱和香菜就做好了。

老板亲自给宋喜端过来，"小心烫。"

宋喜垂着视线，"谢谢。"

她掰开一次性筷子，低头搅着面，她右上方挂了个电扇，风一吹，裹着碗里香喷喷的热气，尽数扑在脸上，手一顿，她刹那间就酸了鼻子。

宋喜又想到宋元青，想到以前两人早上过来吃面的画面。

抽了餐巾纸，宋喜抬手擦眼泪，纸巾的质量不怎么好，有些粗糙，宋喜吸了吸鼻子，不想被人发现异样，同嚼蜡般吃面。

胃饿得疼，但是心里更堵得慌，宋喜只吃了几口就吃不下，给了钱就离开面馆。

眼下才刚刚六点十五，街上人不多，偶尔能看见家长送孩子上学的。

宋喜站在路边，迟疑着不知接下来要怎么走，她不想去医院，也不想回乔治笙那边，有那么一瞬间，宋喜惊觉夜城这么大。

以前总叨念着忙，没空去玩，如今好了，让她选择，她倒不知该去哪儿了。

忽然间宋喜看见一对父女，爸爸帮女儿拎着书包，女儿看样子顶多六七岁，两人大手牵小手，从宋喜面前走过。

男人说："你在学校听老师的话，爸爸周末有空，带你去欢乐谷。"

小女孩儿马上蹦跳着说："我听话，老师昨天还表扬我了呢。"

"是吗？那爸爸也表扬你，你想吃什么？"

人在情绪不好的时候，可能一点小事都能刺激到脆弱的神经。宋喜盯着两人的背影，只觉得自己像个妒妇，她嫉妒小女孩可以光明正大地牵着爸爸的手。

看了几秒，宋喜别开视线，她怕被误会成神经病。

但她心里一瞬间有了去哪里的主意。

谁还不是自己爸爸的心头肉了？

宋喜站在街边拦到一辆计程车。上车后，她说："宁湾渔场。"

宁湾渔场在夜城郊区，从市中心开过去，不堵车也要一个小时。宋喜坐在

一笙有喜

后座,虽然她疲惫到极致,可是闭上眼睛只觉得太阳穴突突直跳,搞得一点困意也没有。

计程车在宁湾渔场前面停下,整个路途大概花了一个半小时,宋喜给钱下车,看了眼时间,然后掏出手机给丁慧琴打了个电话。

电话接通,宋喜说:"丁主任,不好意思又要跟您请假,我想提前休年假,您看方不方便。"

丁慧琴问:"有什么急事吗?"

宋喜拿着手机,眉头轻蹙。

原本她不想说,可有些事早说晚说,大家都要知道,宋喜咽下哽咽,低声回道:"因为我爸的事,我觉得我要休息几天,不然会影响工作。"

丁慧琴一听,也是明显的一顿,随即压低声音问:"你爸怎么样了?"

宋喜一忍再忍,抬手抵着鼻尖,眼泪滚滚而落。

丁慧琴那边很快发觉不对,道:"不说了,我给你批假,你想休几天就休几天,医院这边不用担心,基金也有我看着呢。"

宋喜压抑的声音说:"谢谢丁主任。"

丁慧琴感叹道:"谢什么,你快去忙吧,有什么需要帮忙的,随时打电话。"

宋喜应着,待到电话挂断,她用手背遮着眼睛,站在空无一人的地方兀自啜泣。

哭完了,哭累了,宋喜掏出纸巾擤鼻涕,然后迈步往渔场里面走。

这些年跟宋元青两人相依为命,宋喜从不觉得孤单缺憾,反而觉得宋元青给予她的美好回忆太多太多。

可能是怕她缺少母爱,所以他既当爸又当妈,明明工作忙到起飞,可还是能见缝插针地制造父女二人相处的欢乐时光。

宋喜十一岁的时候,第一次被宋元青带去钓鱼。这是个考验耐心的活动,一般小孩子都坐不住,但宋喜觉得很有趣,尤其是眼看着自己钓上来的鱼,最后变成了自己桌上的盘中餐,这会让她特别有成就感。

所以打那之后,宋元青跟她约定,再忙,一个月也要抽一次空闲,两人一起出来钓鱼,钓鱼需要的时间长,父女两人可以交流一下各自工作领域上的问题和成就,乍一听就跟作报告似的。

宋喜进了渔场,拿了自己和宋元青存放在这儿的渔具,钓鱼的时候,宋元青的钓竿就撑在旁边,像是他就在这里,只是临时走开,一会儿就回来了。

翠城山别墅,乔治笙临近中午才下楼,昨晚他刚回家,朋友有事儿打电话叫他出去,他凌晨才回来。

瞄了眼玄关处,他很轻易就能判断,宋喜是回来又走了,还是从未回来过。

一夜未归,敢情她是在那边待了一夜?

她的身影只在他脑海中存留不到五秒,乔治笙很快就想了其他的,一忙就忙到晚上六七点。

离开公司去赴约的路上,前座开车的元宝说:"宋喜去钓鱼了。"

乔治笙微微转头往前看,虽没说话,但表情明显是带着疑问的。

元宝继续道:"派去跟着的人打电话回来,说她一大早打车去了宁湾渔场,在湖边一坐就是一小天,他们怕她跳湖,眼都不敢眨一下,盯得眼睛都酸了。"

乔治笙闻言,唇角下意识勾起,俊美的面孔上让人目眩神迷。

他说:"让他们休息会儿,宋喜不会出事的,她还要等宋元青出来呢。"

第二十五章

元宝边开车边道:"她还是挺坚强的,一般独生子女,又是这种家里有点家底的,十个里面有九个是靠家吃家的。老子一出事,下面乱成一锅粥了。所以就这点而言,我是有些佩服她。"

乔治笙瞄着元宝的后脑勺,似笑非笑地道:"你又在帮她说好话。"

元宝丝毫不受影响,直接把话又丢回去:"你不觉得宋喜挺沉得住气吗?"

乔治笙别开视线,薄唇一张一合,不变喜怒地回道:"凑合吧。"

元宝眼底露出一抹无可奈何,乔治笙难得夸人,他的一句凑合,已经是很不错的意思了。

车子从海威集团一路开到三环新开的一家火锅店,他们下车后,直奔楼上包间,房门推开,偌大的空间,靠窗边是一张十人座的圆桌,此时桌上已经对坐了两人,都是男的。

坐左边那个一身玫瑰红的半袖T恤,眉眼格外明朗,唇角自然上扬。坐右边那个身穿白色衬衫,袖扣系得一丝不苟,只脖颈处开了一颗扣子,模样依旧俊逸,却明显少了张扬,多了些沉稳。

看到请乔治笙跟元宝一前一后进来,前者马上浓眉一挑,出声道:"呦,说曹操曹操到,我刚还跟搏衍说呢,某些人说请客,来得比客人还晚,赶紧上座,付账的地儿给你留着呢。"

元宝跟桌上的两人笑着打招呼,两人皆是笑着回应。

乔治笙迈步往主位方向走，边走边说："不就是去了趟泰国嘛，怎么顺道连手术都给做了？"

他嘲笑对方阴阳怪气，常景乐面不改色，当即出声回道："我要做也必须拉着你一块做啊，好兄弟有福同享有难同当嘛。"

说着，他忽然朝着对面白衬衫的男人，扬了扬下巴，"是不是，阮？"

话音落下，阮博衍面色如常，云淡风轻地道："你牛。"

元宝在一旁偷乐，乔治笙拿出烟，元宝有眼色地递过打火机。抽了口烟，乔治笙慵懒地靠坐在椅背上，听着常景乐侃大山。

常景乐嬉笑着说："这你都知道，你跟谁打听的？"

阮博衍道："随便进个会所，有谁不认识你常大少？要是我不做文化公司改做制药公司了，一定高价雇你当保健品代言人。"

乔治笙唇角勾起，他抽了口烟，吐出白色烟雾，眼里满是嘲讽，半真半假地说道："既然说到这个份上了，那就择日不如撞日，我先把他签了。"

此话一出，常景乐侧头看向乔治笙，正色道："听搏衍说，你那事成了？"

乔治笙嗯了一声。

常景乐笑道："可以啊，那么大个肥缺，全让你吞了？"

乔治笙说："老狐狸也没少狮子大开口。"

在外面说话，大家都很注意，不会提到敏感人员的名字，但在座的所有人都一清二楚，老狐狸说的就是程德清。

乔治笙去岘州的那段时间，正赶上常景乐去泰国，他是今天才回来，大家聚到一起吃饭。

聊了几句正经的，常景乐又忽然压低声音说道："我听我们家老头子说，宋元青近日突然承认罪名，估计这个礼拜之内就会判，你们说这案子先前查了好几个月，宋元青一直没承认，怎么现在突然间就承认了？这罪承认了就是七八年的刑期，他疯了吧？"

阮博衍是第一次听说这事，闻言，淡定中夹杂着意味深长的口吻回道："起初说他出事，我们家里人都很诧异，之前家里要弄文化公司，想请他做嘉宾过来一趟，我爸准备了一套顺治年间的文房四宝，托人送到他那边，他不仅叫人送回来，还附赠了一张书法，祝我们开业大吉。刚开始家里人还以为是欲擒故纵，结果一晃好几年过去了，他都没再主动联系过我们。"

一笙有喜

常景乐也一脸纳闷，"他口碑一直不错，这次被人实名举报，大家都在猜，到底是谁在整他，反正我也不怎么相信他会做错事，可他竟然自己承认了，闹哪样？"

说到最后一句话的时候，常景乐看向乔治笙。

乔治笙抽完了最后一口烟，微垂着视线，一边在碾烟头，一边道："咱们跟他没有利益往来，他进不进去，因为什么进去，都跟咱几个没关系，我倒是更在意接替他的人是谁。"

桌上的三人身份背景天差地别，但是他们的三观挺一致的，所以三人不仅是私下里非常要好的朋友，也是生意上的合作伙伴。

乔治笙把话岔开，常景乐很快就顺着他的新思路往下聊，大家也没怎么提起宋元青了。

几人聊了一大堆正经的不正经的，中途乔治笙无意中问了一句："为什么非要来这家店？没看东西多好吃。"

瞄着面前的一盘菠萝咕嘟肉，乔治笙摆明了有些嫌弃。

常景乐闻言，想都不想地说："你问搏衍，他非要来。"

阮博衍低头吃着自己面前的清汤锅里的菜，头也不抬道："你听他瞎扯，他看上这儿的一个服务员，死活要选这儿。"

乔治笙开口："整这么个破地儿，吃了比没吃更饿，我不找你麻烦，你别惹我。"

常景乐道："待会儿换个地，吃什么你说。"

临走之前，常景乐叫了个服务员进来，让她叫另一个人进来。

服务员走后不久，房门被人敲响，进来一个穿着制服的年轻女孩子，长头发梳着低马尾，没怎么化妆，长相在乔治笙看来也就那么回事。

但是架不住常景乐喜欢，愣是从她这里买了单，还塞给人家一张写了电话号码的餐巾纸。

女孩子红着脸走开就再没回来，乔治笙不屑地道："低级。"

常景乐说："管他黑猫白猫，能抓住耗子的就是好猫。"

乔治笙说："让你家老头子听见，肯定把你打成花猫。"

从火锅店离开，几人又去了禁城，到了自己的地盘上，元宝马上吩咐私厨帮乔治笙准备吃的东西，他没吃饱时，脾气会更难以捉摸。

三个大男人在包间里也是怪怪的，常景乐一个电话又叫来一帮狐朋狗友，这些人都算得上是一个圈子的，只不过关系不是特别铁。

听说景少回来了，乔治笙也在，这帮人无论身在几环，都放下手头上的事迅速赶过来。甚至还有一个是从海城飞回来的。到达时间刚好赶上午夜场的惯例狂欢。

乔治笙坐在一旁抽烟，身边没有任何女人敢靠近，在禁城工作的人都知道，老板瞧不上她们。

夜越来越深，一帮人玩得起劲，乔治笙中途起身离开包间。

乔治笙一侧头就看到迎面走来的祁丞等人，皆是熟面孔。以祁丞为首，大家主动跟乔治笙打招呼。

乔治笙微微一笑，"来捧我的场？"

祁丞笑说："那当然了，虽然不能当七少的合作伙伴，当个忠实顾客也没问题吧？"

乔治笙面不改色地道："这话说得，看来我不得不给你们免单了，你们玩得开心，今天算我的。"

祁丞道："我怎么觉着，七少是想故意想封我的嘴，让我吃人的嘴软呢？"

祁丞往前探了探头，压低声音道："放心，我不会告诉宋媛，传不到宋喜那儿。"

乔治笙闻言，唇角勾起的弧度变大，并不否认，只笑着回道："谢了，我也不会告诉宋喜，传不到宋媛那儿。"

话罢，两人相视一笑，可能会有人误以为他们关系不错，但知道内情的人都明白，祁家和乔家水火不容，明里暗里早就互相倾轧。也就祁丞跟乔治笙还能表面过得去。

乔治笙向来不喜欢鬼混，趁着常景乐他们还没发现，直接让元宝开车送他回家。

此时已经将近凌晨两点，乔治笙在后排闭目养神。车里很安静，忽然他开口问："她还在外面晃荡呢？"

元宝下意识地往后视镜一瞧，只见乔治笙依旧闭着眼睛。

稍微一顿，元宝回道："快十二点的时候，他们来过一次电话，说宋喜已经回翠城山了。"

车内又恢复安静，半个小时后，元宝将车子开回别墅门口。

一笙有喜

乔治笙开门走进玄关，瞥见宋喜的鞋子整齐地靠右摆放，就是昨晚她穿的那双，不知怎的，他脑海中浮现出她昨晚坐在秋千上，孤独无助的模样。

宋元青出了这么大的事，她会哭是正常的。只是她没有被结果击垮，反而有勇气对他说，希望他照拂宋元青。这种胆量和心智，也不是一般女人会有的。

乔治笙该怎么形容宋喜？

理智？大气？聪明？

好像都不大准确，因为他脑子里已经蹦出一个词：狠。

没错，能扛得住这种压力的女人，往往都是个狠角色，难怪就连元宝都暗地里佩服她。

乔治笙换了鞋，径自上了二楼，三楼的台阶他看都没看一眼，宋喜心情如何，跟他没关系，他在乎的只有一点，往后三年时间宋喜别给他弄出什么幺蛾子就行。

而三楼宋喜的房间里一片漆黑，她白天在渔场待了一整天，热得汗流浃背，晚上回来第一件事就是开空调，温度开得极低。她倒在床上，疲惫至极，基本是半昏在床上了。

昏昏沉沉中，她做了个梦，梦里面都是零散的片段，有宋元青，有乔治笙，还有很熟悉的面孔，一时间叫不上名字。

再睁眼时，是被冻醒的。怪不得她梦里面是寒冬腊月，因为室温才二十度。

宋喜此刻浑身无力、脑袋发沉，费尽力气抬手拿遥控器把空调给关了。

她把胳膊缩进被子里，想着是不是迟到了，今天医院排没排手术。忽然猛然想起，她跟丁慧琴请了长假，这段时间都可以不用去医院。

一年到头难得休假，宋喜瘫在床上，房间中的冷空气未散，她冷得用被子蒙住半张脸，身体蜷缩成一团。

回想起昨天和前天的画面，眼泪如期而至。现在她终于躲到一个没有人的地方肆无忌惮地表露伤心，不用怕人怪异的目光、同情的表情和幸灾乐祸的嘲讽。

这两天一夜，她只有在昨个早上吃了几口面，其余时间只有喝水。

她不是故意作践自己，只是不饿，不想吃。也或许她的潜意识里想用这种方式陪宋元青一起承担痛苦吧。

宋喜一整天都很不舒服，感觉头疼还有四肢发软，她知道这是吹空调吹感冒了，又不想下楼去翻乔治笙家里的抽屉找药，也不想打电话给韩春萌或者顾东旭，于是她寻了个最古老的法子，捂汗。

外面大热的天，宋喜不开空调也就罢了，还浑身裹着被子，果然到了晚上，她被热醒，全身都是汗，一摸额头，好像是冷汗。

不管是什么汗，宋喜都受不了浑身黏糊糊的感觉，她费力撑着手臂从床上坐起，做完这个动作，她的脸色已经变得煞白，耳边嗡嗡直响。

那感觉类似低血压和低血糖的状态，她只觉得眼前一片黑，缓了一下，待到视线逐渐变得清晰，宋喜才起身走进浴室。

浴室的镜子中映照出一张特别吓人的脸，脸色白到不见一丝血色，一双眼睛肿到只剩一条细缝，宋喜胸口微弱地起伏，因为没力气，她所有的反应都变得很慢。

慢慢地别开视线，慢慢地脱衣服，然后慢慢地走到花洒下面，打开水龙头。

这个水温是她平时就调好的，但今天却觉着冷，宋喜回手又把温度调高，闭着眼睛，她任由微烫的水珠顺着头发和脸颊，淌遍全身。

这两天哭得太多，早已内心麻木。

宋喜逼着自己承认，这回宋元青是真的栽了，但凡有办法，他也不会做这样的选择，而她唯一能做的，就是接受，然后等他出来。

她自己没发觉站了很久，封闭的浴室里早已雾气蒸腾，她没开排风，室内越来越热，等到宋喜觉得呼吸不畅，缓缓睁开眼睛，眼前就跟仙境似的，白茫茫的，任何东西都看不清。

细瓷般的皮肤被热水烫得粉红，宋喜微张着水嫩的唇，急切地喘息。她想回手关掉花洒，可就这么个简单的动作，她惊觉自己竟然做不到。

耳边嗡鸣的声音越来越大，她听到自己心脏怦怦跳动的频率，从来没有过这种感觉，觉得无法控制自己的身体，觉得身体中最后的一丝力气正在飞速抽离。

当宋喜意识到，自己今天可能出不去浴室的时候，她只能做出对自己最有利的动作，缓缓蹲下来，然后躺在地上。

当她侧趴下的那一刻，宋喜心里不知是欣慰还是心酸。

欣慰的是，再晚一秒，她一定大头朝下晕倒在地上，这样绝对会磕伤。

心酸的是，她无依无靠，怕就是死在这里，也不会有人知道吧？

常景乐刚从泰国回来，昨天是乔治笙做东，今天是阮博衍做东，一帮人一直闹腾到后半夜，原本乔治笙都想在禁城住下了，结果元宝偷着跟他说："笙哥，宋喜一整天没出家门，要不要回去看看？"

一笙有喜

　　乔治笙刚想说,她那么果决,宋元青又还没有着落,她能做些什么?
　　可转念一想,他忽然怀疑宋喜会不会想不开,然后留封遗书给他,告诉他一定要照拂宋元青。
　　思及此处,乔治笙很快起身。
　　不远处的常景乐见状,立马指着乔治笙说:"你干吗去?又想跑!"
　　乔治笙没废话,一边往外走一边道:"我有急事,你们玩你们的。"
　　到了外面,元宝跟在乔治笙身侧半步远的位置,见乔治笙急了,压低声音道:"我该早点跟你说的。"
　　乔治笙沉声说:"想什么呢,我怕她死我家里,麻烦。"

第二十六章

上了车,乔治笙拿出手机给宋喜打了个电话,电话里面清楚地传来:"对不起,您所拨打的电话已关机……"

乔治笙眉头一蹙,一股闷气顶到胸口。

元宝顺着后视镜打量乔治笙的脸色,出声说:"要不要让人先进去看看?"

乔治笙道:"不用。"

他拿不准宋喜到底想干什么,还是自己亲眼看到最好,叫别人进去,万一她没什么事,反倒显得他多管闲事。退一万步来讲,真要是有事,别人看到更不好。

元宝打小儿跟乔治笙混,乔治笙心里面想什么,他每次都能猜出个大概,他知道乔治笙有所顾虑。

元宝车子开得很快,也好在这个时间段路上并不堵车,原本要半小时的路程这次只花了二十分钟。

车子刚刚停好还没等熄火,乔治笙已经推门下车了。

元宝紧随其后,两人一起走进黑灯瞎火的别墅。乔治笙拍开开关,一层大亮,元宝没理由跟着上去,只说了句:"有事叫我。"

乔治笙自己上了三楼,平时他走到二楼就回卧室了,今天平白多爬了一层,心火难免有些大。

来到宋喜所在的房间门口,乔治笙抬手不客气地拍了几下门,他已经想好待会儿宋喜若来开门,他要说些什么话,但是随着室内的无人回应,乔治笙神色略微一变，再次拍了几下门，出声叫道："宋喜。"

门内还是没人应，安静得让乔治笙心底一沉。

没再迟疑，他立马握上门把手，压下去的同时，房门打开。

室内没有开灯，但不是全黑，有隐约的光亮从水声传来的方向映出，乔治笙迈步往里走，来到浴室门口听着里面哗哗的水声，他沉默数秒，开口试探性地叫道："宋喜？"

他心存侥幸，也许宋喜只是在浴室里面，没听到敲门声，可是敲了好几次，当回应他的依旧只有安静时，乔治笙一刻都没再等，当即跨步上前，一把推开浴室房门。

浴室中一大团氤氲的湿气迎面扑来，裹挟着浓郁的热浪，乔治笙一时间什么都看不到，不由得蹙起眉头，伸手在眼前挥了挥。

随着房门打开，大片的热气涌出，浴室中的可见度也越来越高，乔治笙原本没往地上看，是等到热气散了五秒钟，这才无意中瞥见地上趴着一个人。

定睛一瞧，黑色的头发，雪白的皮肤，花洒没关，细密的水珠如大雨倾盆而下，噼里啪啦地浇在她身上。

这样的画面，是乔治笙怎么也没有想到的，刹那间受到了不小的视觉冲击。

不过眼下不是欣赏的时候，乔治笙回过神，大步上前，先是关掉花洒，然后蹲下高大的身体，没有任何犹豫把侧趴的宋喜搬过来。

原本她背身对他，乔治笙也只想确定她到底是什么情况，可当宋喜的脸和身体被翻过来的瞬间，乔治笙第一眼就看到了她左侧胸口处有一颗很小却特别耀眼的红色小痣。

漆黑的狐狸眼盯着她胸前愣了数秒，乔治笙转移了一下视线，将她从头到脚打量一个遍，她身上没有明显的伤口，他伸手探了探她的鼻息，还有呼吸。

乔治笙赶紧将她打横从地上抱起来，放在床上，大被一掀，直接盖到下巴尖。

"元宝！"

他朝门口提高声音喊了一句，随后很快听到脚步声，元宝像是飞上来的。

元宝冲进房间暗道：完了，难道宋喜真的自杀了？

看到站在床边的乔治笙，又看了眼床上躺着的宋喜，元宝胸口略微起伏，一时间不知说什么才好。

乔治笙道："打电话叫医生过来。"

元宝微顿，马上应声："好。"

他出门去打电话，乔治笙重新打量房间，从床头柜到浴室，就连垃圾桶都没放过。没看到任何药盒，他想宋喜应该是没有吃药。

私人医生在赶来的途中，乔治笙下楼回房间换了身衣服，之前抱宋喜，把他衣服裤子都弄湿了。

一想到宋喜，脑海里就充斥她在浴室里的画面。从他发现她开始，每一个细节，细微到水珠落到她皮肤上再被弹起的画面，他都没有忘记。

她被水打湿的头发乌黑柔顺地贴在她苍白如纸的面孔上，原来她是真的白，从头到脚，唯有左侧胸口处那颗耀眼的小痣，明明那么小一颗，他怎么会第一眼就被吸引过去？

乔治笙暗自嘲讽，可能真是当和尚当久了，或者他不得不承认，宋喜作为女人，的确是惹人注意的，不仅脸长得好，身材更不赖……

本来都穿好了衣服了，乔治笙又去洗了个冷水澡，才从房间里出来。

元宝也不好守在宋喜那里，干脆坐在楼下客厅抽烟。

乔治笙下楼，元宝看着他问："她怎么回事？"

乔治笙说："不知道，在浴室里面晕倒了。"

元宝又问："吃药了？"

"没看见药盒。"

乔治笙也坐在沙发上，伸手拿了一根烟点上。

元宝略带感慨地说道："估计宋元青的事对她打击太大，承受不了。"

乔治笙道："你不才说她坚强到让你佩服吗？"

他的口吻满是调侃。

元宝说："再坚强也是个女人。男的遇到这种事，又能有几个能泰然处之？"

乔治笙没再跟元宝抬杠，因为他也在想，同样都是为了亲爹，他娶她嫁。他不高兴了可以随时给她脸色看，可她不高兴又能怎么办？

猜也猜得到，宋元青就她这么一个亲女儿，在家不说娇生惯养，也一定没受过什么委屈。

宋喜如今人在他的屋檐下，原本以为娇生惯养的千金大小姐竟然也没做出太让他反感的事，其中的隐忍，估计只有宋喜自己才能体会。

大家同样都要忍着对方，从某种角度上而言，他们可以算同是天涯沦落人。

正想着，元宝开口说道："笙哥，以后尽量别难为她吧，她爸的仇算在她爸头上，跟她没关系，现在孝顺又懂事人的不多了，更何况她还是个女人，你跟她一般见识干吗？"

乔治笙没答应也没回绝，因为私人医生来了。

医生是个年轻男人，跟着乔治笙一起上楼，看到床上躺着的宋喜，他知道不该问的一句不问，要掀被子的时候，乔治笙出声说："她身上没外伤。"

医生果断收回要掀被子的手，转而翻了翻宋喜的眼皮，手指探到她脸上的温度感觉不太对，他顺势摸了摸她的额头，然后道："发烧了。"

乔治笙立在一旁，脸上看不出喜怒，说："在浴室里晕倒了，你看看是什么毛病。"

医生掏出听诊器，转头对乔治笙说："笙哥，麻烦你放一下。"

乔治笙不乐意做这差事，但他知道宋喜被子下赤裸裸的，总不能让医生伸手进去，他走到床边，硬着头皮拿着听诊器的一端，稍微掀开被子口，手很快往里伸。

其实他不用这样，医生也绝对不敢瞎看。

"放在哪儿？"乔治笙问。

医生说："放左边胸口位置。"

乔治笙隔着被子，拿着听诊器往宋喜胸口上放，她身上滚烫滚烫的，之前他以为是浴室里面温度高，可这会儿都出来这么久了，她身上温度不降反升，跟烙铁似的。

医生在专心看病，乔治笙一不小心碰到了不该碰的位置，心底多少乱了一下，但表面上不动声色，只沉声催问了一句："怎么样？"

医生说："身体内部没什么大问题，估计就是发烧引起的，我开一支退烧针，先把烧退了再看。"

乔治笙把手拿出来，不小心触碰到她柔软似缎的皮肤，眼看着医生握上听诊器的下端，他忽然间有些反感，就像医生的手直接碰到宋喜的身体一样。

"笙哥，这边有衣架吗？要挂水。"

乔治笙刚一侧头，守在门边的元宝马上道："我去拿。"

从其他房间搬了个衣架过来，医生已经准备好药和针管，他想问乔治笙，打针总要伸手吧？这手我能不能碰？

可话不能这么说,所以医生委婉地问道:"笙哥,打哪只手?"

乔治笙站在床边,伸手探进被子里面,摸到宋喜的右手,稍微往外拿了一截,"扎这边吧。"

医生动作利落地替宋喜扎上针,收东西的时候才问:"她吃过晚饭了吧?"

这倒是把乔治笙给问住了,他本能地侧头去看身后站着的元宝,元宝也是一脸蒙圈,他怎么可能知道?

见两人皆是这副表情,医生也不敢多问,只好说:"先准备点吃的东西,等她醒了让她先吃饭,退烧药还是有些刺激胃的。"

元宝替乔治笙应着:"好,我待会儿叫人买。"

医生起身,拎着药箱说:"笙哥,你忙着,我先走了,有事随时叫我。"

"嗯。"

元宝下楼送人,乔治笙站在床边,居高临下地睨着床上的宋喜,他把被子盖得严实,从头到脚,如今只有她的右手露在外面。

他自己楼下的卧室开了空调,客厅也是常年的恒温设置,只有她这里比外面温度高,站了几秒,他拿起床头柜的空调遥控器,刚要按开始,结果瞥见上面显示的温度是二十度。

乔治笙再次看向宋喜,拉着脸暗道:真是作死。

元宝送走医生后再次上楼,乔治笙对他说:"你回去吧。"

元宝说:"你一个人行吗?"

乔治笙说:"不就拔个针嘛。"

元宝道:"我怕你忘了。"

他严重怀疑乔治笙压根儿没把这当回事,可不及时拔针的后果很严重,宋喜都这样了,可别再雪上加霜了。

乔治笙一下就猜到元宝心中所想,拉着脸道:"让她死在我这儿对我有什么好处。"

元宝怕自己再多嘱咐两句,乔治笙说他,只能暗自叹气,出声说:"那我走了。"

乔治笙跟元宝一起下的楼,前者在二楼处回到自己房间,剩下元宝带着忐忑离开别墅。

乔治笙回到他的房间里,躺靠在床边,拿出手机看到常景乐给他打了电话,之前他没接,现在重新打回去,常景乐很快接通,问:"出什么事了?"

乔治笙道:"没什么。"

一笙有喜

常景乐说:"没什么事你能走那么急?"

乔治笙一想到宋喜就头疼。弄这么个女人在家,他连常景乐和阮博衍都没告诉,这两人要是知道了一定时不时拿这茬敲打他。

为了避免麻烦,乔治笙解释道:"我妈有事找我,不是什么大事。"

常景乐显然没多想,松了口气道:"现在忙完了吧?出来啊,我们等你呢。"

乔治笙道:"不去了,你们玩吧。"

常景乐说:"这么早你睡得着吗?"

乔治笙说:"睡不着也不用你哄,玩你的吧,我挂了。"

常景乐嬉皮笑脸说道:"我哄你啊。"

"滚。"

乔治笙骂了句,挂断电话。

长夜漫漫,又不能睡,说实话真的很无聊。

乔治笙从床上下来,起身去了趟三楼。

宋喜平躺着,脸色也依旧煞白,反而衬着铺散在白色枕头上的头发更加乌黑有光泽。

夜城的年轻人里,十个有七个染发,好像大家都看不起自己原本头发的颜色一样,现在走在大街上放眼望去,黑头发倒成了稀有颜色,而乔治笙就看不惯五颜六色的头发。

一个女人有一身好皮肤,一头好发质,整体气质就不会差到哪里去。

乔治笙站在床边打量她,难得会胡思乱想,想了一堆有的没的,暗讽自己闲得慌,转身下到一楼开了电视打发时间。

大约一个小时后,他的手机响起,是元宝打来的。

乔治笙接通,元宝说:"笙哥,这瓶药差不多要打完了,你看一眼,应该要换下一瓶了,我怕你忘了。"

乔治笙说:"你都不睡觉吗?"

元宝道:"我定了闹钟起来的,这不怕你一不小心过失杀人嘛。"

乔治笙唇角勾了勾,"行了,你赶紧睡去吧,我看着呢。"

挂了电话,乔治笙上楼,果然那瓶药水已经到了最底部,他走过去拔下来,又换了个小瓶子的新药。

眼看着宋喜一动不动地睡着,乔治笙心里分外不平衡,到底是谁欠谁的?他凭什么要伺候她?

这小瓶药还得一个小时能输完，乔治笙不想在睡觉时被吵醒，也不想再上下楼折腾，干脆就在宋喜这屋待着了。

乔治笙没有翻人东西的毛病，纯粹就是想找个东西打发时间，随手拿起宋喜放在床头柜的一本精装书看看，打开后发现这竟然不是一本书，而是本相册。

第一页就看到一个脸圆圆粉嘟嘟的小娃娃的照片。娃娃瞳孔漆黑，眼神清澈，冲着镜头咧嘴笑，唇角勾起的弧度让他觉得似曾相识。

不出所料，这张相片的右下角打印着一排小字：小喜，百天生日照。

乔治笙坐在沙发上重新打量了一番宋喜。一百天时的模样也依稀能看到今天的影子，只是那时候她一张圆脸肉嘟嘟的，不像现在，标准的鹅蛋脸，下巴尖尖。

他继续往后翻，相册中都是宋喜童年的照片，从百天到十几岁不等，随着她年龄的增长，美人坯子越发明显。

照片中，她总是灿烂地笑着，无论是在家里、公园，还是在任何照片中，她的笑容就像是自身的独特标志，让人看后过目不忘。

乔治笙不清楚宋喜的童年是怎么过的，但她笑得这般开心，童年应该过得很幸福吧？不像现在，笑都是演出来的。

这样的想法出现在脑海，乔治笙突然顿了一下，眼皮掀起看向对面床上躺着的宋喜。

打从两人认识到现在，他见过她笑也见过她哭，但是宋喜在他面前永远像是戴着一张面具，将自己最真实的想法藏于面具背后。她在提防他，无论快乐与否都不需要向他传达。

乔治笙正想得出神，原本平静的宋喜忽然眉头蹙起，然后不安地轻轻摆头，她应该是做了什么噩梦，梦里面发生的可怕事情让她浑身抖。

乔治笙放下相册起身来到床边，用低沉的声音叫道："宋喜。"

一声没反应，他又叫了一声："宋喜。"

宋喜陷入自己的世界里，眼泪顺着浓密的黑色睫毛迅速涌出，她微张着唇，发出近乎小动物般微弱痛苦的求救声。

乔治笙眉头一蹙，叫不醒她，只好伸手去拍她的脸，企图让她清醒，然而宋喜却忽然抬手抓住乔治笙的袖口，很低地喊了声："爸……"

她那么大力气抓着他而眼却是闭着的，她皙白的手臂伸出被子动作幅度太大把被边都撩起了。乔治笙看着她的手眉头蹙得更紧，收回看着被子缝隙的视线，转而去掰她的手。

他越是用力，宋喜就抓得越紧，哪怕是这样，她也没有清醒，她呓语道："别抓我爸，求你们了，别抓我爸……"

因为她太过用力，手背上的针管出现了回血。

不知道是因为血色太过刺目，还是她的声音中透露着太多的可怜和无可奈何，总之乔治笙就是心软了。

他站在原地一动没动，任由宋喜死死地拽着他的袖子，啜泣出声。

"爸……爸……"

她一句句喊着，声音越小越让人窒息般的难受。

乔治笙这一刻才明白，原来她不过是外强中干。

其实，他不是铁石心肠，最近听元宝说的话，好像他也没有那么厌恶宋喜了，她不过是个女人，如今唯一的亲人坐实了牢狱之灾，外面天大地大，也只会衬得她更加孤单可怜罢了。

不过片刻宋喜眼泪把枕头都弄湿了，乔治笙挣脱不开她的手，又怕她手背上扎的针出问题，他是不想给自己找麻烦，顺势在床边坐下。这样可能让她觉得他不是想走，也不会抓得那么大力了。

许是感受到乔治笙的放松，宋喜也没有再用力拉扯，但她是闭着眼睛流泪。

乔治笙没有看她，而是抬头去看衣架上的药水瓶，心想着：也就手掌大的瓶子，为什么打完需要一个小时时间？要不他把速度调快一点，速战速决？

正准备抬手调吊水速度呢，忽然感觉腰间一暖，什么东西缠上来，乔治笙迅速低头去看，结果发现宋喜蜷起身体，搂住了他的腰，头就枕在他大腿上，面朝小腹。

她烧还未全退，身上滚烫得像个火炉，乔治笙垂目睨着她的脸，一秒钟脑海中闪过诸多念头。

第一个念头就是，她是不是故意的？想趁机爬上他的床？

第二个念头是，宋元青跟她说了什么？难道是宋元青让她故意试探示好？

第三个念头是，她竟然肯主动，是真的绝望了，所以想找个长期饭票？

所有的念头都指向她对他有所图，按照乔治笙的脾气，此刻的他应该会毫不犹豫地将她一把挥开，管她是什么意图、是死是活，可事实上……

他一动不动地坐在床边，连他自己都没发现，有那么一瞬他在屏气凝神，似乎是在紧张。

乔治笙把自己并没有做出任何举动的原因都归结于想看看宋喜下一步到底如何发挥上。

长夜漫漫,他也闲得无聊,看看她到底能搞出什么幺蛾子来。

房间没开空调,乔治笙被个"大火炉"抱着,难免有些燥热,而且宋喜却还是身上一阵热一阵冷,她瑟缩在被子里面,环抱着乔治笙的腰,她在恍惚中觉得面前的人是宋元青,一边流着眼泪一边出声说道:"爸,你别担心我,我会照顾好自己,会按时吃饭,按时睡觉,不走夜路,我也不乱花钱了,我要攒钱买房子。买一个带花园的,园子里面种你喜欢的花,在书房给你准备最好的茶具,我们早上一起骑车去后门吃面,晚上你带我去坐秋千,等你出来,也老了,推不动我了,那以后我推你……"

她难过到浑身发抖,紧紧地攥着他的睡衣后摆,"我也会认真找男朋友,你说我有了喜欢的人,就带过去给你看,但我怕我再也找不到喜欢的人了。你又不喜欢阿昜……"

她断断续续地说着,有时候甚至没有逻辑,东一句西一句,想到什么就说什么,乔治笙不自觉地听进去了,并且听得认真。当她口中说出阿昜两个字的时候,他觉得好奇,被她挑起了兴趣。

第二十七章

乔治笙等着宋喜继续往下说，可宋喜却只是把脸埋在他侧腰处，不停地哽咽抽搐，似是伤心极了。

这会儿乔治笙已经不再怀疑宋喜是目的不纯，她身上热得像是烙铁，如果是装的，总不能连体温都能自由控制。

她就是心里憋疯了，这股火由病发出。

她窝在他腰间哭了半晌，整个过程乔治笙一个字都没说过。她哭累了又迷迷糊糊地睡过去。

乔治笙趁着她睡着把她搬开，手掌无意中触碰到她某个部位的柔软皮肤，他很快收回手，起身往外走。

不管宋喜今天这出是有意还是无意，他心里有数，宋元青的女儿，又不是一般的女人，不是想沾就能沾的。

乔治笙回到二楼卧室，又去洗个了澡，换了身睡衣。刚出来的时候，听到楼下门铃响。他下去开门，看着门口站着个男人，手里拎着两个大袋子，说："笙哥，宝哥让我这个点送吃的过来。"

乔治笙让他进来，男人把东西拎到饭厅桌上，又挨个拿出来摆好，这才打招呼离开。

元宝一直心细，乔治笙不用看也猜得到，估计这会楼上的药快滴完了。

再次上到三楼，乔治笙先看了眼床上的宋喜，之前他走的时候，她是平躺的，现在她是侧身面朝他，上半身左边手臂全都拿到了被子外面，下半身也露出一截光滑白皙的小腿，分明是感觉热了。

他走近看了眼药瓶，瓶子就剩了个底了。

乔治笙瞥了眼宋喜的脸，俯身在她额头上用手背探了探。触感温凉，还隐约带着湿润的潮气，她退烧了。

乔治笙顺手拍了拍她的脑袋，宋喜睫毛轻颤，缓缓睁开眼睛。

宋喜视线模糊，看到面前站着一抹高大的黑色身影，黑影俯下颀长身躯，眼睛盯着床边某处。

她只觉得手背上的胶布被人扯开，拔针的时候，没什么感觉。

他将针头提起，随手插进药瓶下端的软口处。

"清醒了吗？"乔治笙冷峻的面孔盯着宋喜的脸，用不辨喜怒的语气问。

宋喜晕倒之前，感觉四肢无力、头昏脑涨，此时头脑清晰，有种药到病除的感觉。

她点了点头，准备坐起，眼睛往下一瞥，她看到自己被子外面白花花的手臂……

她先是眼神一变，紧接着低头掀开被角……当她看到被子中自己一丝不挂时，第一反应就是按紧了被子，然后抬眼去看乔治笙，一时间难以收回的质疑目光，中间夹着询问、惊怒跟其他说不出来的复杂情绪。

乔治笙对上宋喜的视线，他俊美面孔上波澜不惊，像是没看到一样，不冷不热地道："下楼吃饭。"

说完，也不给宋喜讲话的机会就转身离开了。

宋喜整个人都是蒙的，刚一睁眼先是发现乔治笙在身边，右手上还留着挂水过后贴着的胶布，刚刚也是他帮她拔的针，可她被子下赤裸的身体算怎么回事？

刚才宋喜差点冲动地叫住乔治笙了。虽然有些惊恐，但她还有一丝理智，本能告诉她乔治笙不是会趁机占人便宜的人，毕竟他那张脸上就写满了"小爷不屑"四个大字。

宋喜坐在床上，心中不停地默念：冷静，先冷静一下，好好回想到底发生了什么。

她确实是烧糊涂了，中间很多事情都不记得了，一点印象都没有，可是宋

一笙有喜

喜记得在完全失去意识之前她是在洗手间里面，知道自己没力气出门，她还提早蹲下，以免受到严重伤害。

看来，是乔治笙把她从浴室里面弄出来的。

思及此处，宋喜撇嘴闭上双眼，一脸懊恼。

真是怕什么来什么，她刚说完不给他添麻烦，想着以后大家互不干涉，谁也别耽误谁，现在倒好了。

说实在话，比起被乔治笙看了个精光，宋喜更在意是否会给他添麻烦，可能是职业的原因，宋喜在手术台上见惯了全裸的身体。在她眼里，在不得已的情况下被他人看到裸体是再正常不过的，也没必要搞得自己像是吃了多大的亏似的。

乔治笙在一楼坐着，他没想到宋喜这么快就收拾好下来了。

见面的第一句话就是："谢谢你救我，刚才不好意思，是我烧糊涂了。"

乔治笙心里又是一阵意外，她竟然没有借故找碴。虽然心中这么想着，但他面上还是没有表情，淡淡道："吃饭吧。"

乔治笙折腾了一晚，此时也有些饿了，他迈步走在前面，宋喜在后面跟着，两人来到饭厅。

她还没等看清楚桌上有什么就先闻到空气中飘荡着各种菜的香味，如果是平时这味道肯定是勾人的。可眼下，宋喜却忍不住原地止步，胃里面一阵翻江倒海。

宋喜捂住嘴，忍不住干呕，眼眶瞬间发红。

这一声干呕在深夜里分外清晰，此时乔治笙正单手放在椅背上刚要拉开椅子，听到声音后他原地一动不动地站了数秒，随即转身，意味深长地望着宋喜。

宋喜眼泪汪汪，对上乔治笙隐怒的目光，她用手指抵着鼻子，露出嘴巴，闷声说道："我不是故意的，你吃你的。"

她都这样了，还叫他怎么吃？

乔治笙仍旧维持着单手扶在椅背上的状态，眼睛一眨不眨地盯着宋喜，不知是不是被气的。

宋喜也不想的，她突然闻不得这股香味，眼下又想干呕。

她匆匆对乔治笙摆了下手，掉头跑出去。等远离了饭厅她这才敢放下手，大口地呼吸。

果然，没有了菜味感觉好多了。

乔治笙随后从饭厅走出来，脸上还是一贯的冷峻，只是细看之下，还多了几分被人踩到神经般的隐忍。

他看着宋喜所在的方向，道："你怀孕了？"

宋喜猛然侧头朝他看来，一脸惊恐，顿了几秒才道："谁怀孕了？我就是闻着菜味恶心。"

乔治笙打量她，摆明了在衡量她说的话的真假。

宋喜大概是烧糊涂了，脑子转得慢，开口就补了句："我连个男人都没有，怎么怀孕？饭可以瞎吃，话可不能乱说。"

如果只是普普通通的询问，宋喜也不会有这么大的反应，关键是乔治笙看她的眼神中带着嫌弃，像是坐实了她的作风不检点，肚子里装着私生子一样。

乔治笙看着宋喜，差一点就脱口而出阿易这个名字。

但他也知道，如果问了，宋喜一定会刨根问底，问他是怎么知道的。他懒得解释，乔治笙只是冷淡地说："你的私生活我不感兴趣，但我也没打算给别人当个挂名的爹，你要是真怀孕了提前打声招呼。"

提起这茬，宋喜脑海中也浮现出一个女人的模样，她开口说："我没怀孕，我倒是知道你快要有孩子了。你放心，我绝对不会打扰你们的，之前承诺你的如果见到我爸，我会跟他商量离婚的事。现在看来，是我失约了，不过除了暂时不能离婚，其他的，我保证不会影响你们……"

宋喜视线略微躲闪，随后又意味深长地补了一句："女人怀孕的时候，情绪波动会比较大，你有时间就多陪陪她，不要让她一个人待着。"

要让她一个人待着，你很可能就被绿了。

只是这种话，宋喜不方便跟乔治笙直说。

乔治笙也拿不准宋喜说这话，到底是真的，还是转移话题，想起之前在浴室里面，看到她小腹平坦……

两个心思各异的人注定是聊不久的。

宋喜最先挺不住尴尬，主动开口："今天谢谢你，要是没有其他事的话我先上去了。"

乔治笙说："有事？"

他面色淡漠地说道："我饿了，你做点疙瘩汤吧。"

一笙有喜

宋喜心想，饭厅那一大桌子东西，你还让我做？

可毕竟她欠乔治笙人情，而且他也没提别的，就是提了这点小要求，她没理由不答应。

"哦，那你等会儿吧，我现在就去做。"

宋喜老老实实地迈步往厨房方向走，乔治笙坐在客厅沙发上看电视，此时已经凌晨四点多了，一楼的灯光大亮，虽然闻不到一点油烟味，可乔治笙却莫名地感受到了一丝烟火气。

以前无论他在哪儿，哪儿就充满了冰冷气，就算是周围被熏染了灯红酒绿纸醉金迷的，但是唯独不会有的就是烟火气。

像他这样的人可能最不需要的就是烟火气。

他一个人习惯了，就算出门时前后有一百个人，可是当他回到家里的时，永远都是他自己一个人。眼下家里突然多了个人，乔治笙从最开始的厌恶，到后来的排斥，再到现在的渐渐习惯，仿佛也没有那么难以忍受，更何况，宋喜做的疙瘩汤的确是挺好吃的。

宋喜不想吃外面那些大鱼大肉，本来都想直接回去睡了，结果给乔治笙做疙瘩汤的时候自己的食欲也被勾起来。她本就好久没吃过东西，都是靠着一口气在撑着，此时气也用光了。本来挂的水多少会刺激胃，她不想把自己变成别人的负累，下疙瘩的时候，也留了给自己吃的分量。

这种料理既省时又省力，前后不到十几分钟宋喜就从厨房走出来，问他："你坐在哪儿吃？"

乔治笙没回答，直接起身往厨房方向走来。

厨房桌上放着一大一小两碗疙瘩汤，乔治笙拉开椅子，坐在了大碗面前，宋喜拉开椅子，坐在小碗面前。

西红柿炝锅，碗里还有一个窝好的荷包蛋，乔治笙吃了一口，暗地里满足，还是上次的味道。

宋喜拿着勺子，低头，稍微吹凉了才往嘴里送，两人皆是默默无言。

一转眼，乔治笙吃了三分之二，碗里只剩下一层薄薄的疙瘩，还有一个荷包蛋。

微垂着视线，他忽然开口道："你爸明天宣判。"

闻言，宋喜拿着勺子的手瞬间停顿住。

她没有抬头也没有任何反应，像是被人给点了穴，一动不动。

乔治笙却径自吃了一口，然后说："应该是七年。"

宋喜将勺子伸进碗里舀了一大勺，吹都没吹一下，径自往嘴里面送。

滚热的疙瘩烫得她口腔上壁的皮瞬间破掉，她却跟毫无知觉一般，囫囵吞枣地咽下去，然后机械地舀起第二勺……仿佛只有这样才能让她内心平静。

乔治笙声音冷淡又平静地说："到时候外面想找你麻烦的人也会消停很多，你安心地等他几年，也许用不上这么久，他会提前出来。"

一大滴眼泪落到碗里，她才后知后觉自己哭了。

她不敢抬头，嘴里面没有味道，但感觉她总要做点什么才好。

此刻宋喜所有的举动都被乔治笙看在眼里。她这次给他分量太多，他吃不完，干脆放下勺子，抬起头，看着她的方向道："人各有命，这个世道很公平，做错事就要受到惩罚。"

他不是故意给她难堪。其实按照他的逻辑的话，他这还是安慰她，劝她想开点。

宋喜垂着视线，捏紧了勺子，沉声回道："我不信。"

乔治笙看着宋喜，慢了几秒才说："你不信什么？不信他犯了法？"

宋喜不语。

乔治笙忽然唇角一勾，意味深长地说道："也是，世上没有什么是绝对的，是游戏就有输赢，只不过看游戏的规则是谁定的而已。"

宋喜缓缓抬起头，看向乔治笙，她眼睛是肿着的，之前闭着的时候不怎么明显，现在睁开了，原本的杏核眼成了桃子，眼白通红，像是得了红眼病。

她直勾勾地盯着乔治笙，出声说道："我爸是被人诬陷的。"

她声音很轻，听不出是疑问还是肯定，乔治笙面不改色地接道："你不要跟我说，我帮不上忙。"

宋喜强忍酸涩，很想开口求一下乔治笙，但他的表情又让她将所有的话，硬生生地吞回到肚子里。

他凭什么帮她？

他跟她是什么关系？

他现在巴不得跟她保持距离呢。

宋喜重新垂下视线，舀了一勺疙瘩汤，没怎么嚼，直接吞下。

乔治笙清楚看到，她眼中刹那间的柔弱一闪而逝，他刚刚都以为她要开口求他的，可是她没有。

心中说不上是什么感觉，也许是失望，也或许是意外。

乔治笙沉默数秒，再次开口说："我答应你爸保护你的安全，但我不是你保姆，不能保证你每次自找意外的时候我都能第一时间出现。你说得对，以后我们还有三年时间要过，未免麻烦。我希望今天的事是第一次，也是最后一次。"

宋喜垂着视线，长长的睫毛遮挡住眼底的神情，她轻声应道："嗯，以后再也不会了。"

乔治笙吃也吃饱了，该说的话也说完了，起身径自离开厨房。

偌大的房间中只剩下宋喜一个人的时候，她终是忍不住鼻酸，眼泪大滴大滴地掉在面前的碗里。

乔治笙回到二楼房间，心想：以后宋喜就不会轻易作死了吧？

宋喜在厨房里静坐到天亮，她出神地看着某一处，心中不停地琢磨着乔治笙说过的话，他说这世上没有绝对，是游戏就有输赢，之前她见到宋元青的时候，问宋元青到底有没有犯法，宋元青竟然避而不答，反告诉她不要问。

当时宋喜就觉着奇怪，如今加上乔治笙意味深长的话，她不得不重新衡量，宋元青此次出事，到底是罪有应得，还是强加之罪。

如果是前者，她认了，可如果是后者……

宋喜内心燃起熊熊的怒火，如果真是有人故意下套陷害宋元青，那她拼了命也要替她爸讨回一个公道！

几个小时，从天黑到天亮，宋喜脑子里一直想着这个事，翻来覆去，有时候会钻入死胡同，有时候又仿佛豁然开朗，绕来绕去，最后她只得出一个结论。

若是连宋元青都不能解决，只能用认罪来扛的麻烦，那她一时半会也绝对想不到法子。可只要她在外面，她还是自由身，这件事就总有调查的机会，所以她绝不能灰心丧气，就算全世界都不信宋元青，她信！

这样的念头像是一股无形的力量，瞬间让宋喜干劲满满，她想到宋元青打小教育她的一句话：遇事别慌，只要人还在，总会有希望。

想通了，宋喜气也顺了，拿起勺子，她将凉透了的疙瘩汤一口一口吃掉，刷完碗再上楼洗澡，躺在床上睡觉。

天亮了，宋喜看着窗帘上透进来的微光，想着乔治笙说，今天就会宣判宋元青的刑期，嗓子眼一紧，她赶紧张开唇，深呼吸，硬生生将酸涩吞回去。

哭得久了，她现在已经不想哭了，如果眼泪可以救宋元青的话，她哭瞎了都无所谓，但事实证明，眼泪是最没有用的东西。

闭上眼睛，宋喜强迫自己睡觉，她不能再生病，不能再给别人添麻烦，往后漫长的时间里，她要学会习惯一个人了。

第二十八章

乔治笙早上九点多出门，元宝来接他，车上，两人随意聊着。

元宝说："今天宋元青宣判，宋喜一个人在家没事吧？要不要找个人看着点？"

乔治笙不以为意地回道："叫个保姆过来吧。"

元宝见乔治笙竟然没有顺势打趣，不由得开口问道："她知道了吗？"

乔治笙说："我告诉她了。"

元宝问："她怎么说？"

"她不信宋元青会犯法。"

元宝闻言，沉默不语。

车子一直往前开，开着开着，乔治笙忽然道："你说她会去找谁帮忙？"

元宝说："现在谁还会帮她的忙？如果但凡有人肯帮，她也不会沦落到今天这样的地步。"

元宝是实话实说，乔治笙却下意识地接了句："都退无可退了，还死要面子不肯求我。"

元宝从后视镜中看了眼后座的乔治笙，问："你会帮吗？"

乔治笙狐狸眼一瞥，不答反问："你说呢？"

元宝道："宋喜也不傻，明知自取其辱，何必送上来让你打脸？"

乔治笙近乎微不可闻地哼了一声，用轻嘲的口吻道："试都不试一下，是面子重要,还是家人重要?"

元宝心中暗自叹气,无奈接道:"你就是不待见人家,人家聪明也不行,傻也不行,左右你就是看她不顺眼,她怎么做都是错。"

乔治笙黑眸一瞥,眼底有流光闪过,他出声说:"我最讨厌女人嘴巴硬了,一点女人样都没有。"

元宝小声嘀咕:"软的也没见你喜欢。"

乔治笙幽幽说道:"现在家里弄了这么尊送不走的大佛,你要是我,你有心情想女人?"

元宝回道:"宋喜也不是天天搁你眼前出现,三年而已,很快就过去了。"

乔治笙冷眼瞥着元宝的后脑勺,"站着说话不腰疼。"

元宝说:"你要是实在不喜欢,可以想辙逼宋喜出动开口离婚啊,她主动提日子过不下去,宋元青一定不忍心难为她,到时候你就提前解放了。"

话音落下,乔治笙似笑非笑地道:"你不是一直站在宋喜那头吗?"

元宝说:"平心而论,我觉着宋喜这人还不错,宋元青一出事就把她一个人撇下,她一个女人孤零零的也挺可怜,但这世道可怜人多了,谁也不是救世主。更何况她落在你手里头,如果你不高兴,她日子更难过,何苦呢?实在过不下去,不如早打发了,眼不见心不烦。"

乔治笙勾起左侧唇角,声音低沉地道:"你这欲擒故纵玩我身上来了。"

元宝一下子被乔治笙看穿,并没有面露尴尬,反而坦诚说道:"保她三年,不仅能拿回老爷子当年的把柄,说不定以后我们有事也能用到她。就像上次在岫州,这买卖细算不亏。"

乔治笙侧头看向窗外,俊美的面孔上波澜不惊,一丝内心的波动都看不出来。

好看的唇一张一合,他声音冷淡地回道:"都说生女儿好,女儿是爸爸的贴心小棉袄。虽然我一直对宋元青无感,不过他确实养了个不错的女儿。"

元宝听到这话心中终于落定了,乔治笙这是拐弯抹角地夸宋喜呢。

乔治笙视线落在窗外,心里想的却是昨晚宋喜抱着他的腰把脸枕在他大腿上的画面,她身子滚烫滚烫,还有浴室中,她赤裸裸地躺在那里……

宋喜睡了大半天,等睁眼时天都黑了。她没开灯,躺在床上兀自发呆,直到有人轻轻地敲响了房门。是一个陌生女人的声音,"宋小姐?"

宋喜纳闷，开了床头灯掀开被子下床。

打开房门，门口站着一位五十多岁的阿姨，面容挺和善，宋喜不认识她。对方微笑着自报家门，"宋小姐您好，我是乔先生请来的保姆，我姓王，乔先生让我过来照顾您几天，我刚做好晚饭，您看要不要现在吃。"

习惯了家里面空荡荡的，突然多出一个人来，宋喜一时间有些意外，本想说不吃，可转念一想，保姆一定会转告乔治笙，到时候她这边再出个差错，就真怪不得意外而是她自找的了。

念及此处，宋喜沉默数秒，点头回道："我洗把脸再下去。"

保姆笑着应声："好，那我先帮您把粥盛出来晾晾。"

宋喜挤出一抹微笑，"谢谢。"

宋喜折回房间洗了把脸，看着镜中双眼皮肿成单眼皮的自己，脸色黄白，鼻尖泛红，五官中唯有嘴唇依旧粉润，活像是变了一个人。也亏得保姆有定力，没有被她的模样吓一跳。

她穿着睡衣下楼，饭厅方向飘来饭菜的香味，宋喜走过去，只见桌上放着一个白色瓷碗，碗里面装着软糯的青菜瘦肉粥，面前几盘小菜，红绿搭配，都是素菜，没有一个是荤的。

保姆手里端了一个小碗从厨房走出来，见宋喜下来了，笑着跟她打招呼："宋小姐，听说您这两天生病了胃口不大好，我只煮了粥，也没做什么荤菜，你还有什么想吃的？我现在做，家里什么都有。"

宋喜淡笑着说："谢谢王阿姨，不用了，这些就够了，我也不想吃肉。"

保姆走到宋喜身边，把手里的碗递给她看，"这是我从自己家里带过来的酸萝卜，你待会儿尝尝，看吃不吃得惯，喜欢吃我明天就多带点过来。"

"好。"

正准备吃饭，桌上却只有宋喜一人份的碗筷，宋喜抬眼问道："王阿姨，你吃了吗？"

保姆笑着回道："我不急，晚上回家再吃。"

宋喜说："一起吧？"

保姆摆手拒绝，"不用，我不饿，你快趁热吃吧。"说罢，不待宋喜回答，又忙进了厨房。

宋喜今天的确不想多说话，她独自在饭厅，先喝了一口粥，粥里没有任何荤腥，随后又夹了一块儿萝卜，放在嘴里一咬，嘎嘣脆，酸酸甜甜，很是开胃。

她安静地吃完了一顿饭，主动帮忙捡桌子，保姆见状，立马拦住，让她去客厅吃些水果，其他的都不用管。

宋喜说："麻烦你了王阿姨，那我先上楼了。"

保姆自然看出宋喜状态不对，但她事先被告知，来了之后只管做饭其他的不归她管，什么都不要问，所以这会儿她也只能任由宋喜上楼。

回到房间，房门一关，又只剩下宋喜一个人，她坐在床边发呆，良久，终是忍不住拿起床头柜处的手机，开了机。

一连逃避了好几天，任何人的电话都不接，也拒绝任何外界的消息，宋喜以为这样自欺欺人就可以平静地度过。但事实证明，鸵鸟战术在她这儿根本不管用，与其心上一直这么悬着一把刀，不如痛痛快快地让刀落下来。

手机开机，宋喜在打开新闻的过程中，屏幕上面不停地闪过未接电话和未读消息，其中就有韩春萌跟顾东旭的。

宋喜暂且不管，直等到新闻页面打开，她一眼就看到首页上的大图，赫然是宋元青的照片，再细看旁边一排标题：宋元青最终被判七年牢狱！

虽然早知道结果了，可当宋喜看到这则新闻的时候，还是难免浑身发寒，像是瞬间被人抽走了浑身血液，身体如置冰窟。

她没有勇气点开图片去看细节，眼泪已经模糊了视线，宋喜关掉新闻，抬起手背横在口鼻之间，眉头蹙起，委屈得像个四五岁的小孩子。

小时候她被人错怪时也会委屈地哭，那时候有宋元青给她撑腰做主，可如今宋元青被人错怪，她却没有本事替他说句公道话，这种无可奈何的心情，折磨得宋喜生不如死。

她啜泣出声，不知如何是好，只觉得锥心之痛大抵如此。

哭到眼泪都流干了，宋喜静静地靠在床头发呆。忽然手机响起，这是最近几天，她第一次听到铃声，被吓了一跳。

拿起手机，看到屏幕上显示着东旭二字时宋喜再次鼻酸。本不想接的，但又怕顾东旭担心，所以迟疑了半晌还是划开接通键。

电话接通，手机中传来顾东旭的声音，带着明显的担心，"小喜？"

宋喜伸手捂住眼睛，一个字都说不出来，嘴唇咬得生疼，还是没能忍住颤抖的哽咽。

顾东旭没拦着，只是低声说道："哭吧，我身边没人。"

闻言，宋喜松开了被咬得青白的唇，到底是失声痛哭。

顾东旭通程无言，等到她哭声渐小，他才开口说道："我还是那句话，无论发生什么事，你都不是一个人。"

宋喜闭着眼睛，一手拿着手机，另一手穿过发丝，无奈又无助地揪住一把头发，像是揪住了最后一把救命稻草。

她很想跟顾东旭说，宋元青很可能没有犯法，他一定有什么难言之隐。可是这种话，她又不能跟顾东旭说，她太了解顾东旭的性格，他是为了哥们可以两肋插刀的人，如果知道实情，一定会想方设法地查，这不是给他找麻烦嘛。

有些话，注定只能留在肚子里面，就像有些事，注定只能自己承担。

宋喜慢慢止住了眼泪，闷声回道："你不用担心我，我没事。"

顾东旭道："没事就怪了，今早新闻一下来，胖春跟我哭了一天，她都这样，何况你了？"

宋喜眉头轻蹙，眼泪滚落眼眶。

顾东旭径自道："出来吧，医大门口，我在老地方等你。"

说完，不等宋喜拒绝，他又补了一句："出来散散心，跟我们说说话，凡事别憋在心里，没有过不去的坎，宋叔说过，如果他不在身边，咱几个要互相照顾，你要听话。"

第二十九章

宋喜换了身衣服，背了个斜挎的小包下楼。保姆在厨房收拾，并没看到她离开。宋喜走出好长一段距离才打到车。

到了地方，宋喜给钱下车，医大门口很多年轻人来来往往，都是在校的大学生，不过宋喜还是一眼就看到了顾东旭，明确地说，是看到他屁股下倚靠的那辆墨绿色哈雷 Road King。

大家都还只有十几岁的时候，顾东旭年少轻狂，爱狂野、爱速度，瞒着家里从国外定制了一款哈雷 CVO，从此深夜五环外都会有顾大少飙车的飒爽身影。

但顾大少是个有原则的人，能上他摩托车后座的只有两个女生，其中一个是宋喜，另外一个就是韩春萌。

韩春萌每次都被顾东旭吓得鬼哭狼嚎，后来更是就算顾东旭用夜宵哄，她都死活不上去，相反宋喜却意外地觉着爽，还让顾东旭教她骑车。

结果教会了徒弟饿死了师傅，自从发现宋喜开车速度比他还要快之后，他就一蹶不振，竟然不爱飙车了，小气地将他的爱车藏起来也不让宋喜出去飙车。

因此宋喜正经有好几年没看到她熟悉的"老朋友"了。

夏季晚上，顾东旭穿着浅色的半袖 T 恤，牛仔裤白球鞋，靠坐在知名品牌的摩托车上。帅气的脸、拉风的车，怎能不吸引人注意？

宋喜在往他那边走的时候，看到有女孩子驻足主动上前去跟他搭讪。

宋喜不由得慢下脚步，心想别坏了他的好事。

一笙有喜

顾东旭眼尖，一眼就穿过人群看到宋喜，对身边的女孩子视而不见，他径直站起身，对着宋喜摆了下手，"这儿呢。"

宋喜没辙，只能迈步上前。

女孩子们打量宋喜的脸，宋喜披散着头发却遮不住她一双肿成金鱼眼的眼睛，大家都是一脸的不屑和狐疑，宋喜压低声音对顾东旭说道："赶紧走吧，我不想当马戏团的动物。"

顾东旭顺手将车上的墨绿色头盔拿给她，出声说："出去兜一圈，我去接胖春，你待会儿直接去我那儿。"

宋喜抱着头盔，垂着视线，一时间没有接话。

顾东旭半开玩笑半认真地说："不敢骑了？"

宋喜不答反问："你也不怕我出事？"

顾东旭回道："车是我的，除非你想给我找事。"

宋喜慢慢地，深吸了一口气，抬眼对顾东旭道："你们快点，我最迟四十五分钟。"

顾东旭调侃，"还要四十五分钟？那我何必把它借你，你开四个轮子的好不好？"

宋喜本想瞪一眼顾东旭，可眼皮肿得太厉害，竟然做不出鄙视的表情。

宋喜恨恨地戴上头盔，细腿一迈，跨坐在比她身板子还宽的哈雷机车上。

顾东旭嘴上说着不担心，可当宋喜发动车子的时候，他还是嘱咐了一句："注意安全。"

宋喜点了点头，一个女人骑着一辆炫酷的摩托车，在众人的注视下，很快离开医大门口。

现在是晚上八点半，夜城市区内的某些路段还是略显拥堵的，宋喜骑着摩托车穿梭于各种四轮车辆之间，所有人都会被这一抹略显单薄的纤细背影所吸引，想要追上去一睹芳容，奈何车速竟然跟不上，只能眼看着她一骑绝尘。

待到驶离中心路段，夜城宽阔的路面就显现出来。一个红灯，宋喜被隔在停止线前面，与她并排的是一辆香槟色玛莎拉蒂跑车，车主是个年轻男人，墨镜往头上一推，他朝着宋喜边笑边摆手。

"Hi，美女。"

宋喜戴着头盔，头盔是特制的，听人说话很清楚，她只是不想搭理，所以佯装听不到，头都没侧一下。

男人锲而不舍，摆手做着大幅度动作，声音也提高了几分，"美女，这么酷，一个人骑车，要不要我陪你兜几圈？"

宋喜看着前面的红灯，还有二十秒钟。

左右身后的车主全都往两人这边看，玛莎拉蒂车主一直在撩宋喜，宋喜不回应，他也有些没面子，但还是嬉笑着给自己找了个台阶，嘴上说着："这个绿灯开始，我陪你溜溜，赢了你请我夜宵，输了我请你夜宵。"

红灯还有五秒变色，宋喜握着车把，随时准备启动加速。

玛莎拉蒂车主瞄着宋喜，虽然看不见她的脸，但能看到她的身材，宋喜的身材无疑是没得挑，虽然不是很高，看起来一米六多，但身材比例极好。

玛莎拉蒂车主是打定主意必须要看一看宋喜的庐山真面目，所以当红灯跳绿的刹那，宋喜胯下的哈雷率先发动，紧随其后的是玛莎拉蒂跑车。

身后跟着的其他私家车和计程车都在好奇谁输谁赢，想追上去看，但眨眼间已经被落下百米，果然豪车跟普通车的区别，较劲的时候方能体现。

这边已经不在市中心，宽敞的马路上并无限速标志，宋喜瞥见左侧的香槟色跑车跟得紧，心里烦躁，一拧把手将马力几乎加到最大，摩托车发出让人振奋的嗡鸣声，如一抹离了弦的绿色光箭，让人望尘莫及。

玛莎拉蒂车主也将油门踩到底，心想怎么都不能输给一个女人，两人都以破百的速度狂飙，眨眼间就越过两个路口，眼看着前方百米外，绿灯还有三秒变红，宋喜用最大马力冲过去。

与此同时，右边岔道驶来一辆黑色的宾利私家车，车牌号是夜A11111。

整个夜城，谁人不晓得，这个车牌号是乔家的。

元宝被逼着往右一闪，两辆车带着划破风声的速度驶过，坐在后面的乔治笙问："谁？"

元宝也是纳闷，狐疑着道："好像是个女的，骑了辆哈雷。"

"女的？"乔治笙表情略显意味深长。

元宝说："太快了，我也没看清楚，感觉像个女人，挺瘦的。"

乔治笙说："没看清就追上去看看，又不是追不上。"

闻言，元宝稍微晃动了一下脖颈，随即一脚油门踩下去，黑色的车像是一头黑色猎豹，瞬间将身旁车辆甩到身后。

乔家的车也参与了这场角逐，原本身后打算跟着看热闹的车辆，马上放弃不敢追了。

开什么玩笑，乔家的热闹也是平常人能看的？别一不小心吃不了兜着走。

放眼望去，马路上除了一辆哈雷、一辆玛莎拉蒂，还有一辆宾利在狂奔，最后面还跟了辆黑色的现代，现代车主已经把油门踩到底了，然而心有余却力不足，只能眼睁睁看着哈雷车渐行渐远。

元宝车技一流，他开到最快的时候，已经跟玛莎拉蒂车主并排了，抽空瞄了眼对方，是陌生面孔。

乔治笙不在意玛莎拉蒂上坐的是谁，他倒是挺感兴趣二十米外，骑着哈雷Road King的女人，这女人摆明了是老手，不仅胆子大，而且心还细，进了隧道马上变成近光灯，不像那些纯粹为了找刺激的飙车族，不仅不在意别人的生死，就连自己的也不在乎。

隧道是双向道，车道变窄，车速难免变慢，但这是对于四轮车来说。对于摩托车来说，只需要很小的位置就可以如鱼得水。

宋喜骑着哈雷一马当先，眼下元宝已经把玛莎拉蒂压在了后头，他们跟宋喜之间最近只有十米，可以清楚地看见它的车牌号。

只需要让出一个三米宽的位置，元宝就能超车，拦下哈雷车主，奈何天公不作美，隧道中始终没有超车的机会，他们只能眼睁睁地跟在摩托车后面吃尾气。

玛莎拉蒂车主认出乔家的车牌号，渐渐降了速度，不多时便消失在视线里，最后只剩下哈雷跟宾利。

乔治笙坐在后面，慢条斯理地说道："要是连个女人骑的哈雷都追不上，赶明儿你也不用开车了，自行车的速度就能满足你。"

元宝说："追上也没什么好显摆的。"

乔治笙道："先追上再说吧。"

元宝也有好久没在夜城开快车，更何况是追个女人。就像他说的，赢了也不长脸，关键输了还丢面子，简直是骑虎难下，也不知是哪儿来的疯丫头，骑车不长眼，连乔治笙的车都敢别。

一直想着等出隧道就追上去，万万没想到，才刚出隧道，就看到墨绿色哈雷从右向左，依次变道。

先是不给后面超车的机会，然后等到了一个分岔路口，迅速转向岔道。

元宝紧追其后，车轮与地面发出明显的摩擦声。

先前是没机会超车，眼下就是纯凭技术，宋喜从倒车镜中看到后面穷追不舍的车，她倒真没注意车牌号，只是单纯的心情不好。既然有人故意挑衅，那就甭怪她打脸。

这边的路宋喜并不熟，她平常都在市中心待着，连四环都很少出，只是凭借着一股子野劲，想着开到哪儿算哪儿。

乔治笙看出元宝是认真在追，但却没能追平，连连在后面说着："哎，要不换我来开？"

元宝低沉着声音，认真说道："我倒真想看看她是何方神圣，车骑得这么溜，我不可能不认识。"

乔治笙笑，"追上我帮你要她号码。"

白天公司开会、见客户谈生意，晚上还要出去应酬吃饭。一忙就是一整天，乔治笙正愁日子过得乏味无聊，好不容易得一乐子，他也想看看车上的女人到底长什么模样，瞧把元宝气得一脸严肃。

不知从何时开始，摩托车已经掉头从近郊往市区里面开，越往市里走，正街管得越严，所以宋喜只能选择"旁门左道"，走街串巷。

她摩托车方便，可四门的宾利就越发不便了，元宝也发觉宋喜是故意想甩开他们，情急之下连按了几声喇叭。

宋喜身子一歪，摩托车像是有意识一般，车身也倾斜了，一眨眼就拐进了一条窄道，元宝急了想追，乔治笙说："别追了，前面都是巷子。"

元宝无奈减缓车速，平日里他淡定惯了，有时候比乔治笙还冷静。但现在愣是气得一砸方向盘，逗得乔治笙乐出声来，说："你不是看见车牌号了吗？找人查就好了。"

元宝不语，心想还真让一个丫头片子给赢了，说出去还不被人笑掉大牙。

乔治笙一双狐狸眼带着促狭，瞥着元宝道："你还能不能开了？不能开我开。"

元宝悻悻着一张脸，将所有憋屈吞回去，慢打方向盘，准备掉头从大路走。

车子才开出几十米，元宝手机响了，他看了眼号码，随即接通。

手机中传来一个男声，道："宝哥，我们把宋小姐跟丢了。"

元宝闻言，不由得眉头轻蹙，问："怎么跟丢了？她出门了？"

男人说："宋小姐出门见朋友，谁知道对方给她准备了一辆哈雷，宋小姐车开得太快,我们开现代根本就追不上,眼看着跟丢了……"

说到最后,男人语气中带着掩饰不掉的委屈。

元宝眼神一变,几乎不敢相信地问:"墨绿色哈雷吗?"

对方肯定地回答:"是。"

"好,我知道了,宋小姐跟谁见的面,你们看见了吧?"

"是宋小姐当警察的朋友。"

乔治笙在后座坐着,原本正打算看元宝的热闹,但却从元宝口中听到宋喜的名字,然后又确定了摩托车颜色。

乔治笙这么聪明,怎会想不到。

果然,元宝挂断电话,第一时间看向后视镜,唇角勾起,出声说:"笙哥,不用叫人找车牌号了,宋喜的号码,你知道。"

乔治笙这回笑不出来了,轮到元宝满脸兴致盎然的表情,轻轻摇头,感叹道:"真想不到,原来是她。"

乔治笙俊美面孔上神色晦暗不明。

元宝喷了一声,后悔地说道:"早知道刚才就应该换你来开,免得你说我放水。"

乔治笙沉声问:"她现在在哪儿?"

第三十章

宋喜进了窄巷,成功将身后的尾巴甩掉,本想自己找个人少的地发泄一下就好,结果前有玛莎拉蒂,后有宾利,两辆车都跟有病似的撵着她跑,倒也托了他们的福,宋喜将车开回顾东旭所在的小区,刚刚好就花了四十分钟。

上楼按门铃,韩春萌过来开门,看到宋喜的瞬间,她立马一个箭步上前,二话不说抱住宋喜的脖子,宋喜听到韩春萌强忍哽咽的声音,喉咙一酸,反过来拍着韩春萌的后背,安慰道:"没事。"

两人在门口抱成一团,顾东旭从客厅闪出来,先是看了眼宋喜,见她没哭,随即走过去,大手罩在韩春萌头顶,大咧咧地道:"行了,进屋哭去。"

韩春萌往后退了一步,伸手抹眼泪。

顾东旭故意岔开话题,对着宋喜说:"回来挺快啊,开到哪儿?"

宋喜说了个地方,顾东旭挑眉道:"都跑那儿去了?这么远,我开回来最少也要四十六七分钟。"

宋喜一边换鞋一边道:"我是谁?我能跟你一样吗?"

顾东旭吊儿郎当地说:"你牛,这我不跟你争。"

说话间三人一起从玄关走到客厅,客厅茶几上摆满了宋喜平日里喜欢吃的菜,沙发上有几大包的零食,一旁还有一罐罐绿色的啤酒。

韩春萌问:"你还没吃饭呢吧?"

宋喜脱口而出:"吃了。"

一笙有喜

韩春萌问:"在哪儿吃的?"

宋喜回了回神,"我爸朋友家。"

提到宋元青,韩春萌眼泪窝子浅,顿时低下头,本想很轻松地说一句再吃点,结果从开口的第一个字,就浸满了酸涩感。

宋喜是特怕影响身边人,见状,她努力装成没事的样子,拍着韩春萌的后背说:"呀,没事的,别哭,你看我都挺住了。"

宋喜这么一说,韩春萌眼泪掉得更凶,止不住地哽咽,她也怕宋喜难过,背过身去。

宋喜眼眶已经红了,还是微笑着对顾东旭道:"你赶紧的,哄哄她。"

顾东旭从胸口到嗓子眼仿佛都被什么东西给堵住了,又闷又酸,一个字都憋不出来。他干脆往沙发上一坐,打开一罐啤酒,仰头灌下。

宋喜站在两人中间,一时间不知如何是好,静静地在原地站了片刻,随即在顾东旭对面坐下来,打开一罐啤酒,低声说:"别一个人喝。"

她举着啤酒罐,顾东旭停下来,跟她碰了一个。

宋喜仰起修长白皙的脖颈,将冰镇啤酒填鸭式地往肚子里面灌,她喝到三分之一的时候,顾东旭已经喝完了一罐,韩春萌抹了眼泪,闷声道:"还有我呢。"

她拿了一罐啤酒跟宋喜碰杯,三人一句话没有,先是一人干了一罐。

喝完酒,宋喜拿起桌上的一次性筷子,低头夹了个椒盐大虾往嘴里送,含糊地说:"我正想吃这个。"

往日里韩春萌见到好吃的,一定会开心得眉飞色舞,现在却泪眼婆娑,拿着筷子往宋喜碗里夹菜,嘴里嘀咕着:"吃这个,这个也好吃……"

宋喜看着碗里堆起的食物,打趣道:"干吗啊?我也不是吃了这顿就没下顿。"

韩春萌眉头一蹙,"呸,瞎说什么呢?"

说着说着,眼泪又掉下来了。

宋喜看着韩春萌,唇角勾起,"大萌萌,别这样,你看我不挺好的嘛,听话,别哭了。"

韩春萌像是委屈极了,忽然哽咽出声,边哭边道:"小喜,你别怕,就算天塌下来,有我们陪你一起顶着。"

宋喜打从进门的那一刻就在忍,一忍再忍,终于忍无可忍。

嘴里面完全尝不到其他的味道,只有酸味,她伸手搭在韩春萌的腿上,从眼眶发红到眼泪滑落只用了两秒钟。

宋元青出事，这世上没有人会比她更难过了。

宋喜放下筷子，双手捂住脸、浑身颤抖，她压抑得了哭声，却压抑不了痛苦。

韩春萌陪着宋喜一起哭，顾东旭沉默地坐在一旁，一言不发，也是眼眶通红。

宋喜哭了一通，把手移开，抽了张纸巾擤鼻涕，垂着视线，低声说道："七年，我等他出来。"

韩春萌点头，"我们陪你一起等叔叔出来，七年一晃就过去了，你就当叔叔出了趟远门。"

宋喜顿时眉头一蹙，边哭边道："可是我想他……"

韩春萌泪崩，想劝宋喜，却哭得断断续续，说不出一句完整的话来。

宋喜有太多的话想说，但一句话都说不出口，她哭了好几通，最后才发现，过于痛苦的时候想什么都没有用，唯有用酒精来才能麻痹自己。人若是不清醒了，痛觉神经也就跟着一块麻木了。

三人拿起啤酒，有时候会说上两句话喝几口，有时候一句话都没有，只希望通过陪伴能分担宋喜身上的痛苦。

不知不觉三人脚边都堆满了啤酒罐，宋喜单手撑着半张脸，轻笑着道："咱们多久没有这样大醉一场了？"

韩春萌红着脸，肿着眼，含糊地说："去年，我过生日。"

宋喜笑说："想起来了，那次你啤酒掺白酒，还喝了大半瓶红酒，吐得找不到北了。东旭背你上车，你一呕，吐他前胸一片都是，要不是我拦着，他肯定把你扔井盖上了。"

韩春萌瞥着顾东旭道："你要给我扔地上了那你真不是人，你记不记得之前你喝多那回，是我从饭店把你一路背回酒店的。差点儿没把我老腰累折了。"

宋喜咯咯笑着："对对对，好像是有这么个事，他因为什么喝多来着？"

韩春萌一脸嫌弃，"跟隔壁学校的校花分手嘛，难受得要死要活的。"

宋喜一拍桌子，跟韩春萌一起吐槽。

顾东旭面无表情地说："你们不提我早忘了。"

韩春萌翻了一个白眼，说道："当初爱得死去活来，分手跟要你半条命似的，怎么现在说忘就忘？"

顾东旭将剩下的半瓶酒一饮而尽，随后道："年少时根本不懂爱情。"

第三十一章

提起爱情史，谁还没几个污点？

先是韩春萌跟宋喜当着顾东旭的面，调侃起当事人的几段著名爱妻故事，被讽刺跟嘲笑过后，顾东旭自然要给予反击。

他扒了韩春萌跟系草谈的那段恋爱，一脸不以为然地说："你看他长得好，我怎么看怎么觉着那厮贼眉鼠眼，一看就不是个好东西，果然，劈腿了吧？"

韩春萌拿着啤酒罐，眯眼回道："当初懂什么啊，就像你那时候喜欢的那个董薇薇，我跟小喜都觉得她太一般了，就你拿她当天仙，说她简直就是嫦娥下凡，但凡除你之外的男的靠近她就是癞蛤蟆想吃天鹅肉。"

"同样，我看姓陈的也是王八瞅绿豆，对上眼了。我不能说咱们眼瞎，我只能说，一段时间有一段时间的审美，就像非主流必然有它存在的道理，你搁着现在以我的审美，那个姓陈的倒搭钱我都连眼皮都不会掀一下好吧？"

顾东旭主动跟韩春萌碰了一下啤酒罐，颇有与君共勉的架势。

宋喜从旁捡乐，听得热闹。韩春萌是三人中酒量最不济的，这会儿已经彻底喝高了，说话不过脑，想什么就说什么。

"要我说咱仁真是难兄难弟，本以为小喜是个例外，毕竟她那会儿跟沈兆易就是人见人羡的模范情侣，当初有一句话怎么说的来着……对，是女人都会爱上沈兆易，因为沈兆易本身就是白马王子该有的模样，瞧瞧，大家对他评价多高？可最后呢？还不是……"

"胖春！"顾东旭突然叫了她一声，韩春萌看向顾东旭，顾东旭面色看不出喜怒，指着她手边的啤酒道，"给我拿一罐。"

韩春萌喝到反应迟缓，慢半拍才给他拿了一罐，嘴里嘀咕着："你那边的都喝完了？"

顾东旭想不着痕迹地岔开话题，但沈兆易三个字已经在宋喜心底生了根，听到这个名字，脑海中就会出现他的脸，随后，心上又多了一个洞，不断地流着血，疼得她闭上眼睛，伸手抹了一把脸。

撑着茶几站起身，宋喜道："我去趟洗手间。"

待她走后，顾东旭马上看向韩春萌，压低声说："你真喝高了？提沈兆易干什么？"

韩春萌呆呆的，过了几秒才道："我刚才说什么了？"

顾东旭气到无语，又不能揍她，唯有低声道："你别往她伤口上撒盐了，以毒攻毒也不是这么个攻法。"

韩春萌似乎清醒了些，满脸后悔，"你刚才就该拦着我的。"伸手抽了自己的嘴巴两下，她蹙眉道，"让你嘴上没个把门的！"

宋喜进了洗手间，打开水龙头，弯腰掬起冷水泼在脸上，她不想在宋元青出事的时候，还为其他男人浪费眼泪。

他配吗？

不配。

即使心里想着沈兆易不配让她流眼泪，但眼泪还是不争气地从眼眶里涌出来。

原来眼泪可以这么灼人，竟能透过冰凉的水，烫到宋喜的手指尖。

宋喜弯着腰，双臂撑在盥洗池两侧，即便闭着眼睛也能看见沈兆易的脸。

她清楚地记得两人从初相识到最后一次见面的所有画面，当然她也记得宋元青亲口对她说，沈兆易并非适合之人，叫她早点断了来往。是她不信、不听，也是她一意孤行，结果最后丢了脸面伤了心。哪怕她连自尊都放下求他别走，换来的却是无情的致命一击。

现实终是用它的残酷给她上了血淋淋的一课，教会她爱情不是童话故事，与人白头偕老不是那么容易的事，就不要做这个白日梦了。

时隔三年，沈兆易依旧是宋喜心头不能触碰的伤疤。别人谈恋爱，不合适

一笙有喜

大不了就是个分手散场，可到了宋喜这却是落下了一个病，不仅听不得沈兆易的全名，甚至连听到沈的、名字带兆或者是易的，她都会神经敏感。

不知道其他人会不会像她这样？谈场恋爱而已，却活像是天堂地狱各走一遭。她经常怀念那些曾在天堂的日子，可转瞬间记忆提醒她所有的美好都是假的，那段心在地狱煎熬的日子才是最真切的现实。

她不好在洗手间待太久，最后用冷水洗了一把脸，转身出去。

客厅沙发上，顾东旭正巧在接电话，只听他说："好，那我现在过去一趟。"

顾东旭挂了电话站起身，宋喜问："怎么了？"

顾东旭回道："局里临时有事叫我过去，你们不用管我，困了就在这儿睡。"

韩春萌问："那你还回不回来了？"

顾东旭拿起车钥匙，边往玄关走边道："我回不回来还碍你事了？你想带别人过来住？"

韩春萌平躺在沙发上，拍着肚子回道："你别说，我还真有这个想法。"

宋喜跟到玄关处，从顾东旭手里抢了车钥匙，看着他说："打车去。"

顾东旭道："那我走了。"

顾东旭离开，宋喜返回到客厅，屁股还没等坐稳，门铃响起，宋喜念叨着："又有什么没带。"

折回玄关处，宋喜想也不想地打开房门，"忘带……"

话还没等说完，当她看清楚门口处站着的人是谁时，顿时满眼意外。

客厅传来韩春萌的声音："懒驴上磨屎尿多，磨磨蹭蹭的，等你过去，黄花菜都凉了。"

宋喜一言不发，一只手还握着门把手，她直勾勾地盯着面前的人。乔治笙一如既往一身黑色打扮，立在门口睨着宋喜。

宋喜穿着黑色T恤和深蓝色的牛仔裤，正是之前哈雷车主的打扮。

两人四目相对，宋喜完全是蒙的，半响都没憋出一个字。

乔治笙隔着一米多远都闻到她浑身的酒味，同样是一言未发。他只目光幽深地看了她一眼，随即转身离开。

只剩宋喜自己站在门口，她迟疑着待会怎么跟韩春萌解释，要走的话总要编个理由，但事实证明她想多了，等她回到客厅的时候，韩春萌已经躺在沙发上睡着了。

第三十二章

乔治笙当然不是心血来潮出现在宋喜面前。

乔治笙打听到宋喜先前见了顾东旭，从外环绕回市区也是进了顾东旭的家门，当时他心里就只有一个想法，虽然他跟宋喜是假结婚，她在外面怎么样他也管不着，但前提是兔子不能吃窝边草。

他调走顾东旭，想着一会儿开了门，如果是宋喜自己在家，那他会对她说两个字——离婚。

他又不是调查组的，不管宋喜跟顾东旭到底是哥们还是朋友，总之孤男寡女，三更半夜的，这顶潜在的绿帽子，他不戴。

结果门一打开就听到韩春萌的声音，乔治笙安心了，一句废话没有，来也匆匆去也匆匆。

他乘电梯下楼，刚走到小区门口停靠的黑色私家车旁，还没伸手打开车门，身后便传来宋喜的声音，"等一下。"

乔治笙转过身，宋喜几步走到他面前，看着他道："你找东旭吗？他刚走，局里有事。"

乔治笙一如既往，面色冷淡地说："找你。"

宋喜有些意外，但很快恢复平常心态，开口问道："找我什么事？"

乔治笙说："哈雷骑那么快，你找死吗？"

宋喜直勾勾地看着乔治笙，倒也不是生气或是其他，而是喝多了反应略微

一笙有喜

有些迟缓。

过了几秒她移开视线，轻声回道："我没想死，也没打算给别人找麻烦，我自己几斤几两、有多少本事我自己心里清楚。"

乔治笙说："我也不爱多管闲事，只是你在外面有个三长两短的话，你爸回头可别再怪我保护不周。现在你的一举一动会牵连到我。"

宋喜想到宋元青，偷偷地做了一个深呼吸，缓了缓才道："我知道。"

乔治笙依旧是那副冷淡中掺杂着丝丝嫌弃的口吻，"你知道现在夜城里究竟有多少双眼睛在盯着你？你要是有丁点的把柄落在别人手里的话也只是加重你爸的负担。"

言外之意就是说，难过也要躲在没人的地方偷着难过，别跑到大街上去撒欢。

从未有过的憋屈涌上宋喜的心头，心口像是被人塞了一块巨石，喘气都喘不上来。

她很想发脾气，或者是借着酒劲跟乔治笙喊上几句。但即使喝了这么多酒，她依旧保持着一分理智，知道自己是谁，也知道面前的人是谁。

嘴唇张开，无声地动了几下，半晌才找回声音，不冷不热地道："以后不会了。"

其实乔治笙心底早就有所打算，但凡宋喜有一点不顺他的意，他一定想尽办法叫宋元青后悔威胁他。可偏偏宋喜能忍，每次他都以为她忍不了的时候，她又生生忍下了。

就像现在，宋喜明明难受得要死，在乔治笙面前还是不哭也不怒，一句抱怨和委屈都没有。除了一双眼睛一直是红肿的状态外，她将所有的心事都埋在心底，不对乔治笙表露半分。

乔治笙见过的女人不少，像是宋喜这种的，她是独一份。如果不是之前亲眼见到她烧糊涂，无助流泪的模样，他都要误以为她穿了金钟罩铁布衫，仿佛刀枪不入。

站在原地，乔治笙漂亮却冷漠的狐狸眼睨了宋喜片刻，忽然出声道："上车。"

宋喜不知道乔治笙要带她去哪儿，她机械地打开副驾车门，佩服自己竟然还记得乔治笙开车的时候，不喜欢她坐后面，这样他会觉得他是她司机。

宋喜忘了自己喝了多少罐啤酒，眼下整个人都是晕的，尤其是坐进车里，宽大的真皮座椅柔软舒服，更让她平添睡意，她连安全带都忘系，还是身旁的乔治笙提醒她："系安全带。"

宋喜的动作有些机械，这头安全带还没等系好，乔治笙已经一踩油门，她只觉得身体往后惯性一晃，车子飞速冲向马路。

现在路面上的车并不太多，但也不是没有，乔治笙一脚油门，表盘上的指针瞬间超过一百。

他车速提得太快，宋喜始料未及，一个激灵，酒意顿时去了大半。

就这样，乔治笙面无表情着一张冷峻面孔，驾车飞速越过前方一辆辆车，还好他还知道等红灯，到了停止线，他一个急刹停住，宋喜身体往前一冲，安全带勒得她胸口有些难受。

等红灯的时候，乔治笙点了一根烟，抽了一口之后，修长的食指和中指夹着，伸出车窗弹烟灰。

宋喜胃里不怎么舒服，想着再挺一会儿就回家了，没有说话。

红灯转绿，乔治笙依旧是一马当先，车速直接飙到一百二以上，宋喜背靠着真皮座椅，窗户吹进来的风，呼呼地刮着她的头发，她几乎睁不开眼。

一路碰到三个红灯，每次都是急刹，最后当乔治笙把车子停下的时候，宋喜是冲下车的，几步跑到路边，弯腰干呕，她以为自己一定会吐，但只是难受，呕到眼圈发烫，还是什么都没有吐出来。

乔治笙也下了车，站在路边点烟抽烟，宋喜弯着腰，一手撑着膝盖，另一手抚着胸口，半天都站不起来。

乔治笙说："要是后悔了，随时跟我说，送你出国不是问题。"

宋喜背对着乔治笙，她想直起身，但浑身无力，像是昨晚晕倒在浴室里的感觉，她怕自己真的晕了，所以干脆慢慢蹲下，最后直接坐在马路牙上，有气无力地回道："我不走。"

乔治笙没有看她，只径自说道："不走，成天以泪洗面，沉迷消瘦？还是你打算以后七年的日子里每天借酒消愁，苦中作乐？"

宋喜沉默不语，乔治笙夹着烟送到唇边，抽了一口后，吐出白色的烟雾，过了会儿才道："要么承认自己没有想象中的能扛，离开是非之地。要么就干脆装得天衣无缝，让所有人都看不出你的软弱。像你现在这样，嘴上口号比谁喊得都响，实际上又活得窝窝囊囊，给谁看？"

番外·那些年

乔治笙第一次见元宝，是在七岁生日宴上。他不知道元宝多大，只知道这又是乔顶祥从外面领回来的。

那些年乔顶祥风头太盛，连带乔治笙出门都要三四辆车跟着，乔治笙不是基本交不了朋友，而是完全交不了。

渐渐到了要上学的年纪，乔治笙也没出家门。乔顶祥找了各科老师上门教，好在乔治笙不是一个人，这两年乔顶祥陆陆续续往家里带了二十五个跟乔治笙年龄相仿的男孩。

元宝，是第二十六个。

生日宴上，大家都在祝乔治笙生日快乐，只有元宝，稚气的脸上满是抵触情绪，一声不吭，跟其他人格格不入。

乔治笙让人给元宝切了块蛋糕，直到生日宴结束，那块蛋糕还原封不动摆在元宝面前。

乔治笙习惯了，刚来乔家很少有一下就能融入的。

但当天晚上就出了事，元宝跟人打架，还不是一对一，他一对三，把一个男孩鼻子打出血、一条手臂弄脱节，还在男孩的一条腿上留下深深的牙印，被发现时男孩疼得坐在地上号啕大哭。

而元宝付出的代价，是被三个人揍。

大家年纪都小，又是从天南海北聚在一起的，性格不合，磕磕碰碰很正常，但元宝是唯一刚来就跟同伴打架，又见了血的。

乔顶祥发脾气："为什么打架？"

元宝不出声。另三个男孩觉得委屈。

"陈敬则问他从哪里来的，他不说话，张振说他不会是哑巴吧，从来没听过他讲话，我说他可能就是心情不好，问他是不是从孤儿院出来的，他还是不说话，陈敬则问他'你爸妈也死了吗？'，他就突然一拳打在陈敬则鼻子上……"

乔顶祥听明白，看向元宝："你有什么不高兴的可以说出来，如果是他们不对，我替你出头，他们都是你今后的朋友，你的拳头可以对准乔家以外的人，但不能无缘无故打自己人，听懂了吗？"

元宝沉默。

乔顶祥："听没听懂？回答。"

元宝还是不出声。

乔顶祥也不怒："这里以后是你家，你在自己家永远可以不受任何委屈，如果你觉得哪里不公平，说出来，如果没有，那就给他们三个道歉，这是第一次，我不会罚你。"

元宝板着秀气似女孩的一张脸，依旧一声不吭。

乔顶祥："你不说话，我就当你知错犯错。"

连乔治笙都不会跟乔顶祥装聋作哑这么久，偏偏元宝敢。

乔顶祥拿起竹板，看着元宝："我再给你最后一次机会，你说知道，这事儿算了，大家回屋睡觉，你……"

他话未说完，元宝抬起右手，掌心朝上。赤裸裸的挑衅。

乔治笙站在二楼，亲眼看着乔顶祥大半夜吃瘪，屏退所有人，打了元宝屁股二十下，边打边骂："小小年纪就学会死鸭子嘴硬，我告诉你，没有用，除了让自己疼之外，没人觉得你多有骨气……"

当时乔治笙就想：不会啊，他觉得元宝挺有骨气的。

那晚过后不到一礼拜，元宝又跟人打架，这次是一对二，三人脸上胳膊上都挂了彩，究其原因，跟上次一样。

另外两人主动跟乔顶祥道歉，元宝还是一言不发不道歉，又挨了一顿揍。

两天后，同样的事再次上演，只不过这次是六个人一起，把元宝打到送去医院缝针。

大家统一口径，说是元宝惹事。

乔顶祥故意问乔治笙："你喜欢元宝跟你一起生活吗？不喜欢的话，我把他送走。"

乔治笙回答："第一次是意外，第二次是试探，第三次就是故意挑衅，他们知道他不喜欢听什么，故意找他打架。"

乔顶祥甚是欣慰，他这个宝贝儿子，除了不爱跟人讲话以外，其他都很优秀。

"那你想怎么处理？"乔顶祥问。

乔治笙："我不喜欢没事儿找事儿的人，也不喜欢合伙欺负人的人，让他们六个都走。"

那天，一起的小伙伴直接少了六个。

元宝又不是看不见，从医院回来就发现了，他已经做好被乔顶祥打屁股的准备，说不定发挥好还能直接被送回去。

可他听说乔治笙让那六个人走，一下就受不了了。

乔治笙听见元宝说的第一句话是："你为什么让他们几个走？！"

乔治笙问："你为什么想回孤儿院？"

元宝："关你什么事！"

乔治笙："我问了，你在孤儿院没朋友。"

元宝更气了："关你什么事！"

乔治笙："你在等你家里人去找你？"

元宝扑过来揍乔治笙，这张欠揍的死人脸，他看他不爽很久了，要不是死老头为了找一堆人来陪他，元宝也不用被人从孤儿院里带出来。

乔治笙跟元宝打架，前者从两岁九个月就接触训练，结果可想而知，元宝被乔治笙按在地上。

乔治笙话语中一点情绪都没有："你家里人不会去找你。"

元宝用力挣扎想要起身，脸红脖子粗："关你什么事！"

乔治笙："你爸妈早就死了。"

元宝双眼通红，玩儿命使劲儿，"他们没死！"

乔治笙："死了。"

元宝："啊——！我妈说过她会来接我。"

乔治笙："她犯了罪，是死刑。"

元宝："你撒谎！我妈是警察，她去抓坏人了，抓完坏人就回来接我！"

乔治笙："那是你妈骗你的。"

元宝死命挣扎，脖颈处的红绳快要勒进肉里。

乔治笙怕弄断他唯一戴在身上的东西，松了手，元宝挣脱后第一件事就是咬了乔治笙一口。

很疼，还好留下的痕迹衣服能盖住，乔治笙没告诉乔顶祥。

那天之后过了大半个月，元宝又一次主动跟乔治笙讲话，"你那天说的都是真的吗？"

乔治笙永远冷着一张脸，"我爸没必要骗我。"

元宝不爽，"我怎么知道你们撒没撒谎？"

乔治笙："没人要的孩子有很多，你也没什么特别，我们家不需要撒谎把你带回来。"

那是元宝童年时期，第一次从一个同龄人口中听到这么难听的话。

那会儿还不懂什么叫扎心，只觉得无言以对。

乔治笙看着欲言又止的元宝，"你要想回去，我一句话就够了，但我要是你，与其在孤儿院里等，不如在乔家等，你总要先学会辨别真假的能力，判断别人说的是真是假。"

元宝后来没走，因为觉得乔治笙说得很对。

转眼，乔治笙八岁生日，元宝还在，他没走，偷着往乔治笙的蛋糕里塞芥末，辣得乔治笙当众转身。

察觉他在抹眼泪，乔顶祥和任丽娜都不可置信，不信他是被感动的。

转年，乔治笙九岁生日，元宝还在，他没走，偷着往乔治笙的饮料里放咸盐，乔治笙顺手就递给乔顶祥，乔顶祥满眼宠爱地接过，心说孩子越大越暖心，是谁说乔治笙天生冷心冷情的？

下一秒，进嘴的饮料顺着嘴角流出，好多人赶紧递纸上前，不知道的还以为乔顶祥突然中风。

乔顶祥用了三杯水漱口，吹胡子瞪眼："谁搞的？！"

说完立即自问自答："元宝，你给我过来！"

乔治笙十岁生日，十一岁生日……元宝一直都在。

他以为自己一直在学判断真假的能力，可某天突然发现，他已经很久没想过这件事，没想过会不会一睁眼，他妈就会去孤儿院里接他。

因为每天睁眼，他都在乔家，乔顶祥说："这是你家。"

任丽娜说："来，元宝，压岁钱，新年快乐。"

乔治笙说："我妈就是你妈。"

元宝从前什么都没有，后来有了家人，有了兄弟，就在他以为一定要珍惜自己，毕竟这辈子除了他很难再找到一个能为乔治笙出生入死的人时……

乔治笙十四岁生日那年，他们一起去了趟岬州。

一个平平无奇的午后，一条平平无奇的巷子，元宝正在和一个偷乔治笙钱的小偷对峙时，一人从天而降。他对着乔治笙就是一口"江湖规矩"："我跟你单挑，我赢了，这人我带走，你赢了，我听你处置！"

后来乔治笙把他按在地上，元宝才知道这厮叫佟昊。

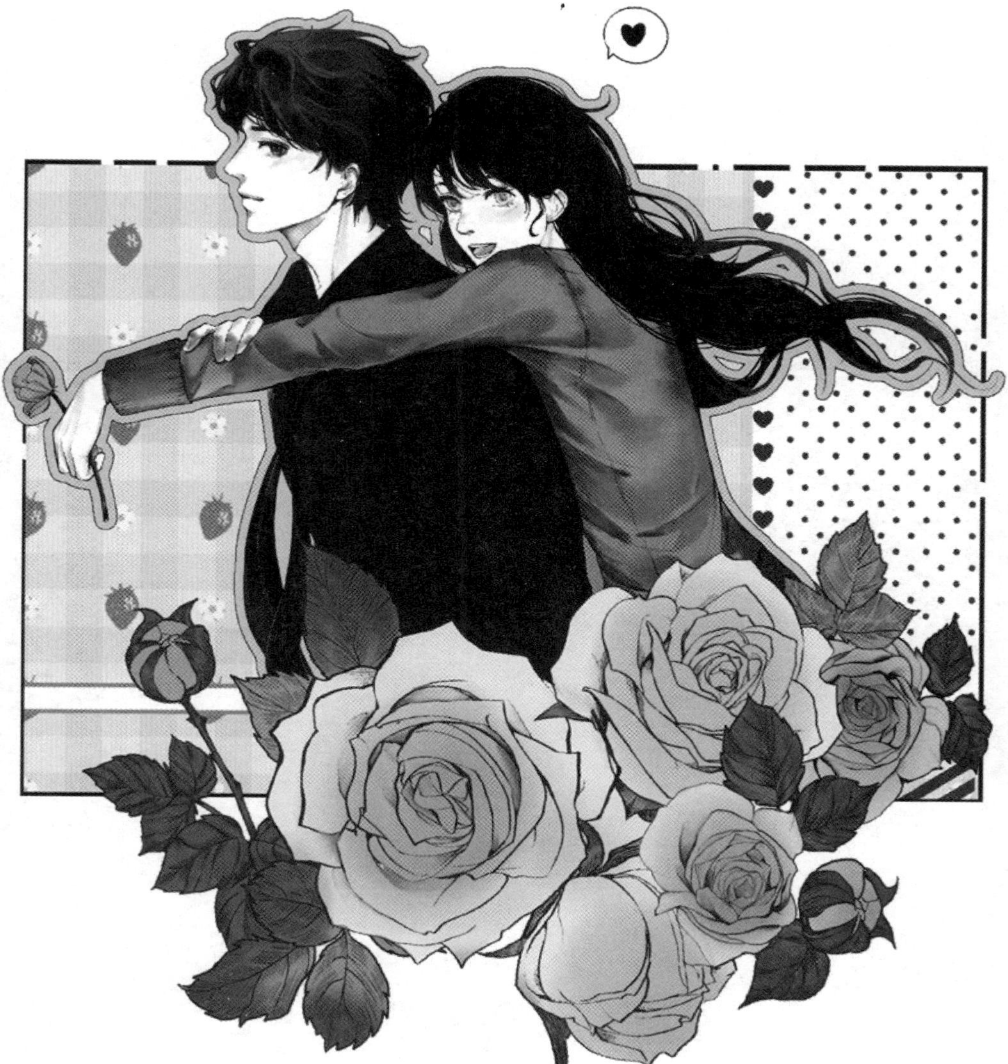